D0897168

NORA ROBERTS

Cielo y Tierra

punto de lectura

Título: Cielo y Tierra
Título original: *Heaven and Earth*
© 2001, Nora Roberts
Extracto de *Afrontar el Fuego* © 2001 by Nora Roberts
Traducción: Almudena de la Mota
© De esta edición: 2007, Punto de Lectura, S.L.
Torrelaguna, 60. 28043 Madrid (España) www.puntodelectura.com

ISBN: 978-84-663-6900-8
Depósito legal: B-41.302-2007
Impreso en España – Printed in Spain

Diseño de portada: Pdl
Fotografía de portada: H. Richard Johnston / Getty images
Diseño de colección: Punto de Lectura

Impreso por Litografía Rosés, S.A.

Primera edición: febrero 2007
Segunda edición: septiembre 2007

NORA ROBERTS

Cielo y Tierra

Traducción de Almudena de la Mota

Para todas mis hermanas,
no de sangre sino de corazón.
Aquí está la magia.

Fugaz como una sombra, breve como un corto sueño;
rápida como el relámpago en la noche oscura,
que bruscamente ilumina cielo y tierra;
y antes de que el hombre tenga tiempo de decir: «¡Mira!»,
las tinieblas lo absorben con sus fauces.
¡Tan pronto en las cosas resplandecientes
 sobreviene la disipación!

WILLIAM SHAKESPEARE
(Traducción de Luis Astrana Marín)

Prólogo

Isla de las Tres Hermanas
Septiembre de 1699

Ella invocó a la tormenta.

El viento huracanado, el estallido de los relámpagos, el mar embravecido eran al mismo tiempo prisión y protección. Conjuró las fuerzas, aquellas que llevaba dentro, aquellas sin las que no podía vivir. La luz y la oscuridad.

Delgada, con el manto ondeando tras ella como las alas de un pájaro, permaneció de pie, sola en la playa azotada por el viento. Sola, pero con su rabia y su pena. Y su poder. Un poder que ahora la llenaba, que inundaba su interior dando golpes salvajes y violentos, como los de un amante enloquecido.

Y quizás eso era.

Ella había abandonado a su marido y a sus hijos para acudir a aquel lugar; les había dejado sumidos en un sueño hechizado que los mantendría a salvo y al margen. Una vez que hiciera lo que había ido a hacer, no podría volver con ellos jamás. Nunca más volvería a tener sus amados rostros entre las manos.

Su marido se afligiría, sus hijos llorarían, pero no podía volver. No podía, ni quería apartarse del camino que había elegido.

Había que pagar un precio, y la justicia, aunque duramente, se alcanzaría por fin.

Permaneció de pie con los brazos alzados en medio de la tempestad que había conjurado. Su cabello flotaba libre y salvaje, igual que negras cintas golpeando la noche como látigos.

—No lo hagas.

Una mujer apareció a su lado, tan resplandeciente en mitad de la tormenta, como el fuego de quien tomaba su nombre. Su rostro estaba pálido y tenía los ojos sombríos por algo que parecía ser miedo.

—Ya ha empezado.

—Detenlo ahora mismo. Hermana, detenlo antes de que sea demasiado tarde. No tienes derecho a hacerlo.

—¿Derecho? —La que llamaban Tierra se giró; sus ojos brillaban con ferocidad—. ¿Quién tiene más derecho que yo? Cuando asesinaron a aquellos inocentes en Salem, les persiguieron, les dieron caza y les ahorcaron, no hicimos nada para detenerlo.

—Cuando se quiere detener una inundación, se provoca otra. Tú lo sabes. Nosotras creamos este lugar —dijo Fuego extendiendo los brazos como si quisiera abarcar la isla que se mecía en el mar—, por nuestra seguridad y supervivencia, por nuestra Hermandad.

—¿Seguridad?, ¿acaso ahora puedes tú hablar de seguridad o de supervivencia? Nuestra hermana está muerta.

—Y yo me aflijo por su pérdida, como tú. —Ella cruzó las manos en su pecho, suplicando—. Mi corazón llora, como el tuyo. Sus hijos están ahora a nuestro cargo. ¿Vas a abandonarlos como has abandonado a los tuyos?

Había una cierta locura en ella, que desgarraba su corazón al igual que el viento arrancaba su cabello. Aunque lo reconocía, no era capaz de detenerse.

—Él no quedará sin castigo. No puede seguir viviendo, estando ella muerta.

—Si causas daño, romperás tus promesas, corromperás tus poderes, y lo que lances a la noche volverá por triplicado.

—La justicia tiene un precio.

—Pero no este precio, éste nunca. Tu marido perderá una esposa y tus hijos, una madre; y yo, otra hermana muy querida. Pero aún hay más, algo peor: quebrantarás la fe en lo que somos. Nuestra hermana no hubiera querido que sucediera de esta forma; ésta no hubiera sido su respuesta.

—Ella prefirió morir antes que protegerse. Murió por lo que era, por lo que somos. Nuestra hermana renunció a sus poderes por lo que ella llamaba amor. Y eso la mató.

—Fue su elección. —Una elección que después de pasado el tiempo todavía resultaba amarga—. Y además ella no hizo daño a nadie. Si actúas así, si empleas tu poder por el camino oscuro, te condenarás a ti misma. Nos condenarás a todos.

—Yo no puedo vivir así, escondida. —Sus ojos, que a la luz de la tormenta ardían rojos como la sangre, estaban llenos de lágrimas—. No puedo permanecer al margen. Es mi elección, mi destino. Tomaré la vida de él por la de ella, y le maldeciré para siempre.

Arrojó fuera de sí el clamor de su venganza, como una flecha brillante y mortal lanzada por un arco, y así, la llamada Tierra sacrificó su alma.

Uno

La arena, helada por el frío, crujió bajo sus pies mientras corría a lo largo de la curva que dibujaba la orilla. Las olas que llegaban dejaban espuma y burbujas que formaban en la superficie una especie de encaje hecho jirones. En lo alto, las gaviotas chillaban implacables.

Los músculos habían entrado en calor y se movían de forma fluida, como mecanismos bien engrasados, en la segunda milla de su carrera matinal. Corría a un ritmo rápido y disciplinado, y su aliento formaba blancas columnas de vapor, cuando el aire cortante y frío como el hielo penetraba en sus pulmones.

Se sentía estupendamente.

En aquella playa glacial no había más huellas de pisadas que las suyas; las nuevas se superponían a las viejas, al recorrer una y otra vez la suave curva de la playa invernal.

Siempre le había gustado la idea de que si se propusiera hacer tres kilómetros en línea recta, habría cruzado Tres Hermanas de lado a lado por su zona más ancha.

Aquella pequeña elevación de tierra frente a la costa de Massachusetts le pertenecía: cada colina, cada calle, cada acantilado y cada ensenada. La ayudante del sheriff, Ripley Todd, sentía algo más que afecto por la isla de Tres Hermanas, su pueblo, sus habitantes, su bienestar; se sentía responsable de todo ello.

Había visto levantarse el sol y centellear en las ventanas de los escaparates de la calle principal. Las tiendas abrirían en dos horas y la gente caminaría por las calles para hacer las compras del día.

En enero no había mucho movimiento turístico, pero siempre podía llegar alguien en el trasbordador para curiosear en las tiendas, subir a los acantilados, y comprar pescado fresco directamente en los muelles. En realidad, el invierno era para los isleños, pensó.

Ella prefería el invierno.

Al final de la playa se tropezó con el espigón, que quedaba justo debajo del pueblo, giró y se encaminó en sentido contrario. Algunos barcos de pesca navegaban por un mar color azul pálido. El color cambiaría con la luz a medida que el cielo se fuera aclarando. Nunca dejaba de fascinarle cuántos colores podía tener el agua.

Vio el barco de Carl Macey y en la popa una figura tan pequeña que parecía de juguete, y levantó el brazo. Contestó al saludo, sin dejar de correr. Durante todo el año residían en la isla unos trescientos habitantes, por lo que resultaba fácil reconocer a cada uno.

Bajó un poco el ritmo, no sólo para descansar, sino también para prolongar su soledad. A menudo en sus carreras matinales le acompañaba la perra de su hermano, Lucy, pero esa mañana había salido sola.

Estar sola era otra de las cosas que más le gustaban.

Además necesitaba despejarse la cabeza. Tenía mucho en lo que pensar. Había una parte a la que no quería dar vueltas, por lo que de momento dejó a un lado los pensamientos. Lo que debía solucionar no era exactamente un problema. Lo que te hace ser feliz no puede ser calificado como tal.

Su hermano acababa de regresar de su luna de miel, y a ella le encantaba ver lo felices que eran él y Nell. Después de todo lo que habían pasado, de lo que habían tenido que superar, verles juntos, tan unidos, en la casa donde ella y Zack habían crecido, le producía una enorme satisfacción.

Su flamante cuñada y ella se habían convertido en verdaderas amigas a lo largo de los últimos meses, desde el verano, cuando Nell puso fin en la isla a un peregrinaje provocado por el miedo. Era un placer ver cómo la joven había florecido y madurado desde entonces.

Pero dejando aparte todo aquel asunto tan sentimental, había algo más que fallaba y ese algo era ella, Ripley Karen Todd, pensó.

Los recién casados no tendrían que compartir su nido de amor con la hermana del novio.

Ella no había pensado ni un momento en aquel asunto antes de la boda; tampoco después, cuando se marcharon para pasar una semana en Bermudas y les dijo adiós. No había sido consciente de la situación.

En cambio, cuando volvieron, tan compenetrados y arrebatados, inmersos todavía en la atmósfera de la luna de miel, lo vio claro. Los recién casados necesitaban privacidad. Difícilmente podían disfrutar de una sesión de sexo picante y espontáneo en el suelo del cuarto de estar, si existía el riesgo de que ella irrumpiera en la casa en cualquier momento del día o de la noche.

Por supuesto, ninguno de los dos había dicho nada al respecto. No eran capaces de hacerlo. Aquella pareja debería lucir en el pecho medallas con la leyenda: «gente encantadora». Y eso, pensó Ripley, es algo que ella nunca llevaría prendido en la camisa.

Se detuvo, y utilizó las rocas del final de la playa como soporte para hacer estiramientos en las pantorrillas, en los tendones de las corvas y en los cuádriceps.

Tenía un cuerpo delgado y fuerte como el de un tigre joven. Se enorgullecía del control que ejercía sobre él. Al doblarse sobre el pecho, la gorra de esquí que llevaba cayó sobre la arena y su melena del color del roble barnizado se desparramó de golpe, libremente.

Llevaba el pelo largo, porque así no necesitaba cortarlo ni arreglárselo a menudo. Era otra forma de control.

Tenía los ojos de un penetrante color verde botella, y cuando tenía ganas de cuidarse un poco se maquillaba con rímel y lápiz de ojos. Después de pensarlo detenidamente, decidió que eran la mejor parte de un rostro compuesto por rasgos poco armoniosos y líneas angulosas.

Tenía una pequeña cicatriz, recuerdo de una mordedura de la infancia por no haber hecho caso a su antigua ama, una frente amplia y las cejas negras casi horizontales características de la familia Ripley.

Nadie la definiría como bonita; resultaría demasiado suave calificarla así, y en cualquier caso, ella se hubiera sentido insultada. Le gustaba más pensar que tenía un rostro con carácter y sexy, el tipo de cara que podía atraer a los hombres, cuando estaba de humor para querer gustar.

Cosa que no había ocurrido en varios meses, reflexionó.

En parte, se debía a los preparativos de la boda, las vacaciones y el tiempo que había dedicado para ayudar a Zack y a Nell a desenmarañar ciertos asuntos legales para poder casarse. Y por otra, se veía obligada a admitir que también influía su propia sensación de irritación y desasosiego que persistía desde la fiesta de Halloween, cuando había abierto puertas que conscientemente había cerrado años atrás.

Ya nada se podía cambiar, pensó. Había hecho lo que debía. Y no tenía intención de repetir su actuación, a pesar de las miradas frías y sonrisas satisfechas que le pudiera dedicar Mia Devlin.

Pensar en Mia condujo a Ripley de nuevo al punto de partida. Mia tenía una casa de campo vacía, donde Nell había vivido de alquiler antes de mudarse al casarse con Zack. Aunque a Ripley le disgustaba la idea de establecer relaciones con Mia, aun siendo estrictamente de negocio, la casita amarilla era la solución perfecta.

Era pequeña, sencilla, y tenía privacidad.

Era justo lo que necesitaba, decidió Ripley, y comenzó a subir los escalones de madera gastados que zigzagueaban desde la playa en dirección a la casa. La solución le irritaba, pero era lo más práctico. Además, quizás no fuera mala idea si empezaba a dejar caer que estaba buscando un lugar para alquilar. Tal vez cayera algo del cielo, algo que no perteneciera a Mia.

Más tranquila con aquella posibilidad, saltó los escalones de dos en dos, y llegó corriendo al porche trasero.

Sabía que Nell estaría horneando, por lo que la cocina olería a gloria. Una de las ventajas de las que gozaba era no tener que preocuparse por el desayuno. Sencillamente se lo encontraría preparado, exquisito, delicioso y al alcance de la mano.

Cuando estaba ya agarrando el pomo de la puerta vio por los cristales a Zack y a Nell. Estaban enroscados el uno en el otro como la hiedra en un mástil, y embelesados, pensó.

—¡Dios mío!

Emitió un hondo suspiro y se volvió atrás, después subió otra vez al porche pateando como un caballo y silbando. Así les daría tiempo para que pudieran despegarse; por lo menos eso esperaba.

Pero eso no resolvía su principal problema. De todos modos, iba a tener que negociar con Mia.

* * *

Tenía que actuar de forma natural. Según su forma de pensar, si Mia se daba cuenta de que ella quería realmente la casita amarilla, se negaría a alquilársela.

A Mia le encantaba llevar la contraria.

En realidad, la mejor manera de cerrar el trato sería pedirle a Nell que interviniera para suavizar las cosas ya que Mia sentía debilidad por ella. Pero la idea de utilizar a alguien para allanar el camino le resultaba mortificante. Se dejaría caer como de pasada por la librería de Mia, tal y como venía haciendo casi a diario desde que Nell se había hecho cargo de la cocina y de la repostería del café.

Así, de un solo golpe, podría conseguir comida decente y un nuevo alojamiento.

Caminó por la calle principal con paso enérgico, más por afán de dejar el asunto resuelto y cerrado que porque hubiera comenzado a soplar el viento, que jugaba con su larga cola de caballo, a la que normalmente iba dando tirones a través de la abertura trasera de la gorra que solía llevar.

Cuando llegó a la librería se detuvo, y frunció los labios.

Mia había remodelado el escaparate. Un pequeño escabel con borlas, una mullida colcha de color rojo oscuro, una pareja de candelabros altos con gruesas velas rojas estaban colocados entre montones de libros, aparentemente al azar. Como sabía que Mia nunca hacía nada de forma casual, Ripley tuvo que admitir que el conjunto tenía un aire acogedor, de calidez hogareña. Y era sutilmente, muy sutilmente, sexy.

El escaparate parecía decir: hace frío fuera, pase y compre algunos libros para leer cómodamente en casa.

Por mucho que Ripley pudiera hablar de Mia, y podía decir muchas cosas, la verdad era que dominaba su negocio.

Entró en el cálido interior, y automáticamente se quitó la bufanda. Las estanterías de color azul oscuro estaban repletas de libros y daban al conjunto una apariencia de salón. En vitrinas de cristal se exponían preciosas baratijas y curiosas chuminadas. En la chimenea ardía un fuego con llama baja de color dorado, y otra colcha, ésta de color azul, estaba artísticamente echada sobre una de esas sillas profundas que parecen decir «acomódate».

Desde luego, Mia sabía lo que hacía.

Pero eso no era todo. En otras estanterías se presentaban candelabros de varias formas y tamaños. Piedras pulidas y cristales llenaban grandes cuencos. Aquí y allá había cajas de colores con cartas del Tarot y runas.

Todo ello también muy sutil, pensó Ripley frunciendo el ceño. Mia no anunciaba que aquel lugar era propiedad de una bruja, pero tampoco lo ocultaba. Ripley supuso que el componente de curiosidad, tanto por parte de los locales como de los turistas, aportaba un considerable porcentaje a los beneficios anuales de la tienda.

Pero eso no era asunto suyo.

Detrás del tallado mostrador, la encargada de Mia, Lulú, que estaba terminando de marcar las compras de un cliente, se bajó las gafas para escudriñar a Ripley por encima de la montura de plata.

—¿Estás buscando algo para tu mente y de paso para tu estómago?

—No. Tengo mucho en lo que mantener ocupada la cabeza.

—Cuanto más se lee, más se aprende.

Ripley sonrió abiertamente.

—Yo ya sé todo lo que hay que saber.

—Nunca lo he dudado. Ha llegado un libro nuevo en el envío de esta semana que es precisamente lo que te va: 101 formas de ligar. Indicado para ambos sexos.

—Lu —Ripley le dedicó una sonrisa burlona antes de comenzar a subir a la segunda planta de la tienda—, yo escribí ese libro.

Lulú rió a carcajadas.

—Hace tiempo que no te veo acompañada —replicó.

—No he sentido necesidad de compañía últimamente.

Había más libros en la segunda planta y más curiosos hojeando por las estanterías, sin embargo la gran atracción era la cafetería. A Ripley le llegaba el olor de la sopa del día, un olor rico y especiado.

Los clientes de primera hora que ya habían devorado los bollos y galletas de Nell, o cualquier otra sorpresa que hubiera preparado para ese día, habían cedido paso a los de la comida. En un día como aquél, Ripley suponía que buscarían algo caliente y reconfortante, antes de regalarse alguno de los postres de Nell, que eran de pecado.

Echó un vistazo a lo expuesto en la barra y suspiró. Pasteles de crema. Nadie en sus cabales rechazaría los pasteles de crema, aunque también hubiera para elegir *éclairs* igualmente tentadores, tartas, galletas, y lo que parecía ser un pastel compuesto por varias capas de golosina pura.

Detrás de semejantes tentaciones se encontraba la artista preparando un pedido. Sus ojos eran de un profundo color azul claro y su cabello un pequeño halo dorado, alrededor de un rostro que relucía de salud y bienestar. Se le formaron dos hoyuelos en las mejillas al decir adiós a un cliente de una de las mesas del café situada junto a la ventana.

Ripley pensó que el matrimonio sentaba bien a cierta gente. Nell Channing Todd era una de ellas.

—Te veo muy dinámica hoy —comentó.

—Me encuentro muy bien. Se me pasan las horas volando. La sopa del día es de verdura y el emparedado es...

—Tomaré sólo la sopa —interrumpió Ripley—, porque hoy necesito un pastel de crema para ser feliz, y un café.

—Marchando. Estoy preparando jamón al horno para cenar —añadió—, o sea que nada de comer pizza antes de llegar a casa.

—Sí, sí, está bien. —Ripley recordó la segunda parte del asunto que le había llevado hasta allí. Cambió el peso de su cuerpo de un pie a otro, y lanzó otra amplia ojeada al lugar—. No veo a Mia por ningún lado.

—Está trabajando en su despacho. —Nell sirvió un cucharón de sopa, añadiendo un crujiente panecillo que había horneado por la mañana—. Espero que aparezca pronto. Te has ido tan rápido esta mañana de casa que no he podido hablar contigo. ¿Sucede algo?

—No, no, nada. —Quizás fuera una grosería hacer planes relativos a irse a vivir a otro sitio sin decir nada antes. Ripley se preguntó si esto entraría dentro del ámbito de las habilidades sociales, un asunto siempre complicado para ella.

—¿Te importa que coma en la cocina? —le preguntó a Nell—, así puedo hablar contigo mientras trabajas.

—Por supuesto. Pasa. —Nell puso la comida de Ripley sobre su mesa de trabajo—. ¿Estás segura de que no pasa nada?

—Nada de nada —aseguró Ripley—, hace un frío del demonio fuera. Supongo que Zack y tú os estáis arrepintiendo de no haberos quedado en el sur hasta primavera.

—La luna de miel fue perfecta. —Sólo con pensar en esos días sintió una cálida y satisfecha sensación de bienestar—. Pero es mejor estar en casa. —Nell abrió la nevera para sacar uno de los recipientes con la ensalada del día—. Todo lo que quiero está aquí: Zack, la familia, los amigos, una casa propia. Hace un año no hubiera imaginado que podría estar en la isla así, sabiendo que dentro de una hora más o menos llegaré a casa.

—Te lo has ganado.

—Sí. —A Nell se le oscurecieron los ojos y Ripley pudo ver en ellos la esencia de su fuerza, una fuerza que todos, incluida la misma Nell, habían subestimado—. Pero no lo hice sola. —El claro «ding» de la campanilla del mostrador anunció que había un cliente esperando—. No dejes que se te enfríe la sopa —dijo, y salió elevando la voz para saludar.

Ripley tomó una cucharada de sopa y suspiró de placer al probarla. Se concentraría en la comida y pensaría más tarde en el resto. Sin embargo, había probado la primera cucharada, cuando oyó a Nell pronunciar el nombre de Mia.

—Ripley está en la cocina. Creo que quiere verte.

¡Mierda, mierda y mierda! Ripley frunció el ceño y se dedicó a llenarse la boca.

—Vaya, vaya, creí que estabas en casa.

Mia Devlin se apoyaba graciosamente en la jamba de la puerta, con su melena gitana de cabello rojo cayendo sobre la espalda de un vestido largo color verde bosque. Su rostro resultaba asombroso: tenía altos pómulos, como hielo afilado, y una boca llena y bien dibujada, que llevaba pintada de un rojo tan intenso como el de su cabello; una piel suave como la crema y ojos grises como el humo. En ese momento, miraba a Ripley detenidamente, con una ceja levantada en un arco perfecto y burlón.

—Aquí estoy. —Ripley siguió comiendo—. Creo que a estas horas la cocina es de Nell. Si pensara lo contrario, estaría buscando en mi sopa alas de murciélago o dientes de dragón.

—Con lo difícil que resulta conseguir dientes de dragón en esta época del año... ¿Qué puedo hacer por ti, ayudante? —preguntó Mia.

—Nada. Pero yo sí he tenido por casualidad la idea de hacer algo por ti —replicó Ripley.

—Ahora siento una enorme curiosidad. —Alta y delgada, Mia se acercó a la mesa y se sentó. Ripley vio que calzaba unos tacones tan finos como agujas a los que era tan aficionada. Nunca entendería cómo alguien podía meter los pies en semejantes cámaras de tortura sin que le estuvieran apuntando a la cabeza con una pistola.

Ripley cortó otro pedazo de panecillo y masticó.

—Perdiste a una inquilina cuando Zack y Nell sellaron su compromiso. Imagino que no has hecho nada para alquilar la casita, y como estoy pensando en buscar casa propia, quizás yo te pudiera ayudar.

—Cuéntame. —Intrigada, Mia cortó un pedazo del panecillo de Ripley para ella.

—Oye, que lo pago yo.

Mia lo mordisqueó, ignorándola.

—¿Te parece que sois demasiados en casa?

—Es una casa grande. —Ripley se encogió de hombros y puso el resto del panecillo fuera del alcance de Mia—. Tú tienes aquello vacío. Es pequeño, mono, y yo no necesito demasiado. Estaría dispuesta a negociar un alquiler.

—¿El alquiler de qué? —preguntó Nell, que se dirigía directamente a la nevera para sacar los ingredientes con los que preparar un emparedado que le habían encargado.

—De la casita amarilla —contestó Mia—. Ripley está buscando algo para ella.

—Pero… —Nell se dio la vuelta—. Tú tienes un hogar, con nosotros.

—No hagamos esto tan difícil. —Era demasiado tarde para lamentar no haber hablado con Mia en privado—. Sólo estaba pensando que estaría muy bien tener un lugar propio, y como Mia tiene una casa abandonada…

—Al contrario —la interrumpió Mia con suavidad—, ninguna de mis posesiones está abandonada.

—¿No quieres que te haga un favor? —Ripley alzó un hombro—. A mí me da igual.

—¡Qué considerado por tu parte pensar en mí! —El tono de Mia era dulce como un caramelo, lo que siempre era un mal presagio—. Pero lo malo es que he firmado el alquiler de la casa con un arrendatario no hace ni diez minutos.

—Mierda. Estabas en tu despacho y Nell no dijo que estuvieras con nadie.

—Ha sido por teléfono —continuó Mia—, un doctor de Nueva York. Hemos firmado un alquiler por tres meses vía fax. Espero que esto te tranquilice.

Ripley no ocultó su contrariedad con suficiente rapidez.

—Te repito que a mí me da igual. ¿Qué demonios viene a hacer un médico durante tres meses a Tres Hermanas? Ya tenemos uno en la isla.

—No es un doctor en Medicina, sino en Filosofía, y como estás tan interesada, te diré que viene a trabajar. El doctor Booke es un investigador de fenómenos paranormales, y está deseando pasar una temporada en una isla que fue creada por brujas.

—Joder —exclamó Ripley.

—Siempre tan concisa. —Mia, divertida, se puso en pie—. Bien, mi tarea aquí ha terminado. Voy a ver si puedo llevar alegría a la vida de alguien más. —Se dirigió a la puerta e hizo una pausa antes de volverse—. Por cierto, llega mañana. Estoy segura de que le encantará conocerte, Ripley.

—Aleja a ese cazador de espíritus de mí. ¡Maldita sea! —Ripley mordió su pastel de crema—. Se lo va a tener que tragar.

—No te vayas —dijo Nell con firmeza—, Peg viene a las cinco. Quiero hablar contigo.

—Tengo que patrullar.

—Tú espera.

—Vaya, casi consigue que se me quite el apetito —se quejó Ripley, pero consiguió devorar el pastel de crema.

* * *

Quince minutos después salió airada de nuevo, con Nell pegada a su lado.

—Tenemos que hablar.

—Mira, Nell, no le des importancia. Sólo estaba pensando...

—Ya, estabas pensando. —Nell tiró de su gorra de lana para taparse las orejas—. Y no nos has dicho nada a Zack, ni a mí. Quiero saber por qué piensas que no puedes quedarte en tu propia casa.

—De acuerdo, de acuerdo. —Ripley se puso las gafas de sol y encorvó la espalda al bajar por la calle principal hacia la comisaría—. Creo que cuando la gente se casa necesita privacidad.

—Es una casa grande. No estamos unos encima de otros. Si tú fueras una persona a quien le gustara el cuidado de la casa, podría entender que te sintieras desplazada, porque yo paso mucho tiempo en la cocina —respondió Nell.

—Ésa es la menor de mis preocupaciones —contestó Ripley.

—Exacto. Tú no cocinas. Espero que no pienses que me molesta cocinar para ti.

—No, no lo pienso. Y te lo agradezco mucho, Nell, de verdad.

—¿Es porque yo me levanto tan pronto?

—No.

—¿Porque utilizo una de las habitaciones vacías como despacho para el «Catering Las Hermanas»?

—No. ¡Santo cielo! Nadie la usaba. —Ripley se sintió como si estuviera siendo sistemáticamente golpeada con un bate de terciopelo—. Mira, no tiene nada que ver ni con la cocina, ni con las habitaciones vacías, ni con tu incomprensible costumbre de levantarte de la cama antes de que salga el sol. Es por el sexo.

—¿Perdona?

—Zack y tú practicáis el sexo.

Nell se detuvo y ladeó la cabeza para estudiar el rostro de Ripley.

—Sí, claro que lo hacemos. No lo niego. De hecho, lo practicamos bastante.

—¿Ves?

—Mira Ripley, antes de que yo me trasladara oficialmente, Zack y yo hemos hecho el amor allí a menudo y eso nunca pareció plantearte ningún problema.

—Era distinto: entonces se trataba de hacer el amor con regularidad, y ahora es sexo dentro del matrimonio.

—Ya. Bueno, te puedo asegurar que el proceso es exactamente el mismo.

—Ja, ja. —Cuánto había cambiado Nell, reflexionó Ripley. Hubo una época en que la más leve insinuación de discusión, le hubiera hecho retraerse.

Esa época había pasado.

—Es un poco extraño, ¿verdad? Zack y tú estáis metidos en el juego de los hombres y las mujeres, conmigo dando vueltas alrededor. ¿Qué ocurriría si quisiérais bailar un tango en horizontal sobre la alfombra del cuarto de estar, o simplemente cenar alguna noche desnudos?

—De hecho, lo primero ya ha ocurrido, pero ahora empezaré a pensar en lo segundo, Ripley. —Nell apretó ligeramente el brazo de su cuñada—. No quiero que te marches.

—¡Por Dios, Nell! La isla es muy pequeña. No te será difícil venir a verme al lugar en el que me instale.

—No quiero que te vayas —repitió—, estoy hablando por mí misma, no por Zack. Puedes hablar con él a solas y averiguar qué piensa. Ripley... nunca he tenido una hermana.

—¡Dios mío! —Muerta de vergüenza, Ripley miró alrededor a través de las gafas de sol—. No te pongas sentimental; aquí no, en mitad de la calle.

—No lo puedo remediar. Me gusta saber que tú estás ahí, que puedo hablar contigo en cualquier momento. Sólo pude estar con tus padres unos días, cuando volvieron para la boda, pero al conocerlos ahora y al estar tú, tengo una familia de nuevo. En cualquier caso, ¿no podríamos dejar las cosas como están, por el momento?

—¿Alguna vez te ha dicho Zack que no cuando tú le miras con esos ojos?

—No porque sabe que es importante para mí. Si te quedas, te prometo que cuando Zack y yo hagamos el amor fingiremos que no estamos casados.

—Eso no estaría mal. Además, como un imbécil de Nueva York se ha quedado con la casita delante de mis narices, tengo que dejar correr el asunto. —Suspiró con cierta pena—. Un investigador de fenómenos paranormales. ¡Dios mío..., un doctor en Filosofía! —Se mofó, y al hacerlo se sintió un poco más tranquila—. Seguramente Mia le alquiló la casa sólo para darme en las narices.

—Lo dudo, pero estoy segura de que le divierte la situación. Me gustaría que vosotras dos no os pincharais tan a menudo. Yo esperaba que después de... lo que ocurrió en Halloween volvierais a ser amigas de nuevo.

Ripley respondió inmediatamente.

—Todos hicimos lo que había que hacer. Ya pasó, para mí nada ha cambiado.

—Sólo se completó una fase —corrigió Nell—. Si la leyenda…

—La leyenda es música celestial. —Sólo de pensar en ello, el humor de Ripley cambió.

—Pero no lo que somos nosotras. Lo que llevamos dentro, no lo es.

—Sin embargo, te recuerdo que lo que yo haga con lo que hay dentro de mí es mi problema. No sigas por ahí, Nell.

—De acuerdo. —Nell estrechó la mano de Ripley, y a pesar de los guantes que llevaban, se produjo un chispazo de energía—. Te veré en la cena.

Ripley apretó la mano al alejarse Nell. Todavía sentía cosquillas en la piel debido al contacto. Pequeña bruja cuentista, pensó.

Era una persona admirable.

* * *

Los sueños acudieron tarde en la noche, cuando tenía la mente abierta y la voluntad adormilada. Durante el día podía negarse a que llegaran, bloquearlos y mantener la elección que había hecho diez años atrás.

Pero soñar tiene sus propias reglas y los sueños también.

Ella se encontraba de pie en la playa, donde las olas crecían como el miedo. Golpeaban la orilla negras, implacables, como cientos de locos latidos, bajo un cielo totalmente oscuro.

La única luz existente eran los luminosos relámpagos serpenteantes que restallaban cada vez que levantaba los brazos. Ella emitía un resplandor de un dorado violento, bordeado por un rojo de sangre.

El viento rugía.

Aquella violencia, aquel poder absoluto y sin ataduras, excitó algún lugar secreto y profundo de su ser. Ahora se encontraba más allá del derecho, más allá de las reglas.

Más allá de la esperanza.

Y una parte de ella, todavía vacilante, vertía lágrimas amargas por lo que había perdido.

Había hecho lo que debía hacer, y los errores habían sido vengados. Tres veces muerte. Un círculo formado por el odio. Una vez tres.

Gritó, triunfante, cuando el humo oscuro de la magia negra fluyó por su interior, manchando y asfixiando lo que había sido, lo que había prometido, aquello en lo que creyó.

Esto era mucho mejor, pensó mientras sus manos ahuecadas temblaban a causa de la fuerza y la codicia. Lo que había tenido antes era insignificante, débil, blando en comparación con la fortaleza y el vigor de lo de ahora.

Podía hacer todo lo que quisiera: podía actuar y marcar las reglas. No existía nada ni nadie que pudiera detenerla.

Se movió sobre la arena girando en una loca danza con los brazos desplegados como alas y el cabello flotando en anillos como serpientes. Saboreaba la muerte del asesino de su hermana, el punzante sabor a cobre de la sangre que había derramado, la mejor cena que hubiera degustado nunca antes.

Su risa salió disparada como una flecha, y quebró la negra bóveda del cielo. Un torrente de lluvia negra cayó sobre la arena siseando como el ácido.

Él la llamó.

De alguna forma, ella oyó su voz a través de la noche salvaje y a través de su propia furia. El leve destello de lo que llevaba en su interior luchó por brillar con más fuerza.

Ella le vio, una mera sombra luchando a través del viento y la lluvia por llegar hasta donde estaba. El amor luchó e imploró en un corazón que se había vuelto frío.

«¡Retrocede!», le gritó, y su voz tronó y sacudió el mundo.

A pesar de todo, él avanzó, intentando alcanzarla con las manos, cogerla para hacerla regresar. Por un instante, ella vio el resplandor de sus ojos en la noche, y lo que había en ellos era amor, era miedo.

Desde más allá del cielo llegó una lanza de fuego. Aunque ella gritó cuando la luz de su interior se agitó, la lanza le traspasó.

Sintió dentro la muerte de él, pena y horror al ver que lo que había arrojado fuera de sí misma había vuelto multiplicado por tres.

La luz que llevaba dentro se apagó y sólo le quedó el frío, frío, frío.

Dos

No era muy diferente del resto de los pasajeros del trasbordador. Su largo abrigo negro se agitaba al viento. Tenía el cabello rubio oscuro, que caía alrededor del rostro sin una forma especial.

Se había acordado de afeitarse, cortándose sólo dos veces, justo bajo la fuerte línea de la mandíbula. Era un hombre guapo y tenía el rostro oculto por una cámara, ya que estaba haciendo fotos de la isla con un teleobjetivo.

Su piel todavía mostraba el bronceado tropical que había conseguido en Borneo. En contraste, sus ojos eran de un luminoso marrón dorado como el de la miel líquida. Tenía la nariz recta y estrecha, y el rostro un tanto delgado.

Los hoyuelos de las mejillas tendían a marcársele más profundamente cuando se sumergía en el trabajo durante largos períodos en los que olvidaba comer regularmente, rasgo que le proporcionaba un curioso aire de colegial hambriento.

Sonreía con facilidad, de forma sensual.

Era alto hasta el punto de resultar un poco larguirucho, y un tanto desgarbado.

Tuvo que sujetarse a la barandilla para evitar que una sacudida del trasbordador le tirase por la borda. Se había asomado demasiado, desde luego. Era consciente, pero a veces se anticipaba a las cosas y se olvidaba de la realidad del momento.

Consiguió recuperar el equilibrio de nuevo y metió la mano en el bolsillo del abrigo buscando una barra de chicle. Lo que sacó fue una vieja pastilla de limón, un par de hojas de notas arrugadas, y una entrada, lo que le desconcertó, ya que no pudo recordar la última vez que fue al cine; también encontró la tapa de una lente que creía haber perdido.

Se arregló con la pastilla de limón y contempló la isla.

Había estado con un chamán en Arizona, visitado a un hombre que proclamaba ser un vampiro en las montañas de Hungría, y le había maldecido un brujo después de un desgraciado incidente en México. Había vivido entre fantasmas en una casa de campo en Cornualles y había documentado los ritos y costumbres de un nigromante en Rumanía.

Durante casi doce años, MacAllister Booke había sido testigo de lo imposible, lo había estudiado y grabado. Había entrevistado a brujas, fantasmas, licántropos, alienígenas abducidos y videntes. El noventa y ocho por ciento de esos casos eran fraudes o estafadores. Sin embargo, el dos por ciento restante era lo que le impulsaba a continuar.

No creía en lo extraordinario sin más. Lo había convertido en el trabajo de su vida.

Le resultaba fascinante la idea de pasar los próximos meses en un trozo de tierra que, según la leyenda, había sido desgajado del continente, de la costa de

Massachussets, por un trío de brujas para convertirla en un santuario.

Había investigado la isla de las Tres Hermanas exhaustivamente, rastreando cada fragmento de información que había podido encontrar sobre Mia Devlin, la bruja oficial de la isla. Ella no había prometido concederle ninguna entrevista, ni darle acceso a su «trabajo», pero confiaba en persuadirla.

Un hombre que había conseguido participar en una ceremonia celebrada por neodruidas debería ser capaz de convencer a una bruja solitaria para que le dejara asistir a alguno de sus hechizos.

Además creía poder llegar a un trato: tenía algo que estaba seguro le interesaría a ella, y a todo aquel que estuviera ligado a la maldición ocurrida trescientos años atrás.

Tomó de nuevo la cámara, y ajustó el objetivo para captar el faro blanco y el camino que conducía a la vieja casa de piedra, ambos situados en los altos acantilados. Sabía que Mia vivía allí, colgada sobre el pueblo, cerca de la espesa masa del bosque.

También sabía que era la dueña del pueblo que dirigía con éxito. Una bruja práctica que, según las apariencias, sabía cómo vivir, y vivir muy bien, en ambos mundos.

Estaba impaciente por encontrarse con ella cara a cara.

El sonido de la sirena le advirtió de que debía prepararse para desembarcar. Se dirigió de vuelta a su Land Rover y colocó la cámara en la funda que estaba en el asiento del copiloto. Una vez más se olvidó de la tapa de la lente que tenía en el bolsillo.

Como disponía todavía de unos minutos, puso al día algunas notas y después escribió en su diario:

El viaje en el trasbordador ha sido agradable. El día es claro y frío. He conseguido tomar una serie de fotografías de algunos puntos estratégicos, y creo que debo alquilar un barco para obtener vistas de la zona de la isla que da a barlovento.

Desde el punto de vista geográfico y topográfico no existe nada fuera de lo común en la isla de las Tres Hermanas. Tiene una extensión aproximada de dieciocho kilómetros cuadrados, y sus habitantes —la mayoría dedicados a la pesca, el comercio al por menor y el turismo— son menos de trescientos. Hay una pequeña playa de arena, numerosas ensenadas, cuevas y playas de piedra. Está cubierta parcialmente por un bosque cuya fauna se compone de ciervos de cola blanca, conejos y mapaches. Los pájaros marinos son los propios de la zona. En el bosque hay también lechuzas, halcones y pájaros carpinteros.

Hay un pueblo. La mayoría de la población vive en el pueblo o en sus alrededores, en un radio de un kilómetro, aunque hay algunas casas y edificios de alquiler algo más lejos.

No hay nada en el aspecto de la isla que indique que es una fuente de actividades paranormales. Sin embargo, he llegado a la conclusión de que las apariencias son medios de documentación poco fiables.

Estoy deseando conocer a Mia Devlin y empezar mi investigación.

Notó el ligero golpe del trasbordador al atracar, pero no levantó la vista.

Atracamos en la isla de las Tres Hermanas, el 6 de enero de 2002 —miró el reloj—, a las 12:03 p.m. aprox.

* * *

Las calles del pueblo estaban tan cuidadas como las de los pueblos de los libros de cuentos y el tráfico era escaso. Mac dio unas cuantas vueltas en coche, grabando algunos datos de interés en la grabadora. Aunque era capaz de encontrar ruinas mayas en la selva con la ayuda de un mapa garabateado en una servilleta arrugada, solía olvidar las localizaciones más comunes. El banco, la oficina de Correos, el mercado. ¡Vaya!, una pizzería…

Encontró aparcamiento sin problemas un poco más abajo de Café & Libros. Le gustó el aspecto del lugar inmediatamente: el escaparate, la vista del mar… Buscó el maletín, metió dentro la mini grabadora por si acaso, y salió.

Le gustó todavía más el interior de la tienda. El acogedor fuego en la chimenea de piedra, el gran mostrador tallado con lunas y estrellas siglo XVII, pensó, que sería perfecto para un museo. Mia Devlin tenía gusto y talento.

Se dirigió hacia el mostrador y hacia la mujer menuda con apariencia de gnomo, que se sentaba tras él en un alto escabel. Un movimiento, un destello de color captó su atención, se trataba de Mia, que surgió tras los montones de libros sonriendo.

—Buenas tardes. ¿Puedo ayudarle?

Lo primero que se le vino a la cabeza fue: «¡guau!».

—Estoy, eh, humm... Estoy buscando a la señorita Devlin, Mia Devlin.

—Ya la ha encontrado. —Se dirigió hacia él tendiéndole la mano—. ¿MacAllister Booke?

—Sí. —La mujer tenía una mano larga y fina, en la que los anillos brillaban como joyas sobre seda blanca. Le dio miedo estrecharla demasiado fuerte.

—Bienvenido a Tres Hermanas. ¿Por qué no vamos arriba? Le invito a un café o quizás algo de comer. Estamos muy orgullosas de nuestra cafetería.

—Bueno... no me importaría comer algo. He oído hablar muy bien de este lugar.

—Perfecto. Espero que no haya tenido problemas en el viaje.

«Hasta ahora no», pensó.

—Ha estado muy bien, gracias. —Subió las escaleras tras ella—. Me gusta su librería.

—A mí también. Espero que venga a menudo durante su estancia en la isla. Ésta es mi amiga, y «la artista» del café, Nell Todd. Nell, el doctor Booke.

—Encantada de conocerle. —A Nell se le marcaron los hoyuelos mientras salía detrás de la barra para tenderle la mano.

—El doctor Booke acaba de llegar y creo que le vendrá bien comer algo. La casa invita, doctor Booke. Pídale a Nell lo que le apetezca.

—Tomaré el emparedado especial, y un *capuccino* grande, gracias. ¿También hace usted el pan?

—Sí. Le recomiendo también el postre del día, el dulce de manzana.

—Lo probaré.

—¿Y tú Mia? —preguntó Nell.

—Sólo quiero un poco de sopa y té de jazmín.

—De acuerdo. Voy a traerlo.

—Veo que no voy a tener que preocuparme por las comidas mientras esté aquí —comentó Mac al sentarse en una de las mesas cerca de la ventana.

—Nell dirige también el «Catering Las Hermanas». Sirve a domicilio.

—Es bueno saberlo. —Pestañeó dos veces, pero el rostro de ella, que era gloria bendita, no se alteró—. Bien, tengo que decirlo, y espero que no se ofenda: Es usted la mujer más guapa que he visto en mi vida.

—Gracias. —Mia se sentó—. No estoy nada ofendida.

—Bien. No quiero empezar con mal pie, ya que espero trabajar con usted —dijo Mac.

—Como ya le expliqué por teléfono, yo no «trabajo»… en público —respondió Mia.

—Espero que llegue a cambiar de opinión, cuando me conozca mejor.

Mia pensó que tenía una sonrisa potente, ya que si por un lado era un tanto torcida (aunque de forma encantadora), por otro, era engañosamente inocente.

—Ya veremos. En cuanto a su interés por la isla y su historia, no le faltarán datos. La mayoría de los residentes permanentes pertenecen a familias que han vivido en Hermanas durante generaciones.

—Como los Todd, por ejemplo —dijo él, mirando hacia la barra.

—En realidad, Nell se casó con un Todd hace poco menos de dos semanas, Zachariah Todd, nuestro sheriff. Aunque ella es… nueva en la isla, los Todd han vivido aquí desde hace generaciones.

Booke sabía quién era Nell. La ex mujer de Evan Remington. Un hombre que tuvo una considerable influencia y poder en el mundo del espectáculo, que resultó ser culpable de malos tratos, había sido declarado loco legalmente y estaba encerrado.

El sheriff Todd fue quien le arrestó precisamente allí, en la isla de las Tres Hermanas, después de lo que se calificaron como «acontecimientos extraños», la noche de Halloween. El «Sabat de Samhain». Precisamente lo que Mac se proponía investigar en profundidad. Estaba a punto de sacar el tema a relucir, cuando algo en la expresión de Mia le advirtió que esperase el momento oportuno.

—Tiene un gran aspecto, gracias —le dijo en cambio a Nell, que servía la comida.

—Que aproveche. Mia, ¿te parece bien entonces que vuelva luego?

—Me parece estupendo.

—Bien. Entonces volveré sobre las siete. Si necesita algo más, doctor Booke, dígamelo.

—Nell acaba de volver de su luna de miel —explicó Mia en voz baja, una vez que estuvieron solos de nuevo—. Creo que las preguntas sobre determinados detalles de su vida no son muy apropiadas en este momento.

—De acuerdo.

—¿Es usted siempre tan conciliador, doctor Booke?

—Llámame Mac. Seguramente, no. Pero no quiero que te alteres, así, de entrada. —Mordió su emparedado—. ¡Qué rico! —consiguió decir—. Está realmente bueno.

Ella se inclinó hacia delante, jugando con la sopa.

—¿Estás arrullando con cumplidos a los lugareños?

—Tú también eres muy hábil. ¿Tienes facultades psíquicas?

—Todos las tenemos en cierto modo ¿no? ¿Acaso no investigas en uno de tus libros sobre lo que denominas el «sexto sentido desperdiciado»?

—Has leído mi obra.

—Sí. Yo me preocupo mucho de lo que soy, Mac. Tampoco es algo que explote, ni que permita a otros que lo hagan. He accedido a alquilarte la casa, y a hablar contigo cuando me apetezca, por una sencilla razón.

—De acuerdo. ¿Por qué?

—Porque tienes una mente brillante y, lo que es más importante, flexible, que es algo que yo admiro. Sin embargo, de ahí a fiarme de ti…, el tiempo lo dirá. —Miró alrededor e hizo un gesto—. Aquí llega una mente bastante brillante, pero muy inflexible, la ayudante del sheriff Ripley Todd.

Mac echó un vistazo y vio a una atractiva morena de largas piernas que se acercaba al mostrador, se apoyaba en él y charlaba con Nell.

—Ripley es un nombre muy común en la isla —dijo.

—Sí, es la hermana de Zack. Su madre se apellidaba Ripley. Las dos familias tienen antiguos lazos en Hermanas. Lazos muy antiguos —repitió Mia—. Si estás pensando en incluir en tu investigación a alguien cínico, Ripley es tu objetivo.

Incapaz de resistirse, Mia llamó la atención de Ripley y le hizo un gesto para que se acercara. Normalmente, la joven habría hecho caso omiso y se habría dirigido en dirección opuesta, pero un rostro extraño en la isla, por lo general tan aburrida, merecía ser investigado.

Al acercarse, pensó que se trataba de un hombre muy bien parecido, con cierto aire de ratón de biblioteca. Tan pronto como se le ocurrió el calificativo, arqueó ambas cejas. Un ratón de biblioteca. Debía tratarse del doctor en monstruos de Mia.

—El doctor MacAllister Booke, la ayudante Ripley Todd.

—Encantado. —Se puso en pie, sorprendiendo a Ripley con su estatura al levantarse de la silla. La mayor parte de su altura se debía a las piernas, calculó ella.

—No sabía que otorgaban títulos universitarios por el estudio de las tías raras.

—¿A que es adorable? —sonrió radiante Mia—. Precisamente le estaba diciendo a Mac que debería entrevistarte por tu mente estrecha y cerrada. Además, no le llevaría mucho tiempo.

—¡Qué aburrimiento! —Ripley enganchó los pulgares en los bolsillos y estudió el rostro de Mac—. No creo que le interese nada de lo que yo le pueda contar; Mia es la reina del cotilleo por aquí. Si necesita saber algo sobre la vida diaria de la isla, normalmente nos encontrará a mí o al sheriff por ahí.

—Te lo agradezco. Por cierto, yo sólo tengo una licenciatura en tías raras. No he terminado todavía la tesis.

Ripley frunció los labios.

—Estupendo. ¿Es tuyo el Rover que está ahí enfrente?

—Sí. —Se preguntó si habría dejado las llaves puestas de nuevo, al tiempo que rebuscaba en los bolsillos—. ¿Ocurre algo?

—No. Es un buen coche. Voy a coger algo para comer.

Cuando Ripley se marchó, Mia dijo:

—No es brusca e irritante a propósito, lo suyo es de nacimiento.

—No importa —dijo Booke; se sentó de nuevo y tomó la comida que había dejado—. Estoy acostumbrado. —Inclinó la cabeza hacia Mia—. Supongo que tú también.

—De vez en cuando. Doctor MacAllister Booke eres terriblemente controlado y afable, ¿verdad?

—Creo que sí. Soy bastante aburrido.

—Yo no lo creo. —Mia levantó su taza de té, y le estudió por encima de las gafas—. No lo creo en absoluto.

* * *

Mac dejó sus cosas en el Rover y entró en la casita amarilla solo. Había convencido a Mia de que no necesitaba que le acompañase. En realidad, prefería hacerse al lugar sin ella. Su presencia era demasiado fuerte y distraía la atención.

Era un lugar pequeño, con un encanto peculiar, muy distinto de la mayoría de los alojamientos que solía encontrar en sus viajes de investigación. Sabía que mucha gente pensaba que él era un hombre más apropiado para trabajar en una oscura y polvorienta biblioteca, lo que con frecuencia se ajustaba a la realidad; sin embargo, también era capaz de sentirse como en su casa en una tienda de campaña en la selva, siempre que contara con suficiente batería para el equipo.

El salón era pequeño y acogedor, tenía un sofá muy cómodo y una pequeña chimenea preparada para ser prendida. Decidió ocuparse de eso lo primero y rebuscó en sus bolsillos distraídamente, hasta que vio la caja de cerillas sobre la estrecha repisa de la chimenea.

Agradecido por aquellos pequeños detalles, encendió el fuego y continuó el recorrido. Tenía la costumbre de hablar en voz alta, lo que provocó un ligero eco.

—Hay dos dormitorios, utilizaré uno como segundo despacho. Creo que la instalación principal la dispondré en el salón. La cocina queda reservada para el día en que esté lo suficientemente desesperado como para cocinar, Nell Todd.

Otra vez hurgó en sus bolsillos y sacó la tarjeta del «Catering Las Hermanas», que había tomado del mostrador del café. La dejó en mitad de la cocina donde pudiera verla si se le ocurría cocinar.

Miró por las ventanas y le gustó que el bosque se encontrara tan próximo y que no hubiera otras casas. A menudo trabajaba a horas extrañas y allí no tendría vecinos cerca que pudieran quejarse.

Lanzó la única maleta que traía consigo encima de la cama del dormitorio principal y se sentó en ella para probar el colchón.

La imagen de Mia se coló en su mente. «¡Tranquilo, muchacho!», se advirtió a sí mismo, «no te permitas ni un solo pensamiento carnal acerca de una mujer capaz de sacártelos a tirones de la cabeza, y que además es el primer objetivo de tu investigación».

Satisfecho con la forma en que se había instalado, salió para descargar el Rover.

En su segundo viaje se detuvo al ver el coche patrulla del sheriff y a Ripley bajándose de él.

—Ayudante Todd.

—Doctor Booke. —Ella se sentía vagamente culpable de haberle hecho pasar un mal rato en su primer encuentro. No sentiría aquello si Nell no le hubiera regañado, pensó con resentimiento—. Tiene muchos bultos.

—Bueno, es sólo una parte. Mañana llegará el resto del equipaje, que encargué que me enviaran.

Ripley, entrometida por naturaleza, miró en la trasera del Rover.

—¿Hay más cosas aparte de todo esto?

—Sí. Son muchos cacharros delicados.

Ella volvió la cabeza.

—¿Cacharros delicados?

—Sí: cantidad de sensores, escáneres, medidores, cámaras y ordenadores. Son mis juguetes favoritos.

Se le veía tan contento con la idea que Ripley no se sintió capaz de sonreír.

—Te ayudaré a traer lo que queda en el coche.

—Fenomenal. Algunas cosas pesan bastante.

Ahora sí que Ripley sonrió de oreja a oreja mientras levantaba una gran caja del maletero.

—Puedo con ellas.

Mac pensó que sería mejor no hacer ningún comentario al respecto y se dirigió hacia el interior de la casa.

—Gracias. ¿Haces pesas? ¿Qué marca tienes?

Ella arqueó las cejas.

—Hago doce repeticiones con cuarenta y cinco kilos de golpe. —No podía hacerse una idea de su cuerpo porque iba enfundado en un abrigo largo y un grueso jersey—. ¿Y tú?

—Pues, más o menos lo mismo que tú, teniendo en cuenta la diferencia de peso.

Mac salió otra vez dejando que ella le siguiera intentando adivinar cómo serían su espalda, y su trasero.

—¿Para qué utilizas todos estos… chismes tan delicados? —preguntó Ripley.

—Para estudiar, observar, grabar y documentar lo oculto, lo paranormal, el arcano; lo distinto, ¿sabes?

—Eso son puros espectáculos circenses.

Él se limitó a sonreír, no sólo con la boca, sino también con los ojos, observó ella.

—Mucha gente piensa igual que tú —contestó Mac.

Acarrearon el resto de las cajas y maletas al interior entre los dos.

—Vas a tardar una semana en deshacer el equipaje —comentó Ripley.

Él se rascó la cabeza, contemplando las pilas de cosas que ahora abarrotaban el salón.

—No era mi intención traer tantas cosas, pero nunca sabes lo que puedes necesitar. Cuando estuve en Borneo me hubiera dado de tortas si no hubiera llevado el detector de energía suplementario, que es como un detector de movimiento, pero no exactamente —explicó—, allí es imposible encontrarlo.

—Seguro.

—Te lo enseñaré. —Se encogió de hombros al quitarse el abrigo que dejó a un lado descuidadamente, antes de agacharse para revolver en una caja.

Sorpresa, sorpresa, pensó Ripley, el doctor Raro tenía un culo estupendo.

—Mira, es éste, manual y totalmente portátil. Lo he diseñado yo mismo. —A Ripley le recordó a un pequeño contador Geiger, aunque pensó que nunca había visto un moderno contador Geiger—. Detecta y mide la energía negativa y positiva —le explicó—. Simplemente al conectarlo, reacciona ante las partículas cargadas de energía en el aire, o ante un objeto sólido, incluso ante el agua. Aunque éste no es apto para la inmersión. Estoy trabajando en uno que lo sea. Si lo necesito, puedo conectarlo al ordenador y crear una impresión gráfica del tamaño y la densidad de la energía y de otros datos pertinentes.

—Ya, ya. —Echó una rápida ojeada a su rostro; pensó que se le veía muy serio y muy contento con su pequeño juguete portátil—. Tú eres un loco de la informática, ¿verdad?

—Sí, bastante. —Le dio la vuelta al aparato para comprobar la batería—. Siempre me he movido entre los fenómenos paranormales y la electrónica. He encontrado la manera de disfrutar de ambos campos.

—A mí ninguno de los dos me da ni frío ni calor. —Sin embargo, echó un vistazo al montón de cajas del equipo. Era como si Radio Terremoto hubiera explotado—. Toda esta chatarra de alta tecnología debe valer mucha pasta.

—Humm. —Él no le estaba prestando toda su atención. El sensor que se encontraba activado estaba dando una lectura baja, pero definida.

—¿Dan subvenciones para comprar estos trastos?

—Pues, puede ser, pero nunca las he necesitado, soy un chiflado de la informática realmente rico.

—¿En serio? No dejes que se entere Mia o te subirá el alquiler.

Serpenteó entre las cajas, curiosa. Siempre le había gustado la pequeña casita, y todavía le fastidiaba un poco no ser ella quien la habitara, pero con MacAllister Booke las cosas no terminaban de cuadrarle.

—Mira, normalmente yo me ocupo sólo de mis asuntos y aunque no tengo el más mínimo interés en lo que tú haces, quiero decirte que hay algo que no me encaja. Eres profesor de cosas raras, un loco de la informática rico, la casita de campo… ¿Qué estás buscando?

Él no sonrió. Su rostro estaba en calma, casi absorto de forma un tanto misteriosa.

—Respuestas.

—¿Qué tipo de respuestas?

—Todas las que pueda encontrar. Tienes los ojos muy grandes.

—¿Qué?

—Veo que son simplemente verdes, ni grises, ni azules, son sólo de un verde intenso. Muy bonitos.

Ripley ladeó la cabeza.

—¿Te estás quedando conmigo, doctor Chiflado?

—No. —Él estuvo a punto de sonrojarse—. Sólo me estaba fijando, eso es todo. La mitad de las veces no me doy cuenta de que estoy diciendo lo que se me pasa por la cabeza. Supongo que se debe a que paso mucho tiempo yo solo, y pienso en voz alta.

—De acuerdo. Tengo que irme.

Él guardó el sensor en el bolsillo sin preocuparse de apagarlo.

—Agradezco tu ayuda. ¿Sin rencores?

—Está bien.

Ella le tendió la mano para estrechar la suya. En el momento en que sus dedos se tocaron, el sensor que tenía en el bolsillo empezó a pitar como loco.

—¡Guau! ¡Espera! ¡Mira!

Ripley intentó liberar su mano de nuevo, pero ante su sorpresa, él le apretaba muy fuerte mientras con la mano libre sacaba el sensor del bolsillo.

—¡Mira esto! —La excitación alteró su voz haciéndola más profunda—. Nunca había medido algo tan fuerte, está casi fuera de escala. —Comenzó a murmurar números como para memorizarlos, al tiempo que tiraba de ella por la habitación.

—Espera, amigo. No sé qué piensas…

—Necesito anotar estos números. ¿Qué hora es? Las dos y veintitrés con dieciséis segundos. —Fascinado, pasaba el indicador por encima de sus manos unidas—. ¡Dios mío! ¡Mira qué subida! ¿Es el frío o qué es?

—Déjame ya, o te tiro al suelo.

—¿Cómo? —Él miró su rostro y parpadeó una vez para orientarse. Los ojos que había admirado relucían duros como piedras—. Lo siento. —Soltó su mano inmediatamente y el pitido del sensor se ralentizó—. Lo siento —repitió—. Me bloqueo, especialmente ante un nuevo fenómeno. Si puedes esperar un momento a que anote esto, y a que conecte el portátil al ordenador.

—Yo no puedo perder el tiempo, mientras juegas con tus máquinas. —Ripley lanzó una mirada furiosa al sensor—. Creo que deberías revisar el equipo.

—Yo no lo creo. —Extendió la palma de la mano que había estrechado la suya—. Todavía noto vibraciones. ¿Y tú?

—No sé de qué hablas.

—Diez minutos —contestó él—, dame diez minutos para preparar lo indispensable y lo intentamos otra vez. Quiero comprobar nuestras constantes vitales: la temperatura corporal y la temperatura ambiental.

—Yo no dejo que ningún hombre compruebe mis constantes vitales sin haberme invitado antes a cenar. —Le hizo señas con el pulgar—. Estás entorpeciendo mi camino.

Él se apartó a un lado.

—Te invito a cenar.

—No, gracias. —Se dirigió directamente hacia la puerta sin mirar atrás—. No eres para nada mi tipo.

En lugar de perder tiempo, en cuanto Ripley cerró de golpe la puerta, Mac buscó la grabadora y comenzó a relatar los hechos.

«Ripley Todd. —Hizo una pausa—. La ayudante Ripley Todd, veintitantos años, supongo. Brusca, desconfiada, a veces maleducada. Incidente en un contacto físico. Un apretón de manos. Reacción física personal: un hormigueo y calor en la piel desde el punto de contacto, a través del brazo derecho hasta el hombro. Aumento del latido cardiaco y un sentimiento momentáneo de euforia. Reacción física de la ayudante Todd: no comprobada. Sin embargo, mi impresión: ha experimentado reacciones similares, que en ella han derivado en enfado y negación.»

Se sentó en el brazo del sofá cavilando.

«Una primera hipótesis, deducida de investigaciones previas, observaciones en curso y datos registrados, es que Ripley Todd es otra descendiente directa de una de las tres hermanas originales.»

Frunciendo los labios Mac apagó la grabadora.

—Y creo que esto es lo que le enfada realmente.

* * *

A Mac le llevó el resto de la tarde y parte de la noche deshacer el equipaje e instalarse. Cuando terminó, el salón tenía el aspecto de un laboratorio científico de alta tecnología plagado de monitores, teclados, cámaras y sensores colocados a su gusto.

Dejó poco espacio para moverse, pero su principal objetivo era trabajar, no divertirse.

Arrinconó el mobiliario y comprobó cada una de las piezas del equipo. Cuando al fin terminó, el fuego se había apagado hacía tiempo y estaba hambriento.

Recordó la pizzería, tomó el abrigo y salió.

Le agradó la oscuridad casi total, ya que sólo había un tenue destello de luz de luna y algunas estrellas dispersas. El pueblo, si recordaba bien, se encontraba a medio kilómetro al sur más o menos, y no se distinguía más que un conjunto de vagas siluetas oscuras a la luz de las farolas.

Desconcertado, miró el reloj. Soltó un taco. Eran más de las once de la noche y se encontraba fuera del pueblo y aislado en aquel trozo de tierra.

No habría pizza.

Su estómago, ya bien despierto, protestó ruidosamente. Había pasado hambre anteriormente, a menudo por culpa de su despiste, lo que no quería decir que le gustara la situación.

Sin mucha esperanza, volvió atrás para buscar alguna migaja en la cocina. Quizás conservara en su maletín alguna bolsa con restos de comida preparada o de golosinas. Pero encontró el premio gordo en la nevera: un recipiente con la etiqueta «sopa de almejas» y las instrucciones para calentarla, gentileza del Catering Las Hermanas.

—Amo a Nell Todd. Seré su esclavo. —Contentísimo, lo metió en el microondas el tiempo y a la temperatura indicados. Los primeros efluvios de olor casi le hicieron llorar.

Se tomó toda la fuente de pie.

Decidió dar un paseo por la playa, al sentirse ya saciado, reconfortado y revivido. Dos minutos después, volvió sobre sus pasos para buscar una linterna.

Siempre le había gustado el sonido del mar, especialmente de noche, cuando parece llenar el mundo. El viento frío era estimulante y el suave terciopelo de la oscuridad le relajaba.

Mientras caminaba realizó una lista mental de quehaceres domésticos y tareas que debía acometer al día siguiente. A pesar de que era consciente de que la mayoría de ellas se le olvidarían, si no todas, no cejó en su empeño.

Necesitaba hacer acopio de provisiones; transferir dinero al banco local para mayor comodidad; solicitar un teléfono y un apartado de correos. Quería estudiar los antepasados de los Todd más a fondo, y también la historia de la familia Ripley.

Se preguntó cuánta información podría extraer de Mia. Existía una tensión evidente entre ella y la ayudante, y le interesaba descubrir la causa. Necesitaba pasar más tiempo con ambas, aunque ninguna de las dos parecía muy influenciable.

Sintió un hormigueo en la parte posterior del cuello que le hizo detenerse y girarse lentamente.

Ella resplandecía. Una débil aureola de luz delineaba su cuerpo, su rostro y los largos rizos de su cabello. Sus ojos eran de un verde intenso, como los de un gato en la oscuridad, y le estaban mirando a él tan fija como tranquilamente.

—Ripley. —Mac no se asustaba con facilidad, pero ella lo había conseguido—. No sabía que hubiera alguien más aquí en la playa.

Comenzó a dirigirse hacia ella. Una ráfaga de aire le produjo un escalofrío. La arena se desplazó bajo sus pies. Vio bajar por su mejilla una sola lágrima brillando como un diamante, antes de que se desvaneciera como el humo.

Tres

Ripley pensó que la isla de las Tres Hermanas se encontraba en calma, tan blanca y perfecta como una de las bolas de cristal rellenas de nieve, que se mostraban en las estanterías de los «Tesoros de la Isla». La tormenta de nieve de la noche anterior había cubierto la playa, los prados y las calles. Los árboles parecían arropados por capas de armiño y se mantenían tan quietos como en un cuadro; el aire estaba tan silencioso como en una iglesia.

A ella le disgustaba estropear todo aquello.

Zack estaría llamando a Dick Stubens para que comenzara a dispersar la nieve. Enseguida, el mundo se pondría en marcha otra vez, pero todavía estaba inmóvil y silencioso, irresistible para ella.

Una de las pocas cosas que le disuadían de correr por la mañana por la playa era un poco de nieve. Tomó su bolsa de gimnasia, se la echó al hombro, aspiró por última vez el aroma de lo que estaba cocinando su cuñada y salió de la casa.

De momento, durante el recorrido hasta el hotel y el gimnasio, la isla era sólo suya.

El humo salía por las chimeneas y las luces brillaban tras las ventanas de las cocinas. Imaginó que la harina de avena se estaba cociendo y que el tocino chisporroteaba sobre el fuego. Además, en aquellas casas cálidas y acogedoras los niños estarían bailando de alegría porque no había escuela. Aquél era un día para hacer batallas de bolas de nieve y construir castillos, para los trineos y las tazas de chocolate caliente en la mesa de la cocina.

Su propia vida había sido así de sencilla una vez.

Se dirigió penosamente hacia el pueblo, dejando un surco en la nieve. El cielo mostraba una blancura quieta y suave, como si estuviera planeando dejar caer unos cuantos palmos más de nieve hasta llegar a una medida razonable. Esperaba que su hora en el gimnasio transcurriera con la misma suavidad, antes de volver a casa para ayudar a Zack a despejar la nieve de la patrullera y del coche de Nell.

Al cruzar el pueblo, miró al suelo y frunció el ceño. La nieve no estaba inmaculada, tal y como ella esperaba y deseaba. Alguien más había salido temprano y había dejado marcado un estrecho sendero.

Esto le irritó. Era una costumbre, casi un ritual, que fuera ella la primera en romper la capa de nieve en aquella zona de la isla. Y ahora alguien había estropeado su rutina y había hecho desaparecer su alegría. Pateó la nieve y siguió andando.

El camino llevaba, como el suyo, al hotel de piedra estilo gótico: la Posada Mágica.

Pensó que se trataría de algún turista del continente, que habría salido pronto de su habitación para ver un auténtico pueblo de Nueva Inglaterra bajo la nieve. Tuvo que admitir que era difícil censurarle, pero ese alguien debería haber esperado una hora más. Entró dando pisotones en los escalones, sacudiéndose la nieve de las botas.

Hizo un gesto al recepcionista levantando la bolsa de gimnasia, y de una carrera subió los escalones desde el vestíbulo al segundo piso. Había llegado a un acuerdo con el hotel, por el que pagaba sólo cuando utilizaba las instalaciones del gimnasio. Prefería hacer gimnasia a su aire, y durante el verano utilizaba el mar como piscina, por lo que no le interesaba ser socia fija del establecimiento.

Torciendo a la izquierda se dirigió directamente al vestuario de señoras. Por lo que sabía, sólo había un puñado de huéspedes aquella semana, así que tendría el gimnasio y la piscina para ella sola.

Después de dejar su ropa de abrigo en la taquilla que el hotel le tenía reservada, se desnudó para ponerse el corpiño negro de gimnasia y los pantalones de ciclista; después se puso los calcetines y las zapatillas de deporte.

Recuperó el buen humor otra vez ante la perspectiva de una buena sesión con las máquinas de resistencia y las pesas, que le harían sudar. En cambio, como no le gustaba la cinta, pensaba reservar la parte aeróbica del entrenamiento para la piscina del hotel.

Atravesó el vestuario para dirigirse a la puerta que comunicaba con el gimnasio. Antes de ver a nadie, oyó el sonido de metal contra metal. Su estado de ánimo se agitó de nuevo. La televisión estaba encendida y sintonizada en uno de esos programas matinales de pura cháchara y aplausos.

Cuando entrenaba, prefería la música muy alta.

Una ojeada al banco de pesas hizo que su ceño fruncido diera paso a una observación interesada. No podía ver demasiado, pero lo que contemplaba era de primera calidad:

Unas piernas largas, fuertes y musculosas que brillaban por el sudor; unos brazos también largos, con bíceps impecables que se contraían con los movimientos de subida y bajada. Dio su aprobación a las zapatillas, de buena marca, sencillas y que desde luego no eran nuevas.

Estaba realizando repeticiones constantes y suaves con 60 kilos de peso. Cada vez mejor. No se trataba de un aficionado de fin de semana, sino de alguien que hacía ejercicio regularmente. Y si el resto de su persona concordaba con sus extremidades, entonces era un alguien muy deseable.

Si tenía que compartir las instalaciones, mejor que fuera con un tipo deseable, entusiasta y sudoroso.

«Precisamente como me gustan», pensó encantada. Echaba de menos a los hombres, o por lo menos el sexo. Averiguaría quién era aquel Señor Entrenamiento y comprobaría si le divertían los anuncios de la televisión.

Cogió una toalla, se la puso alrededor de los hombros y se dirigió hacia él.

—¿Necesitas alguien que te controle? —empezó a decir, pero casi se ahogó cuando al mirar hacia abajo vio el rostro de Mac.

Él soltó un gruñido y bajó la barra de pesas.

—Hola, ¿qué tal? ¡Vaya nevada la de anoche!

—Sí, nevó algo. —Se volvió disgustada para empezar sus ejercicios de calentamiento. ¿Cómo era posible? Cuando ella empezaba a derretirse, el Señor Entrenamiento resultaba ser el Doctor Chiflado.

—Bonito gimnasio —comentó Mac con un pequeño gruñido, ya que estaba levantando la barra—; me ha extrañado encontrarlo vacío.

—No hay mucho movimiento en el hotel en esta época del año. —Ripley le lanzó una mirada. No se había afeitado, y la sombra de barba incipiente convertía su atractivo rostro de ratón de biblioteca en algo intenso, sexy.

¡Maldita sea! Era muy atractivo.

—¿Te has hecho socio? —preguntó.

—Sí. Vaya, he perdido la cuenta. Bueno. —Enganchó la barra en el seguro y la dejó—. ¿Tú entrenas aquí regularmente?

—No. En casa tengo pesas y un banco de flexiones, pero cuando no puedo salir a correr, me gusta utilizar esto y la piscina. ¿Estás viendo esta porquería?

Él ajustó el peso y la resistencia de otra máquina, y echó una ojeada a la televisión.

—No especialmente.

Ripley lo tomó por un no, y apagó la televisión mientras él se instalaba en una máquina de ejercicios de piernas. Puso música lo suficientemente alta para dificultar cualquier conversación.

Sin alterarse, Mac continuó con su plan de ejercicios, y ella con el suyo. El joven doctor no dejó de observarla por el rabillo del ojo; no era de los que se dedicaban a mirar a las mujeres en los gimnasios, no le parecía de buena educación, pero también era humano. Estaban solos los dos, y ella tenía un cuerpo firme y bello. En cambio, su actitud era claramente disuasoria.

Recordó lo que había visto en la playa dos noches antes, el momento en que creyó que era Ripley la que se encontraba allí. Por supuesto, no se trataba de ella. Se dio cuenta casi al instante. Los ojos eran muy parecidos, del mismo verde puro, penetrante e intenso; pero la mujer, o la visión, o lo que fuera, no tenía aquel cuerpo firme y disciplinado. Y el pelo, oscuro y largo, se curvaba en rizos, mientras que el de Ripley era liso como una tabla. En cuanto al rostro, aunque existía un cierto parecido, el de la mujer de la playa era mucho más suave, triste y relleno.

A todo ello había que añadir que no creía que Ripley Todd fuera a estar en una playa oscura, llorando, para desvanecerse después en el aire. Estaba seguro de que era una de las hermanas. Y después de las investigaciones que había llevado a cabo, apostaría que se trataba de la llamada Tierra.

Aun así, la ayudante Todd formaba parte de la leyenda. De eso también estaba seguro.

No tenía muy claro cómo minar su pétrea actitud y convencerla de que colaborara, es decir, cómo trabajar con ella. Sin embargo, como decidió que eso era lo que tenía que hacer, pensó que no podía ser una coincidencia que los dos decidieran hacer pesas al mismo tiempo.

Ella empezó a trabajar rápido. Él imitó su ejemplo.

A pesar de la música, se encontraban lo suficientemente cerca como para que él pudiera hablar sin gritar y sin sentirse un imbécil.

—¿Qué tal es la comida del restaurante del hotel?

—Hay dos. Están bien. Hay uno de lujo bastante caro.

—¿Te apetecería desayunar después? Te invito —Ripley le lanzó una mirada de reojo.

—Gracias, pero tengo que regresar al trabajo.

Mac vio que miraba sus pesas; estaba levantando diez kilos y ella cinco. Pero entre el estruendo de la música se movían al unísono.

—Ya tengo instalado todo el equipo; tienes que venir a echar un vistazo —dejó caer Mac como por casualidad, al cambiar ambos el ritmo de los movimientos.

—¿Por qué debería hacerlo?

—Por curiosidad. Si te sientes incómoda por lo que pasó el otro día, prometo no tocarte.

—No hay nada que me incomode.

Había en su voz la suficiente mordacidad como para indicarle que se detuviera. Algunas mujeres presumían de su aspecto o de su cerebro. Ripley, de su terquedad.

—Comprendo perfectamente que te muestres reticente a venir o incluso a hablar conmigo después de aquello —dijo lanzándole una sonrisa tonta—. Suelo olvidar que la gente corriente no está acostumbrada a los fenómenos paranormales; pueden ser aterradores.

—¿Piensas que tengo miedo? —Ripley apretó los dientes y continuó con las repeticiones—. No me das miedo, Booke, ni tampoco tus estúpidos juguetes.

—Me encanta oír eso. —Con voz alegre y cara de placer, terminó los ejercicios de suelo y se levantó para hacer bíceps—. Estaba preocupado por la forma en que te largaste.

—Yo no me largué —soltó ella de golpe, y comenzó a trabajar sus tríceps—, me fui.

—Es igual.

—Tengo trabajo.

—Está bien.

Ella tomó aire y se imaginó qué le ocurriría a esa sonrisilla atontada si le estampaba las pesas en la cara.

—Tú puedes ser un rico ocioso, amigo, pero yo tengo que trabajar para mantenerme.

—De acuerdo. Si no te preocupa la explosión de energía del otro día, me encantaría que volvieras. Ahora que ya estoy instalado y he comenzado a trabajar, me ayudaría mucho recrear ese suceso o al menos intentarlo.

—No me interesa.

—Te pagaría.

—No necesito tu dinero.

—Pero eso no hace que sea menos útil. Piénsatelo.
—Decidió cortar el entrenamiento y darle tiempo a ella para hacer lo mismo. Mientras colocaba las pesas en su soporte añadió—: Por cierto, tienes unos buenos abdominales.

Ripley se limitó a despegar los labios y mostrar los dientes, cuando él se levantó.

¡Pero bueno!, pensó al finalizar la tabla de ejercicios, que semejante zumbado insinuara que tenía miedo... Si no fuera tan ridículo, resultaría insultante. Y para más inri, que pensara que podía comprar su tiempo para sus ridículos experimentos o investigaciones, o como quiera que llamara a lo que hacía.

Era una pena, una maldita pena que fuera el hombre más guapo, y desde luego mejor formado, con el que se había tropezado en meses. Si no hubiera sido el irritante

63

imbécil que era podían haber disfrutado juntos de algún ejercicio de muy diferente naturaleza.

En cambio, tendría que esforzarse por evitarle en todo momento. No le sería fácil, pero iba a convertirlo en su propósito para aquel invierno.

Con un cansancio agradable en los músculos, se encaminó de nuevo al vestuario, se duchó, se puso el bañador y se dirigió a la piscina.

Inmediatamente cayó en la cuenta; debía de habérselo imaginado: él ya estaba en el agua haciendo largos de forma lenta y casi perezosa. Le sorprendió comprobar que tenía bronceado todo el cuerpo, al menos todo lo que podía ver, que era bastante, dado que su bañador negro no ocultaba mucho.

No quería renunciar a nadar, aunque significara compartir la piscina con él. Dejando la toalla a un lado, se zambulló.

Cuando emergió a la superficie, Mac estaba a un palmo de distancia, flotando.

—Tengo una idea —dijo.

—Apuesto a que te sobran. —Sumergió la cabeza y se retiró el cabello de la cara—. Mira, quiero hacer mis largos e irme. Es una piscina grande. Tú te quedas en este lado y yo en el otro.

—No le llamemos una idea, sino una proposición —insistió.

—Booke, vas a conseguir cabrearme.

—No he querido decir...

Se puso rojo, una combinación perfecta y espléndida con la varonil barba incipiente. La ligera punzada de deseo que notó en su estómago consiguió sacarla de sus casillas.

—Lo que yo quería… —dijo Mac y tomó aire dos veces con mucho cuidado, ya que sabía que si no lo hacía, tartamudearía— era hacer una carrera.

Supo que había despertado su instinto competitivo por la forma en que a ella le brillaron los ojos, antes de volverse en el agua y nadar hacia un lado.

—No me interesa.

—Te doy de ventaja un cuarto de piscina.

—De eso nada. Me vas a cabrear.

—Cuatro largos —continuó él agarrándose firmemente a su propuesta, como un perro a un hueso—. Si tú ganas, no te molestaré más. Si gano yo, me dedicarás una hora de tu tiempo. Una hora contra tres meses. Las condiciones son muy favorables para ti.

No le hizo caso, no quería hacerle caso. Él no conseguiría importunarla si ella no se dejaba. Sólo existía un pequeño obstáculo: no podía resistir un desafío.

—Cuatro largos sin ventajas —accedió Ripley ajustándose las gafas que tenía en la cabeza—. Cuando yo gane, te mantendrás a distancia, no mencionarás tu proyecto o como se llame nunca más, y no intentarás acercarte a mí con un interés personal.

—La última parte no me parece muy agradable, ayudante, pero accedo. Si yo gano, vendrás a casa y me ayudarás a realizar algunas pruebas. Una hora de trabajo con tu total cooperación.

—Hecho. —Cuando él le tendió la mano, Ripley se limitó a mirarle fijamente—. Ni lo sueñes.

Esperó a que llegara al muro junto a ella, y se preparó realizando lentas y profundas aspiraciones.

—¿Estilo libre?

—De acuerdo. ¿A la de tres?

Ella asintió.

—Una, dos…

A la de tres, salieron los dos a la vez, abriéndose camino en el agua. Ripley no pensó perder, ni siquiera se planteaba esa posibilidad. Nadaba prácticamente todos los días, y además estaba en su terreno.

Se dio cuenta de que él se encontraba en buena forma cuando mantuvieron el mismo ritmo en el primer largo. No estaba mal, pero ella era mejor.

Palmotearon en el muro contrario y salieron para hacer el segundo largo.

Daba gusto contemplarla, y Mac deseó tener más oportunidades de hacerlo, pero en circunstancias menos intensas. Se dio cuenta de que no era sólo cuestión de fuerza, sino que tenía la gracia disciplinada y fluida de una verdadera atleta.

Mac era consciente de sus cualidades. Si había algo que podía hacer, era nadar. Debía admitir que no se le había ocurrido siquiera que le pudieran igualar. Sus brazadas eran más largas y medía quince centímetros más; sin embargo, ella tenía una poderosa zancada.

Cogió el ritmo con fuerza en el tercer largo. Ripley le igualó. Se sintió retado y divertido a la vez. Ella estaba jugando con él. Imprimió más velocidad y tuvo que admitir que estaba encantado de que hubiera rechazado la ventaja.

Es como una anguila el muy hijoputa, pensó Ripley. Cuando se lanzaron juntos para atacar el último largo, se dio cuenta de que había subestimado sus dotes. Sacando fuerzas de flaqueza, se concentró y le adelantó un cuarto de cuerpo, sintiendo que se le aceleraba la adrenalina en el esfuerzo final.

Se quedó impresionada y algo aturdida de admiración cuando le vio pasar por delante y golpear el muro dos brazadas antes que ella.

Emergió con el pecho palpitando por el esfuerzo y se quitó las gafas.

Nadie, ni siquiera Zack era capaz de ganarla en cuatro largos. Era desmoralizador.

—Entonces cuando te venga bien hoy —dijo Mac jadeando y apartándose el pelo hacia atrás.

* * *

El muy canalla ni siquiera había tenido la delicadeza de restregárselo por las narices, y así, el sabor de la derrota era aún más amargo. Se había comportado de una forma tan absolutamente agradable que empezaba a preguntarse si no estaría drogado. Desde luego nadie podría controlarse tanto sin ayuda de la química.

Se desahogó en parte apaleando nieve, y tranquilizó su maltratado ego con los famosos bollos de canela de Nell. Pero continuó sintiéndose molesta a lo largo del día, como si estuviera rascando una costra sin parar.

Hubo una serie de llamadas que la mantuvieron ocupada: coches que se habían salido de la carretera, una ventana rota por una bola de nieve mal dirigida, y la variedad habitual de travesuras que los niños sin colegio pueden hacer un día de nieve.

Todavía le fastidiaba y alteraba su humor.

En la comisaría, Zack no pudo por menos que reparar en los tacos que murmuraba y en cómo se servía una taza de café tras otra. Era un hombre paciente y conocía a su hermana. Aquella mañana habían patrullado juntos por lo que pudo reconocer las señales de lo que sucedía en su estado de ánimo.

Pero como no lo ponía de manifiesto, tendría que sonsacarle. Decidió que aquél parecía un buen momento, ya que estaba disfrutando de un descanso tomándose un café con los pies encima de la mesa.

—¿Vas a seguir dando vueltas a lo que te ocurre o lo sueltas de una vez? —preguntó Zack.

—No me pasa nada —respondió ella dando un sorbo al café; se quemó la lengua y soltó un taco.

—Estás a punto de explotar desde que volviste del gimnasio esta mañana.

—Yo no estoy a punto de explotar; tú sí.

—Yo estoy cavilando —le corrigió—, lo cual es un proceso mental solitario dirigido a encontrar la solución a un conflicto o a una situación. Ver a alguien a punto de estallar es como estar vigilando una olla hirviendo hasta que se desborda y se derrama encima de alguien. Como ahora mismo soy el único que se encuentra en el camino del desastre, tengo el derecho legítimo a saber el contenido de dicha olla.

—Es lo más estúpido que he oído nunca. —Ripley se volvió hacia él con una peligrosa mueca.

—Mira —dijo apuntándola con el dedo—, estás intentando desquitarte conmigo. Dime quién te ha cabreado e iremos a darle unos azotes juntos.

Ripley tuvo que admitir que su hermano tenía una forma de ser que conseguía hacerla reír en los peores momentos. Se dirigió a la mesa de despacho y se sentó en el borde.

—¿Has conocido a ese individuo, Booke?

—¿El gran cerebro venido de Nueva York? Sí, le conocí ayer cuando salió a dar una vuelta de reconocimiento por el pueblo. Parece bastante simpático.

—Simpático —resopló ella—. ¿Sabes a lo que ha venido?

Zack asintió. Con sólo mencionar el nombre de MacAllister Booke Ripley le estaba dando una pista de su enfado.

—Rip, siempre estamos dando vueltas una y otra vez al mismo tema. No podemos vivir en Hermanas y evitarlo.

—Esto es diferente.

—Quizás lo sea. —Tenía el ceño fruncido cuando se levantó a servirse otro café—. Lo que le ocurrió a Nell el otoño pasado es asombroso. Y no sólo porque, en cierto sentido, ella volviera de la muerte, o porque se descubriera que el canalla de Remington le pegaba durante su matrimonio; ni porque intentara matarla cuando la siguió hasta aquí.

—Y a ti te apuñaló. —Ripley habló en voz baja, ya que todavía podía ver la sangre en su camisa y la forma en que brillaba oscura entre las sombras del bosque.

—Todo aquello se aireó mucho en la prensa —continuó Zack—, fue un gran escándalo y muy jugoso. Si le añadimos cómo acabó...

—Conseguimos ocultarlo a la luz pública.

—Lo mejor que pudimos —accedió él.

Se detuvo a su lado y le tocó la cara. Zack sabía que aquella noche Ripley había roto la promesa que se había hecho a sí misma al unir sus manos a las de Mia y al utilizar lo que llevaba dentro para salvar a Nell y para salvarle a él.

—Se hizo público lo suficiente —dijo él quedamente—: rumores, especulaciones y delirios de un loco. Lo suficiente para magnificarlo, para aumentar el interés. Era lógico que sucediera algo por el estilo.

—Esperaba que vinieran algunos excéntricos —admitió ella—, quizás un aumento de turistas idiotas, ese tipo de cosas; pero Booke es distinto, es de la clase de los serios, una especie como de cruzado. Y es famoso. Habrá gente que piense que es un chiflado, pero otros no. A todo esto hay que añadir que quizás a Mia se le meta en la cabeza hablar y cooperar con él.

—Podría ser. —No quiso añadir que él estaba convencido de que también Nell podría querer. Ya habían tenido una discusión al respecto—. Ripley, es su elección y no debe influir en la tuya.

Ella lanzó una mirada de disgusto sobre su café.

—Ha ganado una hora de mi tiempo.

—¿Cómo?

—El muy hijoputa me ha estafado retándome esta mañana. Perdí y tengo que regalarle una hora para su estúpido vudú.

—¡Vaya! ¿Cómo perdiste?

—No quiero hablar de eso —murmuró ella.

Pero Zack insistió en averiguarlo.

—¿Esta mañana no has estado más que en el gimnasio, verdad? He oído que se ha apuntado como socio. ¿Es ahí donde os habéis encontrado?

—Sí, así es. —Se bajó de la mesa y paseó impaciente por el despacho—. ¿Quién podía pensar que era capaz de moverse de esa manera? En una carrera de velocidad, quizá, por la ventaja de su altura, pero en una distancia de cuatro largos en estilo libre.

—¿Era una carrera a nado? —Zack dejó traslucir su sorpresa—. ¿Te ganó en una carrera a nado?

—He dicho que no quiero hablar de ello. No conseguí coger el ritmo, eso es todo. —Ripley se giró con una mirada sesgada en los ojos—. ¿Estoy oyendo una risa?

—¡Pues claro! No me extraña que estés echando humo.

—¡Cállate ya! En cualquier caso, no sé lo que quiere probar en una hora, con sus detectores de energía y sus sensores de espíritus. Es una pérdida de tiempo.

—Entonces no hay nada que pueda preocuparte. ¿Cuánto te sacó?

—¡Cállate, Zack!

* * *

Decidió acabar con ello de una vez, como se arranca una raíz. Prefirió andar y dejarle a Zack el coche patrulla, ya que así posponía la maldita cita un poco más.

Era completamente de noche cuando se dirigió a la casita amarilla. Había luna nueva y habían caído seis centímetros más de nieve desde por la mañana, aunque las nubes se habían disipado por la tarde. El cielo estrellado, claro y despejado absorbía cualquier traza de calor en el aire. El frío era tan cortante como una hoja de afeitar que se deslizara con suavidad por la piel.

Caminaba rápidamente, alumbrando el camino con una linterna.

Sacudió la cabeza cuando apuntó el haz de luz hacia el Rover de Mac. No se había molestado en quitarle la nieve, y pensó que era el típico comportamiento del Profesor Chiflado, totalmente ajeno a lo práctico.

Avanzó a grandes zancadas hacia la puerta que golpeó con el puño envuelto en un guante de lana.

Él acudió a abrir. Llevaba un jersey gris que había conocido tiempos mejores y unos pantalones vaqueros también muy usados. Le llegó el inconfundible olor de la sopa de buey y cebada de Nell, y se obligó a pensar que era eso y sólo eso lo que provocaba que la boca se le hiciera agua.

—¡Hola! ¡Jesús, qué frío hace ahí fuera! Debemos estar a bajo cero. —A pesar de que él se apartó para dejarla pasar, aprovechó para echar un vistazo—. ¿No has traído coche? ¿Has venido andando? ¿Estás loca?

Ella contempló el equipo amontonado en el reducido salón.

—Vives así y me preguntas si yo estoy loca.

—Hace demasiado frío para dar un paseo nocturno.

Instintivamente Mac tomó sus manos enfundadas en guantes y las frotó entre las suyas.

—¡Qué interés! Te advierto que todavía estamos dentro del horario de trabajo —se burló Ripley.

—¡Cuidado con lo que dices! —La voz de Mac no era ni suave ni relajada, sino tan directa como una bala. Ella le miraba de reojo cavilando—. ¿Sabes lo que es la congelación?

—Pues sí, perfectamente, ¡Oye! —Ripley dio un tirón hacia atrás cuando Mac le quitó los guantes para examinarle los dedos.

—Estuve hace unos años con un grupo de gente en Nepal y uno de los estudiantes se descuidó —dijo, y sin hacer caso de su resistencia le movió los dedos— y perdió dos.

—Yo no soy descuidada.

—De acuerdo. Dame tu abrigo.

Se encogió de hombros y se lo quitó, al igual que la bufanda, la gorra de lana y el chaleco aislante, y fue apilando cada prenda de ropa en los brazos de él.

—Ya veo que no eres imprudente. —Después él miró a su alrededor buscando un lugar donde deshacerse de todo aquello.

Ella no pudo evitar hacer una mueca.

—En el suelo está bien.

—No, también está… la cama —recordó el joven y acarreó todo aquello a través del estrecho pasillo que había creado para llegar al dormitorio.

—¿Te da miedo la oscuridad? —gritó ella.

—¿Cómo?

—Tienes todas las luces encendidas.

—¿Ah sí? —dijo saliendo de nuevo—. Siempre olvido apagar las cosas. Compré un poco de sopa de Nell y la estoy calentando, ¿quieres un poco? —Hizo una pausa leyéndole el pensamiento perfectamente—. La cena queda fuera del tiempo acordado.

—No tengo hambre —respondió Ripley rápidamente, mientras le invadía el enfado.

—De acuerdo, yo la tomaré más tarde, o sea que podemos empezar. ¿Dónde he puesto yo…? —Rebuscó en los bolsillos dando vueltas—. ¡Ah, sí! —Encontró la mini grabadora al lado de un monitor—. Primero quiero grabar una serie de datos personales, o sea que...

Se interrumpió de nuevo y frunció el ceño. Había amontonado viejos archivos, recortes de periódicos, obras de investigación, fotografías y otros documentos de trabajo en el sofá. Ni siquiera en el suelo había espacio suficiente para que se sentaran dos personas.

—Yo creo que esta parte la vamos a hacer en la cocina.

Ripley se encogió de hombros, metió las manos en los bolsillos y le siguió.

—Como lo vamos a hacer aquí, yo voy a seguir comiendo. —Tomó un cuenco y decidió apiadarse de ella—. ¿Por qué no cambias de opinión, y así yo no me sentiré como un maleducado por cenar delante de ti?

—Está bien. ¿Tienes una cerveza? —preguntó Ripley.

—No, lo siento, pero creo que hay un vino bastante bueno.

—No está mal.

Ella permaneció de pie mientras él servía la sopa en los cuencos y el vino.

—Siéntate.

Mac se sentó frente a ella y se levantó inmediatamente.

—Maldición; espera un minuto. Vete comiendo.

Ripley tomó la cuchara mientras él salía corriendo. Oyó un murmullo, ruido de papeles y un ligero golpe de algo que caía al suelo. Mac volvió con un cuaderno de espiral, dos lápices y un par de gafas con montura de metal; en el instante en que se las puso, ella notó un pinchazo en el estómago.

—¡Dios mío! —pensó ella—, qué increíblemente sexy es este cretino.

—Voy a tomar notas —le explicó— y a rebobinar la grabadora. ¿Cómo está la sopa?

—Es una sopa de Nell —respondió Ripley sin más comentarios.

—Sí. —Mac empezó a comer—. El otro día, cuando perdí la noción del tiempo, me salvó la vida. Encontré un recipiente con sopa en la nevera y casi me desmayé y me eché a llorar. Tu hermano es un hombre con suerte. Le conocí ayer.

—Sí, me lo dijo. —Ripley empezó a relajarse pensando que mientras le daba conversación el reloj avanzaba—. Están muy unidos.

—Eso me pareció. ¿Cuántos años tienes?

—¿Qué?

—Tu edad, es para grabarlo.

—No entiendo qué tiene eso que ver. Cumplí treinta el mes pasado.

—¿Qué día?

—El catorce.

—Sagitario. ¿Sabes la hora de tu nacimiento?

—No le presté demasiada atención en ese momento. —Levantó la copa de vino—. Creo que mi madre decía que sobre las ocho de la tarde, después de dieciséis horas de terribles dolores y demás. ¿Para qué necesitas saber todo eso?

—Registro los datos para hacerte una carta astral; te daré una copia si quieres.

—Todo eso son falsedades.

—Te sorprenderías. ¿Naciste en la isla?

—Sí, en casa, asistieron a mi madre un médico y una comadrona.

—¿Alguna vez has experimentado fenómenos paranormales?

No le importaba mentir, pero le fastidiaba sentir la garganta agarrotada cuando lo hacía.

—¿Por qué debería sentirlos?

—¿Recuerdas tus sueños?

—Por supuesto. El otro día tuve uno la mar de excitante con Harrison Ford, una pluma de pavo real y un frasco de aceite. ¿Qué crees que significa?

—Ya que un puro a veces es simplemente un puro, las fantasías sexuales se refieren pura y llanamente al sexo. ¿Sueñas en color?

—Sí, seguro.

—¿Siempre?

Ella alzó los hombros.

—El blanco y negro es para las películas de Bogart y la fotografía artística.

—¿Tienes alguna vez sueños proféticos?

Casi contestó afirmativamente, pero consiguió retenerse.

—Hasta ahora Harrison y yo no hemos llegado más allá, pero no pierdo la esperanza.

Él cambió de táctica.

—¿Tienes alguna afición?

—¿Quieres decir aficiones como hacer colchas o la observación de pájaros? No.

—¿Qué haces en tu tiempo libre?

—No sé. —Ella casi sintió vergüenza, pero se contuvo—. Pues tonterías como ver la televisión, ir al cine; a veces navego.

—¿Te gustan las películas de Bogart? ¿Cuál es tu preferida?

—*El halcón maltés.*

—¿En qué tipo de barco navegas?

—En el pequeño crucero de Zack. —Tamborileó con los dedos sobre la mesa dejando vagar su mente—. Creo que voy a tener uno propio.

—No hay nada como un día en el mar. ¿Cuándo te diste cuenta de que tenías poderes?

—Nunca… —Se enderezó borrando cuidadosamente cualquier expresión de su rostro—. No sé a qué te refieres.

—Sí lo sabes, pero de momento podemos dejar de lado la cuestión si te sientes incómoda.

—No estoy incómoda. Sencillamente, no entiendo la pregunta.

Él dejó el lápiz, apartó a un lado el cuenco de sopa y la miró directamente a los ojos.

—Entonces digámoslo así: ¿cuándo te diste cuenta de que eras una bruja?

Cuatro

Sintió que la sangre se le agolpaba en la cabeza y latía a toda velocidad, al igual que su corazón. Mac estaba sentado completamente tranquilo, estudiándola como si fuera un experimento de laboratorio sólo ligeramente interesante.

Su estado de ánimo empezó a hacer tictac como una bomba.

—¿Qué estúpida pregunta es ésa?

—En algunas personas es algo instintivo, un conocimiento hereditario. A otros se les enseña como se enseña a los niños a andar y a hablar. En otros se manifiesta con la aparición de la pubertad. Para unos pocos, creo, la vida transcurre sin que lleguen a ser conscientes siquiera de su potencial —le explicó.

Ahora consiguió que ella se sintiera como un estudiante ligeramente corto de alcances.

—No sé de dónde sacas todas esas historias, ni cómo se te ha ocurrido esa idea de que yo soy... —No lo diría, no iba a darle la satisfacción de oírselo decir—. Esa jerigonza pertenece a su campo, no al mío, doctor chiflado.

Intrigado, Mac ladeó la cabeza.

—¿Por qué te enfadas?

—No estoy enfadada. —Ripley se inclinó hacia delante—. ¿Te gustaría verme de verdad enfadada?

—No especialmente. Pero apostaría a que si ahora te coloco un sensor, seguro que obtendría alguna lectura interesante.

—Ya no apuesto contigo, de hecho, se ha terminado el tiempo. —Dejó que ella se tranquilizara y continuó tomando notas—. Todavía quedan cuarenta y cinco minutos. Si vas a faltar a tu palabra… —Levantó la vista y se encontró con la furiosa mirada de Ripley—. Sólo puedo pensar que tienes miedo. No era mi intención asustarte o preocuparte. Lo siento.

—Paso de tus disculpas. —Luchó contra su orgullo, que siempre había sido su punto débil. Había aceptado la maldita apuesta y sus condiciones. Enfadada consigo misma, golpeó el respaldo de la silla haciéndola chirriar y se sentó otra vez.

Él no se lo restregaba por las narices y seguía tomando notas, pensó Ripley, rechinando; como si siempre hubiera sabido que le ganaría.

—Tendré que superar grandes obstáculos, porque no cooperas.

—No hay nada en lo que cooperar.

—Tú no eres tonta y me da la impresión de que te conoces muy bien a ti misma.

Se quedó mirándola. Ripley intentaba permanecer firme, pero algo bullía bajo su calma aparente, una fuerte emoción, apasionada incluso. Quería sacarlo a la luz desesperadamente; descubrírselo, descubrirle a ella, pero se dio cuenta de que nunca tendría esa oportunidad si la ofendía tan rápidamente.

—Supongo que estoy rozando una zona muy sensible para ti. Lo siento —se disculpó Mac.

—Ya te dije lo que podías hacer con tus disculpas; puedes hacer lo mismo con tus suposiciones.

—Ripley… —Mac tendió la mano extendiendo los dedos en un gesto de paz—. No soy un reportero buscando una historia, ni un fan tras una estrella, ni un neófito a la caza de un mentor. Es mi trabajo. Te prometo respetar tu intimidad y ocultar tu nombre en la documentación. No haré nada que pueda herirte.

—Tú no me preocupas, Booke. Tendrás que buscar tu animal de laboratorio en otra parte. No me interesa tu… trabajo.

—¿Nell es la tercera?

—Deja a Nell en paz. —Sin pararse a pensarlo, se acercó y le agarró por la muñeca—. Si te metes con ella, ¡te rompo la cara!

Él no se movió, casi ni respiró. Ella tenía las pupilas oscuras casi negras. Donde le había puesto los dedos sentía un calor tan intenso que no le hubiera sorprendido ver que salía humo de su piel.

—No quiero hacer daño a nadie —consiguió decir Mac con una voz que de alguna manera resultaba firme—. No se trata de filosofar sobre la Hermandad, yo creo en ello. No haré nada que pueda herir a tu cuñada, o a ti, Ripley. —Muy despacio, puso su mano cubriendo la de ella, mirándola como miraría a un perro guardián que se hubiera soltado de la cadena—. No puedes controlarlo, ¿verdad? —La voz de Mac era suave.

—No del todo.

Le dio un apretón de manos casi amistoso.

—Me estás quemando la muñeca.

Ante esta afirmación, Ripley soltó los dedos y los estiró; sin embargo, su mano temblaba cuando miró la muñeca de Mac y vio las marcas rojas en el lugar en que habían estado sus dedos.

—No pretendía hacerlo. —Luchó para normalizar su respiración, para acabar con aquel violento estallido de energía; para ser ella misma otra vez.

—Toma.

No había oído que se levantara, o que fuera al fregadero, pero en un momento, él estaba de pie a su lado ofreciéndole un vaso de agua. Después de tomárselo de golpe, ya no estaba muy segura de si era enfado o vergüenza lo que sentía; pero la culpa era de él.

—No tienes derecho a venir aquí y entrometerte en la vida de la gente —declaró.

—El saber y la verdad nos salvan del caos. —Su tono era tranquilo, razonable, y ella sintió deseos de pegarle; continuó—: Y ambos, unidos a la compasión y la templanza con los demás, son lo que nos hace humanos; sin ellos, los fanáticos se alimentan del miedo y de la ignorancia, como ocurrió en Salem hace trescientos años.

—Que ya no se ahorque a las brujas no significa que el mundo sea más tolerante. No quiero formar parte de tu investigación. Y es mi última palabra.

—Está bien.

Notó que de pronto Ripley parecía muy cansada, agotada hasta los huesos, lo que le provocó una mezcla de culpa y simpatía.

—Bueno, pero la otra noche ocurrió algo que puede hacer que eso nos resulte difícil a ambos. —Se detuvo un instante, mientras ella se removía en la silla para después concederle su atención a regañadientes—. Vi una mujer en la playa. Al principio pensé que eras tú; tenía los mismos ojos, del mismo color. Estaba completamente sola y terriblemente triste. Me miró durante largo rato y después se desvaneció.

Ripley apretó los labios y después tomó su copa.

—A lo mejor bebiste demasiado vino.

—Ella quiere el perdón. Yo quiero ayudarla a encontrarlo.

—Tú buscas datos —replicó Ripley echando la cabeza hacia atrás—, quieres dar legitimidad a tu cruzada, quizás pillar un contrato para un libro.

—Yo quiero entender. ¡No! —admitió, eso no era todo, ése no era el meollo de la cuestión—. Quiero saber.

—Entonces, habla con Mia. Le encanta que le presten atención.

—¿Crecisteis juntas?

—Sí, y ¿qué?

Pensó que resultaba más fácil, incluso más agradable tratar con ella cuando recuperaba su actitud normal.

—He captado una cierta… tensión entre vosotras.

—Te lo repito, y ¿qué?

—La curiosidad es la primera herramienta del científico.

—También mató al gato —dijo Ripley con un destello de su antigua sonrisa burlona— y además, yo no lo llamaría ciencia a ir danzando alrededor del mundo a la caza de brujas.

—¿Sabes? Eso es exactamente lo que dice mi padre —comentó Mac jovial, mientras se levantaba para llevar los cuencos de sopa al fregadero.

—Parece que tu padre es una persona sensata.

—Sí que lo es. Para él soy una fuente constante de desilusión. No, eso no es verdad —decidió Mac cuando volvió y apuró su vino—, soy más bien un puzzle, y está convencido de que se han perdido algunas piezas. Bien. Cuéntame algo de tus padres.

—Están jubilados. Mi padre fue sheriff antes que Zack y mi madre era contable. Hace tiempo decidieron vivir su vida en la carretera, en una gran caravana.

—Van recorriendo los Parques Nacionales.

—Sí, y lo que sea. Están disfrutando del mejor momento de su vida, como si fueran un par de niños en unas vacaciones sin fin.

No fue tanto lo que ella había dicho, sino cómo lo había dicho lo que le hizo comprender que los Todd eran una familia feliz y unida. El problema que tenía con sus poderes no era resultado de un conflicto familiar. Estaba convencido.

—Tu hermano y tú trabajáis juntos.

—Es evidente.

Sin lugar a dudas, ella había recuperado su forma de ser al cien por cien.

—Le conocí el otro día. No te pareces mucho a él. —Levantó la vista de sus notas—. Sólo en los ojos.

—Zack se quedó con todos los genes buenos de la familia; no sobró ninguno para mí.

—Tú te encontrabas presente cuando fue herido al arrestar a Evan Remington.

El rostro de Ripley quedó inmóvil otra vez.

—¿Quieres ver el informe de la policía?

—La verdad es que ya lo tengo. Debió ser una noche difícil. —Mac decidió que por el momento evitarían aquel asunto—. ¿Te gusta ser ayudante del sheriff?

—No hago cosas que no me gusten.

—¡Qué suerte tienes! ¿Por qué *El halcón maltés*?

—¿Cómo?

—Me preguntaba por qué elegiste esa película en lugar de, no sé… *Casablanca*.

Ripley movió la cabeza como para ordenar sus pensamientos.

—No sé. Quizás porque me imagino que Ingrid Bergman debería haberle dicho a Bogart: «París, amigo mío» en lugar de tomar ese avión. En *El halcón* se hace lo que se debe: entregar a Astor; hacer justicia.

—Yo siempre pensé que Ilsa y Rick después de la guerra volverían a estar juntos, y que Sam Spade… bueno, que seguiría siendo Sam Spade. ¿Qué tipo de música te gusta?

—¿Cómo?

—La música, dijiste que te gusta entrenar con música.

—¿Qué tiene eso que ver con tu investigación?

—Dijiste que no querías verte involucrada en mi trabajo; deberíamos pasar el resto del tiempo conociéndonos mejor.

Ella dejó escapar un suspiro y bebió vino.

—Realmente eres una persona extraña.

—Está bien, ya hemos hablado demasiado sobre ti. Pasemos a mí. —Se sentó de nuevo y cuando vio el rostro de Ripley desenfocado, recordó quitarse las gafas de lectura—. Tengo treinta y tres años y soy vergonzosamente rico. Soy el segundo hijo de los Booke de Nueva York, propietarios de bienes raíces. La rama MacAllister, de quien tomamos todos el nombre de pila, son abogados de empresas. Me interesaron los temas paranormales desde niño: su historia, variantes, y su efecto en la cultura y en las sociedades. Mi interés provocó que mi familia buscara el consejo de un psicólogo, que les aseguró que únicamente se trataba de una forma de rebelión.

—¿Te llevaron a un psiquiatra sólo porque te gustaban las cosas raras?

—Cuando eres un colegial de catorce años siempre hay alguien que llama al psiquiatra.

—¿Catorce? —Ripley frunció los labios—. Eso es un poco raro.

—Bueno, era un poco difícil conseguir una cita; déjame explicarte. —El movimiento nervioso de sus labios le gustó—: Yo canalicé la energía de lo que deberían haber sido los primeros escarceos de tipo sexual en el estudio y en mis intereses personales.

—O sea que te volcaste en los libros y la investigación.

—Podemos decirlo así. Cuando tenía unos dieciocho años, mis padres habían renunciado a la idea de que yo entrara en alguna de las empresas familiares. Después, a los veintiuno, heredé la primera parte de mis fondos fiduciarios y pude dedicarme a hacer lo que quería.

Ripley inclinó la cabeza, interesada a su pesar.

—¿Nunca tuviste una cita?

—Un par de ellas. Sé lo que es que te empujen en una dirección que tú no quieres, o para la que no estás preparado. La gente dice saber lo que es mejor para ti. Quizás a veces sea cierto, pero no importa si siguen empujándote hasta que las opciones desaparecen.

—¿Ésa es la razón por la que me has dado libertad esta noche?

—Es una de las razones; la otra es que vas a cambiar de opinión. ¡No te exaltes! —dijo Mac rápidamente al ver que ella apretaba los labios—. Cuando llegué aquí, al principio pensé que era Mia con quien debía trabajar; pero es contigo con quien debo hacerlo, o por lo menos, principalmente contigo.

—¿Por qué?

—Eso es algo que me gustaría averiguar. Mientras tanto, ya has pagado tu apuesta, te llevaré a casa.

—No voy a cambiar de idea.

—Entonces, lo bueno es que tengo todo el tiempo del mundo para perder. Te traeré el abrigo.

—Y no necesito que me acompañes a casa.

—Nos podemos pelear si quieres —contestó él—, pero no voy a permitir que camines en la oscuridad con temperaturas bajo cero hasta tu casa.

—No me puedes llevar en coche. Está enterrado bajo la nieve.

—Pues entonces la quito y luego te llevo a casa; tardo cinco minutos.

Le habría gustado discutirlo, pero la puerta principal se cerró de golpe y se quedó sola en la casa reconcomiéndose.

Movida por la curiosidad, abrió la puerta trasera y

permaneció tiritando, mientras veía cómo él despejaba con una pala la nieve caída alrededor del Rover. Tuvo que admitir que los músculos que había visto por la mañana en el gimnasio no eran sólo de exhibición. El doctor Booke sabía cómo arrimar el hombro.

De todas formas, no era especialmente minucioso; estuvo a punto de llamarle para decírselo, pero pensó que cualquier comentario dejaría patente que había tenido el suficiente interés como para estar contemplándole. En lugar de eso cerró la puerta y se frotó las manos y brazos para devolverles el calor.

Estaba inclinada sobre la repisa de la cocina con aspecto aburrido, cuando la puerta principal golpeó otra vez y le oyó sacudirse los pies.

—Hace un frío de muerte fuera —comentó—. ¿Dónde puse tus cosas?

—En el dormitorio. —En cuanto pudo, Ripley se deslizó alrededor de la mesa para hojear sus notas. Emitió un silbido cuando vio que estaban redactadas en taquigrafía, o algo parecido. En cualquier caso, mostraban extraños símbolos, líneas y círculos que no significaban nada para ella. Sin embargo, el dibujo del centro de la hoja la dejó boquiabierta.

Era su rostro y el parecido resultaba asombroso; estaba hecho a pluma y muy deprisa. Pensó que parecía… enfadada y en guardia. Tenía que reconocer que en eso también había acertado.

No le cabía duda de que MacAllister Booke era un observador penetrante.

Cuando volvió, ella estaba de pie un tanto alejada de la mesa con las manos en los bolsillos y un aire inocente.

—He tardado un poco más porque no encontraba las llaves. Todavía no sé qué hacían en el lavabo del cuarto de baño.

—¿Habrá sido un Poltergeist? —respondió ella suavemente, haciéndole reír.

—Me gustaría que lo fuera, porque parece que no soy capaz de colocar las cosas dos veces en el mismo lugar.

Mac había llenado la casa de restos de nieve, pero en lugar de señalárselo Ripley se puso el chaleco y la bufanda. Él tomó su abrigo y consiguió hacerle sacudir la cabeza cuando se dio cuenta de que pretendía ayudarle a ponérselo.

—Nunca entenderé cómo pensáis los hombres que nos ponemos el abrigo cuando no estáis.

—Ni idea. —Divertido, le puso la gorra en la cabeza y le colocó el pelo hacia atrás, como había visto que lo llevaba—. ¿Dónde tienes los guantes?

Ripley los sacó del bolsillo.

—¿También me los vas a poner tú, papi?

—Claro, cariño. —Pero cuando los cogió, ella le dio un manotazo para que apartara las manos, y mantuvo una sonrisa burlona hasta que vio las marcas en sus muñecas. Se sintió abatida por la culpabilidad. No le importaba herir a alguien cuando se lo merecía. Pero así, no; así, nunca.

Aunque eso significara tragarse el orgullo, podía rectificar. Mac vio cómo le cambiaba la expresión al mirar fijamente su muñeca.

—No es gran cosa —comenzó a decir al tiempo que se bajaba los puños.

—Para mí sí. —Ripley suspiró y tomó de nuevo su muñeca. Levantó los ojos clavando su mirada en la de él—. Lo que voy a decir queda fuera del tiempo acordado y no quiero que lo grabes; está al margen de todo lo demás. ¿Entendido?

—De acuerdo.

—Me arrepiento del daño causado por la ira y quiero realizar un sortilegio: Sana el mal que yo provoqué por el poder de una vez tres. Hágase mi voluntad.

Mac notó que el dolor disminuía y que el calor abandonaba su piel. La carne sobre la que descansaban los dedos de Ripley ahora estaba fría, como si a través de ellos las quemaduras hubieran salido de su piel. Sintió un nudo en el estómago, no tanto por el cambio físico que se había producido, sino por la transformación que vio en sus ojos.

Había estudiado el poder antes y supo que ahora lo estaba viendo, y eso era algo que había aprendido a respetar.

—Gracias —dijo.

—De nada. —Ella se apartó—. Eso es lo que quiero decir exactamente.

Cuando Ripley alargó la mano para coger el pomo de la puerta, la suya, con la muñeca intacta, llegó antes.

—Tampoco sabemos cómo las mujeres podéis abrir las puertas —comentó él—. Pesan tanto y son tan complicadas.

—¡Qué gracioso!

Cuando salieron, la tomó por el codo. La intensa y furibunda mirada que le lanzó sólo consiguió que él se encogiera de hombros.

—Hay un poco de hielo; lo siento, es muy difícil olvidar las enseñanzas de la infancia.

Ella no comentó nada y tampoco tuvo fuerzas para burlarse cuando la acompañó alrededor del Rover y le abrió la puerta.

La distancia no era larga, pero mientras le indicaba el camino, tuvo que admitir que realmente le agradecía que la llevara. La temperatura había descendido más durante la hora que había estado en el interior de la casita amarilla. La calefacción del coche no tendría tiempo de hacer efecto, pero por lo menos no estaban al descubierto, con un aire tan frío que daba la sensación de quebrarse en mil pedazos.

—Si necesitas más leña para la chimenea, Jack Stubens la vende al peso —le sugirió.

—Stubens, ¿puedes apuntarme el nombre? —Conduciendo con una mano, rebuscó en el bolsillo—. ¿Tienes un papel?

—No.

—Mira en la guantera.

La abrió y el asombro la dejó con la boca abierta. Había docenas de notas, innumerables bolígrafos, bandas de goma, una bolsa medio vacía de galletas saladas, tres linternas, un cuchillo de caza, y numerosos objetos difícilmente identificables. Cogió uno que parecía estar hecho con cuerda de bramante rojo, algunas cuentas y pelo humano.

—¿Esto qué es?

Él le echó una ojeada.

—Es un amuleto africano, un regalo. ¿No hay papel?

Ripley le miró fijamente durante un momento, guardó el talismán y sacó una de las innumerables notas emborronadas.

—Jack Stubens —repitió, y lo garabateó en el trozo de papel—, calle del Buho Encantado.

—Gracias. —Mac tomó el papel y lo guardó en el bolsillo.

—Tuerce aquí. Es la casa de dos pisos, la que tiene un porche alrededor.

Se lo podía haber imaginado él mismo, ya que el coche patrulla estaba aparcado en la entrada. Las luces brillaban acogedoras tras las ventanas y salía humo por la chimenea.

—¡Qué bonita casa! —Salió del coche y como ella ya había bajado antes de que él pudiera abrirle la puerta, la tomó otra vez del brazo.

—Oye, Mac, es un detalle, muy amable por tu parte y todo eso, pero no es necesario que me acompañes hasta la puerta. No hemos tenido una cita.

—Es algo instintivo. Además, hemos compartido una cena, y conversación; también el vino, o sea que ya hay varios elementos propios de una cita.

Ripley se paró en el porche y se giró. Él se había colocado una gorra de esquí y su pelo rubio oscuro se escapaba aquí y allá; no pudo evitar mirarla intensamente.

—Entonces ahora lo que quieres es un beso de buenas noches, ¿no? —bromeó Ripley.

—Pues sí.

La respuesta fue tan alegre, tan jovial y despreocupada que ella sonrió, pero sólo durante un momento.

Se movía de una forma tranquila, inesperada, increíble. No había sido rápido, pero sí tan hábil, tan suave, que no tuvo ocasión de reaccionar, ni de pensar.

La rodeó con los brazos, obligándola a acercarse a él, cuerpo contra cuerpo, de tal manera que, aunque no existía ninguna presión, se encontró pegada a él. Mac inclinó la espalda de forma casi imperceptible, pero de alguna manera consiguió crear la ilusión de que se encontraban en horizontal en lugar de en vertical.

Aquella sensación de intimidad la sacudió por dentro e hizo que la cabeza le diera vueltas vertiginosamente incluso antes de que la boca de Mac se apoderase de la suya.

El beso fue suave, cálido, profundo. Sus labios ni rozaban, ni mordisqueaban, sencillamente absorbían. Ahora el aturdimiento se mezclaba con una oleada vibrante de calor que parecía comenzar en la punta de los pies y ascender hasta fundir cada uno de sus huesos. Un leve sonido de placer y sorpresa canturreó en la garganta de Ripley. Abrió los labios en señal de bienvenida. ¡Más, por favor! Tuvo que hacer dos intentos para mover los brazos, que parecían no tener huesos, hasta conseguir rodearle el cuello. Se le doblaban las rodillas, y no le habría sorprendido ver cómo se disolvía su cuerpo y se deslizaba en pequeñas gotas formando un charco a los pies de Mac. Cuando él se echó hacia atrás y la apartó suavemente, ella notó la visión borrosa y la mente en blanco.

—Tenemos que repetir esto en algún momento —comentó el joven.

—Eh… —Ella casi no recordaba cómo se articulaban las palabras.

Mac le dio un cariñoso tirón de pelo.

—Será mejor que entres antes de que te congeles.

—Ah… —Ella, entregada, se dio la vuelta a ciegas y avanzó hacia la puerta.

—Deja que lo haga yo. —Mac habló con suavidad, con cierta seriedad giró el pomo de la puerta y la sostuvo abierta con el codo—. Buenas noches, Ripley.

—Humm…

Ella entró y sólo pudo apoyarse contra la puerta que él había cerrado hasta que consiguió recuperar la presencia de ánimo y el aliento.

¿Inofensivo? ¿Acaso pensaba ahora que él era inofensivo?

Tambaleándose, consiguió subir varios escalones, para bajar de nuevo hasta el comienzo de la escalera. Decidió esperar hasta que las piernas volvieran a sujetarla antes de intentar subir a su habitación.

8 de enero de 2002.
9-10 p.m. aprox.

Transcribo brevemente las notas y la grabación de mi primera entrevista con Ripley Todd. No he progresado con ella tanto como esperaba. Sin embargo, se han producido dos incidentes que explicaré con más detalle en el cuaderno de trabajo. Mi reacción personal, sin embargo, quedará reflejada aquí.

El carácter de Ripley y su actitud protectora hacia su cuñada, Nell Todd (datos sobre Nell Todd con referencias cruzadas a su nombre), dominan y dominarán su reticencia a discutir sobre su don; o bien, como he aprendido esta noche, a mostrarlo. Tengo la impresión de que su prevención hacia mí cuando mencioné a Nell fue instintiva y el resultado no estaba planeado. Causarme daño fue más una consecuencia que un objetivo. A través de un examen visual se podía observar que las quemaduras de mi muñeca mostraban la huella y forma de sus dedos. No fue una quemadura rápida, sino más bien un aumento de calor constante, como se puede experimentar cuando se aviva una llama.

Los cambios físicos que experimentó durante el fenómeno fueron: dilatación de las pupilas y un resplandor bajo la piel.

Interiorizó su rabia inmediatamente.

Creo que esta falta de control y el miedo hacia lo que es capaz de hacer son la causa de su reticencia a hablar sobre la naturaleza de sus habilidades y a explorarlas.

Es una mujer interesante y muy apegada a su familia. En todos los temas excepto en éste, intuyo y observo una gran confianza; se encuentra a gusto consigo misma.

Está muy guapa cuando sonríe.

Se detuvo y estuvo a punto de tachar la última observación. Ni siquiera era exacta. No era guapa; atractiva y misteriosa, sí, pero no guapa.

Se recordó a sí mismo que el diario servía para plasmar impresiones. La idea de que ella era guapa debía estar en su mente para que lo anotara, por lo tanto, se quedaba.

El segundo incidente sucedió justo antes de irnos, y no tengo ninguna duda de que fue más penoso para ella. Al quitarme las quemaduras, puso al descubierto sus habilidades, e indica un fuerte sentido del bien y del mal. Esto, junto con su instinto protector hacia quienes y hacia lo que ama, sobrepasa su deseo de bloquear su don.

Espero descubrir con el tiempo qué suceso o sucesos influyen en ella para negar sus poderes o renunciar a ellos.

Necesito verla de nuevo para verificar mis suposiciones.

¡Dios mío! Si no era capaz de ser sincero en su diario, ¿dónde podría serlo?

Quiero volver a verla por motivos completamente personales. He disfrutado con ella, incluso cuando se comporta de forma grosera y brusca. Me fastidia un tanto pensar que me divierte estar con ella precisamente porque es grosera y brusca. Aparte de eso, existe una fuerte atracción sexual. A diferencia de la profunda admiración por la belleza de Mia Devlin que sentí en nuestro primer encuentro, y la completamente natural y humana fantasía resultante, esto es algo más básico, y por tanto, más irresistible. Por una parte, quiero desmontar a esa mujer tan compleja pieza a pieza, para entender cómo es. Por otra, sólo quiero…

No, decidió Mac, incluso un diario personal necesita cierta censura. No podía escribir exactamente lo que querría hacer con Ripley Todd.

Me pregunto cómo sería ser su amante.

Pensó que así quedaba aceptable. No era cuestión de entrar en detalles gráficos.

La acompañé en coche a su casa esta noche porque la temperatura rondaba los cero grados. El hecho de que viniera andando y que pretendiera volver a su casa también a pie en esas condiciones, demuestra su testarudez, así como su independencia. De forma evidente, ha encontrado graciosas muestras de cortesía básicas como ayudarle a ponerse el abrigo o sujetarle la puerta. No se sentía insultada, sino divertida, lo que me ha parecido encantador.

No la habría besado si ella no lo hubiera mencionado. Desde luego, yo no tenía intención de hacerlo en una etapa tan temprana de nuestra relación. Su respuesta ha sido inesperada y... excitante. Es una mujer fuerte de cuerpo y alma, y sentir que casi se quedaba sin fuerzas...

Tuvo que parar, tomar aliento y tragar parte del agua que se había servido.

Sentir la reacción de su cuerpo contra el mío, el calor... Conocer las causas químicas y biológicas por las que aumenta el calor corporal durante una situación semejante no disminuye lo asombroso de la experiencia. Todavía siento con fuerza su olor fuerte y penetrante. Y puedo oír el ronroneo que resonaba en el fondo de su garganta. Me temblaron las piernas, y cuando me colocó los brazos alrededor del cuello fue como estar completamente rodeado por ella. Un minuto más, un instante más, y hubiera olvidado que nos encontrábamos en un porche abierto una áspera y fría noche.

Pero como, a pesar de su coqueteo, yo era el que había iniciado el abrazo, yo era el responsable. Por lo. menos, tuve la satisfacción de ver su rostro y la expresión aturdida y soñadora de sus ojos al avanzar directamente hacia la puerta.

Eso había estado bien.

Por supuesto, al volver estuve a punto de salirme dos veces de la carretera, y casi me pierdo, nada raro, si tenemos en cuenta los estímulos recibidos.

Sí, quiero volver a verla, por muchas razones, y no creo que esta noche duerma especialmente bien.

Cinco

Nell congeló el último lote de bollos de canela y esperó el momento oportuno. Le quedaba una hora antes de tener que cargar el coche con las provisiones para el café. La sopa del día era de setas porcini, y ya la tenía dispuesta en el hervidor. También estaban preparadas las tres ensaladas, las magdalenas y los pasteles.

Se había levantado a las cinco y media para disponerlo todo.

Diego, su lustroso gato gris, estaba enroscado en una silla de la cocina, contemplándola. Lucy, la gran perra labrador de color negro estaba tumbada en una esquina, mirando a Diego. Parecían haber acordado unas determinadas condiciones, las de Diego evidentemente, y convivían en un aceptable ambiente de desconfianza mutua.

Mientras horneaban las galletas, Nell puso la radio a bajo volumen y esperó.

Cuando entró Ripley con cara de sueño y vestida con el pantalón de chándal y el suéter de fútbol con los que había dormido, Nell se limitó a alargarle una taza de café.

Ripley gruñó algo parecido a un gracias, lo único que era capaz de articular antes de meterse la primera dosis de cafeína, y se desplomó sobre una silla.

—Hay demasiada nieve para tu carrera matinal.

Ripley gruñó otra vez. No se sentía del todo bien hasta que corría sus seis kilómetros, pero el café ayudaba. Lo sorbió y palmoteó distraídamente la cabeza de Lucy cuando la perra se acercó a saludarla.

Tendría que utilizar la cinta de correr. La odiaba, pero no podía estar dos días sin correr. Zack hacía el primer turno... por cierto, ¿dónde diablos estaba? Por tanto, tendría que esperar a media mañana antes de poder salir pitando hacia el gimnasio.

No quería encontrarse con Mac.

No es que le molestara ni nada parecido. Ya se había enumerado unas cuantas excusas verosímiles respecto a su reacción ante el beso de buenas noches.

Simplemente no le apetecía hablar con él, eso era todo.

Nell le puso un cuenco delante. Ripley pestañeó al mirarlo.

—¿Qué es?

—Harina de avena.

Ripley se inclinó y lo olió, un tanto recelosa y con poco entusiasmo.

—¿Qué hay dentro?

—Alimento. —Nell sacó otra tanda de galletas del horno y las colocó en otra bandeja—. Pruébalo antes de poner cara de asco.

—De acuerdo, de acuerdo. —Ya había estado poniendo cara de asco a espaldas de Nell. Era una forma de rebajarse que la pescaran a una haciéndolo. Lo probó, frunció los labios y tomó otra cucharada. Por lo visto, todo lo que preparaba Nell salía estupendamente—. Está bueno. Mi madre solía preparar gachas de avena en invierno, pero parecían de pegamento gris, y sabían mucho peor.

—Tu madre tenía otras habilidades. —Nell se sirvió una taza de café. Había hecho todo lo posible para que Zack se fuera temprano y poder aprovechar aquel rato a solas con Ripley. No quería malgastarlo. Se sentó—. Bueno, ¿qué tal estuvo?

—¿El qué?

—La tarde con Mac Booke.

—No fue una tarde, fue una hora.

Está a la defensiva, pensó Nell, y de mal humor. Vaya, vaya.

—¿Qué tal estuvo esa hora?

—Llegó y pasó, lo cual pone punto final a mi compromiso.

—Me encantó que te acompañara a casa. —Nell pestañeó inocentemente con sus infantiles ojos azules, al ver que Ripley levantaba las cejas—. Oí el coche.

Nell había mirado por la ventana y había visto a Mac acompañar a Ripley hasta la puerta. Permaneció allí todo el tiempo hasta que él volvió al coche.

—Sí, no hacía más que decir: «Hace demasiado frío fuera; te vas a congelar; morirás antes de llegar a casa». —Ripley tomó otro bocado y sacudió la cuchara—. Como si yo no supiera cuidar de mí misma. Los tíos así me queman la sangre. Ese tío no es capaz ni de encontrar sus llaves, pero, según él, yo voy a perder el rumbo y convertirme en un polo, ¡por favor!

—Me gustó que te acompañara a casa —insistió Nell.

—Sí, bueno. —Ripley suspiró y juguéteó con la avena dibujando con la punta de la cuchara pequeñas marcas en forma de semicírculo; pensó que le había salido una especie de paisaje lunar.

Si él no la hubiera acompañado a casa, habría llegado bien, pero se habría perdido un pedazo de beso, aunque eso no quería decir que estuviera obsesionada con él ni nada parecido.

—No reconocerías la casita amarilla —continuó—, parece la guarida de algún científico loco. ¡Todos esos chismes y ordenadores juntos! No hay sitio para sentarse más que en la cocina. Ese tipo está totalmente metido en su espectáculo de espectros. Incluso en la guantera del coche lleva un amuleto vudú. Sabe lo mío —terminó con rapidez, levantando la mirada hacia Nell.

—¡Ah! —Nell suspiró quedamente—. ¿Le dijiste algo tú?

Ripley negó con la cabeza y sintió un gran nerviosismo, lo que la enfureció.

—Simplemente lo sabía, como si yo llevara un cartel en la frente que dijera: «bruja local». Con él, todo es muy académico: «Veamos, ayudante Todd, esto es muy interesante, quizás podría realizar algún conjuro para que yo pudiera grabarlo».

—¿Te pidió que hicieras magia?

—No. —Ripley se restregó el rostro con las manos—. No —repitió—, pero yo... mierda, él me cabreó, y yo... yo le quemé.

—¡Dios mío! —A Nell se le cayó su taza y se derramó el café.

—No le envolví en llamas ni nada parecido. Le quemé la muñeca con los dedos. —Se miró los dedos fijamente: parecían inofensivos, corrientes, quizás un tanto largos, con uñas cortas y sin pintar.

Nada especial.

Letales.

—Yo no pensé en ello, no conscientemente —continuó—. Toda mi furia se volvió calor y el calor se concentró en mis dedos. No había tenido que pensar en eso, ni preocuparme por eso, desde hace tanto tiempo. Los últimos meses…

—… Desde que diste marcha atrás para ayudarme a mí —finalizó Nell quedamente. Se levantó al oír el zumbido del temporizador del horno.

—No me arrepiento, Nell, ni por un instante. Fue una elección personal, y volvería a hacerlo. Es sólo que me ha resultado más duro bloquearlo todo de nuevo. No sé por qué. —No admitiría por qué, pensó, y volvió a suprimir este pensamiento—. Es así: he causado daño físico —añadió—. Tengo que solucionarlo, pero eso no mejora el haberlo causado.

No quería reconocer las causas y prefería no darle más vueltas.

—¿Cómo se lo tomó él?

—Como si no tuviera importancia. Me ofreció un vaso de agua, prácticamente me dio palmaditas en la cabeza y continuó la conversación como si yo no hubiera hecho más que derramar el vino sobre el mantel. Tiene cojones*, debo reconocerlo.

* En español en el original. (N. de la T.)

Nell retrocedió y acarició el cabello de Ripley como se acaricia a un niño.

—Eres demasiado dura contigo misma; yo ni siquiera puedo llevar la cuenta de los errores que he cometido en los últimos meses, incluso guiándome Mia paso a paso.

—No es el mejor momento para traer su nombre a colación. —Ripley se inclinó otra vez y empezó a comer, como si eso pudiera deshacer el nudo de su estómago—. Si ella no le hubiera traído...

—Ripley, ella no tiene la culpa. —El leve pero evidente hilo de impaciencia en la voz de Nell hizo que Ripley encorvara la espalda—. Si ella no le hubiera alquilado la casa, habría encontrado otra, o se habría quedado en el hotel. ¿Se te ha ocurrido pensar que al alquilarle la casa y acceder a hablar con él, Mia controla la situación de una forma que en caso contrario no habría podido hacer?

Ripley abrió la boca para cerrarla acto seguido.

—No, no se me ha ocurrido y debería... —reconoció—, nunca desperdicia una baza.

—Yo también voy a hablar con él.

La cuchara sonó ruidosamente en el cuenco.

—Esa sí que es una mala idea. Una malísima idea —comentó Ripley.

—Lo he estado pensando. Le prometió a Mia que no utilizaría nuestros nombres reales sin permiso. Me interesa su trabajo —continuó Nell, mientras sacaba las galletas de la bandeja y las colocaba en la rejilla para que se enfriaran—. Yo quiero saber más. No tengo los mismos sentimientos hacia lo que soy que tú.

—Yo no puedo decirte lo que debes hacer. —Sin embargo, Ripley quería estar segura de que Mac no iba a presionarla demasiado, ni en la dirección equivocada—. ¿Qué piensa Zack?

—Lo ha dejado a mi criterio. Se fía de mí, me respeta y eso es tan maravilloso, como saber que me ama. A mí el doctor Booke no me preocupa.

—Es más escurridizo de lo que parece —murmuró Ripley—. Intenta que creas que es tan inofensivo como Lucy, pero no lo es.

—¿Cómo es?

—Inteligente, muy listo…, y tiene exactamente las mismas cualidades que un cachorro; la combinación de ambas cosas te desbarata. En un momento está mirando alrededor con esa mirada perdida, preguntándose dónde puso su cabeza la última vez que se la quitó, y al siguiente…

—¿Y al siguiente? —repitió Nell.

—Me besó.

Nell tamborileó con los dedos sobre la mesa antes de cruzarlos.

—¿De verdad?

—Empezó como una broma. Se supone que el chico tiene que acompañarte hasta la puerta como si volvieras del baile de fin de curso. Después hizo algo así como… —Su voz se fue apagando al intentar escenificar la forma en que la había abrazado—. ¿Sabes? Consiguió envolverme. Se tomó su tiempo y todo se volvió borroso y cálido. Luego fue como si me engullera lentamente.

—¡Madre mía!

—Me sentía como si no tuviera huesos, como fundida con él, mientras continuaba haciendo esas cosas increíbles en mi boca. —Suspiró para tomar aire—. He besado a muchos hombres y soy muy buena haciéndolo, pero no pude seguir su ritmo.

—¡Vaya! Bueno... —Nell acercó su silla un poco mas—. ¿Qué pasó después?

—Casi me choqué con la puerta. —Ripley se encogió—. Fue mortificante. Me fui derecha hacia la puerta, ¡zas! Y entonces el doctor Romeo la abrió educadamente para mí. Es la primera vez en mi vida que un beso me hace sentir como una idiota, y va a ser la última.

—Si te atrae tanto...

—Es guapo, está muy bien, es sexy, por supuesto que me atrae —dijo Ripley, y dio una rápida sacudida a su cabeza—, pero ése no es el problema. Ese tipo no debería ser capaz de disolverme el cerebro con un beso. La cuestión es que hace tiempo que no salgo con nadie; hace ya más de cuatro meses que yo no, ya sabes...

—Ripley... —Nell soltó una breve carcajada.

—Me imagino que fue, no sé, como una combustión espontánea o algo así. Se movió bien y me pilló desprevenida. Ahora que sé lo que ocurre, puedo manejarlo. —Sintiéndose mejor, liquidó la papilla de avena—. Sé cómo manejarle.

* * *

Mac curioseó por la librería, hojeando algunos libros y examinando las cubiertas de otros. Ya había adquirido y leído bastante material sobre Tres Hermanas, pero había un par de volúmenes que le causaron buena impresión.

Se los puso bajo el brazo y siguió curioseando.

La librería ofrecía una buena y variada selección. Encontró un bonito tomo de los Sonetos portugueses de Elizabeth Barrett Browning, la última novela de una serie de cazadores de vampiros que le gustaba; dos libros sobre lugares, flora y fauna locales, y un manual para brujas solitarias. También escogió dos libros más sobre fenómenos paranormales con los que sustituir los que había perdido.

Había unas cartas de Tarot del rey Arturo verdaderamente estupendas. Le gustaron aunque él no coleccionaba ese tipo de cosas.

Nunca dejaba pasar la oportunidad de comprar libros, así que se los llevó todos. Pensó que le entretendrían en su tiempo libre y le brindarían la oportunidad que esperaba para hablar con Lulú. Llevó los libros hasta el mostrador con su sonrisa más inocente.

—¡Magnífica librería! No esperaba encontrar una selección tan buena en un pueblo.

—La gente no se espera muchas de las cosas de aquí. —Lulú le echó una mirada feroz por encima de sus gafas para hacerle saber que ya tenía una opinión formada sobre él—. ¿En efectivo o con tarjeta?

—Pues, con tarjeta. —Mac sacó la cartera y ladeó la cabeza para ver el título del libro que estaba leyendo ella: *Asesinos en serie: sus corazones y sus mentes*. ¡Qué barbaridad!—. ¿Qué tal es el libro?

—Demasiada cháchara psicológica, no hay suficiente sangre. Los tipos intelectuales no dan la talla.

—Muchos «intelectuales» no están en el mundo lo suficiente, demasiadas clases y poco trabajo de campo.

—Se apoyó en el mostrador de forma amistosa, como si ella le estuviera ofreciendo rosas en lugar de espinas—. ¿Sabes que, según una teoría, Jack el Destripador tenía poderes paranormales y que, a pesar de que su estancia en Londres fue su primera época documentada de asesinatos en serie, había vivido y matado antes en Roma, la Galia y Britania?

Lulú siguió mirándole por encima de las gafas, mientras guardaba los libros.

—No estoy de acuerdo.

—Yo tampoco, pero es una buena historia. El Destripador: Un asesino a través del tiempo. Tal y como leí, él habría sido el primero en utilizar el «macho cabrío sin cuernos», el sacrificio humano, en rituales mágicos —le explicó a Lulú cuando ella le miró inquisitivamente—, para magia negra, ya sabes, magia muy negra.

—¿Es eso lo que anda buscando por aquí: sacrificios sangrientos?

—No, señorita. En magia blanca no se realizan hechizos con sangre. Las brujas blancas no hacen daño a nadie.

—Me llamo Lulú, no me llames señorita —dijo desdeñosa—, te crees muy listo, ¿no?

—Sí. A veces a la gente le resulta irritante.

—Te estás arrimando al árbol equivocado, guapo. Yo no soy bruja.

—No, pero educaste a una. Tiene que haber sido interesante ver crecer a Mia, y a Ripley. —Empezó a revolver entre sus compras distraídamente—. ¿Son más o menos de la misma edad, verdad?

Ella pensó que efectivamente se creía muy listo.

—¿Y qué?

—Ya sabes lo que ocurre con los intelectuales. Siempre tenemos miles de preguntas. Me gustaría entrevistarte, si a Mia no le importa.

La precaución luchó en Lulú contra el placer.

—¿Para qué?

—Llamémoslo interés humano. La mayoría de la gente no entiende la vida cotidiana, las pautas por las que se rige el día a día de una mujer fuera de lo común. Incluso si abren su mente a lo extraordinario, tienden a pensar que no hay en ello nada corriente o sencillo: que no hay deberes de matemáticas; que a uno no le regañan por llegar tarde, o que no se tiene el hombro de alguien en quien apoyarse.

Lulú pasó por el lector la tarjeta que él le había dado.

—¿Tienes un interés personal en Mia?

—No, pero desde luego me gusta mirarla.

—Yo no tengo tiempo que perder ayudando a ningún universitario a terminar su trabajo de fin de curso.

Mac firmó el recibo de la tarjeta, según vio Lulú, sin mirar el total.

—Te pagaré.

Ella oyó un débil «¡cling!» en la cabeza.

—¿Cuánto?

—Cincuenta dólares la hora.

—¿Qué? ¿Eres tonto acaso?

—No. Soy muy rico.

Meneando la cabeza, Lulú le tendió la bolsa con los libros.

—Lo pensaré.

—De acuerdo. Gracias.

Cuando salió, ella volvió a menear la cabeza. Pagarle por hablar. ¡Qué barbaridad!

Todavía estaba pensando en ello cuando Mia se deslizó por las escaleras.

—Esto está demasiado tranquilo hoy, Lu. Estoy pensando en organizar una venta especial de libros de cocina en la cafetería, para atraer a la gente. Nell podría preparar recetas de alguno de los libros.

—Como quieras. El chico universitario acaba de estar aquí.

—¿Quién? ¡Ah! —Mia pasó a Lulú la taza de té que le llevaba—. El interesante y estupendo MacAllister Booke.

—Se ha gastado cerca de ciento cincuenta dólares en libros sin pestañear.

El corazón de mujer de negocios de Mia latió con fuerza.

—¡Bendito sea!

—Parece que se lo puede permitir. Me ha ofrecido cincuenta dólares a la hora por hablar con él.

—¿De verdad? —Mia arqueó una ceja, mientras sorbía su té. Sabía que a Lulú le encantaba la idea de obtener beneficios, algo que ella había aprendido sobre sus nudosas rodillas—. Tendría que haberle cobrado una renta más alta. ¿De qué quiere hablar contigo?

—De ti. Dice que es un asunto de interés humano…, las veces que tuve que darte un azote en el trasero cuando eras pequeña, ese tipo de cosas.

—Creo que no hay necesidad de recordar los desafortunados incidentes relacionados con los azotes —replicó Mia secamente—, pero es interesante y muy

109

inesperado. Pensé que se dedicaría a darme la lata y a presionarme para analizarme y para que le hiciera una demostración. En cambio, deja todo eso de lado y te ofrece dinero por comentar mis años de formación.

Tamborileó con una uña pintada de rojo sobre los labios.

—Muy inteligente por su parte.

—Admitió que lo era y que eso irritaba a la gente.

—Yo no siento que me irrite. Estoy intrigada, que es justo lo que él espera, me imagino.

—Afirma que no tiene un interés personal en ti.

—Entonces, me siento insultada. —Riéndose Mia besó a Lulú en la mejilla—. ¿Sigues velando por mí?

—Puedes hacer cosas peores que fijarte en él. Es educado, rico, inteligente y no le preocupa serlo.

—No es para mí. —Con un pequeño suspiro apoyó su mejilla en el cabello de Lulú—. Lo sabría si lo fuera.

Lulú estuvo a punto de decir algo, pero dejó su lengua quieta y le pasó un brazo alrededor de la cintura.

—No estoy pensando en Samuel Logan —dijo Mia, aunque sí estaba pensando en él. El único que había sido dueño de su corazón; el único hombre que lo había roto—. No estoy interesada de forma romántica precisamente en el interesante, inteligente y estupendo doctor Booke. ¿Vas a hablar con él?

—Depende.

—Si te preocupa que yo tenga alguna objeción al respecto, no la tengo. Soy capaz de protegerme a mí misma si lo necesito, pero no de él en este caso.

Había algo más, algo turbio, que acechaba su mundo, pero no procedía de MacAllister Booke.

Se alejó tomando de nuevo la taza de té.

—De hecho, creo que voy a hablar con él. Cincuenta dólares la hora. —Mia dejó escapar una risa sorda y encantada—. Es fascinante.

* * *

Cargado con el equipo portátil, Mac se abrió paso con dificultad a través de la nieve amontonada en el bosque cercano a su casa. El informe de la policía y las noticias de los periódicos que había consultado lo mencionaban como el lugar al que Nell había escapado corriendo cuando Evan Remington les atacó a ella y a Zack Todd.

Ya había examinado la zona de la cocina, que fue el lugar donde comenzó la agresión. No había encontrado energía negativa allí, ni restos de violencia, lo cual le había sorprendido, hasta que dedujo que o bien Nell, o bien Mia habrían limpiado la casa.

Esperaba encontrar algo en el bosque.

El aire estaba quieto y frío. El hielo brillaba en los oscuros troncos y ramas de los árboles. La nieve caía sobre ellos como un manto.

Vio lo que reconoció como huellas de ciervo, y le encantó; automáticamente examinó su cámara para asegurarse de que había puesto el carrete.

Pasó un pequeño arroyo donde los hilos de agua forzaban su camino entre las rocas y el hielo. Sintió algo, a pesar de que sus instrumentos no señalaban ninguna anomalía. Le llevó un instante darse cuenta de que era sencillamente la tranquilidad; tan sólo el placer.

Cantó un pájaro y pasó volando con la rapidez de una bala. Mac se quedó parado, feliz y contento. Pensó que se encontraba muy bien allí. Era un lugar en el que se podía estar con la mente en paz; un lugar para comidas campestres o para la pura contemplación.

Con cierta reticencia siguió andando, no sin antes prometerse a sí mismo que volvería sólo para disfrutarlo. Empezó a divagar, aunque pensó que no le gustaba estropear su estado de ánimo, intentó imaginar cómo habría sido correr en medio de la oscuridad huyendo de un hombre enloquecido por la violencia. Un hombre armado con un cuchillo que ya estaba lleno de sangre.

¡Qué cabrón!, pensó. El muy bastardo le había dado caza: un lobo rabioso tras una cierva. Porque prefería verla muerta antes que libre de él, su intención había sido deslizar el cuchillo por su garganta antes que perder lo que consideraba de su propiedad.

Le inundó la ira, una furia caliente y turbia. Casi podía oler la sangre, el odio, el miedo. Se dejó llevar hasta el punto de que pasaron unos instantes antes de que se diera cuenta de que los sensores estaban enloquecidos.

—¡Dios mío! —Se concentró y empezó a trabajar como el científico de cabeza fría que era—. Aquí, justo aquí.

Barrió el lugar con los escáneres, sacó la grabadora y comenzó a grabar datos. Midió la zona, utilizó otro indicador para medir la distancia, el radio y el diámetro. De rodillas en la nieve registró, calculó y documentó. Estuvo cavilando, mientras las cifras y las agujas de sus instrumentos se movían de forma salvaje.

—Es una carga altísima, casi energía positiva pura, y abarca el área de un círculo perfecto. Muchos de los ritos de origen paranormal llevan aparejados círculos protectores. Éste es el más poderoso que he encontrado nunca.

Se guardó los instrumentos en los bolsillos para poder utilizar las manos para excavar y despejar el terreno. Un ligero sudor le cubrió la espalda antes de conseguir descubrir una porción suficiente del círculo de energía.

—No hay marcas bajo la nieve. No hay símbolos. Tengo que volver con una pala para descubrir el círculo completo. Si se trazó la noche en que Evan Remington fue arrestado, eso ocurrió hace más de dos meses y debieron cerrarlo de forma ritual justo después. Todavía se registra un eco positivo que alcanza un 6,2 en mi escala.

¡Un 6,2! Su mente sufrió una sacudida ante estos datos. ¡Qué barbaridad!

—En mis experiencias anteriores con círculos activos durante ritos de iniciación, no pasaban de un 5,8. Tengo que comprobar esos datos.

Se puso de pie otra vez; la nieve le caía por todas partes mientras tomaba fotografías. Se le cayó la grabadora y soltó un taco; la sacó de la nieve, temiendo que se hubiera estropeado.

Pero nada pudo disminuir su emoción. Permaneció en el bosque silencioso y se preguntó si habría tropezado con el corazón de las Hermanas.

* * *

Una hora después sin pensar en volver a casa, Mac recorría penosamente la playa nevada. La marea había subido, había bajado y se había llevado con ella parte de la nieve, pero la humedad y el frío habían transformado la que quedaba en una especie de ladrillos compactos.

En la playa el aire continuaba soplando, trayendo desde el mar ráfagas heladas. A pesar de las capas que le envolvían, los dedos de las manos y de los pies comenzaban a acusar el frío.

Pensó distraídamente en una ducha soltando vapor y en un café bien caliente, mientras examinaba la zona donde recordaba haber visto a la mujer su primera noche en la isla.

—¿Pero se puede saber qué demonios estás haciendo?

Levantó la mirada y vio a Ripley sentada en el espigón. Se sintió un tanto violento, ya que al verla, inmediatamente, sus pensamientos se transformaron en pensamientos de sexo ardiente envuelto en vapor de agua.

—Yo estoy trabajando. ¿Y tú?

Ella colocó las manos en las caderas. Mac no podía verle los ojos puesto que llevaba gafas oscuras, lo que le hizo desear haberse acordado de las suyas, ya que el sol reverberando en la nieve resultaba cegador.

—¿En qué estás trabajando? ¿Te estás convirtiendo en el Abominable Hombre de las Nieves? —preguntó Ripley.

—El yeti no es de esta zona del mundo.

—Mírate Booke.

Lo hizo. Estaba cubierto de nieve, desde luego. Sería bastante complicado desembarazarse de todo aquello para la famosa ducha.

—Creo que estoy realmente inmerso en mi trabajo —dijo él, encogiéndose de hombros.

Como no parecía que Ripley fuera a acercarse, se dirigió hacia ella. No resultaba tarea fácil, y antes de conseguirlo se dio dos veces con las rodillas en la nieve. Se encaramó penosamente al espigón, subió y recuperó el aliento.

—¿Nunca has oído hablar de la congelación? —preguntó ella secamente.

—Todavía siento los dedos de los pies, pero te agradezco que te preocupes por mí. ¿Qué te parece un café?

—Pues resulta que no llevo café conmigo.

—Te invito a uno.

—Estoy trabajando.

—A lo mejor sufro congelación. —Volvió la cabeza y le dirigió una mirada conmovedora—. ¿No es tu deber como servidora pública prestarme ayuda y llevarme a un lugar caliente y protegido?

—No, pero puedo llamar al hospital.

—De acuerdo, apúntate una. —Saltó el muro apoyándose en un brazo y recordó justo a tiempo proteger la cámara que llevaba colgando; se colocó junto a ella—. ¿Hacia dónde vas?

—¿Por qué?

—Porque creo que donde quiera que vayas, habrá café.

Ripley suspiró. Se le veía congelado y absurdamente adorable.

—De acuerdo, vamos. Yo voy a ir de todas formas.

—No te he visto esta mañana en el gimnasio.

—Fui tarde.

—Tampoco te he visto por el pueblo.

—Me estás viendo ahora.

Ripley caminaba a grandes zancadas, según comprobó Mac, ya que casi no tenía que controlar las suyas para seguir su ritmo.

Ella se detuvo delante de la comisaría y le miró de arriba abajo.

—Quítate la nieve de las botas.

Él obedeció y dejó caer una ligera ráfaga blanca del abrigo y los pantalones.

—¡Bendito sea Dios! Date la vuelta. —Ripley le quitó la nieve dándole palmadas y limpiando, con el ceño fruncido, la que tenía pegada mientras giraba en torno a él hasta quedar de frente. Parpadeó rápidamente cuando vio su sonrisa burlona—. ¿De qué te ríes?

—A lo mejor es que me gusta que me manoseen. ¿Quieres que te lo haga yo?

—Ten cuidado, si quieres tomar ese café.

Empujó la puerta para abrirla y le disgustó francamente que Zack no estuviera. Se despojó de los guantes, el abrigo y desanudó la bufanda, mientras él hacía lo mismo.

—¿Se puede saber qué demonios pretendías arrastrándote por la nieve?

—¿Quieres saberlo realmente?

—Creo que no. —Se dirigió hacia la cafetera y sirvió lo que quedaba del espeso brebaje preparado en dos tazas.

—Te lo diré de todas formas: estuve en el bosque y encontré la zona en la que tú… te enfrentaste con Evan Remington aquella noche.

Sintió que el estómago se le cerraba, un espasmo rápido…, una sensación que él parecía provocarle a menudo.

—¿Cómo sabes que lo has encontrado?

Él cogió el café que Ripley le ofrecía.

—Mi trabajo consiste en saberlo. Cerrasteis el círculo, ¿verdad?

—Pregunta a Mia sobre eso.

—Sólo dime sí o no; no es una elección difícil.

—Sí. —Le picó la curiosidad—. ¿Por qué?

—Porque queda un eco de energía, sin precedentes en mi experiencia. Es una magia muy fuerte.

—Como ya te dije, eso es asunto de Mia.

Con paciencia sopló el café caliente para enfriarlo.

—¿Existe alguna razón en concreto para que no os llevéis bien, o se trata de algo más general? —preguntó Mac.

—Es tanto concreto como general, pero en cualquier caso no es asunto tuyo.

—De acuerdo. —Mac sorbió el café; sabía como barro caliente, pero los había tomado peores—. ¿Te apetece cenar esta noche?

—Sí, eso pretendo hacer.

Él frunció los labios.

—Quiero decir conmigo.

—Entonces, no.

—Me va a ser difícil volver a darte un beso de buenas noches si antes no cenamos juntos.

Ripley se apoyó en la pequeña mesa donde estaba la cafetera.

—Eso fue por una apuesta que hicimos.

—A lo mejor cambias de idea después de compartir una pizza.

Ella ya estaba cambiando de idea. Se le estimulaba el apetito sólo con mirarle.

—¿Eres tan bueno con el resto del proceso como besando?

—¿Y ahora cómo se supone que debo contestar sin parecer un idiota?

—Buena pregunta. Deja que te diga que pensaré en lo de compartir una pizza contigo en algún otro momento. Con respecto a tu trabajo, cómo y cuándo suceda, por lo que a mí concierne, no será compartiendo mesa.

—Estoy de acuerdo en eso. —Mac le tendió la mano.

Ripley pensó ignorar aquel gesto, pero sería una cobardía. Tomó su mano y le dio un apretón, sintiendo un enorme alivio al comprobar que no ocurría nada, sólo el encuentro normal de las palmas de las manos.

Pero él no cejó.

—Este café es realmente horrible —dijo él.

—Lo sé. —Lo que sucedía en ese momento era algo completamente natural, se dijo a sí misma. La agitación de la sangre, el estremecimiento anticipado, el recuerdo de lo que aquella boca suya era capaz...—. ¡Oh, demonios! —Se acercó a él—. Hazlo.

—Esperaba que dijeras eso. —Mac dejó el café. Esta vez tomó su rostro y lo enmarcó suavemente con las manos, con un ligero roce de los dedos que hizo que su piel ardiera. Puso su boca sobre la suya, se hundió en ella, e hizo que la cabeza empezara a darle vueltas.

—¡Dios mío, Dios mío! Eres realmente bueno haciendo esto.

—Gracias. —Mac deslizó una mano por la base de su cuello—. Y ahora, cállate, ¿eh? Estoy intentando concentrarme.

Ripley enlazó los brazos alrededor de su cintura y se pegó contra su cuerpo, disfrutándolo.

A través de las pestañas vio que él tenía los ojos abiertos, fijos en ella. Le hizo sentir como si fuera la única mujer en el mundo. Algo más que ocurría por primera vez. Nunca había necesitado aquello de ningún hombre, pero que se lo dieran era como si le golpearan con un guante de terciopelo.

Los dedos de Mac comenzaron a realizar en su nuca un masaje lento, suave, estimulando puntos de los que ella ni siquiera conocía la existencia. Él cambió el ángulo del beso, como si estuviera experimentando, y consiguió llevarla desde el placer hasta la pura ansia.

Ripley se sintió arrastrada con el corazón dando saltos locos y la sangre fluyendo a borbotones. Mac la sujetó un momento, tuvo que hacerlo porque ella temblaba, hasta que él mismo se recuperó y la apartó con manos poco firmes.

—Está bien… —Tomó aliento—. ¡Uf! Tengo que reconocer que se te da bien. ¿Has estudiado técnicas sexuales exóticas o algo parecido?

—En fin… —Mac se aclaró la garganta. Necesitaba sentarse de verdad—. Se podría decir que como una derivación de mis investigaciones.

Ripley le miró fijamente.

—No creo que me estés tomando el pelo.

—Los ritos y costumbres sexuales a menudo son parte importante de… ¿Por qué no te lo enseño ahora?

—¡Eh!, ¡eh! —Levantó una mano para detenerle—. Estoy de guardia y ya te las has arreglado para agitarme lo suficiente. Ya te haré saber cómo y cuándo estaré dispuesta para esa pizza.

—Dame cinco minutos y estarás preparada. —Mac avanzó, hasta que la palma de su mano le tocó el pecho.

—No. Ponte el abrigo y vete.

Por un instante no pensó que fuera a hacer lo que le había pedido, pero luego, como por arte de magia, él retrocedió.

—Cuando llegue el momento, quiero que mi pizza sea grande y esté llena de cosas.

—¡Qué gracia!, yo también.

—Eso simplifica las cosas. —Mac se puso el abrigo y cogió su cámara—. Me ha gustado encontrarme con usted, ayudante Todd. Gracias por el café.

—Estamos a su servicio, doctor Booke.

Una vez fuera, se colocó la gorra de esquí. Decidió volver a la playa para tirarse al agua helada. Si no se ahogaba, por lo menos se calmaría.

Seis

Muchas horas de charla, muchas manos que untar y la tenacidad de un bulldog. Jonathan Q. Harding estaba deseando emplear todos esos elementos en el momento que le llegara una historia que fuera un bombazo.

Su instinto, que según él era el mejor del negocio, le decía que Evan Remington podía ser la llave hacia la mejor historia de la década.

El escándalo todavía estaba reciente. Los distintos ángulos del personaje de Remington, cómo había ocultado su parte violenta al mundo, a sus elegantes clientes de Hollywood, a sus amistades de la alta sociedad, lo que había hecho a conciencia, al menos por lo que Harding sabía. Incluso los detalles sobre cómo su guapa mujer había escapado de él, arriesgando la vida para liberarse de sus maltratos e injurias, eran ahora del dominio público.

A Harding no le interesaba lo que fuera de dominio público.

Tras hurgar un poco había obtenido suficiente información de dónde había estado, cómo había escapado, dónde había trabajado y vivido durante los ocho primeros meses después de despeñar su Mercedes por un acantilado. Era una historia de gente decente: una esposa de la buena sociedad, la princesa mimada viviendo en habitaciones baratas amuebladas, trabajando de cocinera en sitios de comida rápida o de camarera, trasladándose de ciudad en ciudad. Tiñéndose el pelo, cambiando de nombre.

Podría sacarle partido.

Pero luego estaba la etapa desde que ella había desembarcado en aquel trozo de tierra en medio del Atlántico, en el que Remington había conseguido acabar en una estrecha celda.

Poca cosa más, nada que tuviera suficiente sentido para que Harding pudiera dar el asunto por cerrado. O quizás lo que ocurría era que todo estaba demasiado bien atado.

Remington la había localizado por casualidad. Pura coincidencia. La golpeó; intervino el héroe, el policía local, y nacieron nuevos intereses amorosos.

Tras haber sido apuñalado por el malvado ex marido, recordó Harding, continuó cabalgando al rescate. No sólo consiguió apresar a Remington en el bosque, sino que además hizo que dejara de amenazar la garganta de la bella heroína con un cuchillo. Le arrastró a la cárcel y al héroe le cosieron las heridas.

El chico bueno salva a la chica. El chico malo va a parar a una celda acolchada. El chico bueno se casa con la chica. Final feliz.

De esta historia y sus distintos detalles se habían estado ocupando los medios de comunicación, después del arresto de Remington, durante semanas. Y el interés había ido desapareciendo poco a poco.

Pero había habido muchos rumores, detalles sin confirmar sobre lo ocurrido aquella noche en el bosque, sobre el momento preciso del arresto. Murmuraciones sobre brujería y magia.

Harding se había planteado rechazar aquella idea; quizás explotar aquel enfoque en unas pocas columnas, pero sólo por la novedad. Después de todo, Remington era un loco de atar. Su declaración sobre lo ocurrido aquella noche, por la que Harding había pagado un buen dinero, no podía digerirse fácilmente.

Y aun así...

El doctor MacAllister Booke, el Indiana Jones de lo paranormal, había decidido instalarse temporalmente en la Isla de las Tres Hermanas.

¿No era como para estar alerta?

Booke no era persona que perdiera el tiempo, como sabía Harding. Era capaz de abrirse paso a machetazos a través de selvas, caminar kilómetros por el desierto y escalar montañas para investigar el insólito campo de trabajo que había elegido. Y la mayoría de las investigaciones corrían de su bolsillo.

Pero no era alguien que perdiera el tiempo.

Había desenmascarado más sucesos pseudomágicos de los que autentificaba, pero cuando daba crédito a alguno la gente tendía a escucharle. Y gente inteligente.

¿Si no existía nada cierto en aquellos rumores, por qué había ido a la isla? Helen Remington, perdón, Nell Channing Todd no había hecho ningún comentario al respecto. Ella había hablado con la policía, por supuesto, pero en su declaración no existía mención alguna a fenómenos de brujería. Tampoco en las publicaciones de prensa canalizadas a través de sus abogados.

Pero MacAllister Booke había considerado Tres Hermanas digna de su atención. Y eso interesaba a Harding. Le había intrigado lo suficiente como para leer sobre la isla, sus tradiciones populares y sus leyendas. Y su olfato de periodista le había alertado de que allí había una historia. Una gran historia, potencialmente jugosa.

Había intentado anteriormente conseguir una entrevista con Mac, sin éxito. Los MacAllister-Booke eran enormemente ricos, influyentes y conservadores por tradición. Con un poco de cooperación por su parte podía haber conseguido una serie de artículos sobre la familia y el hijo, el cazador de fantasmas.

Pero ninguno había querido cooperar, y menos el propio Booke.

Y eso le dolía.

En cualquier caso, sólo era cuestión de encontrar la palanca adecuada y saber la cantidad indicada de presión que había que aplicar. Harding estaba seguro de que el propio Remington le ayudaría a destapar el escándalo.

Después de eso, podría ocuparse de lo demás.

Harding recorrió el pasillo de lo que pensó era un manicomio. Remington había sido juzgado y declarado legalmente loco, lo cual había ahorrado a los contribuyentes el coste de un largo y minucioso proceso, y asimismo les había escamoteado los jugosos bocados que los medios de comunicación podían haber difundido de haberse llevado a cabo el proceso.

La realidad era que el arma utilizada contra el sheriff de la isla tenía las huellas dactilares de Remington. El sheriff y dos testigos habían declarado que éste había colocado el cuchillo en la garganta de su esposa y había amenazado con quitarle la vida.

Sin embargo, fue más determinante que Remington no sólo confesara, sino que además gritara que la mataría, que murmurara algo acerca de «hasta que la muerte nos separe», y que continuara lanzando incoherencias sobre la necesidad de quemar a la bruja adúltera.

Por supuesto había amenazado con gritos de muchas otras cosas también: ojos brillantes, relámpagos azules y serpientes reptando por debajo de su piel.

Entre las evidencias físicas, las declaraciones de los testigos y sus propios desvaríos, Remington se había ganado a pulso una habitación en la zona del psiquiátrico con barrotes y vigilada.

Harding lucía en la solapa de su traje hecho a medida el distintivo de visitante. La corbata, del mismo color carbón que el traje, mostraba un nudo perfecto.

Tenía el pelo negro con vetas plateadas y lo llevaba cortado de forma que sentaba bien a su rostro cuadrado y rubicundo. Su estructura era maciza y tenía los ojos, de un marrón oscuro, que tendían a desaparecer cuando sonreía. Su boca era fina y cuando se irritaba parecía quedarse sin labios.

Si su rostro y su forma de hablar hubieran sido algo más atractivos, quizás hubiese dirigido sus pasos hacia los noticiarios de televisión. En un tiempo había deseado aquello, de la forma en que algunos chicos desean tocar un pecho de mujer por primera vez; con lujuria, con malicia. Pero la cámara no le quería, acentuaba la forma de su cuerpo y hacía que su estructura corta y maciza pareciera el tocón de un árbol. Su voz sonaba como el graznido de un ganso herido cuando se oía a través de un micrófono, según le dijo una vez un encantador técnico muy charlatán.

La cruel pérdida de aquel sueño de la infancia había contribuido a convertir a Harding en la clase de reportero gráfico que era: despiadado y frío como el hielo.

Escuchó el sonido de cerrojos que se descorrían y de pesadas puertas abriéndose. Lo recordaría cuando escribiera sobre aquella visita, el espeluznante «clang» del metal contra el metal, los impasibles rostros de los guardias y del personal médico, el extraño y dulce olor de la locura.

Esperó durante un rato en otra habitación. Allí se encontraba el último control. Un asistente sentado al lado de la puerta contemplaba una serie de monitores.

Los enfermos de aquella sección estaban bajo vigilancia las veinticuatro horas del día, según habían informado a Harding. Cuando se encontrase con Remington, él también sería vigilado; tuvo que admitir, que se sentía más seguro sabiéndolo.

Se abrió la última puerta y le recordaron que disponía de treinta minutos.

Su intención era sacarles el máximo partido.

* * *

Evan Remington no tenía el aspecto del hombre que Harding estaba acostumbrado a ver en las páginas satinadas de las revistas o en la pantalla de la televisión. Estaba sentado en una silla, vestido con un mono de fuerte color naranja, tieso como una vela. Llevaba esposas en las muñecas.

Su cabello, que una vez fue como una corona dorada, era ahora de color amarillo sin brillo y lo llevaba corto. Su bello rostro estaba hinchado, debido a la alimentación del centro, a la medicación o a la falta de cuidados. Tenía la boca fláccida y los ojos muertos como los de una muñeca.

Harding se imaginaba que estaría sedado: tómese un sociópata medio, agítese con unas cuantas tendencias psicóticas violentas, y las drogas serán su mejor amigo.

Pero el reportero no había contado con tener que abrirse paso, a través de un laberinto químico, hacia el cerebro de Remington.

Había un guardia con aspecto aburrido en la puerta que Remington tenía a sus espaldas. Harding se sentó en el lado de la ventanilla que estaba cerca del guarda, y miró a través de los barrotes.

—Señor Remington, me llamo Harding. Jonathan Harding. Creo que me esperaba hoy.

No hubo respuesta. Harding maldijo para sí. ¿No podían haber esperado a darle las pastillas hasta después de la entrevista?

—Hablé ayer con su hermana, señor Remington. —Nada—. Su hermana Bárbara…

Una fina línea de baba se deslizó por la comisura de la boca de Remington. Con disgusto, Harding apartó la vista.

—Yo esperaba poder hablar con usted de su ex mujer, acerca de lo que ocurrió en Tres Hermanas la noche en que fue arrestado. Trabajo para *First Magazine*. —Al menos de momento. Sus jefes se estaban volviendo demasiado tiquismiquis para su gusto, y muy tacaños—.

Quiero escribir su historia, señor Remington. Dar a conocer su versión. Su hermana está deseando que usted hable conmigo.

Aquello no era del todo cierto, aunque sí la había convencido de que una entrevista podía plasmarse en una historia que moviera a la compasión, lo que a su vez podía proporcionar peso a la acción legal que ella había emprendido y de cuyo éxito dependía que trasladaran a su hermano a una clínica privada.

—Puedo ayudarle, señor Remington. Evan —se corrigió—, quiero ayudarle de verdad.

No obtuvo nada más que una mirada fija muerta y silenciosa; su absoluta vacuidad le produjo un escalofrío.

—Mi plan consiste en hablar con todos los implicados, conseguir una historia absolutamente completa. Voy a hablar con su ex mujer. Voy a concertar una entrevista con Helen.

Ante el sonido de aquel nombre, los ojos oscuros, sin brillo, parpadearon.

Sí que hay alguien ahí, pensó Harding, y se lanzó a encontrarlo con suavidad.

—¿Hay algo que quieres que le diga a Helen de tu parte? ¿Quieres mandarle algún mensaje?

—Helen.

La voz era áspera, poco más que un murmullo. Al oírla por primera vez, Harding sintió como si un dedo helado le recorriera la columna.

—Exacto, Helen. Veré a Helen muy pronto.

—Yo la maté en el bosque, en la oscuridad. —La fláccida boca se curvó en una deslumbrante y brillante sonrisa—. Yo la asesino todas las noches, porque ella sigue volviendo. Ella continúa riéndose de mí, por eso la mato.

—¿Qué ocurrió aquella noche en el bosque, con Helen?

—Ella escapó de mí. Ella está loca, ¿sabes? ¿Por qué si no habría escapado? ¿Por qué pensó que podía alejarse de mí? Tuve que matarla. Sus ojos quemaban.

—¿Sus ojos ardían como si fueran relámpagos azules?

—Ésa no era Helen. —Los ojos de Remington se movieron rápidamente, como pájaros negros volando—. Helen era tranquila y obediente. Ella sabía quién mandaba en casa. Ella lo sabía. —Mientras hablaba sus dedos comenzaron a arañar los brazos de la silla.

—¿Quién era entonces?

—Una bruja. Vino del infierno, como todas ellas. Había tanta luz, tanta luz. Me cegaron, me maldijeron. Yo tenía serpientes bajo la piel. Serpientes. Un círculo de luz. Un círculo de sangre. ¿Puedes verlo?

Durante un instante, Harding pudo verlo. Tan claro como el cristal, y era aterrador. Tuvo que esforzarse por sobreponerse a un escalofrío.

—¿Quiénes son «todas ellas»?

—Todas ellas son Helen. —Comenzó a reír con un tono alto y agudo que provocó que Harding se estremeciera y que se le erizase el vello de los brazos—. Todas son Helen. Quemad a la bruja. Yo la asesino todas las noches, todas las noches, pero ella vuelve.

Ahora gritaba, por lo que el reportero, que ya había tenido su ración de horrores, se apartó y se levantó de un salto incluso antes de que el guardia se presentara delante. Un lunático, se dijo Harding cuando los asistentes le sacaron a empujones de la habitación. Un loco de remate.

Pero… pero…

El tufillo de la historia era demasiado fuerte como para resistirse.

* * *

Hay gente que puede sentirse nerviosa ante la perspectiva de pasar la velada en casa de una bruja, y que llevaría el bolsillo lleno de sal o una pata de conejo.

Mac acudió armado con su grabadora, el cuaderno de notas y una botella de buen Cabernet. Había esperado pacientemente a lo largo de su primera semana de estancia en la isla, deseando aquella invitación.

Iba a cenar con Mia Devlin.

No le había resultado fácil resistir la tentación de acercarse a casa de Mia, caminando por el bosque, y de fisgonear a la sombra del faro. Pero según su forma de pensar, habría sido de mala educación.

La paciencia y la cortesía habían dado sus frutos y Mia le había preguntado con toda naturalidad si quería cenar con ella. Él había aceptado con el mismo tono.

En aquel momento, mientras conducía por la carretera de la costa se sentía lleno de ilusión. Había tanto sobre lo que quería preguntarle, especialmente desde que Ripley se cerraba en banda cada vez que intentaba interrogarla. Y todavía le quedaba Nell.

Dos advertencias por parte de dos brujas resultaban inapelables. Esperaría hasta que Nell se dirigiera a él, o a que el camino estuviera despejado.

Tenía mucho tiempo, y además se escondía un as en la manga.

Le gustó el aspecto del lugar, la vieja casa de piedra en lo alto del acantilado, frente al tiempo y al mar. La gracia de los gabletes, las románticas almenas, las misteriosas torretas. El blanco rayo del faro cortaba la oscuridad como un cuchillo y barría el mar, la casa de piedra y la sombría barrera de los árboles.

Era un escenario solitario, pensó mientras aparcaba. Solitario de forma casi arrogante e indudablemente bello. Le sentaba perfectamente bien a Mia.

La nieve había sido apartada cuidadosamente del camino de entrada. No podía imaginar a una mujer con el aspecto de Mia Devlin levantando una pala de nieve. Se preguntó si no sería una opinión sexista.

Decidió que no. No tenía que ver con el hecho de que fuera una mujer, y sí con la belleza. Sencillamente no podía imaginarla haciendo algo que no fuera elegante.

En el momento en que ella abrió la puerta, estuvo seguro de que su razonamiento estaba perfectamente fundamentado.

Mia llevaba un vestido de color verde bosque que aunque la cubría del cuello hasta los tobillos, revelaba cada detalle de su perfecta anatomía. Resultaba fascinante.

En las orejas y en los dedos relucían gemas. De una trenzada cadena de plata colgaba un sencillo disco labrado que centelleaba en su pecho. Llevaba los pies descalzos, lo que resultaba muy seductor. Ella sonrió y le tendió la mano.

—Estoy encantada de que hayas venido, y además trayendo regalos. —Aceptó la botella de vino y reparó en que era su preferido—. ¿Cómo lo sabías?

—¿Eh? ¡Ah! El vino. Mi trabajo consiste en sacar a la luz los datos oportunos.

Le condujo al interior, riendo.

—Bienvenido a mi casa. Déjame que te guarde el abrigo.

Se colocó cerca y le rozó el brazo con las yemas de los dedos, como una especie de test para ambos.

—Me tienta invitarte a mi salón particular. —Ella volvió a reír, con una risa baja y llena—. O sea, que lo diré. —Hizo un gesto hacia una habitación que se abría al amplio vestíbulo—. Ponte cómodo. Voy a abrir el vino.

Ligeramente aturdido, entró en una amplia estancia en la que ardía el fuego en la chimenea. La habitación estaba repleta de ricos colores, telas suaves, la madera brillante y el reluciente cristal.

Sobre la tarima de madera del suelo se esparcían alfombras antiguas bellamente desgastadas.

Reconoció la riqueza, el confort, el gusto y, de alguna manera, la abundancia femenina.

Había flores, lirios con pétalos en forma de estrella, tan blancos como la nieve de fuera, en un florero alto y transparente.

El aire tenía su olor… y el de ella.

Incluso un muerto, se dijo Mac, hubiera sentido cómo le ardía la sangre en aquel ambiente.

Había libros colocados en estanterías entre bellas botellas y objetos de cristal, y algunas intrigantes esculturillas.

Prestó atención, ya que lo que lee una persona habla de su interior.

—Yo soy una mujer práctica.

Mac dio un brinco. Mia había vuelto de una forma tan silenciosa como el humo.

—¿Perdón, cómo dices?

—Soy una mujer práctica —repitió, y colocó la bandeja con el vino y los vasos—. Los libros son mi pasión, y abrí la librería para poder sacarle partido.

—Es una pasión muy variada.

—Los canales monográficos son muy monótonos. —Mia sirvió el vino y fue a su encuentro sin perder sus ojos de vista en ningún momento—. Estarás de acuerdo conmigo, puesto que tus intereses también son múltiples.

—Sí. Gracias.

—Por la variedad en las pasiones, entonces. —Sus ojos sonreían cuando chocaron las copas. Mia se sentó en el sofá, sonriendo al tiempo que palmoteaba el almohadón que tenía al lado.

—Ven, siéntate. Cuéntame qué te parece nuestra pequeña isla en medio del mar.

Mac se preguntó si la habitación estaba demasiado caldeada o si sencillamente ella irradiaba calor, pero se sentó.

—Me gusta. El pueblo resulta pintoresco, pero sin caer en lo típico, y la gente es lo suficientemente amable, pero sin llegar a ser claramente entrometida. Tu librería añade un toque de sofisticación; el mar añade atractivos, y el bosque misterio. Estoy a gusto aquí —explicó.

—Todo está cerca. ¿Te encuentras a gusto en mi casita?

—Más que eso. He avanzado considerablemente en mi trabajo.

—También tú eres un tipo práctico, ¿no, MacAllister? —Tomó un sorbo: el rojo del vino tinto contra unos labios rojos—. A pesar de la gente que pueda pensar lo poco práctico que es el campo que has elegido —continuó Mia.

Sintió como si el cuello de su camisa hubiera encogido.

—El conocimiento siempre es práctico —contestó él.

—Y eso es lo que buscas por encima de todo: el saber. —Mia se acurrucó y sus rodillas rozaron ligeramente las piernas de Mac—. Una mente inquieta es muy atractiva.

—Sí. Bueno. —Bebió vino. Lo tragó de golpe.

—¿Cómo va tu… apetito?

Mac enrojeció.

—¿Mi apetito?

Mia pensó que su invitado era absolutamente delicioso.

—¿Por qué no pasamos al comedor? Te daré de cenar.

—Estupendo. De acuerdo.

Mia se enderezó y de nuevo arrastró las yemas de los dedos por su brazo.

—Trae el vino, guapo.

¡Dios mío! Fue su único pensamiento claro.

* * *

134

El comedor podía haber parecido demasiado formal e intimidante, con la enorme mesa de caoba, los grandes aparadores y las sillas de altos respaldos, pero era tan acogedor como el salón. Los colores también eran cálidos, profundos tonos granate mezclados con dorados oscuros.

Flores de los mismos matices perfumaban el aire desde floreros de cristal tallado. El fuego crepitaba como si fuera un acompañamiento más de la suave música de arpa y flauta que sonaba de fondo.

Había retirado las cortinas de las tres ventanas para traer el contraste entre la oscuridad de la noche y la blancura de la nieve al interior de la habitación. Resultaba tan perfecto como una fotografía.

Sobre la mesa había una suculenta parrilla de cordero a la luz de una docena de velas.

Si Mia había pretendido crear el marco ideal para un romance, lo había logrado de forma magistral.

Mientras cenaban, ella condujo la conversación hacia la literatura, el arte, el teatro, y todo el tiempo le escuchó con una atención muy halagadora.

Mac pensó que era casi hipnótico. La forma en que miraba a un hombre: de manera total, directa y profunda.

La luz de las velas jugaba sobre su piel como si fuera oro sobre alabastro y en sus ojos como un velo dorado sobre el color del humo. Deseó poder dibujar algo mejor que bocetos a lápiz. El rostro de Mia era para representarlo con óleo.

Le sorprendió que tuvieran tanto en común. A ambos les encantaban los libros y apreciaban la música.

Enseguida, los dos se lanzaron a conocer el pasado del otro. Él supo que ella había crecido en la isla, en aquella casa, como hija única. Y que sus padres habían delegado en manos de Lulú la responsabilidad de cuidarla. Mia había ido a la universidad de Radcliffe y se había licenciado en literatura y economía. Sus padres se habían marchado de la isla antes de que se graduara y volvían rara vez.

Ella era rica, como él.

No pertenecía a ningún grupo, ni organización, y vivía tranquilamente y sola en su lugar de nacimiento. No se había casado nunca, ni había vivido con ningún hombre.

Se preguntó cómo una mujer con un atractivo tan evidentemente sexual no lo había hecho.

—Te gusta viajar —comentó ella.

—Hay mucho que ver. Creo que lo disfruté más a los veinte años. El pellizco de hacer la maleta, partir siempre que quería o que lo necesitaba.

—Y vives en Nueva York: ¡qué emoción!, ¡qué estimulante!

—Tiene sus ventajas. Aunque puedo hacer mi trabajo en cualquier lugar. ¿Vas a Nueva York con frecuencia?

—No. Rara vez salgo de la isla. Aquí tengo todo lo que quiero y necesito.

—¿Y los museos, los teatros, las galerías de pintura?

—Puedo pasarme sin ellos. Prefiero mis acantilados, mi bosque, mi trabajo. Y mi jardín —añadió—. Es una pena que sea invierno, si no, podríamos dar un paseo. En vez de eso, tendremos que instalarnos en el salón para tomar el café y el postre.

Le sirvió unos pasteles de chocolate exquisitos, que le encantaron. Le ofreció un coñac, que rechazó. En algún lugar de la casa un reloj dio las horas, mientras Mia se hacía de nuevo un ovillo en el sofá al lado de él.

—Eres un hombre con un gran dominio de ti mismo y una gran fuerza de voluntad, ¿verdad, doctor Booke?

—No estoy muy seguro de que siempre sea así. ¿Por qué?

—Porque llevas en mi casa, a solas conmigo, más de dos horas. He empleado vino, velas, música, y todavía no has abandonado tu interés profesional sobre mí, ni has intentado seducirme. Me pregunto si debo admirarte o sentirme insultada.

—Creo que las dos cosas.

—¿En serio? ¿Y por qué lo piensas?

—Porque me has invitado a tu casa, y creo que venir sólo por interés profesional resultaría inadecuado.

—Ah. —Mia ladeó la cabeza ofreciéndole deliberadamente la posibilidad de inclinarse y besarla—. ¿Y qué me dices de la seducción?

—Cualquier hombre que estando cerca de ti no hubiera pensado en seducirte necesitaría tratamiento médico inmediato.

—¡Ah! Me gustas, en realidad más de lo que yo pensaba. Pero, ahora debo pedirte disculpas por atormentarte.

—¿Por qué? Me gusta.

—Mac… —Se inclinó y tocó sus labios con los suyos suavemente—. ¿Vamos a ser amigos, no?

—Eso espero.

—Me hubiera gustado llegar a más, pero hubiésemos durado poco, y complicaría el destino.

—¿El tuyo o el mío?

—El de los dos, y el de alguien más. Se supone que no vamos a ser amantes. No sabía que ya te hubieras dado cuenta.

—Espero que no te importe si lo lamento un poco.

—Me enfadaría si no fuera así. —Mia apartó el caudal de rizos de su cabello rojo oscuro—. Plantéame las cuestiones profesionales que más te preocupen. Responderé si puedo.

—¿Cómo trazasteis el círculo del bosque cerca de la casa?

La sorpresa hizo que Mia frunciera los labios. Se levantó para darse un momento para pensar.

—¡Menuda pregunta! —dijo ella paseando hacia la ventana—. ¿Cómo lo encontraste? —Antes de que él pudiera responder, Mia agitó la mano—. No, no importa, es tu trabajo. No puedo contestar una pregunta que involucra a otras personas que quizá no quieran que yo lo haga.

—Sé lo de Ripley y Nell.

Ella miró hacia atrás por encima del hombro.

—¿Lo sabes?

—A través de mis investigaciones, de un proceso de eliminación y de ciertas observaciones. —Se encogió de hombros—. Soy bueno en lo que hago. No he hablado con Nell porque tanto tú como Ripley sois contrarias.

—Ya veo. ¿Te asusta lo que podríamos hacer si ignoras nuestras objeciones?

—No.

138

—No. Así de rápido y sencillo. Un hombre valiente.

—Para nada. No utilizaríais vuestro don para castigar o dañar, no sin una causa o una provocación, sino solamente para proteger. Ripley no tiene tu control ni tu dedicación, pero tiene su propio código de conducta posiblemente más estricto que el tuyo.

—Conoces bien a la gente. ¿Y ya has hablado con Ripley? ¿Has hablado con ella?

—Sí, he hablado con ella.

Las comisuras de sus labios se curvaron, pero había poca diversión en su sonrisa.

—Y dices que no eres valiente. —En sus palabras había la suficiente mordacidad como para intrigarle.

—¿Qué ocurrió entre vosotras? —preguntó Mac.

—Ésa es una segunda pregunta, y yo todavía tengo que decidir si contesto la primera. Hasta que Ripley confirme tu suposición…

—No es una suposición, es un hecho, y lo ha confirmado —respondió Mac.

—Ahora me sorprendes. —Mientras descifraba sus palabras, Mia se dirigió a la chimenea, de allí a la cafetera para servirse, aunque no le apetecía el café.

—Tú también la has protegido —dijo Mac suavemente—. Ella te importa, y mucho.

—Fuimos amigas, todo lo amigas que se puede ser, la mayor parte de nuestras vidas. Ahora no lo somos —dijo sencillamente, aunque aquello era todo menos sencillo—. Pero no he olvidado lo que fuimos, ni lo que compartimos. Aun así, Ripley es capaz de protegerse a sí misma. No puedo imaginar por qué admitió ante ti tan rápidamente lo que posee; lo que es.

—La obligué a hacerlo.

Mac dudó sólo un instante y después le contó a Mia lo del estallido de energía, lo de la mujer de la playa y la hora que había pasado con Ripley en la casita.

Mia tomó su muñeca y la examinó.

—Siempre ha tenido problemas con su temperamento, pero su conciencia es incluso más fuerte. Habrá lamentado causarte daño. Ripley habrá transferido las quemaduras, ¿sabes?

—¿Cómo?

—Ésa habrá sido su forma de castigarse, de hacer lo justo y recto otra vez: pasar las quemaduras de tu carne a la suya.

Mac pensó en el calor, el dolor. Soltó un juramento.

—¡Maldita sea! No era necesario —espetó Mac.

—Para ella, sí. Déjalo estar. —Mia le soltó la muñeca, deambuló por la habitación y puso en orden sus ideas—. Tú la deseas.

Mac se movió en el sofá. El sofoco parecía querer subir por su cuello.

—No me siento muy cómodo hablando de este tema con otra mujer.

—Los hombres a menudo sois tan remilgados… para hablar de sexo, para hablar de él, me refiero, pero no para practicarlo. Eso está bien. —Mia se acercó otra vez y se sentó—. Y ahora, para contestar a tu pregunta…

—Perdona, ¿te importa si grabo tu respuesta?

—¡Doctor Booke! —Mientras él sacaba del bolsillo la grabadora, la risa resonó en su voz—. ¡Qué chico este!, el perfecto *boy-scout*. Siempre preparado. No, supongo que no tengo nada que objetar, pero vamos a

140

grabar también que no se publicará nada sin mi permiso escrito.

—Tú también estás siempre preparada. De acuerdo.

—Nell ha tomado sus precauciones, y yo haré lo mismo. Las acciones legales que emprendió fueron una forma de protección. Zack, que es muy bueno en su trabajo y que está muy enamorado de Nell, también la protegía. Evan Remington vino a la isla y la encontró enseguida. Volvió a maltratarla y a aterrorizarla; casi mató a Zack y habría matado a Nell; aquella noche estaba decidido a hacerlo. Ella escapó al bosque para evitar que Evan asesinara a Zack, que ya estaba malherido. Se dirigió al bosque sabiendo que su marido la perseguiría hasta allí.

—Es una mujer muy valiente.

—Desde luego. Ella conocía bien el bosque, es suyo, y no había luna. Pero él la encontró enseguida, como Nell ya intuía en parte. Hay hechos que nada puede cambiar, ni la magia, ni la mente, ni ningún otro esfuerzo. —Los ojos de Mia eran profundos e intensos cuando se encontraron con los suyos—. ¿Tú lo crees?

—Sí, lo creo.

Mia asintió al tiempo que estudiaba el rostro de Mac.

—Ya pensaba yo que lo creerías y que, en cierta manera, incluso lo entenderías. Evan estaba decidido a encontrar a Nell. Esa… prueba a la que tenía que enfrentarse fue escrita hace siglos. El valor y la fe en sí misma de Nell fueron claves. —Se detuvo por un momento, retomando fuerzas—. Incluso sabiéndolo, yo tenía miedo, como lo tendría cualquier mujer —continuó Mia—. Evan amenazaba con un cuchillo contra la garganta de

Nell, y ya le había magullado la cara. Aborrezco a los que viven a costa de los demás, a los que causan pena y dolor deliberadamente a aquellos a los que consideran más débiles.

—Eres una mujer civilizada —comentó Mac.

—¿Lo soy doctor Booke? ¿Y también entiendes entonces que fueron mis poderes los que hicieron que se detuviera el corazón de Evan Remington, que finalizara su vida, produciéndole un dolor indecible en el momento en que amenazó a mi hermana?

—Una maldición de semejante calibre, de tanta violencia, exige que quien es maldecido crea en ello, y un ritual complejo con… —Mac se detuvo ya que Mia estaba tomando su café sonriendo, con aspecto de total diversión—. Todas mis investigaciones lo confirman.

—Como quieras —admitió Mia con ligereza y él comenzó sentir un cosquilleo en la nuca—. Lo que podría haber hecho es otra cuestión. Yo estoy atada por mis propias convicciones, mis propias promesas. No puedo quebrantar mi fe y ser lo que soy. Estábamos los cinco allí, en aquel bosque: tanto Zack como Ripley llevaban armas, pero utilizarlas suponía acabar con la vida de Nell, y con la de Remington. Sólo había un camino, una respuesta: el círculo de tres. Lo trazamos aquella noche, sin la ceremonia, las herramientas, ni los cánticos que son necesarios la mayor parte de las veces. Construimos el círculo con nuestra voluntad.

Fascinante, pensó Mac. Asombroso.

—Nunca he visto trazar uno.

—Hasta aquella noche, yo tampoco, ni lo había intentado siquiera. La necesidad obliga —murmuró

Mia—. Establecimos un vínculo entre una mente, otra y otra, y el poder, doctor Booke, creó un anillo como de fuego. Evan no podía hacer daño a Nell, ella no podía ser dañada. Él perdió el juicio cuando le obligamos a enfrentarse a lo que había en su interior.

Mia hablaba en voz baja, pero algo, para lo que incluso la palabra magia parecía casi demasiado corriente, brillaba en la habitación y le acariciaba la piel.

—Ripley me contó que habíais cerrado el círculo —dijo Mac.

—Ripley, en contra de su costumbre, está siendo muy charlatana contigo. Sí, cerramos el círculo.

—La energía todavía está allí. Mucho más fuerte que la de cualquier círculo abierto que yo haya documentado.

—Las tres unidas formamos algo muy poderoso. Creo que la energía permanecerá allí incluso después de que nosotras seamos sólo un recuerdo. Nell encontró lo que necesitaba, el primer paso hacia el equilibrio.

El aire se enfrió de nuevo y Mia sólo volvió a ser una bella mujer sosteniendo una cafetera de porcelana.

—¿Más café? —preguntó.

Siete

¡El muy tramposo hijo de puta!

Al principio le había echado el ojo, después se había ganado su confianza con aquella forma de actuar tan agradable, para que le creyera, y al final dejar claro que lo que pretendía era hacer el amor con ella.

A Ripley le rechinaban los dientes mientras corría por la playa.

Y encima, a la primera oportunidad, se dedicaba a hacerle arrumacos a Mia.

Los hombres eran unos gusanos, decidió.

Ella no se habría enterado si Nell no hubiera comentado de manera casual que Mia había invitado a Mac a cenar a su casa.

—¿A cenar? —resopló—. Una cena, muy bien.

Seguro que el joven doctor tenía el cerebro en el estómago, cuando compró una botella del vino francés preferido de Mia en la bodega La Isla. También se había enterado de eso. Incluso sabía que Mac había preguntado al encargado qué cosecha prefería Mia.

Bueno, era libre de fijarse en Mia y en todas las mujeres de la isla…, pero no cuando se había interesado por Ripley Todd primero.

Cabrón. Cabrón, golfo de ciudad que la había embaucado para irse después a escondidas a besuquear a

Mia. Probablemente Mia habría puesto el cebo sólo para fastidiarla.

Muy propio de Mia.

Giró en la punta de la playa para dar la vuelta.

No, maldita sea, no era verdad. A pesar de lo mucho que en principio le pudiera apetecer darle a Mia un puñetazo en la cara, no podía engañarse a sí misma. Mia nunca había revoloteado alrededor del novio de nadie. En realidad, nunca había revoloteado en torno a ningún hombre, lo cual probablemente era la razón por la que resultaba una mujer tan irritante y temperamental. Un poco de actividad sexual mejoraría su carácter.

Pero no era su estilo, y aunque estuvieran enemistadas debía reconocer que Mia Devlin era demasiado leal, tenía demasiada clase como para meterse en corral ajeno.

Todo lo cual llevó a Ripley al punto de partida: Mac.

Era culpa total y absolutamente suya. Lo que tenía que hacer era idear la forma más satisfactoria de hacerle pagar por ello.

Terminó de correr, se duchó y se puso unos pantalones oscuros de lana, un jersey de cuello alto y una camisa de franela. Se abrochó las botas y se miró un rato en el espejo.

No podía competir con Mia en cuanto a la apariencia. ¿Quién podría? Por otra parte, nunca lo había pretendido. Tenía su propio estilo y se sentía a gusto. Además, cuando estaba de humor sabía sacarse partido.

Jugando con la idea de vengarse, se pintó los labios, se puso sombra en los ojos y rímel. Satisfecha con el buen uso que había dado a todo se roció con el perfume que Nell le había puesto en el calcetín en Navidad.

Tenía un olor profundo, como de tierra, que le iba mejor que los de tipo floral o más ligeros.

Después de dudarlo, se quitó la camisa de franela. Quizás al final del día tuviera frío, pero el jersey de cuello alto y los pantalones marcaban sus curvas. Contenta con el resultado se sujetó la funda de la pistola al cinturón y salió para trabajar.

* * *

El chucho de Pete Stahr se había soltado de la correa otra vez, había olfateado un buen montón de restos de pescado congelado y se había dado un banquete con ellos. Después los había vomitado, junto con su ración diaria de comida en el impoluto porche de Gladys Macey.

Aquél era el tipo de crisis de vecindario que prefería dejarle a Zack, ya que él era más diplomático, más paciente. Pero su hermano se encontraba en la zona de barlovento, ayudando a retirar un par de árboles caídos, por lo que ella sola tenía que hacerse cargo de la situación.

—Ripley, he agotado mi paciencia.

—No me sorprende, señora Macey. —Se encontraban encorvadas debido al frío, a favor del viento, unos cuantos escalones más abajo del desaguisado del porche.

—Ese perro… —Señaló donde se encontraba animal, quien no sentía el más mínimo arrepentimiento, atado a un tocón con una cuerda de tender la ropa—. Tiene menos seso que un leño de madera.

146

—Tampoco discutiré eso. —Ripley contempló la cara del perro que sonreía atontado y con la lengua fuera—. Pero es cariñoso, ¿verdad?

Gladys se limitó a hinchar las mejillas y a expulsar el aire.

—No sé por qué me ha tomado tanta simpatía, pero la cuestión es que cada bendita vez que se pierde, viene a hacer sus cosas aquí en mi jardín, a enterrar cualquier hueso sarnoso en mis parterres, y ahora esto... —Se puso en jarras y frunció el ceño mirando hacia el porche—. ¿Y quién va a limpiar todo este desastre?

—Si pudieras esperar, intentaré que lo haga Pete. Se acerca la hora de comer, le obligaré a venir y hacerse cargo de todo esto —sugirió Ripley.

Gladys aspiró y asintió con aspereza. La justicia es la justicia, pensó, y los Todd siempre encontraban la forma de llegar a ella.

—Quiero que se haga pronto y que se haga bien.

—Me encargaré de ello. A Pete le vamos a sorprender también con una multa.

Gladys frunció los labios.

—Ya le han multado antes.

—Sí señora. —De acuerdo, pensó Ripley, ¿qué hubiera hecho Zack? El perro era inofensivo, un cachorrito amistoso, tonto de baba. Su peor defecto era su obsesión por los restos de pescado, que o bien hacía rodar alegremente, o bien comía con avidez. Ambas opciones con resultados repugnantes. A Ripley le llegó la inspiración y puso un gesto de seriedad.

—El problema es que este perro es un estorbo público y Pete ya ha sido advertido. —Tamborileó con los dedos sobre la culata de la pistola—, esta vez tendremos que incautar al perro.

—Bueno, vamos a ver... —La voz de Gladys se fue apagando y parpadeó—. ¿Qué quieres decir con incautar?

—No se preocupe por eso, señora Macey. Nos haremos cargo del perro. No volverá a rondar su jardín para provocar ningún desaguisado más.

El pequeño nudo que Gladys tenía en la garganta hizo que su voz temblase.

—Espera, espera un momento.

Gladys le agarró del brazo, como había previsto Ripley.

—¿Quieres decir que te llevarías al perro... para sacrificarlo?

—Es un animal incontrolable... —Ripley dejó la frase en suspenso y sus implicaciones quedaron en el aire. El perro cooperó emitiendo un aullido lastimero.

—Ripley Todd, me avergüenza que seas capaz de proponer semejante cosa. No lo admito ni por un minuto.

—Entonces, señora Macey...

—¡Déjate de señora Macey! —Furiosa, agitó el dedo ante el rostro de Ripley—. ¡Es lo más desalmado que he oído nunca! ¡Sacrificar a este inofensivo perro sólo porque es tonto!

—Pero dijo que...

—¡Dije que había hecho caca en mi jardín! —Gladys agitó los brazos que normalmente llevaba tapados por una chaqueta de lana de un espantoso color rosa—. ¿Qué vas a hacer, sacar tu pistola y meterle una bala por la oreja?

—No, yo…

—¡Bien! No puedo ni hablar contigo en este momento. Te vas y dejas al perro en paz. Sólo quiero que me limpien el porche y punto final.

—Sí, señora. —Ripley agachó la cabeza, encogió la espalda a medida que caminaba y guiñó el ojo al perro.

Pensó que ni siquiera Zack lo hubiera hecho mejor.

* * *

Localizó a Pete y le leyó la cartilla. Le dijo que se olvidara de comer y fuera a limpiar el porche de la señora Macey; para el perro reclamaba una vistosa caseta de color rojo, con una manta caliente, y una cadena más fuerte que le obligara a permanecer en la propiedad de los Stahr cuando se quedara solo.

Quizás así se mantuviera la paz en la isla de las Tres Hermanas por aquel día, pensó Ripley.

En su camino de vuelta a la comisaría observó una pequeña figura que trepaba por la ventana del primer piso.

Bien, pensó con las manos en jarras, quizás la paz se podía ver alterada todavía un poco más.

Levantó las cejas y las juntó. Era la casa de uno de sus primos, y además aquella chaqueta azul brillante con letras bordadas le resultaba muy conocida.

—Dennis Andrew Ripley, ¿qué demonios estás haciendo?

Ripley escuchó el grito de dolor cuando el interpelado se golpeó la cabeza con la ventana, pero no sintió lástima. Tenía doce años y en su opinión, cualquier chico de esa edad que no tuviera la cabeza dura debía procurar tenerla.

Se quedó quieto un momento, colgando medio dentro y medio fuera, herido, en las alturas. Entonces se fue deslizando poco a poco hacia el suelo. Tenía el pelo de un rubio pálido que salía en mechones de la gorra de esquí. Tenía la cara llena de pecas que destacaban claramente sobre el intenso rubor que la coloreaba.

—Eh… hola tía Ripley —dijo inocentemente.

Ripley pensó con admiración que era un muchachito muy listo.

—Para ti soy el ayudante del sheriff Todd, pequeño zorro. ¿Qué haces gateando por la ventana?

—Pues… ¿Quizás porque no tengo la llave?

—Dennis.

—De acuerdo, no la tengo. Mamá y algunas amigas se fueron al continente de compras y demás. Debe haber cerrado la puerta.

—Veamos el asunto desde otro punto de vista: ¿por qué estás trepando por la ventana de tu propia casa, en lugar de estar sentado en el pupitre de la escuela?

—¿Quizás porque estoy enfermo? —contestó esperanzado.

—¿Es por eso? Entonces, vamos, te llevaré al hospital ahora mismo. Tu madre tiene teléfono móvil, ¿verdad? La llamaremos para decirle que su precioso hijo se encuentra fatal. Apuesto que viene en el próximo trasbordador.

Ripley tuvo la satisfacción de ver cómo palidecía.

—No la llames, ¿eh? Por favor. Me encuentro muchísimo mejor. Debe ser algo que comí, nada más.

—Voy a pensarlo. Desembucha, chaval, y si intentas embaucarme otra vez, te arrastro hasta el hospital y les digo que vayan sacando la jeringa más larga.

—Teníamos examen de historia —explotó, hablando muy rápido de repente—. La historia es un hueso, tía Rip, y además trata siempre sobre gente muerta. O sea que ¿a quién le importa? Es como la gilipollez de la historia de Europa…, si ni siquiera vivimos allí. Quiero decir, por ejemplo, ¿cuál es la capital de Liechtenstein?

—No has estudiado, ¿verdad?

Él movió el peso de un pie al otro. ¡Santo Dios! Ripley se preguntó por qué los chicos tenían aquellos pies tan grandes como los de un payaso. Dennis intentó lanzar una mirada lastimera a través de las pestañas.

—Supongo que no.

—Por lo tanto decidiste saltarte el examen y largarte de la escuela.

—Una idea tonta. Puedo hacer el examen otro día. Pensaba pasar el rato en el bosque, y estudiar —añadió con súbita inspiración—, pero hace demasiado frío.

—Entonces ibas a entrar… y a estudiar.

—¡Pues, sí! Sí. Iba a machacar los libros. ¿No podrías hacer como si no me hubieras visto?

—No.

—¡Hombre!, tía Rip… —suspiró al darse cuenta de la cara que ponía—, ayudante Todd.

Ella le cogió por la oreja.

—Vas a tener escolta policial hasta la escuela.

—Mamá me va a matar.

—Exacto.

—Voy a suspender el examen.

—Haber estudiado.

—Me van a expulsar de la escuela temporalmente.

—Chico, me partes el corazón.

Cuando le oyó murmurar «mierda» por lo bajo, le dio una colleja.

—Cuidado con esa boca, pequeño. Vamos a ver al subdirector, le harás una confesión completa y aguantarás el chaparrón.

—Como si tú nunca hubieras hecho pellas.

—Cuando lo hice, procuré que nadie me pillase. Joven Skywalker, en eso reside el poder de la Fuerza.

Él soltó una carcajada. Por la risa y porque era de los suyos, el resto del camino hacia su juicio en la escuela lo hicieron con el brazo de Ripley amigablemente colocado alrededor de los hombros del chico.

* * *

La mañana de trabajo y el relato que le hizo a Zack de los dos incidentes mejoraron su estado de ánimo. Entró en la librería, para comer allí y dirigió un rápido saludo a Lulú.

—Deja que tu estómago espere unos minutos y ven aquí —le dijo Lulú.

—Mi estómago sólo puede esperar un minuto. —Pero Ripley cambió su rumbo y se dirigió hacia el mostrador—. ¿Qué ocurre?

—He tenido carta de Jane.

—¿Ah, sí? —Ripley pensó en la antigua cocinera del café. Ella y su pareja se trasladaron a Nueva York, ya que él quería un papel en alguna obra del off Broadway—. ¿Cómo les va?

—Bastante bien. Yo creo que pretenden quedarse. —Lulú miró hacia las estanterías y bajó la voz—. Adivina quién apareció en la panadería donde trabaja Jane.

—Harrison Ford. —Ripley se encogió de hombros al ver la mirada helada que le dirigió Lulú—. Últimamente tengo fijación con él. De acuerdo, ¿quién?

—Sam Logan.

—¡No me digas! —Ripley también bajó la voz—. ¿Qué te ha contado Jane sobre él? ¿Cómo está? ¿Qué hace?

—Si te callas un momento te lo contaré. Está mejor que nunca, según Jane. Alto, moreno y peligroso. Ésas fueron las palabras exactas de Jane. Se quedó alelada porque él la reconoció. Esa chica nunca tuvo ni pizca de sentido común. Yo creo que Sam no le dijo lo que estaba haciendo, o que ella no se lo preguntó, porque en caso contrario me lo hubiera contado de cabo a rabo. Sin embargo, sí me contó que había preguntado por Mia.

—¿Qué quieres decir con eso?

—Lo que te he dicho; según Jane preguntó de forma casual: «¿cómo está Mia?».

—¿Y?

—Y nada. Así fue; eso fue todo. Compró una caja de pastas, le deseó a Jane buena suerte y se fue.

Ripley frunció los labios, mientras le daba vueltas.

—¡Qué casualidad! Que él entrase en la panadería donde trabaja la antigua cocinera de Mia, con todas las que hay en esa ciudad.

—Yo creo que no es coincidencia. Creo que su curiosidad le llevó allí —respondió Lulú.

—Estoy de acuerdo. ¿Se lo vas a contar a Mia?

—No. —Lulú aspiró una bocanada de aire—. Estoy venga a pensarlo, dándole vueltas, rumiándolo y no sé qué hacer.

—¿Me estás pidiendo mi opinión?

—¿Tú crees que te estoy contando todo esto porque no tengo otra cosa mejor que hacer?

—Bien, entonces estoy de acuerdo contigo. No hay nada que hacer. A Mia todavía le duele. —Ripley suspiró porque todavía le dolía, aunque sólo fuera un poco, que a Mia le hiciera sufrir—. Además, si Mia quisiera saber de él, encontraría el modo.

Lulú asintió.

—Me hace sentir mejor que alguien esté de acuerdo conmigo. Vete a comer. El plato del día es sopa de judías.

—¡Qué maravilla! Esto… Lulú. —Ripley se detuvo ante las escaleras—. Si contestas a Jane dile que no diga nada de esto. Ya sabes.

—Eso está hecho.

Hecho está, se dijo Ripley a sí misma. ¿Qué más se podía pedir? Tres buenas acciones en un solo día. Se acercó tranquilamente a la barra para tocar la campanilla. Entonces vio a través de la puerta de la cocina que Nell le servía a Mac un emparedado y una sopa. El joven doctor estaba sentado en la mesa de la cocina, un lugar reservado para los amigos. Ripley dio dos largos paseos hasta el final del mostrador antes de detenerse.

Así no, pensó. Metafóricamente hablando, llegar pistola en mano, no era la forma de manejar a aquel hombre, ni la situación, ni su propio disgusto.

Esperó un momento para tranquilizarse y rodeó la barra para dirigirse a la cocina.

—Hola Nell, Mac. —Husmeó el aire en un intento de demostrar buena voluntad—. Huele fenomenal. Tomaré lo mismo. ¿Puedo comer aquí dentro?

—Por supuesto. ¿Quieres café? —preguntó Nell.

—Sí y que sea con leche. —Ripley se quitó el abrigo y lo colgó en el respaldo del asiento. Dirigió a Mac una lenta y cálida sonrisa—. ¿No te importa si te hago compañía, verdad, profesor?

—No. Estás estupenda hoy.

—Gracias. —Se sentó frente a él—. ¿Y tú, qué haces por aquí?

—Yo le pedí que viniera para charlar, Ripley. —Nell apretó el hombro de Ripley antes de servirle un cuenco de sopa.

El disgusto le arañó la garganta y tragó con dificultad.

—Si a ti te parece bien, entonces a mí también —dijo.

—En este momento Mac me entretenía hablándome de sus viajes y de su trabajo. Es fascinante. Voy a encargar los libros que me has recomendado —añadió Nell, lanzándole una mirada mientras preparaba el emparedado de Ripley.

—Espero que me des tu opinión, cuando los leas —respondió Mac.

—Lo haré. —Nell sirvió el emparedado—. Te traeré tu café con leche.

Cuando Nell ya no podía oírles, Mac se inclinó hacia delante:

—No estoy presionando a Nell. —Ripley levantó una mano.

—Está bien. Nell es dueña de sus actos y toma sus propias decisiones.

Miserable hijo de puta, pensó.

—De acuerdo. Sin embargo, quiero que comprendas que yo sé que ha sufrido más que cualquiera. No la forzaré en ninguna circunstancia —explicó Mac.

El hecho de que le creyera no cambiaba nada.

Comió con él, escuchó su risa cuando le contó lo sucedido con el perro y con el chico. Le irritó descubrir que le gustaba charlar con él y oírle reír. Era una buena compañía, aunque fuera un gusano.

En otras circunstancias le hubiera divertido pasar tiempo a su lado, conocerle mejor y descubrir cómo funcionaba aquel cerebro de alto voltaje.

Ya se había dado cuenta de que Mac no tenía una mente convencional. Pero además estaban sus impresionantes ojos marrones, aquella sonrisa amplia y perezosa y aquel cuerpo verdaderamente magnífico. Por no hablar de su forma de moverse, que era excelente.

Entonces se lo imaginó haciendo aquellos movimientos encima de Mia tan sólo unas horas, unas pocas horas después de haber estado con ella.

Sólo quedaba una salida, debía aniquilarle.

—Así que debes estar muy ocupado cazando fantasmas y buscando, ¿cómo es eso?, remolinos de energía o lo que sea —dijo ella.

—Estoy bastante ocupado. Me estoy orientando y conociendo la isla.

—Y sus habitantes —puntualizó Ripley con suavidad.

—Desde luego. Mi horario es muy flexible, ¿sabes? —contestó Mac—, puedo ir al gimnasio casi a cualquier hora. Me divierte más entrenar en compañía.

¿Por qué no invitas a Mia a sudar contigo?, pensó.

—¿A qué hora sales por la mañana normalmente? —preguntó, aunque lo sabía. Sabía todo lo que ocurría delante de su maldita nariz.

—Hacia las siete y media.

—Me parece bien.

En realidad pensó que era perfecto.

* * *

Ripley entró en el gimnasio a las ocho menos cuarto. Él ya estaba en la cinta de escalada, entrenando fuerte y sudando. Aquel día tampoco se había afeitado. Cuando le dedicó una rápida sonrisa sólo pudo pensar que maldita la gracia que no le quedara más remedio que aplastarlo como a una cucaracha.

Estaba entrenando escuchando música, en lugar de la televisión. ¿Acaso intentaba ser amable él también?

Ripley ajustó el peso de una máquina para trabajar las piernas, se deslizó sobre su estómago en el banco y comenzó a ejercitar los tendones. La ventaja de aquella postura era que él tendría una magnífica visión de su trasero.

Míralo y sueña, amigo, pensó ella.

—He oído que nevará otra vez —comentó Mac.

Ella contó las repeticiones.

—El cielo está totalmente cubierto. ¿Conseguiste la leña?

—Todavía no. Perdí las señas.

—Están en el bolsillo del abrigo.

—¿De verdad?

Cuando se desconcertaba, estaba encantador.

—Guardaste el papel ahí cuando te di las señas. En el bolsillo derecho de tu abrigo negro.

—¡Ah!

—Parece que hoy por la mañana nadie se preocupa ni por la salud, ni por entrenar —comentó ella.

—Antes estuvo aquí un chico. Terminó justo un momento antes de que tú llegaras. ¡Qué piernas tienes ayudante Todd!

—¿Tú crees? —Ripley dejó que apareciera en su cara una coqueta sonrisa y le dirigió una mirada cargada de intenciones—. Las tuyas tampoco están mal, doctor Booke.

—Tendrías que haberme visto a los dieciocho años; bueno, a los veinte —se corrigió—. Hasta los veinte fui el típico chico al que le llenan la cara de arena en la playa.

—¿Estabas muy flaco?

—Era como un palillo de dientes que llevara un cartel a la espalda diciendo: ¡métete conmigo!

Ripley sintió una punzada de simpatía por el flaco e indudablemente torpe chico. Al recordar sus intenciones, lo ignoró, y empezó a trabajar los músculos de las pantorrillas.

—Por eso decidiste entrenar —dijo.

—Cualquiera con mi tipo debe dedicarse toda la vida a entrenar si quiere conseguir un cuerpo atlético. Lo único que pretendo es estar en forma. Leo cosas sobre culturismo.

Ella no pudo contener la risa.

—¿Y qué lees?

—Empiezo leyendo —dijo Mac encogiéndose de hombros—, y después experimento con distintos programas de ejercicios hasta que encuentro lo que puedo hacer. —Burlándose claramente de sí mismo, sonrió abiertamente—. Hago gráficos.

—¿En serio?

—En serio —admitió él—. Dibujo gráficos y esquemas; y antes y después realizo un análisis en el ordenador. Una mezcla de lo físico y lo intelectual; a mí me gusta.

—Ya veo.

Mac enrojeció ligeramente.

—Bueno, pensé que si me iba a dedicar a rastrear pistas, sumergirme en cuevas y abrirme paso por las selvas, lo mejor sería que fuera capaz de afrontar la parte física del trabajo. Cuando tienes que caminar kilómetros cargando con todo un equipo de material delicado, con el cien por cien de humedad, te hace comprender que es mejor dedicar algunas horas a la semana al gimnasio.

—Sean cuales sean las razones, el resultado es bueno.

Ripley se levantó para cambiar de máquina y al pasar junto a él le dio un pellizco en el trasero. Cuando vio que Mac se limitaba a mirarla fijamente, soltó una carcajada.

—Puedes pellizcarme el trasero siempre que quieras —dijo él.

Ella trabajó los cuadriceps encantada de ver que le había roto el ritmo.

—¿Has recorrido ya la isla?

—No del todo. —Perdió la cuenta de sus repeticiones y se esforzó por recuperar el ritmo—. He estado trabajando casi sin parar.

—La próxima vez que tengamos un par de horas libres, te llevaré a conocer la isla.

Mac comenzaba a acalorarse y no era precisamente por el ejercicio.

—Yo puedo en cualquier momento.

—Es peligroso decirle eso a una mujer. Me gusta —dijo Ripley casi ronroneando—. Me gusta que un hombre se arriesgue. —Se pasó la lengua por los labios—. ¿Has pensado en mí?

—Solamente unas diez o doce veces al día.

—¡Ah! —Se movió sobre el banco de ejercicios cuando él tomó las pesas—. Otra afirmación que comporta riesgos. Yo tampoco me he quedado atrás, también te he dedicado bastantes pensamientos.

Ripley se dirigió hacia las pesas, pero en lugar de tomar las suyas, le rozó el brazo con la yema de los dedos.

—¡Humm! Estás tan resbaladizo como yo, ¿verdad? —Se puso más cerca, sus cuerpos se rozaban—. ¿No podríamos tumbarnos y ponernos uno encima del otro ahora mismo?

Mac podría haber captado la cortante mirada de ella si la sangre no le hubiera inundado la cabeza. Pero cualquier hombre dejaría de pensar con el cerebro cuando una atractiva, sexy y anhelante mujer roza su cuerpo contra el suyo.

—Permíteme que deje las pesas —consiguió decir él—, antes de que se me caigan en mis pies, o en los tuyos.

—Me gustan los músculos finos en un hombre —dijo, y le apretó los bíceps—. Largos… delgados… flexibles.

Las pesas sonaron como un par de yunques contra la percha. Mac la cogió por el pelo, le levantó la cara y puso su boca a unos centímetros de la suya.

Entonces Ripley le dio un codazo en el estómago.

—¡Apártate!

Mac tosió: la única forma en que su cuerpo podía tomar aire.

—¿Pero, pero qué demonios?

Estaba demasiado extrañado como para enfadarse, demasiado ocupado en respirar de forma normal como para poder hacer otra cosa que mirarla fijamente, atónito ante aquella cara, tan furiosa de repente.

—¿Tú crees que quiero que me pongas las manos encima?

Mac consiguió dominar su respiración aunque notó un sabor amargo en el estómago.

—Sí.

—Muy bien. Piénsalo otra vez. Nadie me engaña con otra mujer —espetó Ripley.

—¿De qué demonios estás hablando?

—No pongas esa cara de inocente. Quizás crees que puedes hacer como si hubieras olvidado que me perseguiste primero a mí y después a ella, y viceversa; eso es ir demasiado lejos, profesor desmemoriado.

—¿Qué? ¿Cómo?

Ripley cerró los puños y estuvo a punto de utilizarlos, realmente le faltó muy poco para hacerlo.

—No mereces la pena —dijo.

Giró sobre sus talones y se dirigió al vestuario de señoras airadamente.

Golpeó la pared, porque le hacía sentir mejor y se acercó cojeando a su taquilla. Estaba a punto de quitarse la ropa de gimnasia cuando Mac apareció a su lado.

—Ahora mismo te das la vuelta y te vas —le ordenó—. Si no, te arrestaré por comportamiento lascivo y lujurioso.

Mac no sólo no se dio la vuelta y no se fue, sino que avanzó hasta que estuvieron cara a cara, lo que a Ripley le sorprendió enormemente.

—Tengo derecho a saber qué es lo que acaba de suceder —dijo él.

—No tienes derecho a nada en lo que a mí respecta. Y punto.

—Si crees que puedes pasearte pavoneándote por ahí, provocarme hasta casi matarme y darme puñetazos en el estómago...

—Sólo ha sido un codazo, y no me he paseado pavoneándome en mi vida —respondió Ripley.

—Me has buscado deliberadamente para golpearme. Quiero saber por qué.

—Porque no me gustan las mentiras, ni las víboras. No me gustan los hombres que intentan comprobar con cuántas mujeres pueden acostarse a la vez, sobre todo si yo estoy en la lista.

—Yo no me he acostado con nadie, y ni siquiera he salido con nadie desde que llegué aquí —se defendió Mac.

—Voy a añadir «que no me gustan los mentirosos».

La cogió con firmeza por los codos y la levantó del suelo.

—Yo no miento. Ni siquiera pienso en que puedes lanzar parte de tus conjuros sobre mí.

Ripley abrió la boca para cerrarla a continuación. Cuando habló lo hizo con una enorme calma:

—Quita las manos.

Mac la posó de nuevo sobre sus pies y retrocedió un paso.

—Creo que he dejado claro que me interesas desde el punto de vista personal. En este momento, no hay nadie que me interese de la misma forma. No he jugado con nadie. No tengo los suficientes reflejos para hacerlo.

—Compraste una botella de vino caro y pasaste una noche acurrucado con Mia.

—¿De dónde demonios has sacado eso? —Aturdido, se alisó el cabello—. Fui a cenar a casa de Mia por motivos de trabajo. Ella es una de las principales razones de que yo esté aquí. Son intereses profesionales. Sin embargo, puedo decir también que me gusta mucho. No me he acostado con ella, ni tengo intención de hacerlo.

—Perfecto. —Ripley se volvió hacia la taquilla; se sentía como una idiota, desde antes incluso de que él la soltara—. Como tú dices, es asunto tuyo.

—Estás celosa. —Hizo una pausa como si necesitara concentrarse, o como si no quisiera perder la calma—. Cuando supere el tremendo cabreo que tengo, quizás lo encuentre halagador.

Ella se giró rápidamente.

—Yo no estoy celosa.

—Repasa la escenita a ver qué te parece —sugirió Mac agitando el pulgar en dirección al gimnasio—. Yo ahora voy a remojarme la cabeza. Te vendría bien hacer lo mismo —dijo, y se alejó a grandes zancadas, dejando la puerta batiendo.

Ocho

Había algo que Ripley odiaba más que sentirse culpable: sentirse avergonzada. Como su carácter no era de los de estallar y olvidar tardó un rato en cambiar de actitud.

Se regodeó en su enfado, disfrutando de cómo bullía en su interior, mientras bloqueaba su capacidad para pensar con claridad.

Pasó la mayor parte del día conduciendo en aquel estado y se sintió bien, reafirmada en lo que pensaba. Canalizó su energía poniendo al día el montón de papeles atrasados de la comisaría, limpiando las instalaciones y haciendo el turno de Zack. Salió a patrullar a pie primero y después, como prefería seguir ocupada, hizo voluntariamente el turno de patrulla de su hermano.

Recorrió toda la isla tratando de encontrar problemas, deseando tenerlos.

Como no llegaron, se pasó una hora en casa golpeando con todas sus fuerzas el saco de arena de boxeo.

Entonces el sentido común comenzó a abrirse paso, lo cual no le gustó, ya que poco a poco comenzó a ver su comportamiento con toda claridad.

Había actuado como una estúpida, lo que le resultaba difícil de admitir. Se había equivocado, y eso era un trago demasiado grande y amargo para ella. Se sentía como una idiota y le deprimía, por lo que se refugió en la cocina vacía y se comió tres pasteles de chocolate.

En primer lugar, apenas podía creer que un hombre fuera la causa del estado en que se encontraba. Desde luego no habían sido los celos, pensó mientras contemplaba el cuarto pastel. En eso, Mac se equivocaba completamente; pero ella desde luego había reaccionado de forma exagerada.

Y también le había tratado vergonzosamente, pensó cuando el sentimiento de estupidez empezó a dejar paso a las primeras punzadas de culpabilidad.

Había coqueteado con él. Ripley despreciaba a las mujeres que utilizaban el sexo como arma, como soborno, o como recompensa, y sin embargo, ella lo había utilizado como cebo y como castigo.

Se sentía avergonzada.

El recuerdo de su actuación en el gimnasio desembocó en el pastel número cuatro. Aunque a Mac le hubiera interesado Mia, algo de lo que a esas alturas estaba absolutamente convencida de que no era cierto, era libre. Dos besos apasionados no suponían ningún compromiso de exclusividad, ni le obligaban a ser fiel.

Sin embargo, la joven creía firmemente que si empezaba a picotear una galleta, debía terminarla del todo antes de empezar otra.

Pero aquél no era el caso aquí y ahora.

Lo mejor que podía hacer era no hacer nada, pensó, mientras se frotaba el estómago que tenía ligeramente revuelto. Apartarse y cortar de raíz cualquier contacto personal con aquel tipo, aunque admitió que probablemente ya era un poco tarde.

Fingiría que no había sucedido nada, precisamente lo que tenía que haber ocurrido, si hubiera tenido un poco más de juicio.

Se arrastró hasta su habitación y se encerró, pensando que lo mejor sería evitar cualquier contacto humano en las ocho horas siguientes.

El sueño no acudió con facilidad, pero lo achacó a la cantidad de chocolate ingerido y juzgó que era un castigo leve para sus faltas.

Cuando llegaron, los sueños fueron más violentos de lo que se merecía.

Era invierno y la playa estaba desierta. La soledad le pesaba como si tuviera cadenas atenazándole el corazón. Había una luna llena, su blanca luz bañaba el mar y la orilla. La claridad era tal que casi se podía contar cada grano de aquella arena reluciente.

El sonido del oleaje retumbaba en sus oídos; era un rumor que le recordaba que estaba sola; que siempre lo estaría.

Levantó las manos y gritó de dolor, de furia. El viento le respondió levantando remolinos de arena brillante, más y más rápido.

El poder fluyó a través de ella, como el filo de una espada tan frío que quemaba. La tormenta que había conjurado rugía y negras nubes se cernían hasta cubrir la luz de aquella luna blanca y pura.

—¿Por qué lo hiciste?

Ripley se volvió en medio de aquel torrente y vio a la hermana que había perdido, con el cabello dorado reluciente y los ojos azules ensombrecidos por la pena.

—Por justicia, por ti —respondió, ya que necesitaba creerlo.

—No. Fue por venganza, por odio. —La que fuera Aire no alargó los brazos, sino que permaneció quieta con las manos en la cintura—. Nosotras no podemos utilizar lo que somos para derramar sangre.

—Él derramó la tuya primero.

—¿Acaso mi debilidad, mis temores son excusa para los tuyos?

—¿Debilidad? Ahora soy más fuerte que nunca. —La magia negra bulló en su interior—. No tengo miedo.

—Estás sola. Has sacrificado a la persona a la que amabas.

Como si fuera un sueño dentro del sueño, pudo ver al hombre dueño de su corazón. Le miró y le volvió a ver muerto, apartado de ella y de sus hijos como consecuencia de sus terribles actos.

Las lágrimas que le arrasaron los ojos quemaban como si fueran ácido.

—Tenía que haber permanecido al margen.

—Él te amaba.

—Ahora estoy más allá del amor.

Aire giró las manos que brillaban tan blancas como la cegadora luna llena.

—Sin amor no hay vida, ni esperanza. Yo rompí el primer lazo entre nosotras, y me faltó valor para rehacerlo. Ahora tú rompes el segundo. Encuentra la compasión en ti, pide perdón, si no la cadena se debilitará.

—Yo no cambiaré nada.

—Nuestra hermana será puesta a prueba. —Aire habló ahora con urgencia—. Sin nosotras, puede que fracase, entonces nuestro círculo se romperá de una vez y para siempre. Los hijos de nuestros hijos lo pagarán. Lo he visto.

—¿Me estás pidiendo que renuncie a lo que he probado ya, a lo que puedo conjurar con sólo un pensamiento? —Elevó la mano y el mar se levantó con rabia contra el brillante muro de arena; cientos de voces gritaron—. No lo haré. Antes de que yo acabe con esto, cada hombre, cada mujer, cada niño que nos maldijo, que nos dio caza como a alimañas, se retorcerá de agonía.

—Entonces nos condenarás —dijo Aire en voz baja—. A nosotras y a todos los que vengan detrás. Mira y contempla lo que sucederá.

El muro de arena se disolvió. El mar furioso se retiró y se congeló en un momento, palpitando. La luna tan blanca, tan pura, se partió y de ella goteó sangre helada. Los rayos restallaron como látigos en el cielo oscuro y cayeron sobre la tierra produciendo humo y fuego.

Crecieron llamas alimentadas por un viento salvaje y voraz, haciendo que la oscuridad quedara cegada por la luz.

La noche se convirtió en un prolongado grito aterrorizado al desaparecer la isla engullida por el mar.

* * *

A pesar de lo inquietante que había resultado aquel sueño, Ripley se auto convenció de que había sido producto de la culpa y del chocolate. A la luz del día hizo caso omiso de la ansiedad que le había producido y centró su energía en apalear la última nieve que había caído.

Cuando Zack se reunió con ella, ya había limpiado los escalones y la mitad del camino.

—Yo me ocuparé del resto —dijo su hermano—. Entra en casa y toma café y algún bollo para desayunar.

—Soy incapaz de comer nada. Me atraqué de pasteles de chocolate anoche, o sea que me viene bien el ejercicio.

—¡Oye! —La tomó por la barbilla y le levantó la cara para estudiarla despacio—. Pareces cansada.

—No he dormido muy bien.

—¿Qué es lo que te atormenta?

—Nada. Comí demasiados dulces, no he dormido bien y estoy pagándolo ahora.

—Mira, querida, estás hablando con alguien que te conoce bien. Cuando tienes algún problema te vuelcas en el trabajo, en tareas duras tanto física como mentalmente, hasta que consigues darle la vuelta a la situación. Suéltalo.

—No hay nada que contar. —Ripley movió nerviosamente los pies y al final sencillamente suspiró. Su hermano podía quedarse allí y esperar una respuesta toda la eternidad—. De acuerdo, no estoy preparada para soltarlo. Estoy intentando resolverlo.

—Bien. Si apalear toda esa nieve te ayuda, entonces te dejo continuar.

Zack se dio la vuelta. No parecía estar sólo cansada, también parecía infeliz. Intentaría distraerla. ¿Para qué estaban si no los hermanos mayores? Tomó nieve en las manos y formó una bola; la lanzó.

Le dio en la parte de atrás de la cabeza con un sonoro «pum». No en vano era el lanzador principal del equipo de béisbol de la isla.

Ripley se volvió despacio y contempló la sonrisa cariñosa de su hermano.

—O sea que… quieres jugar, ¿no?

Se volvió mientras agarraba nieve. En el momento en que él se agachaba para hacerse con más munición, le disparó en mitad de los ojos. Ripley solía jugar al béisbol en tercera base y era una corredora lo suficientemente valiente o loca como para intentar robar la base siempre que se le presentaba la ocasión.

Se dieron una paliza haciendo volar bolas de nieve por el camino a medio despejar, sin dejar de lanzarse insultos y pullas.

Mientras tanto, Nell llegó hasta la puerta: lo que había sido una sábana inmaculada que cubría el césped estaba ahora enmarañada por los surcos y lomas producidos por los cuerpos al caer. Lucy salió disparada como una bala dando fuertes ladridos de alegría, y se sumó a la escena.

Nell, divertida, cruzó los brazos para protegerse del frío y salió al porche.

—Niños, deberíais entrar y limpiaros —les gritó—, o llegaréis tarde al colegio.

Fue más por instinto que algo planeado el que los dos hermanos se giraran a la vez. Las dos bolas de nieve golpearon a Nell de pleno. Los gritos que se escucharon a continuación provocaron que Ripley se riera tan fuerte que se tuvo que arrodillar, mientras Lucy corría a darle lametones.

—¡Huy! —Zack se tragó la sonrisa al ver un brillo peligroso en los ojos de su mujer—. Perdona, cariño. ¿Sabes? Ha sido un acto reflejo.

—Te voy a enseñar lo que es un acto reflejo. Qué tranquilizador saber que la policía de la isla dispara sobre gente desarmada. —Nell aspiró por la nariz y levantó la barbilla—. Quiero todo esto despejado, y de paso podéis limpiar mi coche si conseguís parar de reír un momento.

Se dirigió al interior y cerró la puerta de golpe.

—¡Glup! —exclamó Ripley, y rompió a reír de nuevo—. Creo que esta noche vas a dormir en el sofá, querido hermanito.

—No es rencorosa. —Zack hizo una mueca elevando los hombros—. Pero voy a limpiarle el coche.

—Te tiene sorbido el seso, ¿verdad?

Él se limitó a lanzarle una furibunda mirada.

—Te mataré después.

Ripley se enderezó y aún continuaba riendo entre dientes, mientras su hermano y Lucy se abrían paso con dificultad a través de la nieve en dirección a la parte trasera de la casa. Pensó que no había nada como una buena pelea de bolas de nieve para estabilizar las cosas. Tan pronto como terminara de limpiar el camino, iría a hacer las paces con Nell.

Pensaba que su cuñada tenía más sentido del humor. ¿Qué importancia tenía un poco de nieve entre amigos? Sin dedicarle más tiempo al asunto, Ripley tomó la pala y justo entonces oyó el grito de dolor y los ladridos enloquecidos.

Sosteniendo la pala como si fuera un bate, corrió hacia el lateral de la casa. Al doblar la esquina se encontró con la cara llena de nieve; la sorpresa fue tal que le hizo engullir parte, ahogándola. Cuando la escupió y se

171

limpió la cara, vio a su hermano cubierto de nieve hasta los hombros.

Y vio a Nell plantada con una sonrisa de satisfacción y dos cubos vacíos. Golpeaba uno contra el otro delicadamente para quitar los restos de nieve.

—Esto ha sido un acto reflejo —dijo Nell asintiendo con la cabeza.

—¡Madre mía! —Ripley intentó sacudirse la nieve que tenía bajo el cuello y que chorreaba fría y húmeda—. ¡Bien por Nell!

* * *

Ripley se veía capaz de conservar su buen humor a lo largo del día, y lo hubiera conseguido si Dennis Ripley no hubiera aparecido por la comisaría arrastrando los pies.

—Aquí está mi delincuente favorito. —Puso los pies encima de la mesa y se dispuso a disfrutar el espectáculo, ya que el chico siempre conseguía entretenerla—. ¿Qué te ocurre?

—Se supone que tengo que disculparme por causar problemas y agradecerte que me llevaras de vuelta al colegio, etcétera, etcétera.

—¡Vaya Den! —Ripley se enjugó una lágrima imaginaria—. Estoy emocionada.

El chico torció la boca en una mueca.

—Mamá ha dicho que tengo que hacerlo. Me han echado del cole dos días, no puedo salir en tres semanas y tengo que hacer unos trabajos sobre la responsabilidad y la sinceridad.

—¿Unos trabajos? Eso es lo peor, ¿verdad?

—Sí. —Se dejó caer sobre la silla frente a ella y suspiró pesadamente—. Supongo que fue una estupidez.

—Creo que sí.

—No hay forma de largarse del colegio en invierno —añadió él.

—Sin comentarios al respecto. ¿Qué pasó con el examen de historia?

—Lo aprobé.

—¿Bromeas? Tú eres un burro, Den.

—La verdad es que no fue tan difícil como pensaba. Y mamá no ha sido tan dura como creía, ni papá tampoco. Sólo me ha caído un sermón.

—¡Uf! —Ripley le dedicó un estremecimiento para hacerle sonreír—. ¡Qué horror, un sermón!

—Puedo utilizar la mayor parte del sermón en los trabajos. Creo que he aprendido la lección de veras.

—Cuéntame.

—Bueno, pues además de planear mejor las cosas para no congelarme las orejas en el bosque cuando falte a la escuela, es mucho mejor hacer lo que se supone que debes hacer, en primer lugar.

—Mucho mejor —convino ella. Y como le apreciaba, se levantó para prepararle un chocolate caliente.

—Y como tú me hiciste volver a la escuela y confesar lo que había hecho, no tengo que preocuparme, ¿sabes? Papá dice que cuando te metes en un lío tienes que hacerle frente y arreglarlo. Así la gente te respetará y además podrás respetarte a ti mismo.

Ripley sintió una punzada de dolor en la garganta al servir el chocolate en un tazón.

—¡Dios mío! —murmuró.

—Todo el mundo comete errores, pero sólo los cobardes se esconden de ellos. Es un buen tema, ¿no crees, tía Rip? Puedo utilizarlo en los trabajos.

—Sí. —Ella soltó un taco por lo bajo—. Es un buen tema.

* * *

Si un chico de doce años podía plantar cara a los problemas, entonces una mujer de treinta debía ser capaz de hacer lo mismo.

Hubiera preferido que la regañaran y la obligaran a redactar aquellos temibles trabajos, antes que llamar a la puerta de Mac. Pero no había opción: no ante el agobio de la culpa, de la vergüenza y del ejemplo de un chico de doce años.

Pensó que quizá Mac le cerraría la puerta en las narices y ella no podría enfadarse con él si lo hacía. Por supuesto, si por casualidad actuaba así, entonces podría limitarse a escribirle algo como disculpa, lo cual, bien pensado, era casi como hacer una redacción.

Sin embargo, el primer movimiento debía ser cara a cara. Y por eso, a la caída de la tarde, se plantó frente a la puerta y se preparó para humillarse.

Mac abrió la puerta. Llevaba puestas las gafas y un jersey que llevaba escrito «¿qué passsa contigo?» y un dibujo con el alce Bullwinkle, la mascota de Minnesota. En otras circunstancias le hubiera resultado gracioso.

—Ayudante Todd —saludó, muy fríamente.

—¿Puedo entrar un momento? —dijo tragándose el primer bocado de humillación—. Por favor.

Mac retrocedió a la vez que le hacía un ademán para que entrara.

Ripley vio que estaba trabajando. Había un par de monitores en marcha. Uno de ellos mostraba líneas en zigzag que le recordaron a las máquinas del hospital. Tenía la chimenea encendida y olía a café recalentado.

—Te interrumpo… —comenzó.

—En efecto. Déjame colgar tu abrigo.

—No. —Sujetó el abrigo con más fuerza, a la defensiva—. No me llevará mucho tiempo y después te dejaré en paz. Quiero pedirte disculpas por lo del otro día. Yo estaba equivocada, completamente equivocada y todo lo que dije estuvo fuera de lugar. No hay excusa para lo que hice, lo que dije ni para la forma en que me porté.

—Bueno, eso abarca casi todo. —Le hubiera gustado continuar enfadado con ella, porque se encontraba muy cómodo en aquel estado—. Acepto tus disculpas.

Ripley hundió las manos en los bolsillos. No le gustaba cuando las cosas parecían demasiado fáciles.

—Me pasé —dijo.

—No lo discuto.

—Me gustaría terminar… —La voz de Ripley se tornó más fría.

—De acuerdo, continúa.

—No sé por qué me pasé, pero fue lo que hice. Incluso si hubieras estado con Mia de forma… íntima, no sería asunto mío. Yo soy responsable de mis actos, de mis decisiones y de mis elecciones, y así es como me gusta que sea.

175

—Ripley, déjame colgar tu abrigo, por favor —insistió Mac de forma más amable.

—No, no me voy a quedar. He estado dándole vueltas, intentando encontrar una justificación después de todo. Eso me cabrea. El caso es que primero te habías interesado por mí, y después por Mia, para intentar suavizar la relación entre ambas, para que así pudiéramos ayudarte en tu trabajo.

—Bueno, eso es insultante. —Mac se quitó las gafas y las sujetó por la patilla—. Lo sé, y lo siento —admitió con gravedad—. Es más, estoy avergonzada por haber utilizado ese argumento para justificarme haber usado el sexo, excitándote como lo hice, para castigarte. Las mujeres que hacen eso alteran el sentido del sexo. Entonces… —Ripley dejó escapar el aliento, mientras analizaba sus sentimientos; no se sentía mejor, maldita sea; se sentía mortificada—. Entonces, esto es todo. Te dejo seguir con lo que estabas haciendo —acabó.

Se volvió hacia la entrada pero Mac se movió a la vez que ella, y puso la mano sobre la puerta.

—Si vamos un poco más allá de la superficie de las cosas, que es algo que me gusta hacer, hay una parte pequeña de tu exagerada reacción que encuentro satisfactoria, desde un punto de vista estrictamente egoísta y superficial.

Ella no le miró; se negaba. ¿Para qué molestarse cuando podía sentir la satisfacción en su voz?

—Precisamente por eso me siento todavía más idiota.

—No me importa. —Deslizó su mano a lo largo de su larga coleta—. Voy a quitarte el abrigo. —Lo tomó de sus hombros—. ¿Quieres una cerveza?

—No. No. Estoy de servicio. —Le sorprendió darse cuenta de que lo que quería era que la abrazara. Sencillamente un pequeño abrazo rápido, a pesar de que nunca había sido muy partidaria de aquellas muestras de afecto.

Mac acarició de nuevo su cabello deslizando suavemente los dedos a lo largo de la suave cascada de pelo.

—¿Quieres un beso y que hagamos las paces?

—Creo que podemos dejar de lado la parte relativa a los besos. —Le quitó el abrigo de las manos, se apartó a un lado y lo tiró al suelo cerca de la puerta. Hizo un gesto señalando el dibujo del alce—. ¿Es tu retrato?

—¿Cómo? —Mac bajó la vista, centrando la mirada en el dibujo de su jersey—. Sí. Hice un curso de postgrado allí. No has vivido hasta que has visto la primavera en las Frosbite Falls*.

Ripley sonrió y se sintió mejor.

—No sé dónde encasillarte, Mac.

—Yo tampoco. ¿Quieres…? —Mac se detuvo cuando empezó a sonar un timbre y comenzó a mirar por la habitación con aire aturdido.

—Me parece que es el teléfono —dijo Ripley queriendo ayudar.

—Sí, pero ¿cuál de ellos? El del dormitorio —decidió y se fue hacia allí a grandes zancadas.

Se agachó para recoger el abrigo. Quizás lo mejor sería marcharse mientras él estaba ocupado. En aquel momento le escuchó hablar en lo que parecía ser español.

* Famosas cataratas de Minnesota. (N. de la T.)

¿Qué tendrían los idiomas extranjeros, se preguntó, que estimulaban la imaginación? Dejó el abrigo donde estaba y se dirigió hacia el dormitorio con disimulo.

Mac estaba de pie cerca de la cama, con las gafas colgando por las patillas del bolsillo de sus pantalones vaqueros. La cama estaba hecha; le gustaban los hombres que mantenían un mínimo de orden. Había libros esparcidos y apilados por todas partes. Él se paseaba nervioso mientras hablaba y se dio cuenta de que iba descalzo, solamente llevaba calcetines gruesos: uno negro y otro azul marino. Era encantador.

Hablaba muy rápido. Siempre que oía hablar en otro idioma, sonaba a sus oídos como un torrente incomprensible de sonidos fascinantes, dichos a toda velocidad.

Aguzó el oído. Daba la sensación de estar muy concentrado pero no en el español, pensó. Lo hablaba con una fluidez que denotaba un perfecto dominio.

Entonces Mac comenzó a buscar por la habitación, golpeándose la camisa con una mano.

—En el bolsillo derecho —le apuntó Ripley provocando que él se diera la vuelta y la sorprendiese parpadeando—. ¿Buscas las gafas?

—Eh… no. Sí. ¿Qué? No, no, uno momento*. ¿Por qué no encuentro un bolígrafo?

Ripley se acercó y cogió uno de los tres que había en la mesita de noche. Al ver que seguía buscando algo, le ofreció un trozo de papel también.

—Gracias. No sé por qué siempre… ¿Cómo? Sí, sí**.

---

* En español en el original. *(N. de la T.)*
** En español en el original. *(N. de la T.)*

Mac se sentó en un costado de la cama y se puso a escribir algo. Habiendo llegado tan lejos, Ripley no vio ninguna razón para detenerse. Inclinó la cabeza para leer sus notas, pero le desconcertó ver que otra vez estaban escritas en taquigrafía.

Decidió que además probablemente estarían en español, con lo que aprovechó la oportunidad para estudiar el dormitorio.

No había ropa por en medio. Tampoco quedaba mucho espacio libre con todos los libros, revistas y pilas de papeles. No había fotografías personales, pensó que era una pena.

Encima de la cómoda se encontraba el montón habitual de monedas, junto a una medalla de san Cristóbal. Se acordó del amuleto de la guantera y se preguntó con qué otras cosas se protegería.

Había una navaja, un juego de destornilladores pequeños y unas cuantas piezas no identificables de plástico y de metal que debieron formar parte de un fusible y una especie de piedra vítrea negra; la tocó y al sentir un zumbido sordo y vibrante se abstuvo de hacerlo de nuevo.

Cuando se dio la vuelta, Mac continuaba sentado en un lado de la cama. Había colgado el teléfono y miraba al vacío con una expresión entre soñadora y distraída.

Ella se aclaró la garganta para atraer su atención.

—O sea que hablas español.

—Humm…

—¿Malas noticias?

—Eh… No, no, noticias interesantes. Era un colega de Costa Rica. Cree que tiene una conexión con un EBE.

—¿Qué es eso?

—¡Ah! Un EBE es un Ente Biológico Extraterrestre.

—¿Un hombrecito verde?

—Eso es. —Mac dejó las notas a un lado—. Tiene que ver con todas las brujas montadas en escobas que yo he documentado.

—Ja.

—En cualquier caso, es interesante. Ya veremos qué ocurre. ¿Hay alguna otra cosa que te atraiga a mi dormitorio?

—No estás tan distraído como parece.

—Solamente la mitad del tiempo. —Dio unas palmadas en la cama a su lado.

—Es una oferta realmente atractiva, pero paso. Me voy a casa.

—¿Por qué no cenamos algo? —Se quitó las gafas y las colocó con cuidado encima de la cama—. Podemos salir a tomar algo fuera. ¿Ya es hora de cenar?

—Puede ser. Quita las gafas de la cama. Se te olvidará y te sentarás encima o algo parecido.

—De acuerdo. ¿Cómo sabes que me ocurrirá eso? —Cogió las llaves y las colocó en la mesita de noche.

—Pura adivinación. ¿Te importa si llamo a casa para avisar a mi familia de que no voy a ir a cenar?

—Adelante.

Cuando se dirigía hacia el teléfono, Mac la tomó de la mano y la hizo girar hasta que la colocó entre sus piernas.

—Me gustaría discutir lo de no besarte, que hemos hablado antes. Creo que como tú eres la que se ha disculpado, deberías ser tú también la que me besaras.

—Estoy pensando en ello. —Levantó el teléfono y mantuvo sus ojos fijos en los de él mientras hablaba brevemente con Zack—. Bien, éste es el trato: las manos sobre la cama y las tienes que mantener ahí. Nada de tocar, ni de agarrar.

—Es demasiado estricto, pero acepto —dijo colocando las palmas en el borde de la cama.

Ripley pensó que había llegado el momento de demostrarle que no era el único que tenía iniciativa. Se inclinó despacio, jugando con las manos en su pelo antes de apoyarse en sus hombros. Detuvo su boca a un centímetro de la suya.

—Las manos quietas —repitió ella.

Se rozaron los labios, un ligero choque de los dientes y una insinuación de la lengua.

Ripley le mordió, con una pasión felina, primero un labio, después el otro, para dejar escapar el aliento en un prolongado gemido de placer que se expandió por todo su cuerpo. La joven ardía en un incandescente brote de placer. Se apartó ligeramente para tomar aire y se detuvo un instante, entonces hundió sus dedos entre el cabello alborotado de Mac y se abandonó sobre él.

Mac sintió calor suficiente para quemar a cualquier hombre por dentro y por fuera. Apretó las manos como si quisiera atornillarlas sobre el borde de la cama y sintió que el corazón se le subía a la garganta.

Se sentía devorado con una avidez implacable.

Ripley se apoderó de él, se introdujo en su sangre como si se tratara de una droga de efecto rápido; una droga que arañara sus terminaciones nerviosas más que adormecerlas. Mac sentía algo tan fuerte, que sólo esperaba que su sistema nervioso explotara.

Ripley estuvo a punto de empujarle hacia atrás, de sucumbir al deseo que la inundaba y tumbarle sobre la cama. Cada vez que estaba con él, algo resonaba en su cerebro, paralizaba su cuerpo y le oprimía el corazón. Aunque le había pedido que se controlara y se había controlado a sí misma, se encontraba perdida.

Notó que él temblaba y sintió su propia respuesta en forma de estremecimiento. Para terminar aquel beso y apartarse apeló a toda su fuerza de voluntad.

Mac dejó escapar un suspiro entrecortado. Ella podía ver su pulso latiendo en su garganta como un taladro. Pero a pesar de todo, él no la había tocado. Semejante demostración de autocontrol merecía respeto, pensó Ripley; era algo digno de admiración y a la vez un reto que desafiar.

Con la yema de los dedos, ella hizo un gesto golpeándose ligeramente la comisura de los labios.

—Vamos a comer algo —dijo, y salió rápidamente de la habitación.

Paso a paso, pensó Ripley mientras recogía el abrigo del suelo; habían llegado a un punto de no retorno.

Nueve

Jonathan Q. Harding sabía cómo hacer hablar a la gente. En primer lugar, la cuestión era ser consciente de que, tras de una capa de dignidad y discreción o incluso de reticencia, lo que la gente realmente quería era hablar. Cuanto más extraño y sórdido fuera el asunto, más ganas de charlar tenían.

Se trataba de una cuestión de paciencia y persistencia, y de dejar de vez en cuando un billete doblado sobre la palma de una mano.

Aquella historia le provocaba tanto interés como deseos de dedicarle tiempo. Volvió la vista atrás, al acantilado de la autopista número 1, donde una mujer desesperada había simulado su propia muerte. Era un lugar pintoresco: mar, cielo y rocas. Se imaginó unas fotografías austeras en blanco y negro de efecto dramático.

Ya no pensaba simplemente en un reportaje en una revista. Harding había subido el listón hasta plantearse la idea de escribir un libro jugoso, un libro de gran éxito.

La semilla de aquella ambición se había sembrado el día de su primera visita a Remington. Pensó que era raro que no se le hubiera ocurrido antes; que no se hubiera dado cuenta de lo ansioso de fama y de fortuna que estaba.

Otros ya lo habían hecho antes que él: habían volcado sus conocimientos o sus aficiones en libros con cubiertas satinadas y con grandes ventas. ¿Por qué él no?

¿Por qué estaba malgastando su tiempo y sus habilidades, que eran considerables, en revistas donde le pagaban por el número de líneas redactadas? En lugar de tener que perseguir a Larry King para que le concediera una entrevista, ahora sería Larry King quien le buscara a él.

Una voz en su interior, que hasta entonces ignoraba que existiera, le susurraba todo el tiempo: ¡A cobrar!

Y eso es lo que se disponía a hacer.

Empezó a seguir el rastro de Helen Remington, ahora Nell Channing, juntando pequeños retazos de información, especulaciones y hechos procedentes de los archivos policiales.

Mantuvo una interesante conversación con un hombre que aseguraba haberle vendido a Nell la bicicleta de segunda mano que había utilizado como primer medio de transporte; y después de hacer preguntas en la estación de autobuses de Carmel consiguió confirmar la descripción de la bici. Helen Remington había iniciado su largo viaje pedaleando sobre una bicicleta azul de seis marchas.

La imaginó subiendo y bajando colinas.

Llevaba peluca, según algunos pelirroja, según otros castaña. Él se decantaba por esta última, seguro de que su intención había sido pasar desapercibida.

Había empleado más de dos semanas en rastrear y volver a rastrear, chocando contra un muro de falsas pistas, hasta que consiguió su primer premio gordo en Dallas, donde Nell Channing había alquilado una habitación con cocina en un motel barato y se había empleado como pinche en un bar mugriento.

Se llamaba Lidamae, según se leía en la placa que llevaba prendida sobre el uniforme de color rosa fuerte. Había servido mesas durante treinta años, y suficientes tazas de café como para llenar el maldito Golfo de Méjico. Se había casado dos veces y había echado a patadas en sus perezosos culos a dos hijos de puta.

Tenía un gato llamado Bola de Nieve; no había terminado el bachillerato, y hablaba con un deje de Tejas tan agudo como para cortar diamantes.

A Lidamae no le importaba dejar de lado sus obligaciones un momento para hablar con un periodista. Además no vaciló en aceptar la oferta de un billete de veinte dólares por su tiempo y las molestias. Escondió el billete donde se supondría que lo haría: en la copa de su generoso sujetador.

Respondía tan perfectamente a la típica imagen de la camarera, con su pelo rubio platino peinado en enorme cascada, el intenso azul de la sombra de ojos que cubría sus párpados casi hasta las cejas, que Harding se preguntó quién podría hacer su papel en la película que se rodaría basándose en el libro.

—Yo le dije a Tidas, Tidas dirige la cocina, que había algo raro en aquella chica. Algo espeluznante.

—¿Qué quieres decir con espeluznante?

—Su forma de mirar, una mirada de conejo, asustada de su propia sombra. Siempre vigilando la puerta, además. Por supuesto, me di cuenta de que estaba huyendo. —Con un gesto de asentimiento satisfecho Lidamae sacó un paquete de Camel del bolsillo de su delantal—.

Las mujeres notamos estas cosas a nuestra manera. Mi segundo marido intentó patearme una o dos veces —dijo expulsando el humo como si fuera su aliento—, pero fue su culo el que acabó pateado. El hombre que me levante una mano haría bien en contratar un buen seguro, porque iba a pasar una buena temporada en el hospital.

—¿Alguna vez le preguntaste algo al respecto?

—Ésa no diría ni mu —resopló al tiempo que lanzaba por la nariz una nube de humo como si fuera un dragón—. Siempre guardando las distancias. Hacía su trabajo, no puedo decir otra cosa, y siempre era educada. Una señora, le dije a Tidas, esta Nell es una señora. Llevaba la clase escrita en la cara: delgada como un hilo, con el pelo arreglado de cualquier forma, teñido de castaño poco definido, pero era igual, se le notaba la clase. —Dio otra calada al cigarrillo y lo sacudió—. No me sorprendí lo más mínimo cuando vi el reportaje en las noticias —continuó—. La reconocí enseguida, aunque en la fotografía que enseñaron, iba muy arreglada y era rubia. Lo comenté con Suzanne… Suzanne y yo estábamos haciendo el turno de comidas, le dije: «Suzanne, mira quién sale en la televisión»; en aquella de ahí, la que está encima de la barra. —Señaló la televisión para más información de Harding—. Le dije: ésa es la pequeña Nell que trabajó aquí unas semanas el año pasado. A lo mejor Suzanne se quedó de piedra, pero a mí no me sorprendió.

—¿Cuánto tiempo trabajó aquí?

—Pues serían unas tres semanas. De repente un día no apareció en su turno. No volvimos a verle el pelo hasta el reportaje en las noticias de la televisión. Déjame decirte que Tidas se cabreó. Esa chica sabía cocinar.

—¿Vino a verla alguien alguna vez? ¿Hubo alguien que le prestara más atención de la normal?

—Nadie. De todas formas pocas veces sacaba la cabeza de la cocina.

—¿Tú crees que Tidas me dejará ver los contratos laborales?

Lidamae dio una última calada a su cigarrillo, mientras estudiaba a Harding a través de una nube de humo azul.

—Preguntar no hace daño, ¿verdad?

* * *

Le costó otro billete de veinte dólares ojear el papeleo, pero le consiguió la fecha exacta de la partida de Nell. Con ese dato y un cálculo aproximado de los ahorros de Nell, Harding se lanzó a explorar la estación de autobuses.

Le siguió la pista hasta El Paso, donde casi la perdió, si no es porque se topó con un hombre que le había vendido un coche.

Siguió su rastro día a día, leyó una y otra vez cada artículo, entrevista, informe o comentario aparecidos a raíz de la detención de Remington.

La chica había trabajado en comedores de escuelas, en restaurantes de hoteles y cafeterías, permaneciendo en cada lugar no más de tres semanas, durante los seis primeros meses de su viaje. Parecía que había hecho el recorrido sin ton ni son.

Harding dedujo que aquél había sido precisamente el propósito. Nell se había dirigido al sur, luego al este y después, siguiendo de nuevo sus propias huellas, se encaminó de nuevo al norte. Aun así, con el tiempo se había marchado hacia el este otra vez.

Aunque no otorgaba gran credibilidad a la opinión que Lidamae tenía sobre su propia perspicacia, encontró un hilo conductor en las entrevistas a patrones y compañeros: Nell Channing era una señora.

¿Qué más era? Le correspondía juzgarlo por sí mismo. Tenía que encontrarse con ella cara a cara. Pero antes, quería más: quería la historia de Evan Remington.

* * *

Sin saber que su vida estaba siendo examinada minuciosamente en aquel mismo instante, Nell aprovechó su día libre y la mejora del tiempo. El deshielo de febrero trajo una falsa sensación de primavera y una temperatura que no requería más abrigo que una ligera chaqueta.

Se llevó a Lucy a dar un paseo a la playa y jugueteó con la idea de ir al pueblo y comprar algo insensato e innecesario. El hecho de que pudiera hacerlo era uno de sus milagros cotidianos.

De momento, se contentaba con la playa, el mar y la gran perra negra. Mientras Lucy se divertía cazando gaviotas, Nell se sentó en la arena y contempló las olas.

—Tienes suerte de que esté de buen humor, porque si no debería abrirte un expediente por tener al perro suelto.

Nell alzó la mirada mientras Ripley se dejaba caer a su lado.

—También deberías abrir otro para ti. Esta mañana cuando habéis salido las dos a correr, tampoco he visto que cogieras una correa —respondió Nell.

—Esta mañana utilicé la correa invisible. —Ripley se rodeó con los brazos las rodillas que tenía levantadas—. ¡Dios mío! ¡Qué día! Me gustaría que hubiera cientos como éste.

—Ya lo sé. Yo no he podido quedarme en casa. La lista de lo que tengo que hacer es tan larga como tu brazo, pero me he escapado.

—La lista seguirá estando ahí.

—Tendrá que esperar.

Como vio que Nell continuaba mirándola fijamente, Ripley se bajó las gafas de sol y la escudriñó por encima de ellas.

—¿Qué ocurre?

—Nada. Pareces… contenta contigo misma —sentenció Nell—. No te he visto demasiado en las últimas dos semanas, pero cuando nos hemos encontrado parecías algo ensimismada.

—Ah, ¿sí? Bueno, la vida es bella.

—Ya, ya. Has estado con MacAllister Booke.

Ripley deslizó sus dedos por la arena dibujando florecillas.

—¿Ésta es tu forma educada de preguntarme si lo estamos haciendo?

—No. —Nell esperó un instante antes de continuar—. Pero bueno, ¿lo habéis hecho?

—No, todavía no. —Ripley se inclinó hacia atrás satisfecha y apoyó los codos en la arena—. Me está divirtiendo esta etapa presexual más de lo que nunca pude imaginar. Sobre todo porque siempre he creído que si ibas a bailar, pues llegabas y a bailar. Pero...

—Un romance es un baile, de alguna manera.

La mirada de Ripley fue rápida y cortante.

—Yo no he dicho que estemos teniendo un romance de los de corazones, flores y miradas de cordero. Es un hombre interesante con el que salir, nada más... cuando no está buscando fantasmas, claro. Ha estado en todas partes. Quiero decir en lugares de los que yo ignoraba su existencia. —Recordó que incluso sabía cuál era la capital de Liechtenstein—. ¿Sabías que se licenció con dieciséis años? —continuó—. Eso es ser inteligente, ¿no? A pesar de todo eso es una persona normal. Le gusta el cine y el béisbol. Quiero decir que no va de listillo...

—No es un intelectual esnob —corrigió Nell, divertida.

—Eso es. Le gusta *Rocky* y escucha música normal. Es como si tuviera una enorme capacidad intelectual que le permitiera usar las fórmulas de la gravedad, y a la vez disfrutar de una buena telecomedia. Además, en el agua, a la que es muy aficionado, demuestra estar en una forma excelente, aunque a veces, en tierra firme, puede llegar a pisarse sus propios pies. Es encantador.

Nell abrió la boca para añadir algo al respecto, pero Ripley ya se había lanzado de nuevo.

—La verdad es que es un loco de la electrónica, pero muy hábil. Me arregló los auriculares cuando ya iba a tirarlos. El otro día además... —Frunció el ceño cuando vio la amplia sonrisa de Nell—. ¿Qué ocurre ahora?

—Estás completamente colada.

—Por favor… ¡Menuda expresión! —Soltó un bufido y cruzó las piernas por los tobillos—. Completamente colada. ¡Jesús!

—Es la expresión perfecta para lo que estoy viendo.
Y además pienso que es maravilloso.

—No te subas al barco del amor, Nell. Estamos
bien juntos y punto. Después nos acostaremos y seguire-
mos juntos. Continuaremos llevándolo amistosamente
hasta que no me cuelgue el cartel de bruja del cuello.
Entonces volverá a Nueva York y escribirá su libro, o su
reportaje, o lo que sea. No estamos enamorados.

—Puedes decir lo que quieras, pero en todo el
tiempo que llevo en Tres Hermanas, nunca te he visto
pasar tanto tiempo con alguien, ni estar tan feliz.

—O sea, que me gusta más que la mayoría de los
hombres, que es el que más me atrae… —dijo Ripley en-
derezándose de nuevo y encogiéndose de hombros.

—Totalmente enamorada —murmuró Nell entre
dientes.

—Cállate.

—¿Por qué no le invitas a cenar?

—¿Qué?

—Tráelo esta noche a casa a cenar.

—¿Por qué?

—Porque voy a preparar el plato favorito de Zack y
habrá comida de sobra.

—¿Vas a preparar carne a la cazuela? —A Ripley se
le hizo la boca agua.

—Estoy convencida de que a Mac le gustará tomar
algo hecho en casa en lugar de comida preparada, cenar
en un restaurante o calentarse algo de lo que yo vendo.

—Nell se puso de pie y se sacudió la arena de los pantalones.

—Desde luego, le gusta comer. Nell, no estás intentando hacer de casamentera, ¿verdad?

Nell abrió sus ojos azules con aire de inocencia.

—Por supuesto que no. Dile que venga a las seis y media y avísame si no le viene bien.

Dio unas palmadas llamando a Lucy y se dirigió a casa.

Tenía mucho que hacer en poco tiempo.

* * *

—No estoy preparando ningún encantamiento —declaró Nell.

Mia inclinó la cabeza y sonrió dulcemente a Nell, que fruncía el ceño frente a la patata que estaba pelando.

—Entonces ¿por qué me has pedido que viniera y que comentáramos tus planes para la cena de esta noche? —preguntó Mia.

—Porque admiro tu buen gusto.

—Busca otra excusa.

—Porque conoces a Ripley mejor que yo.

—Continúa.

—De acuerdo. —Nell tomó rápidamente otra patata, mientras hacía una mueca de disgusto—. No vale un conjuro, eso no estaría bien... ¿verdad? —añadió al tiempo que miraba por el rabillo del ojo.

—No, no estaría bien. Ninguna de las dos partes te ha dado permiso, a lo que hay que añadir que interferir en la vida privada de alguien es cruzar la línea.

—Lo sé. —Nell hundió los hombros un momento—. ¿Incluso cuando te guía la mejor de las intenciones? —dejó la pregunta en el aire, aunque sabía la respuesta—. Se la ve tan feliz. Tú lo has comprobado. Está como en ebullición.

—¿La ayudante Todd en ebullición? Daría dinero por verlo. —Mia rió entre dientes.

—Pues sí, lo está y resulta adorable verla. Lo que quiero es sólo darle un pequeño empujón, pero sin meter por medio ningún hechizo —añadió rápidamente, antes de que Mia pudiera hablar—. Una cena agradable en familia, añado un poco de esto, un poco de aquello, lo justo para que vean más claro. Algo que reduzca un poco las barreras, un poco nada más.

—¿Y si ven lo que necesitan ver y sienten lo que necesitan sentir en ese momento? ¿Podrás estar segura de que tu… empujón no va en la dirección equivocada?

—¡Eres muy frustrante cuando te pones práctica! Es peor que cuando tienes razón. Es muy duro no utilizar lo que se tiene para ayudar.

—Los poderes son un asunto muy delicado. Si no fuera así, perderían su significado. Tú misma estás enamorada. Todavía estás en pleno apasionamiento, y te gustaría ver a todo el mundo emparejado, a gusto y contento. No todo el mundo consigue lo que tenéis Zack y tú.

—Si hubieras oído cómo hablaba de él sin cesar, antes de cerrarse en banda. —Nell limpió la verdura que había pelado a la vez que sacudía la cabeza—. Está a punto de enamorarse de él y no es consciente.

Mia se permitió un instante de envidia y de satisfacción al pensar que su amiga de la infancia había caído.

—Si no lo sabe y tú le ayudas a darse cuenta de lo que quizás está ocurriendo en su interior, puede echarse para atrás antes de caer. Sería muy propio de ella.

—Tienes razón otra vez. Me fastidia. Dime qué te parece Mac. Has hablado con él más que yo —le pidió Nell.

—Creo que es un hombre muy inteligente, muy astuto y muy centrado. No está presionando a Ripley con su investigación porque sabe que ella se mostraría reacia a entrar en ese tema. Por eso da vueltas a su alrededor. —Mia se dirigió hacia el bote de las galletas y se inclinó sobre él—. Un trozo de chocolate. ¡Estoy perdida!

—Eso resulta un tanto calculador. —Automáticamente, Nell fue hacia la tetera a preparar un té para que Mia tomara con las galletas—. Si la está utilizando...

—Espera. —Mia levantó un dedo, mientras comía galletas—. Por supuesto que la está utilizando. Eso no siempre está mal. Ripley no le deja ser directo, por lo tanto tiene que dar rodeos. ¿Acaso Mac debería ignorar lo que es Ripley, sólo por que ella lo haga, Nell?

—Lo que no está bien es que se entretenga con ella y juegue con sus sentimientos —respondió Nell.

—Yo no he dicho eso, y además no creo que sea así. Mac está demasiado bien educado. Creo además que, aparte de ser atractivo, es buena persona.

Nell asintió.

—Sí, yo también lo creo.

—Me imagino que se siente atraído por ella, a pesar de que sea brusca, irritante y cabezota.

—Eso tiene sentido —dijo Nell, y asintió con la cabeza—. Te preocupas mucho por ella a pesar de lo ocurrido entre vosotras.

—Eso fue hace tiempo —dijo Mia de forma inexpresiva—. El té está hirviendo.

—A ella le importas. Os importáis mutuamente, da igual lo que haya sucedido entre vosotras. —Nell se giró para ocuparse del té y no vio la expresión emocionada de Mia.

—Tendremos que solucionarlo las dos, una y otra. Hasta que Ripley no acepte quién es, qué es y lo que se espera de ella, no podrá abrirse a lo que tú tienes. Tú sentiste miedo. Lo mismo le ocurre a ella. Lo mismo nos sucede a todas.

—¿De qué tienes miedo tú? —Nell se dio la vuelta tan pronto como formuló la pregunta—. Perdona, pero cuando te miro sólo veo seguridad, una increíble confianza en ti misma.

—Tengo miedo de que mi corazón se rompa por segunda vez, porque no creo que pudiera superarlo. Prefiero vivir sola que arriesgarme a sufrir.

Aquella exposición de los hechos, que contenía una sencilla verdad hizo que a Nell se le encogiera el corazón.

—¿Tanto le amabas?

—Sí. —Mia pensó que dolía solamente decirlo, tanto como siempre le había dolido—. No existían barreras entre él y yo, por eso creo que puede ser peligroso darle un empujón a Ripley. MacAllister Booke forma parte de su destino.

—¿Tú lo sabes?

—Sí, y verlo no significa interferir. Están conectados el uno al otro. Pero lo que hagan al respecto, las decisiones que adopten, son sólo de su incumbencia.

***

No se podía discutir la lógica de Mia. Pero… no existía ninguna razón para no escoger velas rosas para la mesa. Ni se las dedicaba a ellos, ni pretendía hechizarlos. Era pura coincidencia que el color rosa fuera el utilizado para los encantamientos.

Nell había colocado ya un bote con romero en el alféizar de la ventana, para cocinar, por supuesto, y para absorber la energía negativa de paso. Era cierto que era la planta que se utilizaba normalmente en los hechizos de amor, pero eso no venía al caso.

Tampoco la rosa de cuarzo que había colocado en un cuenco, ni la amatista de cristal que estimulaba la intuición.

No pretendía poner en marcha una batería de sortilegios.

Colocó la vajilla de porcelana de la abuela de Zack y Ripley, los candelabros de plata que había encontrado unas semanas antes y que había limpiado hasta dejarlos relucientes, un mantel de encaje antiguo, regalo de bodas, y un centro de lirios del valle con el que alejar la melancolía del invierno.

Las copas de vino, otro regalo de bodas, tenían la base de color granate y pensó que combinaban bien con el rosa pálido de las velas y con los capullos de rosa pintados en la vajilla.

Estaba tan absorta contemplando el resultado que dio un brinco cuando Zack se acercó hasta ella y la abrazó por la cintura.

—Muy bonito. —Zack rozó su pelo con los labios—. No había visto la mesa puesta así desde… Déjame pensar… Nunca la he visto así.

—Quiero que todo esté perfecto.

—No me imagino cómo podría estar mejor, ni oler tan bien. Cuando he pasado por la cocina casi caigo de rodillas. ¿Cómo es que Ripley no te está ayudando? ¿Es su cita, no?

—La he echado hace media hora. Me estaba molestando, como tú ahora. —Se volvió y le besó con suavidad.

—Pensé que necesitarías que alguien probara esos pequeños canapés que tienes en la cocina.

—No.

—Demasiado tarde, están buenísimos. —Zack sonrió abiertamente.

—Zack. Maldita sea, los tenía ya colocados.

—Los he movido todos, no he dejado ni un hueco —contestó mientras la seguía a la cocina.

—No pongas tus dedos en la comida o te los cortaré y prepararé un estofado de buey y bolas de masa con lo que quede de ellos.

—Nell, cariño, eso es realmente horrible.

—No te enfades. Deja que te mire. —Nell dio un paso atrás y le miró de arriba abajo—. ¡Qué guapo estás sheriff Todd!

Zack enganchó un dedo en el cinturón de los pantalones.

—Ven aquí y repítelo.

Nell obedeció y en el momento que levantó su boca hacia la de su marido oyó que llamaban a la puerta.

—Aquí está —dijo Nell; se apartó de Zack y se quitó el delantal.

—Oye, vuelve aquí. Ripley puede abrir la puerta.

—No, no puede. Tiene que hacer una gran entrada. Oye, pon música o algo —pidió haciéndole señas con la mano, mientras se apresuraba.

Mac traía vino y flores, ganándose así la aprobación de Nell. Rozó tres veces la mano de Ripley, que Nell contara, mientras degustaban los aperitivos en el salón.

Se encontraban cómodos, como ella había querido, y el ambiente era agradablemente informal, tal y como había planeado. Además, ver juntos a aquellos dos le hizo sentir una agradable sensación de bienestar. Cuando se sentaron en el comedor a cenar, Nell se daba palmadas de felicitación a sí misma en la espalda.

—De todos los lugares que conoces, ¿cuál es tu preferido? —le preguntó a Mac.

—Mi favorito es siempre aquél en el que estoy, y creo que Tres Hermanas es una parte del mundo perfecta.

—Y sus habitantes son lo suficientemente agradables —añadió Zack.

—Lo son. —Mac le hizo un guiño a Ripley, mientras comía el asado—. La mayoría.

—Esta temporada hemos convencido a la gente para que no se coman a los misioneros y exploradores, por lo menos no a la mayoría. —Ripley se ensañó con una patata.

—Mejor para mí. He tenido un par de entrevistas interesantes, con Lulú y los Maceys.

—¿Has hablado con Lulú? —interrumpió Ripley.

—Humm, era una de las primeras de mi lista. Vive aquí desde hace mucho tiempo, pero no ha nacido en la isla, y además está su estrecha relación con Mia. Me intriga la forma tan fácil, casi relajada en que Lulú acepta lo extraordinario. Asume los dones de Mia de la misma manera que otra persona asumiría el color de pelo de sus hijos. Para ti debe ser distinto —le dijo a Nell—, ya que conociste tus poderes en edad adulta.

—Supongo. —A Nell no le importaba hablar de ello. De hecho, pensó que podría disfrutar discutiendo todo el asunto desde un punto de vista intelectual, científico, pero reconoció signos de alarma en la rigidez de los hombros de Ripley—. ¿Más asado? —preguntó alegremente.

—No, gracias. Está estupendo. Zack, me preguntaba si podría concertar una cita contigo. Conocer tu perspectiva, la de alguien que ha vivido aquí toda su vida y que está casado con una persona con un considerable don.

—Por supuesto. Tengo un horario bastante flexible. —Zack no era ajeno a las reacciones de su hermana, pero consideraba que era un problema suyo—. Te darás cuenta de que la mayoría de nosotros no pensamos en la historia de la isla continuamente. Lo reservamos para los turistas. La mayoría de nosotros simplemente vivimos aquí.

—Ésa es una de las cosas que me interesan. Vivís con ello, os ocupáis de vuestros asuntos y lleváis una vida normal.

—Somos normales —dijo Ripley con suavidad.

—Exacto. —Mac levantó su copa de vino y estudió a Ripley fríamente—. Los poderes no alteran, no deben alterar, las necesidades humanas básicas: hogar, familia, amor, seguridad económica. La relación tan cercana, de tipo familiar, que existe entre Mia y Lulú, por ejemplo, no se basa en lo que es Mia, sino en su forma de ser. —Mac miró a Zack antes de continuar—. No creo que te hayas casado con Nell porque sea una bruja o a pesar de ello, sino porque es Nell.

—Cierto. Además hay que tener en cuenta su guiso de carne.

—No hay que descartar nada. Las emociones fuertes alimentan los poderes. Yo mismo me he sentido muy afectado por la cocina de Nell desde la primera vez que probé un plato de su sopa.

Zack rió entre dientes, mientras servía vino a todos.

—Menos mal que yo la vi primero —bromeó.

—El sentido de la oportunidad es crucial. Si Lulú no hubiera llegado cuando lo hizo, no habría tenido un papel fundamental en la educación de Mia. Si estoy en lo cierto, Nell, si tú no hubieras entrado en la librería en el preciso momento en que la jefa de cocina se despedía, quizás no hubieras conectado como lo hiciste, o no de la misma forma. Y esa conexión nos lleva a tu relación con Zack y con Ripley, y de manera un tanto tortuosa a mí.

—Yo no tengo nada que ver con todo eso. —La voz de Ripley continuaba siendo suave, pero también se notaba que estaba a punto de estallar.

—Es tu elección —contestó Mac con tranquilidad—. Las elecciones son otra de las claves. En cualquier caso, como estás poco dispuesta a enseñarme la isla cuando estoy trabajando, quería preguntarte sobre un sitio de la parte sur. Hay una casa grande, antigua, con muchos árboles de pan de jengibre y una gran terraza cubierta. Está justo encima de una ensenada de piedra. Hay una cueva pequeña impresionante.

—La casa de los Logan. Son los propietarios del hotel —le explicó Ripley secamente.

—Parece que está vacía —continuó Mac.

—Ya no viven allí. Lo alquilan de vez en cuando en estas fechas y en temporada. ¿Por qué te interesa? —quiso saber Ripley.

—Primero, porque es un lugar precioso y una casa antigua muy bonita. Y segundo porque he sacado lecturas especialmente intensas en aquella zona. —Mac vio cómo Ripley echaba una rápida y fugaz mirada a su hermano—. No sé mucho sobre los Logan. Los he incluido en mi informe, por supuesto, pero nadie parece tener mucho que decir sobre ellos. ¿Desde hace cuánto tiempo no vive nadie de la familia en la casa?

—Desde hace más de diez años —contestó Zack; Ripley permanecía callada—. El señor Logan o alguna persona de su entorno van de vez en cuando para echar un vistazo, pero viven en el hotel.

—Es una pena que una casa tan bella permanezca vacía. ¿Acaso está encantada? —preguntó Mac.

Zack frunció los labios al oír los sordos murmullos que su hermana estaba emitiendo.

—No que yo sepa.

—¡Qué pena! —dijo Mac sintiendo lo que decía—. ¿Y con respecto a la cueva? Tengo las lecturas más intensas allí.

—La cueva es una cueva —soltó Ripley, sintiendo que se le encogía el corazón, cosa que le fastidiaba.

—Íbamos allí cuando éramos niños, para jugar a los piratas y al juego del tesoro —explicó Zack—. También la utilizaban las parejitas de adolescentes. —Se detuvo de golpe como si hubiera dado en el blanco.

Sam Logan y Mia. Una vez fueron adolescentes y seguramente la cueva fue su refugio. Al mirar el rostro de su hermana se dio cuenta de que ella lo sabía, y estaba intentando proteger la intimidad de una amiga.

—No me sorprendería que tu equipo estuviera grabando todas aquellas hormonas sueltas ¿Qué hay de postre, cariño? —finalizó Zack alegremente.

Al darse cuenta de que algo estaba pasando, Nell se levantó.

—Lo traeré. Ripley, ¿te importa echarme una mano?

—No, por supuesto. —Ripley, molesta, se levantó de la mesa y se dirigió a la cocina a toda prisa.

—¿Qué ocurre? —le preguntó Nell—. ¿Qué es lo que no quieres contar de la casa de los Logan?

—No es más que una casa antigua.

—Ripley, no te puedo ayudar si no sé de qué se trata.

Su cuñada recorrió la cocina con las manos en los bolsillos.

—Sam y Mia fueron novios —dijo Ripley.

—Eso ya lo sabía. Él se marchó y nunca ha vuelto. A ella todavía le duele.

—Sí, y Mia ha debido pasar las penas del infierno por su culpa. —Ripley se inclinó para acariciar a Diego, el gato, a la vez que soltó un suspiro—. Fueron amantes. Mia y yo todavía… éramos… amigas. Sabíamos todo la una de la otra. La primera vez que estuvo con Sam, la primera vez que estuvieron juntos fue en la cueva. Era uno de sus lugares de encuentro.

—Ya veo.

—Para Mia todavía es una herida abierta y no necesita que ningún gilipollas se dedique a hacer preguntas y lecturas de energía.

—Ripley, ¿no crees que si Mac lo supiera intentaría remover este delicado asunto lo menos posible?

—No sé qué pensar de él. —Ripley, disgustada, se enderezó—. En un momento determinado es un chico encantador, y al siguiente está intentando sonsacar cosas mientras se zampa tu carne asada. No debería venir aquí como un invitado y presionaros a ti y a Zack.

—Yo no me siento presionada. —Nell sacó un pastel de crema de la nevera—. Siento que te moleste Ripley, pero ya había decidido entrevistarme con Mac. Me interesa su trabajo y quiero contribuir en su investigación.

—¿Quieres ser una de sus ratas de laboratorio?

—Yo no me siento así. No me avergüenzo de lo que soy y no me asusta lo que he recibido. Ya no.

—¿Crees que yo tengo miedo? —Ripley estalló—. Todo es una mierda, una mierda tan grande como esa idiotez de proyecto suyo. Yo no quiero tener nada que ver. Tengo que salir de aquí.

Giró sobre sus talones y salió apresuradamente por la puerta trasera.

* * *

No era capaz de pensar, pero sí era consciente de que tenía que deshacerse de su rabia antes de que pudiera hacer o decir algo de lo que se arrepintiera. Lo que Nell hiciera era asunto suyo, intentó convencerse, mientras corría escaleras abajo hacia la playa bañada por la

203

plateada luz de la luna llena. Si Nell quería exhibirse, exponerse a los comentarios, al ridículo y a no se sabe qué más, tenía derecho a hacerlo.

—¡Ni hablar! —gritó Ripley golpeando la arena como si quisiera hundir la playa entera.

Lo que Nell dijera o hiciera tenía una relación directa con ella. Era inevitable. No sólo porque estaban emparentadas por su matrimonio, sino también porque estaban conectadas.

Y eso lo sabía el hijo de puta de MacAllister Booke.

La estaba utilizando para llegar a Nell, y utilizaba a Nell para llegar a ella. Había sido una estúpida bajando la guardia en las últimas semanas. Una estúpida. Y no había nada que odiara más que darse cuenta de que se había comportado como una imbécil.

Se volvió al escuchar ladridos, en el momento en que una gran sombra negra emergía de la oscuridad. Lucy con toda su vitalidad le dio un golpetazo en la espalda.

—¡Maldita sea! Lucy.

—¿Te has hecho daño? ¿Estás bien? —Mac llegó corriendo tras la perra y quiso ayudar a Ripley a levantarse.

—¡Suéltame!

—Estás helada. ¿Se puede saber qué demonios te ocurre para salir corriendo sin abrigo? Toma. —A pesar de que le golpeaba las manos, Mac consiguió ponerle la chaqueta que le había dado Nell.

—Perfecto. Ya has hecho tu buena acción del día. Ahora ¡lárgate!

—Posiblemente tu hermano y Nell estén acostumbrados a tus repentinas demostraciones de mala educación. —Mac notó el tono cortante de su propia voz, pero el aspecto obstinado y testarudo del rostro de Ripley le hizo comprender que se lo merecía—. Sin embargo, quiero una explicación.

—¿Maleducada yo? —dijo ella utilizando ambas manos para apartarle—. ¿Tienes la desfachatez de llamarme maleducada después del interrogatorio de la cena?

—Yo lo llamaría conversación y no interrogatorio. ¡Espera! —Sujetó a Ripley por los brazos, mientras Lucy moviéndose les estorbaba continuamente queriendo jugar—. Tú no quieres colaborar conmigo en mi investigación y yo no te he presionado. Eso no significa que yo no vaya a hablar con nadie más.

—Has caído sobre Nell, y sabes que eso me involucra. Has hablado con Lulú, y bien que le has preguntado sobre mí.

—Ripley. —Paciencia, se dijo a sí mismo, no estaba simplemente enfadada, estaba asustada—. Nunca dije que no haría preguntas. Lo que no hago es preguntarte a ti. Si quieres controlar lo que te atañe, entonces dirígete a mí. En caso contrario, tendré que utilizar lo que me llega por terceras personas.

—Todo esto es para acorralarme.

Era un hombre paciente por naturaleza, pero la paciencia tenía sus límites.

—Sabes perfectamente que decir eso es insultarnos a los dos. O sea que mejor te lo tragas.

—Mejor…

—Yo tengo ciertos sentimientos hacia ti, lo que complica las cosas, pero intento controlarlo. Dejando eso aparte, tú no eres el centro de todo, Ripley. Sólo eres una parte. Yo puedo trabajar contigo o a tu alrededor. Tú eliges.

—No quiero que me utilicen.

—Yo tampoco pretendo ser el blanco de tus estallidos emocionales.

Mac tenía razón, toda la razón y ella vaciló.

—No quiero que me exhiban como a una atracción de feria.

—Ripley. —Mac suavizó la voz—. Tú no eres un monstruo. Eres un milagro.

—No quiero ser ninguna de las dos cosas. ¿Puedes entenderlo?

—Sí, claro que puedo. Sé muy bien lo que se siente cuando te ven de una de esas dos formas. O de las dos a la vez. ¿Qué puedo decirte? Tienes que ser como eres.

El enfado había desaparecido, no quedaba ni rastro. La había convencido no porque quisiera algo, sino porque lo tenía ya, lo tenía en su corazón.

—Pensé que tal vez no serías capaz de comprender, y tendría que haber sabido que sí podías. Supongo que tener una mente privilegiada es una especie de magia y que no siempre resulta agradable. ¿Cómo lo haces? —preguntó Ripley—. ¿Cómo consigues mantenerte tan equilibrado?

—Yo no soy... ¡Estate quieta, Lucy! —Mac se movió, sujetando todavía a Ripley por los brazos cuando la perra ladró y pudo sentir cómo temblaba entre ellos. Después vio lo que había captado la atención de Lucy.

Ella permanecía de pie en la playa, igual que la otra vez, y les estaba mirando. Tenía el rostro pálido a la luz de la luna; el viento jugaba con su pelo negro; sus ojos parecían relucir en la oscuridad de noche, profundamente verdes, terriblemente tristes.

La espuma le lamía los pies y los tobillos, pero no mostraba signo alguno de sentir el frío o la humedad. Se limitaba a permanecer de pie, mirando y llorando.

—¿Tú la ves? —susurró Mac.

—Yo la veo siempre. —Ripley, cansada, se apartó de su lado porque sería demasiado fácil, aterradoramente fácil, refugiarse en él—. Te haré saber qué he decidido cuando yo lo sepa. Además, quiero disculparme por mi mala educación y por mi comportamiento hacia ti, por dificultar las cosas. Pero en este momento… necesito estar sola.

—Te acompaño.

—No, muchas gracias, no. ¡Vamos, Lucy!

Mac permaneció allí, entre dos mujeres, las dos que tiraban de él.

Diez

A Nell le resultaba extraño llamar a la puerta de una casa donde había vivido antes, porque en parte seguía considerando la casita amarilla como su casa.

Aunque había vivido mucho más tiempo en el palacio blanco de California, nunca lo había sentido como algo propio, quizás porque pensaba en él como en una prisión de la que sólo había logrado escapar poniendo en peligro su vida.

La casita en el bosque sólo le había pertenecido unos meses y, sin embargo, le había proporcionado algunos de los momentos más felices de su vida.

Había sido su primer hogar, el lugar en el que había comenzado a sentirse a salvo y fuerte. Era el lugar en el que ella y Zack se habían enamorado.

Ni el miedo que había experimentado ni la sangre derramada podían estropear el sentimiento de pertenencia a aquella casita de habitaciones como de casa de muñecas.

Llamó a la puerta y esperó educadamente en el porche delantero hasta que Mac abrió.

Él tenía un aire distraído, estaba sin afeitar y con el pelo de punta y alborotado.

—Perdona. ¿Te he despertado?

208

—¿Cómo? No. Estoy levantado hace mucho. Humm… —Se pasó una mano por el pelo despeinándolo aún más. ¿Qué hacía Nell allí? ¿Tenían una cita? ¡Santo Dios! ¿Qué hora era? Todas aquellas preguntas se agolparon en su cabeza—. Disculpa. ¡Qué cabeza la mía!… pasa.

Nell echó una ojeada por encima de Mac y vio la sala abarrotada con el equipo. Las luces estaban encendidas y algo emitía pitidos de forma constante.

—Estabas trabajando. No quiero molestarte. Sólo quería traerte el postre de anoche. Te lo perdiste —dijo Nell.

—¿El postre? Ah, bien. Gracias. Pasa.

—El caso es que iba de camino al trabajo y sólo quería… —Nell se encontró hablando con la espalda de Mac, que se había dado la vuelta; se encogió de hombros y entró tras él cerrando la puerta—. ¿Dejo esto en la cocina?

—Humm, mira esto. Espera, espera. —Mac levantó una mano mientras tomaba notas con la otra, al tiempo que estudiaba un gráfico que a Nell le recordó un sismógrafo.

Después de un momento, él se volvió a mirarla y sonrió.

—Se puede decir que tú echas chispas, ¿verdad?

—¿Perdona?

—Las lecturas han cambiado justo en el momento en el que has entrado.

—¿De verdad? —Se acercó un poco más, fascinada, aunque se dio cuenta de que daba igual que se acercara, nunca entendería nada.

—Con Ripley es distinto —continuó Mac—. Las lecturas que provoca ella llenan todo el gráfico. Tú en cambio, eres un alma dependiente.

Nell frunció los labios empezando a hacer un puchero.

—Eso suena un tanto aburrido.

—Al contrario. —Le quitó la fuente de las manos, levantó el envoltorio y al tomar un trozo de pastel, cayeron algunas migas al suelo—. Tú eres un consuelo. Yo diría que eres una mujer que ha encontrado su sitio y es feliz. Siento haber estropeado la cena de anoche.

—No lo hiciste. Si te lo vas a comer ahora, deja que te dé un tenedor.

Cuando se dirigió a la cocina, Mac fue detrás de ella, miró cómo abría el cajón de la derecha y sacaba un tenedor.

—Perdona, ¿tú…?

—… ¿Si me molesta estar aquí? —Nell acabó la pregunta por él, mientras le tendía el tenedor—. No, la casa está limpia. La limpié yo. Necesitaba hacerlo yo.

—Un gran consuelo. El sheriff Todd es un hombre con suerte.

—Sí, lo es. Siéntate Mac, tengo diez minutos. ¿Quieres un poco de café?

—Bueno… —Miró el pastel. No podía recordar si había tomado algo para desayunar. Además, allí estaba el pastel—. Pues sí.

—Dijiste que con Ripley era diferente —dijo Nell mientras calculaba la cantidad de café. ¿Qué había en la cafetera que tenía un aspecto y un olor asquerosos? Lo tiró directamente por el desagüe—. Tienes razón. Yo no

210

conozco las razones, pero Ripley nunca habla de eso. Si hablamos tú y yo, no quiero tocar el tema, por ella. Es mi hermana, por lo tanto voy a preguntártelo a ti directamente. ¿Tu interés por ella es estrictamente profesional?

—No. —Mac se movió ligeramente, buscando sentirse a gusto. Era un hombre más acostumbrado a preguntar que a responder—. En realidad, habría sido más fácil para mí y desde luego para ella, que no hubiera estado involucrada en mi investigación, pero lo está. ¿Cómo se encontraba anoche cuando regresó a casa?

—Ya no estaba enfadada, agitada sí, pero enfadada no. Tengo que confesar algo: yo preparé las cosas anoche.

—¿Te refieres a las velas rosas, la rosa de cuarzo, el romero y demás? —De nuevo relajado, Mac se llevó a la boca otro trozo de pastel—. Ya me di cuenta.

—Vaya sutileza la mía. —Molesta, Nell se sirvió una taza de café—. Pero no preparé un conjuro.

—Me alegro —replicó Mac con la boca llena—. También me alegro de que pensaras en hacerlo. Me halaga que me consideres alguien con quien te gustaría que estuviera Ripley.

—¿Me estás tomando el pelo?

—No exactamente. Yo la disgusté anoche y lo siento. Pero es algo que tenemos que asimilar los dos. Ella es quien es, y yo me dedico a este trabajo.

Nell le estudió, inclinando la cabeza.

—Ripley no se sentiría atraída por ti, al menos no por mucho tiempo, si fueras una persona fácil de convencer.

—Me alegra saberlo. ¿Te importa que grabe la conversación?

—No.

—¿Así, sin más? ¿Sin ninguna condición?

—No voy a contarte nada que no quiera que sepas —contestó Nell, a la vez que dejaba el café sobre la mesa—. Yo todavía estoy aprendiendo, Mac. Puedo aprender tanto yo de ti, como tú de mí. Pero ahora me tengo que ir a trabajar.

—Una pregunta. ¿El poder te hace feliz?

—Sí. Me siento feliz, centrada y fuerte. Pero podría sentir todo eso sin el poder. —Se le marcaron los hoyuelos del rostro—. Ahora pregúntame si podría ser feliz sin Zack.

—No necesito hacerlo.

* * *

Cuando Nell se marchó, Mac permaneció sentado pensando en ella un rato, en cómo parecía ajustarse a la perfección al ritmo de la isla, al ritmo de sus poderes.

Nell no había tenido una vida fácil, y aun así hacía que pareciera lo más natural del mundo haber comenzado de nuevo, al margen de los horrores de su etapa anterior.

Lo que le había ocurrido no había dejado huellas; muy al contrario había sido capaz de creer de nuevo, de enamorarse otra vez, de transformarse. Todo ello la convertía en la mujer más admirable de cuantas conocía.

También se dio cuenta de por qué Ripley estaba tan decidida a protegerla. De alguna manera tenía que hacer comprender a la cabezota de la ayudante que Nell no corría peligro por su parte.

Preparó el equipo que quería llevar para el recorrido que había planeado, aunque malgastó diez minutos frustrantes buscando las gafas, hasta que reparó en que las llevaba colgadas del bolsillo de la camisa.

Encontró las llaves en el armario del botiquín del cuarto de baño, se llevó algunos lápices de repuesto y se puso en camino en dirección al sur de la isla.

La casa de los Logan tiraba de él; no se le ocurría otra forma de describir la experiencia casi física que le sacudió cuando la estaba estudiando desde el borde de la ensenada. Era grande y laberíntica. No la definiría como especialmente imponente, ni tampoco especialmente atractiva.

Mientras sacaba la grabadora, decidió registrar sus pensamientos, fascinado:

«La casa de los Logan se encuentra situada en el sur de la isla, y se accede a ella por un estrecho camino asfaltado. Hay algunas casas más en los alrededores, pero ésta es la que está situada en el punto más alto y la más cercana al mar.»

Hizo una pausa para poder oler el viento y saborear la sal que transportaba. El agua tenía un color azul oscuro, un matiz que le llevó a preguntarse por qué las olas no partían el mar en dos.

Dio una vuelta estudiando el resto de las casas, y dedujo que también eran de alquiler. No se oía nada, no había más movimiento que el del mar, el aire, y las gaviotas que se abatían gritando sobre aquel tranquilo paisaje.

Pensó que los acantilados de Mia, que curiosamente se encontraban casi en el extremo opuesto de la isla, eran más pintorescos y más impresionantes. Aun así,

aquel lugar parecía ser apropiado de alguna manera…
apropiado para él.

Continuó grabando sus observaciones:

«La casa tiene tres pisos. Parece que se hicieron varios añadidos a la estructura original. La madera, que creo que es de cedro, se ha vuelto plateada. Alguien cuida todo esto, ya que la pintura, de un azul grisáceo, se ve reciente en las contraventanas y los rebordes. Los porches delantero y trasero son amplios y en la zona de atrás hay una zona cerrada. Tiene balcones estrechos en el segundo piso y ventanas en el tercero con volutas…, quizás se llamen cenefas, en los aleros (lo tengo que comprobar). Es un lugar solitario, pero no produce sensación de soledad. Parece como si estuviera esperando. Es extraño, pero tengo la sensación de que me está esperando a mí.»

Cruzó el césped lleno de arena que se encontraba en el costado de la casa y se dirigió hacia la parte trasera, y desde allí, por encima de la playa, estudió la tranquila ensenada. Había un embarcadero, que también se encontraba en buen estado, pero sin barcos amarrados.

Pensó que le gustaría tener un barco de vela y quizás también una lancha a motor.

Había que suavizar el aspecto tan severo de la casa con plantas. Tendría que averiguar qué crecería mejor en aquel tipo de suelo. Se preguntó si las dos chimeneas funcionarían bien, y qué sentiría al sentarse ante el fuego en invierno contemplando el mar.

Sacudiéndose estos sueños, se dirigió a su Land Rover y descargó el equipo. Sólo había una corta distancia hasta la cueva, cuya boca de entrada estaba en sombras y quedaba oculta desde la casa debido a una ligera curva del terreno, lo que le daba mayor aire de misterio, mayor privacidad. Le pareció un lugar apropiado para los juegos adolescentes y para los amantes jóvenes.

Si todavía se utilizaba para aquellos propósitos, no encontró señal alguna, ni huellas, ni restos de basura, ni marcas de ningún tipo cuando cruzó la playa.

Tuvo que hacer dos viajes, y al ver que el aire de la cueva era frío y húmedo decidió coger también la chaqueta.

La cueva no era grande. Calculó que debía medir unos cuatro metros de largo por cerca de dos y medio de ancho. Le sorprendió agradablemente que el centro tuviera más de tres metros de alto. Había estado ya en otras cuevas donde se había visto obligado a agacharse, encorvarse o incluso a explorar tumbado.

Estudió cada palmo de la cueva con la ayuda de una lámpara halógena, algo que no había llevado en su primera excursión, y puso el equipo en funcionamiento.

—Aquí hay algo —murmuró—. No necesito que las máquinas me lo digan, aquí hay algo, como si fueran estratos de energía; estratos nuevos encima de los antiguos. No es una afirmación científica, pero los percibo. Tengo una fuerte sensación en el estómago. Si la cueva fuera la que se menciona en mis investigaciones, eso significaría... Pero ¿qué es esto?

Se detuvo enfocando la luz hacia la pared de la cueva. Tuvo que agacharse para poder ver más claramente.

—Parece gaélico —dijo, mientras leía lo que estaba tallado en la piedra—. Tengo que traducirlo cuando vuelva.

De entrada, se dispuso a copiar en su cuaderno de notas las palabras y el símbolo que se encontraba encima.

—El nudo celta y el símbolo de la Trinidad. La inscripción no es muy antigua, de hace diez años, veinte como máximo. Otra conjetura. Tengo que estudiarlo y verificarlo.

Entonces, deslizó los dedos por los signos tallados. Las hendiduras se llenaron de luz que reverberaba en finos rayos y las yemas de sus dedos recibieron el calor que irradiaban.

—¡Mierda! ¿Qué es esto?

Se enderezó bruscamente para coger el contador Geiger y la cámara de vídeo, sin recordar la curvatura del techo de la cueva. Se golpeó la cabeza con la fuerza suficiente como para ver las estrellas.

—¡Imbécil! ¡Hijo de puta! ¡Maldita sea! ¡Dios mío! —Se palpó la cabeza con una mano, se paseó de un lado a otro soltando tacos hasta que el dolor agudo en la cabeza se transformó en unas punzadas terribles.

El dolor pasó a ser asco cuando sintió la humedad de la sangre fresca en la palma de la mano. Con resignación, sacó un pañuelo con el que tanteó con cuidado el chichón que se estaba formando. Mientras acercaba el contador geiger y la cámara se dejó el pañuelo puesto.

Esta vez se sentó en el suelo.

Tomó medidas, las anotó y se preparó para documentar los cambios que se produjeran al pasar los dedos por encima de las letras talladas. Pero no ocurrió nada.

—Venga; yo he visto lo que he visto y tengo una conmoción cerebral que lo prueba.

Lo intentó de nuevo, pero las letras permanecieron en sombra y la piedra siguió fría y húmeda.

Sin inmutarse se quedó donde estaba e intentó despejar su mente. No hizo caso del terrible dolor de cabeza. Cuando levantó la mano otra vez, los monitores comenzaron a emitir pitidos.

—¿Qué demonios estás haciendo? ¿Estás celebrando una sesión de espiritismo? —Ripley estaba de pie en la entrada de la cueva, y el sol dibujaba una aureola alrededor de su cuerpo. A Mac se le amontonaron en la cabeza multitud de ideas, todas relacionadas con ella. Las apartó de su cabeza de momento y se limitó a mirarla.

—¿Estás de patrulla por las cuevas hoy?

—Vi tu coche. —Al entrar en la cueva, ella echó un vistazo al equipo, que seguía todavía pitando enloquecido—. ¿Qué haces sentado en el suelo?

—Estoy trabajando. —Mac se movió para verle la cara y después se sentó sobre los talones—. ¿No tendrás una aspirina?

—No. —Ella le enfocó con la linterna y se acercó corriendo—. Estás sangrando. ¡Por Dios, Mac!

—Un poco solamente. Me golpeé en la cabeza.

—Calla. Déjame ver. —Ripley le echó cabeza hacia atrás, ignorando su grito de dolor, y palpó hasta encontrar la herida.

—¡Jesús! Enfermera, tenga compasión.

—La herida no es grande, no necesitas puntos. Si no tuvieras esa cantidad de pelo para proteger tu pobre cerebro sería otra historia.

—¿Volvemos a hablarnos otra vez?

Ripley suspiró ligeramente y se sentó en el suelo sobre los talones, imitándole.

—He estado pensando que no tengo derecho a interferir en tu trabajo. Tampoco tiene por qué molestarme. Tú fuiste muy claro al respecto, actuaste de frente desde el principio y lo que dijiste la otra noche es cierto. Tú no me has presionado.

Ripley llevaba pendientes, lo que no era habitual en ella; unos pequeños aros de oro y plata. Mac pensó que quería jugar con ellos y con la preciosa curvatura de su oreja.

—Eso es mucho pensar —replicó Mac.

—Creo que sí. Quizás debiera hacerlo más a menudo, pero por ahora me gustaría que todo volviera a ser como antes.

—Está bien, pero quiero que sepas que voy a entrevistar a Nell, grabando la conversación.

—Eso es asunto de Nell. —Ripley apretó los labios—. Es sólo que ella…

—Tendré cuidado.

Ripley le miró a los ojos.

—Sí —dijo después de una pausa—, sé que lo tendrás.

—Y contigo también.

—Yo no necesito que seas cuidadoso conmigo.

—A lo mejor me gusta. —Mac le rodeó la cintura con los brazos, mientras se ponía de rodillas, y a ella también.

En el fondo de su cabeza escuchó que los monitores se ponían en marcha de nuevo. No le podía importar menos. Sólo le interesaba una cosa en ese momento, una única cosa: apoderarse de su boca. Cuando sus labios se encontraron, le rodeó con sus brazos y encajó su cuerpo con el de ella como si fuera la última pieza de un puzzle fascinante y complicado.

Por un instante sólo hubo dulzura, calor.

Ripley se apartó temblando, algo se agitaba en su interior.

—Mac.

—No vamos a hablar de ello. —Su boca le rozó las mejillas, las sienes y continuó bajando hasta alcanzar su cuello—. Después de un rato, hablando se racionaliza casi todo, yo lo sé mejor que nadie.

—Buen argumento.

—Tiene que ser pronto, muy pronto, o voy a perder la cabeza —dijo Mac sin apartar los labios de los suyos.

—Necesito pensarlo un poco más.

—Piénsalo rápido, ¿de acuerdo? —Mac dejó escapar un suspiro entrecortado antes de aflojar su abrazo.

—Estoy casi segura de estar a punto de iniciar esa parte del programa. —Ripley le puso la palma de la mano en la mejilla.

—¡Qué extraño! y ¡qué difícil! —dijo Mia al entrar en la cueva. Cuando vio que Ripley y Mac se apartaban, se retiró el pelo—. No pretendía interrumpir.

Mientras Mia estaba hablando, el equipo de Mac comenzó a sonar estridentemente. Las agujas restallaban como látigos, uno de los sensores comenzó a soltar humo y Mac se acercó a gatas. Sin decir una palabra, Mia se dio la vuelta y se encaminó de nuevo hacia la luz del sol.

—¡Dios mío! Se ha abrasado. Se ha quedado completamente abrasado.

Como parecía más excitado que angustiado, Ripley dejó a Mac con su equipo y siguió a Mia fuera.

—¡Espera! —le gritó.

Como si no la hubiera oído, Mia continuó andando por la playa hasta donde el agua de la cueva se retiraba y la marea creaba pequeños charcos repletos de vida.

—Mia, espera un momento. Nunca pensé que volverías aquí.

—Voy donde quiero. —Pero no a aquel lugar, pensó mientras miraba ciegamente el agua. Nunca, hasta aquel día—. ¿Le trajiste tú aquí? —Se giró con el pelo revoloteando a su alrededor y los ojos rebosando de dolor—. ¿Le has contado lo que este lugar significa para mí?

En ese instante se borraron entre ellas los años transcurridos.

—¡Mia! ¿Cómo puedes pensar eso?

—Lo siento. —Se le escapó una lágrima. Se había jurado a sí misma que nunca más lloraría por él, pero no pudo evitarlo—. No debería pensarlo. Sé que tú no lo harías. —Se enjugó la lágrima y se volvió a contemplar de nuevo el mar—. Ha sido al veros dentro juntos, abrazados y precisamente en este lugar.

—¿Cómo? ¡Mia, por Dios! —Ripley se apretó las sienes al recordar la inscripción—. No me di cuenta. Te prometo que no lo he pensado.

—¿Por qué deberías hacerlo? De cualquier forma, ya no debería importarme. —Cruzó los brazos sobre el pecho, agarrándolos fuertemente por los codos. Porque sí le importaba y siempre le importaría—. Hace mucho tiempo que Sam escribió aquellas frases, y que yo fui tan tonta como para creer que lo decía en serio, porque necesitaba que fuera cierto.

—Él no merece que estés así. Ningún hombre lo merece.

—Tienes razón, por supuesto. Desgraciadamente, yo creo que existe una persona destinada a cada uno de nosotros que lo merece todo.

En lugar de contestar, Ripley le puso una mano en el hombro; Mia alargó la suya y la estrechó con la de Ripley.

—Te echo de menos, Ripley. —La tristeza tembló en su voz como si fueran lágrimas—. Vosotros dos habéis dejado un vacío en mí; ninguna de las dos nos alegraremos mañana de que yo haya dicho todo esto. O sea que... —Soltó bruscamente la mano de Ripley y se apartó—. ¡Pobre Mac! Debería ir a pedirle disculpas.

—Has quemado uno de sus juguetes, pero parecía estar más contento que preocupado.

—De todas formas, como tú bien sabes, hay que tener más control —respondió Mia.

—Olvídame.

—¡Ya empezamos! Bueno, voy a ver cómo puedo hacer las paces con Mac. —Mia empezó a andar hacia la cueva y miró por encima de su hombro—. ¿Vienes?

—No, ve tú delante. —Ripley esperó a que Mia desapareciera en la cueva antes de emitir un largo suspiro—. Yo también te he echado de menos.

Se quedó allí, de cuclillas sobre uno de los charcos hasta que se tranquilizó. Mia siempre había sido capaz de dominarse, y Ripley siempre le había envidiado ese autocontrol. Miró el reducido mundo que había en el agua; imaginó que era una especie de isla, en la que los unos dependen de los otros para sobrevivir.

Mia dependía de ella. No quería pensarlo, no quería aceptar ni aquella conexión, ni la responsabilidad que suponía. Negarse a creerlo le había proporcionado una década de normalidad y le había costado una amiga a la que quería.

Después había llegado Nell y el círculo se había formado otra vez, con un poder tan enorme y brillante como si nunca se hubiera cerrado.

Había sido duro, muy duro, abrir la llave de nuevo.

Y ahora, además, estaba Mac. A ella le tocaba decidir si se convertiría en un nuevo eslabón de la cadena que arrastraba o en la llave de un nuevo cerrojo.

Deseaba con todo su corazón que fuera un hombre, sin más.

La risa de Mia se escapaba de la cueva y Ripley se enderezó. Se preguntó cómo podía hacer aquello. ¿Cómo podía recobrarse en un espacio de tiempo tan corto?

Se dirigía hacia la cueva en el momento en que Mia y Mac salían. Durante un instante vio a otra mujer con el pelo tan brillante como una llama saliendo majestuosamente de aquella boca negra. Llevaba entre los brazos una lustrosa piel negra.

La visión empezó a desvanecerse, se volvió borrosa y se esfumó, como una pintura bajo la lluvia. Dejó tras de sí el ligero dolor de cabeza que siempre la acompañaba.

Diez años, volvió a pensar. Durante diez años había cerrado el paso a todo aquello, que volvía a filtrarse de nuevo en su mente como el líquido a través de las grietas de un cristal. Si no conseguía tapar aquellas grietas, todo estallaría en pedazos y nunca más podría rehacerse.

Aunque le temblaban las piernas se acercó a grandes pasos.

—¿Cuál es el chiste? —preguntó.

—Sencillamente disfrutamos de nuestra compañía. —Mia cogió a Mac del brazo y le dedicó una mirada lenta y cálida.

Ripley se limitó a asentir con la cabeza.

—Booke, borra esa sonrisa tonta de tu cara. Lo hace a propósito. Mia, ¿qué haces con los hombres? En cuanto te pones a dos pasos de cualquiera, su coeficiente de inteligencia desciende por debajo de su cinturón.

—Es solamente una de mis múltiples habilidades. No te pongas tan nervioso, guapo. —Mia se puso de puntillas para besar a Mac en la mejilla—. Ripley sabe que nunca invado el terreno ajeno.

—Entonces deja de coquetear con él. Está empezando a sudar —apostilló Ripley.

—Me gusta. —Deliberadamente, Mia se acurrucó contra el costado de Mac—. ¡Es tan encantador!

—¿Puedo intervenir en esta conversación de alguna manera sin parecer un imbécil? —preguntó Mac.

—No, pero creo que hemos terminado ya. —Ripley metió los pulgares en los bolsillos de la chaqueta—. ¿Cómo va tu cabeza?

—No tengo nada que no pueda curar una caja de aspirinas.

Cuando Mac se tanteó la cabeza para comprobar cómo estaba el chichón, Mia preguntó:

—¿Te golpeaste? Déjame ver. —Le examinó mucho más suavemente que Ripley, pero con la misma firmeza. Después de echar un vistazo, suspiró—. Podrías mostrar un poco de compasión —le reprochó a Ripley.

—Es sólo una brecha.

—Sangra, se está hinchando y es doloroso; nada de esto es necesario. Siéntate —le ordenó a Mac e hizo un gesto en dirección a un grupo de rocas.

—De verdad que no es nada. No os preocupéis. Siempre me doy con algo —contestó él.

—Siéntate. —Mia casi le empujó, y a continuación extrajo una pequeña bolsa del bolsillo—. Tengo una especie de conexión con esta cueva y una cierta conexión con esto —explicó, enseñando un poco de cayena que sacó de la bolsita—. Estate quieto.

Golpeó el corte con los dedos. Mac notó un calor localizado y el foco del dolor; antes de que pudiera decir nada, ella comenzó a cantar suavemente.

—Con esta hierba y este toque y pensando en curar, esta herida con cuidado voy a sellar. Partiendo de la enfermedad y el dolor, hagamos que ahora sea libre. Hágase mi voluntad. Aquí y ahora. —Se inclinó sobre él y besó la parte superior de su cabeza, donde no tenía ningún rasguño—. ¿Te encuentras mejor?

—Sí. —Mac dejó escapar un largo suspiro. El dolor y el chichón habían desparecido antes de que ella terminara de cantar—. Yo ya había visto cómo actúa la cayena sobre pequeños cortes, pero no así. No de forma instantánea.

—Esta especie es como un refuerzo. Ahora ten más cuidado con esa hermosa cabeza tuya. Entonces, ¿el viernes por la noche? —preguntó Mia.

—Lo espero con impaciencia —respondió Mac.

—Un momento. —Ripley levantó una mano—. ¿De qué se trata?

—He pensado que sería un detalle ofrecerle a Mac algo por haber estropeado el equipo; le he invitado el viernes a asistir a un ritual.

Ripley se quedó sin habla durante un momento y después agarró a Mia del brazo.

—¿Puedo hablar contigo?

—Desde luego. ¿Por qué no me acompañas al coche? —Mia le dedicó a Mac una sonrisa relajada—. El viernes, después de la puesta de sol. Ya conoces el camino.

—Es evidente que te has vuelto loca —comenzó Ripley, mientras acompañaba a Mia por la playa—. ¿Desde cuándo organizas espectáculos?

—Es un científico.

—Razón de más. Escucha… —Ripley se detuvo al comenzar la subida hacia el camino—. Bien, escucha —empezó de nuevo—: Soy consciente de que en este momento estás alterada y no piensas con claridad.

—Estoy bien, pero agradezco tu preocupación.

—Bien, ¡encima eres imbécil! —Ripley dio tres zancadas para adelante y tres zancadas para atrás y agitó los brazos—. ¿Por qué no vendes entradas?

—No es bobo, Ripley, tú ya lo sabes. Es un hombre inteligente con amplitud de miras. Me fío de él. —Mia ladeó la cabeza y sus hechiceros ojos color humo mostraron una expresión divertida y a la vez desconcertada—. Me sorprende que tú no lo hagas.

—No es cuestión de fiarse o no —dijo, pero sacudió los hombros como si sintiera una punzada de dolor—, sólo te pido que te tomes tu tiempo y pienses un poco antes de hacer algo que no tenga vuelta atrás.

—Forma parte de todo esto —le explicó Mia suavemente—. Tú ya lo sabes. Siento algo por él, no de tipo sexual —añadió—, pero que en cualquier caso es muy íntimo. Como si fuera algo cálido, pero sin calor. Si existiera el calor, yo ya hubiera actuado en consecuencia, pero él no es para mí. —Esto último lo dijo con toda intención—. Lo que tú sientes por él es diferente y te desconcierta. Si sólo se tratara de algo sexual, ya os habríais acostado.

—¿Cómo sabes que no lo hemos hecho? —Mia se limitó a sonreír y Ripley soltó un taco antes de continuar—. Y además eso no tiene nada que ver.

—Tiene mucho que ver. Tendrás que elegir cuando llegue el momento. Le voy a decir a Nell que se una a nosotros, si quiere. —Mia abrió el coche, mientras Ripley se quedó de pie echando humo—. Serás bienvenida desde luego.

—Si quisiera unirme al circo, habría aprendido a hacer juegos malabares.

—Te repito que tú eliges. —Se metió en el coche y después bajó la ventanilla—. Es un hombre excepcional, Ripley. Te envidio.

Esta afirmación dejó a Ripley con la boca abierta.

* * *

Mac estaba recogiendo el equipo, cuando Ripley regresó. Había conseguido todo lo que se había propuesto, pero quería volver a la cueva cuando el ambiente no fuera tan inestable.

En cualquier caso tenía que hacer algunas reparaciones y además necesitaba calmarse.

Cuando la sombra de Ripley atravesó la entrada de la cueva, estaba guardando la grabadora en su bolsa.

—Has intentado hablar con ella sobre su cita conmigo —dijo Mac.

—Exacto.

—¿Te referías a eso cuando decías que no querías interferir en mi trabajo?

—Esto es distinto.

—¿Por qué no me explicas cuál es tu definición de interferir?

—De acuerdo, estás cabreado. Lo siento, pero no voy a quedarme callada cuando alguien a quien… conozco toma decisiones cuando se encuentra alterada emocionalmente. Eso no está bien —replicó ella.

—¿Tú crees que me he aprovechado de lo que sea que atormenta a Mia?

—¿Y no lo has hecho?

Calló un momento y después se encogió de hombros.

—No lo sé. Mia tiene varios días para cambiar de opinión.

—Si ha hecho un trato, lo mantendrá. Es su forma de ser —aclaró Ripley.

—Tú haces lo mismo. Sois como dos piezas de un mismo puzzle. ¿Por qué os peleasteis?

—Es agua pasada.

—No, no lo es. Ella sufre y a ti te duele. Te he estado observando. Ahora la protegerías si pudieras. —Tomó dos bolsas y se enderezó—. Te ocurre lo mismo con

Nell. Eres el escudo protector de aquellos que te importan. ¿Quién se preocupa por ti, Ripley?

—Sé cuidarme sola.

—No lo dudo, pero ésa no es la cuestión. Ellos se preocupan por ti, y eso es algo que no sabes bien cómo manejar.

—Tú no me conoces lo suficiente como para saber lo que soy capaz de afrontar.

—Te conozco desde siempre.

Ripley le detuvo antes de que saliera otra vez.

—¿Qué quieres decir con eso?

—Te pregunté una vez sobre tus sueños. Algún día te contaré los míos —respondió él.

* * *

Mac había influido en sus sueños. Era lo que ella se decía incluso cuando se vio arrastrada por ellos. Aun sabiendo que se trataba de un sueño, era incapaz de ponerle fin.

Ripley se encontraba en la playa sobre la que descargaba una tormenta que sonaba como un tren fuera de control; esa tormenta era su cólera. Había otras personas con ella, luces y sombras. El amor y su contrario, una trampa espinosa.

Un relámpago estalló en el cielo como una espada plateada que partiera la tierra en dos. A su alrededor el mundo era una locura y el olor de aquel caos resultaba tremendamente tentador.

La elección es tuya, ahora y siempre.

El poder la golpeó y le hizo daño.

La elección, ahora y siempre. Podía alargar el brazo y estrechar la mano que le hacía señas, la que le ofrecía un puente hacia la luz. O podía permanecer en la oscuridad y devorarlo todo.

Estaba hambrienta.

Ripley se despertó llorando con las imágenes de destrucción todavía dando vueltas en su cabeza.

Once

Ella no acostumbraba a pedir consejos, porque según su experiencia solían ser difíciles de digerir, pero aquel sueño la había destrozado.

A lo largo del día había estado a punto de soltarle todo a Zack una docena de veces. Sabía que podía contar con él y que su amistad era tan auténtica y sólida como sus lazos de sangre, pero tuvo que admitir que necesitaba un hombro de mujer. Mia y Nell no servían. La conexión era demasiado estrecha.

Pero había una persona que estaba ligada a todos ellos y con quien siempre se podía contar para que dijera lo que pensaba, quisieras escucharlo o no.

Fue a ver a Lulú.

Esperó lo suficiente como para que hubiera podido llegar a casa desde la librería, pero no tanto como para que se instalara demasiado cómodamente. Después de atravesar el césped artificial, tuvo que hacer un esfuerzo para que sus ojos se acostumbraran a los violentos colores que Lulú había elegido para pintar su casa; llamó a la puerta trasera y se felicitó por el buen cálculo de tiempo que había hecho.

Lulú se había cambiado la ropa de trabajo por un jersey en el que se leía: «El café, el chocolate, los hombres… es mejor que sean ricos».

Llevaba una botella de vino en la mano, calzaba unas usadas zapatillas rojas y mostraba el aire ligeramente irritado de alguien a quien se ha interrumpido.

—¿Qué te ocurre? —le preguntó Lulú.

No era precisamente una bienvenida calurosa, pero se trataba de Lulú.

—¿Tienes un momento? —preguntó Ripley.

—Supongo que sí —contestó Lulú dándose la vuelta y dirigiéndose a la encimera para coger el sacacorchos—. ¿Quieres un poco de esto?

—No me importaría.

—¡Menos mal que no me he encendido un porro! —exclamó Lulú.

Ripley se estremeció.

—¡Maldita sea, Lulú!

Lulú dejó escapar una risa aguda y destapó el corcho.

—Estaba bromeando. Siempre consigo pillarte. No he dado una calada en… veintiséis años —suspiró con nostalgia—. Tu padre fue el primero y el último que me arrestó. Me confiscó mi preciosa planta y toda la cosecha. Me dijo que era consciente de que yo podía conseguir más si quería, o bien seguir trabajando para la abuela de Mia y cuidar de ella; que pensaba que yo tendría el suficiente sentido común como para saber qué me convenía más. Siempre me gustó tu padre.

—Es una historia conmovedora, Lulú. Me has dejado sin habla.

Lulú sirvió el vino en dos copas y se sentó poniendo los pies en una de las sillas de la cocina.

—¿Qué te ha traído hasta mi puerta, ayudante?

—¿Podemos empezar por una conversación intrascendente para preparar el terreno?

—De acuerdo. —Lulú dio un trago, saboreando el final de un día de trabajo—. ¿Qué tal tu vida sexual?

—Eso es una parte del terreno que quiero ir preparando.

—Nunca pensé que llegaría el día en que Rip, la Lanzada, viniera a llamar a mi puerta para tener una charla sobre sexo...

Antes de que terminara, Ripley se sintió violenta.

—¡Madre mía! Lu, ya nadie me llama así.

—Yo sí —dijo Lulú sonriendo abiertamente—. Siempre he admirado tu forma de encararte directamente con las cosas. ¿Tienes problemas con un hombre, muñeca?

—Algo así. Pero...

—Un hombre guapo. Un doctor con «d» de delicioso. —Lulú se relamió—. No es tu tipo habitual de hombre, por supuesto. Es cauteloso y atento y un tanto dulce: no de los que pueden dar grima, sino de los agradables. Si yo tuviera treinta años menos...

—Sí, sí, ya sé que tienes tu propia opinión de él. —Enfurruñada, Ripley apoyó la barbilla en los puños.

—No te hagas la sabionda conmigo. En cualquier caso, me alegra ver que has comprendido que el cerebro puede ser sexy. Veamos, ¿qué tal se ha portado en la cama?

—No hemos llegado hasta ahí.

Esta declaración, más que sorprenderla, confirmaba las recientes observaciones de Lulú. Dejó la copa y frunció los labios.

—Me lo imaginaba, y eso me dice algo: te da miedo.

—No me da miedo. —Aquel tipo de afirmaciones siempre provocaban que Ripley diera marcha atrás, sobre todo cuando eran ciertas—. Lo único que hago es ser prudente y tomarme mi tiempo. Es un poco… complicado.

Lulú colocó las yemas de los dedos de tal forma que parecían el tejado de una catedral.

—Aquí está la sabiduría que proporciona la edad, pequeño saltamontes. —Las palabras de Lulú provocaron que en el rostro de Ripley se dibujara, a su pesar, una amplia sonrisa.

—¿Quién es ahora la sabionda?

—Cállate y escucha. Esto dice la sabiduría: el sexo es mejor cuando es complicado.

—¿Por qué?

—Cuando seas capaz de arrancar las arrugas de mi mano, sabrás tú misma la respuesta.

—Me gusta de verdad, me gusta realmente.

—¿Qué hay de malo en eso?

—Nada. Sólo que quizá desearía haber llegado más lejos, así de repente, y entonces no habría tantos nervios, preguntas, tensiones; parece todo tan…

—… importante.

Ripley dejó escapar el aliento de los pulmones a toda velocidad.

—Sí, eso es, importante, y lo que es peor, creo que él lo sabe. Si es así, significa que cuando llegue el momento puede que yo realmente no esté a la altura, ya sabes.

Lulú se limitó a dar un sorbo y a esperar.

—Y todo esto suena verdaderamente estúpido, ¿verdad? Está bien, creo que ya lo he entendido. —Ripley asintió con una decisión que causaba sorpresa.

—Hay más.

—Sí. Mia le va a dejar asistir a un ritual el viernes —soltó Ripley— y si Mia participa, Nell también. Lo va a hacer sólo porque ayer estaba alterada. Fue la cueva, ya sabes, la cueva… Ella lo lió todo y no importa lo rápido que consiguiera desenredar las cosas, porque sé que sigue alterada. Lo está haciendo sólo por demostrar que puede manejarlo todo.

—Puede apañárselas —dijo Lulú con suavidad—. Si todos estos años atrás tú no te hubieras separado de ella, sabrías que es capaz de manejar cualquier situación.

—Yo no…

—Ya pasó. Es más importante lo que vas a hacer ahora.

—No sé qué hacer, ése es el problema.

—¿Pretendes que yo te lo diga?

Ripley tomó su copa.

—Creo que lo que quería es saber qué te parecía, qué piensas. Estoy hecha un lío, Lu. Está volviendo a mí. ¡Joder! No sé cómo explicarlo. Quiero que se aleje, le obligué a largarse. Ahora es como si todo estuviera lleno de pequeños agujeros y no los pudiera tapar.

—Nunca te resultó fácil dar tu brazo a torcer. Las cosas a veces no son cómodas.

—Quizá me preocupaba sentirme demasiado a gusto. Yo no tengo ni el control de Mia, ni soy compasiva como Nell. Yo no soy así.

Lulú pensó en los círculos. Siempre aparecían.

—No, tú eres pasional y tienes un sentido innato del bien y del mal, y necesitas que eso se respete. Por eso formáis el círculo las tres, Ripley, cada una aporta lo mejor de sí misma.

—O lo peor. —Ése era su miedo, su terror—. Así fue como se hundió hace trescientos años, si recuerdas.

—No puedes cambiar lo que ocurrió, pero sí lo que sucederá. Puedes evitar enfrentarte a ambas cosas. Me parece que hace tiempo que piensas que ya te has escondido lo suficiente.

—Nunca lo he considerado como una ocultación. Yo no soy una cobarde. Incluso después de lo ocurrido con Remington pude recobrarme y mantener las cosas como yo quería. Pero con Mac se me va de las manos.

—O sea que lo que te preocupa es que si estás con él, no vas a ser capaz de recuperar el control, no sobre lo que eres, sino sobre lo que sientes.

—Más o menos.

—Y entonces estás intentándolo con rodeos. —Lulú dejó escapar un suspiro de enfado y sacudió la cabeza—. Vas a preocuparte, inquietarte y demás por cómo deberían ser las cosas, en lugar de dejar de dar vueltas y averiguar cómo son realmente.

—No quiero hacer daño a la gente que me importa.

—A veces es peor no hacer nada. La vida no da garantías, lo cual está bien, porque la mayoría de las garantías son una mierda.

—Bueno, si lo ves así. —No existía nada ni nadie como Lulú, pensó Ripley, para despejar las dudas—. Supongo que hasta ahora he estado a punto de hacer algo, y no hacerlo me está volviendo loca, y estúpida —añadió, como si se lo estuviera contando a otras personas.

—Entonces, ¿vas a dar el último paso?

Ripley tamborileó sobre la mesa y después suspiró.

—Te puedo decir que voy a dar un paso y ver qué ocurre después. ¿Puedo llamar por teléfono?

—¿Para qué?

—Necesito encargar una pizza.

* * *

Mac dedicó casi todo el día a reparar el sensor, que solamente quedó arreglado a medias. Para conseguir los repuestos necesitaría un día o dos, y al ser viernes, se encontró en un momento de crisis.

Escribió:

No estoy seguro de lo que espero del viernes. Es mejor así. Es un error acudir a un experimento anticipando resultados específicos; la mente se cierra posibilidades. Ahora tengo una teoría sobre lo que sucedió en la cueva de Logan. La traducción de la frase tallada en el muro en gaélico sería: «Mi corazón es tuyo. Ahora y siempre». Aunque llevará tiempo averiguar la fecha en que fue grabada (enviar un calco y un dibujo al laboratorio, lo antes posible), sigo pensando que fue realizada hace unos veinte años. Basándome en esto, la situación de la cueva y la reacción de Mia Devlin al encontrarnos a Ripley y a mí allí, es lógico deducir que la cueva tiene un significado especial y personal para ella. Creo que la inscripción fue hecha para ella o por ella.

Los Logan tienen un hijo, Samuel, que creció en la isla. Nadie comenta nada de él en relación con Mia. Es una omisión deliberada, consciente, lo cual naturalmente me lleva a pensar que Mia y él tuvieron relaciones, y probablemente, que fueron amantes antes de que él abandonara la isla.

Esto, a su vez, puede ser la base de la última parte de la leyenda, que se refleja en las descendientes de las primeras hermanas.

Nell y Zack serían los primeros, e hipotéticamente, Mia y Logan serían los últimos.

Esto sitúa a Ripley en el medio. Ripley y...

Le temblaban los dedos, por lo que se detuvo, se sentó y se frotó los ojos bajo las gafas. Buscó de forma inconsciente el café que derramó sobre la mesa; mientras lo limpiaba se dio un respiro para serenarse.
Continuó:

Yo estoy conectado al curso de los hechos. Lo sentí antes de venir. Ya con los documentos que he consultado y que tendré que compartir con los demás, había desarrollado ciertas teorías. Pero las teorías y la realidad son diferentes, como distintos son los efectos que producen en aquellos a los que afectan: en mí. Me resulta más difícil de lo que pensaba mantener la objetividad, permanecer en el papel de observador, del documentalista cuando...

...no puedo dejar de pensar en ella. Intentar separar los sentimientos de lo profesional ya es bastante duro, pero

¿cómo puedo estar seguro de que esos sentimientos no son el resultado del interés profesional?

—Y de las hormonas —murmuró, pero esto no lo escribió.

¿Me fascina la ayudante Ripley Todd porque tiene un don sobrenatural que le viene de hace trescientos años, o porque es una mujer que ha conseguido interesarme en todos los aspectos posibles?

Empiezo a pensar que por ambas razones, y que me encuentro tan profundamente involucrado en esta historia que no me importa de dónde procedan mis sentimientos.

Se recostó de nuevo y como su concentración había disminuido, sintonizó con los pitidos y zumbidos del equipo del salón. Al levantarse del pequeño escritorio, se golpeó la rodilla con el lateral; salió del despacho cojeando y soltando maldiciones.

Ripley estaba junto a la puerta, escudriñando las máquinas.

—¿Nunca las apagas?

—No. —Mac tuvo que esforzarse por no frotarse el estómago, porque con sólo mirarla le dolía.

—He llamado.

—Estaba en el despacho trabajando, no te he oído.

—Tienes suerte de que sea insistente. —Ripley levantó la caja de cartón que traía—. Es una pizza, grande y llena de cosas, como habías pedido. ¿Te apetece?

A él se le hizo la boca agua y su estómago se encogió.

—Pues la verdad es que llevo semanas soñando con una pizza.

—Yo también. —Ripley la puso encima de una máquina que había costado una cantidad de seis cifras. Se quitó el abrigo y lo tiró al suelo; se quitó la gorra que siguió el mismo camino que el abrigo, mientras avanzaba hacia él—. ¿Tienes hambre?

—Sí, sí.

—Bien. Yo estoy muerta. —Se subió encima de él, abrazándole por la cintura con las piernas y aplastando su boca contra la suya.

Mac dio un traspié. Todo pensamiento racional huyó de su cabeza que quedó en blanco.

—Ahora sexo, después la pizza —dijo ella, sin aliento mientras recorría su rostro rápidamente con los labios y mordisqueaba su cuello—. ¿Te parece bien?

—Me parece estupendo. —Se tambaleó en dirección al dormitorio, pero al llegar a la puerta tuvo que abrazarla contra la jamba—. Espera… déjame… —Cambió la inclinación del beso, hundiéndose profundamente en su boca, hasta que el gemido de ella se hizo eco del suyo propio—. Te siento todo el tiempo —dijo mientras le mordisqueaba el cuello—, todo el tiempo, y me estoy volviendo loco.

—Yo también. Quiero que te desnudes. —Comenzó a tirar de su jersey.

—Espera. Despacio.

—¿Por qué? —Riéndose, Ripley empezó a atormentarle jugando con la lengua en su oreja.

—Porque… ¡Dios mío! Porque llevo mucho tiempo pensando en esto. —Mac le clavó los dedos en las caderas, mientras se dirigía hacia la cama—. Parece que hace siglos que sólo pienso en esto y no quiero precipitarme. —Consiguió liberar una mano con la que la tomó por el pelo echando su cabeza hacia atrás, hasta que sus ojos se encontraron—. Quiero saborearlo. Quiero saborearte a ti. Quiero… —dijo, y se inclinó y le mordisqueó los labios— … tardar años en hacer el amor contigo, en tocarte —continuó, mientras la reclinaba sobre la cama—, en probarte. —Con cuidado, Mac le levantó los brazos por encima de la cabeza.

Ripley temblaba debajo de él.

—Te expresas bien —consiguió articular—, para ser un loco de la informática.

—Vamos a ver qué tal se nos da el trabajo en equipo. —Mac recorrió con el dedo la línea de su estómago, que quedó al descubierto cuando se le subió el jersey.

Bajó la cabeza y en el último momento la giró para que sus labios rozaran la mandíbula de Ripley.

El cuerpo de Ripley estaba tenso bajo el suyo, liberando energía en oleadas que eran casi visibles. Mac deseaba todo aquello, pero antes quería que ella se rindiera, sin fuerzas, aturdida de placer.

Ripley flexionó sus manos bajo las de él, pero no luchó. Su corazón batía contra el suyo y rindió sus labios cuando Mac los buscó. Saber que ella dejaba que él marcara el ritmo y la intensidad ya era excitante.

Ella sintió que era fuerte, que tenía fuerza suficiente como para hacerle aquel regalo. Él iba a demostrarle lo precioso que le parecía.

Nunca había conocido a un hombre capaz de encender todos aquellos fuegos solamente con su boca.

Mientras anhelaba sus manos, sus huesos y sus músculos se fundió bajo aquel calor. Suspiró y se entregó.

Su pulso se debilitó. Su mente se nubló.

Cuando Mac soltó sus manos, sus brazos, Ripley se sintió ligera y fuerte; alzó los brazos para quitarle las gafas, dejarlas a un lado y poder enmarcar su rostro con las manos y acercar su boca a la suya de nuevo.

Entonces, Mac volvió a acariciarla poco a poco hasta levantarle el jersey y quitárselo. Después hizo un perezoso recorrido por sus pechos justo por el borde del sujetador y luego jugueteó un poco con el cierre.

A su vez, ella le quitó el jersey y dejó que sus manos se movieran errantes por su cuerpo.

La boca de él volvió a buscar la suya, arrancándole un suave gemido de placer. Ella se sintió que flotaba con aquel beso, ingrávida. Se pegó a su cuerpo y le mordió satisfecha como un gato, hasta rozar con su boca la curva de su hombro; se estremeció ligeramente de puro anhelo, gimiendo, cuando en sus besos Mac descendió por su cuello para hundirse bajo el algodón del sujetador y jugar con su pezón.

Entonces gritó y se arqueó sin poder contenerse, mientras Mac cerraba los labios ardientes y hambrientos sobre su pecho.

Luchó intentando recobrar el aliento, el equilibrio. Clavó los dedos en las sábanas cuando su cuerpo pasó del golpe de la satisfacción a la desesperación.

Mac pensó que era como lanzarse dentro de un horno. Un hombre podía deshacerse con semejante calor. Desabrochó el sujetador y encontró la carne. Sintió, entonces, que Ripley se concentraba debajo de su cuerpo, como las nubes de tormenta se funden en la masa eléctrica, y se estremeció al oír su grito ahogado de alivio.

Cuando Ripley volvió a quedarse de nuevo sin fuerzas, Mac se movió hacia abajo recorriendo sus formas de mujer atlética, las líneas delgadas y firmes de su cuerpo. Curvas y ángulos, hondonadas y rectas adorables. Quería deleitarse, aprovecharlas, absorberlas. Sus corazones desbocados latían en un mismo pulso. El sabor de ella se hizo más intenso, más fuerte, hasta que Mac se preguntó cómo había podido vivir hasta entonces sin él.

Ripley se encontraba impotente, nunca antes se había sentido así. Nadie la había tomado nunca con semejante paciencia implacable. Era su dueño, y la excitaba saber que le dejaría hacer lo que quisiera con ella y que lo disfrutaría.

Tenía la piel húmeda y caliente. Parecía que él conocía cada nervio de su cuerpo y que iba a hacer que se estremecieran uno por uno. Se volcó hacia él, se abrió, se entregó con una libertad que no había sentido nunca antes con nadie.

Cada uno de sus movimientos era tan lento como si estuvieran nadando en el agua. El cuerpo de Mac temblaba por el suyo, los latidos de su corazón se aceleraban. Ripley podía sentirlo y también cómo se tensaban sus músculos bajo las caricias de sus manos.

Cuando sus sentidos estuvieron llenos de ella, de su olor, su sabor, su textura, Mac se puso encima. Y esperó, esperó hasta que Ripley abrió los ojos que tenía cargados de placer.

Se deslizó dentro de ella, muy hondo, muy profundo.

La tomó con lentos y largos avances, hasta que empezó a sollozar y a él le hirvió la sangre. Veía cómo temblaba el pulso en su adorable garganta cuando le llegó un nuevo orgasmo.

Ripley deslizó los brazos alrededor de su cuerpo, ya sin fuerzas.

—No puedo más.

—Déjame a mí —contestó Mac mientras aplastaba su boca contra la de ella otra vez—, déjame.

Como a través de un sueño, Ripley se elevó de nuevo con él, sintió con él y experimentó otra vez cómo volvía aquella necesidad imperiosa.

—Ven conmigo —dijo agarrándose a sus caderas y gimiendo cuando se sintió arrastrada una vez más.

Mac ya estaba dispuesto. Su mundo se agitó. Enterró su rostro en la oscura masa de su cabello y se abandonó.

* * *

Ripley se sintió tan suave como si su piel se hubiera vuelto de terciopelo espolvoreado con oro. Cualquier asomo de tensión se había disuelto, de hecho, se preguntaba si sería capaz de preocuparse por algo de ahí en adelante.

Decidió que el buen sexo era la mejor droga posible.

No era muy dada a los abrazos y nunca se le había dado bien la charla en la cama, pero se encontraba enroscada estrechamente a Mac, acurrucada junto a él, sintiéndose muy bien. Sus piernas se enlazaban con las suyas, su cabeza se apoyaba en su hombro y tenía el brazo enganchado alrededor de su cuello.

Lo mejor de todo era que, a juzgar por cómo él se aferraba a ella, parecía estar dispuesto a pasar así dos o tres años más.

—¿Has aprendido esos movimientos estudiando las costumbres sexuales de las sociedades primitivas? —preguntó Ripley.

Él rozó su pelo con la mejilla.

—Me gusta pensar que aplico mi propia interpretación.

—Lo has hecho bien.

—Igual que tú.

—He tirado tus gafas al suelo. ¿Te importa buscarlas para no pisarlas?

—No, pero quería decirte algo antes.

—¿El qué?

—Eres muy guapa.

—¡Venga ya! Estás todavía atontado.

—Tienes ese pelo espeso, oscuro. Todavía me apetece morder ese labio superior tuyo tan grueso; a lo que hay que añadir ese cuerpo tan estupendo, y resulta un conjunto maravilloso. —Cuando ella levantó la cabeza y le miró fijamente, tuvo que parpadear hasta que consiguió enfocarla bien—. ¿Qué ocurre? —preguntó él.

—Estaba intentando recordar cuál fue la última vez que oí utilizar el término «estupendo» de esa manera. Eres un poco raro, Mac. Encantador, pero raro. —Alzó la cabeza lo suficiente como para mordisquearle—. Necesito carburante —dijo—, quiero pizza.

—De acuerdo, la traeré.

—De eso, nada. Yo la traigo. Tú quédate donde estás, desnudo —añadió mientras rodaba por encima de él y salía de la cama—. Por cierto, tú también tienes un cuerpo estupendo.

Entró en el salón y se estiró en un movimiento sensual. Fue a la cocina, desnuda y sintiéndose ágil, para buscar dos cervezas que acompañaran la pizza. Agarró unas servilletas y luego dio un pequeño giro.

¿Se podía sentir mejor?, se preguntó. No se trataba sólo de sexo, pensó dando un suspiro soñador, que si no hubiera estado tan absorta, le hubiera avergonzado. Mac era tan dulce, tan cariñoso, tan constante sin llegar a ser aburrido o pesado.

Le gustaba escucharle, mirar cómo la comisura izquierda de su boca se levantaba de esa forma tan peculiar, algo más que la derecha, cuando sonreía. Y la manera en que se le desenfocaban y enturbiaban los ojos cuando pensaba. Y cómo su pelo rubio oscuro y espeso nunca estaba bien peinado.

Además tenía esa fascinante intensidad, equilibrada por el sentido del humor. Era el primer hombre con el que ella se había sentido involucrada; tenía tantas facetas, admitió. No era una persona simple y no esperaba que ella lo fuese.

¿Acaso no era encantador?

Se volvió hacia el salón, con las botellas chocando alegremente, para coger la pizza. La felicidad le hacía flotar, y antes de comprender lo que estaba sucediendo su corazón dio un vuelco y se paró.

Abrió los ojos de par en par.

—¡Dios mío!

Antes de poder reaccionar ante el descubrimiento, súbito y ligeramente aterrador, de que estaba enamorada, todas las máquinas de la casa entraron en acción.

Su cabeza se llenó de sonidos: pitidos, chirridos, zumbidos, timbrazos. Las agujas daban latigazos, las luces centelleaban. Permaneció de pie, paralizada por la impresión.

Mac dio un grito y saltó de la cama. Salió corriendo hacia el salón, pisó un par de zapatillas y cayó al suelo de bruces. Soltando maldiciones, se levantó y entró corriendo desnudo en la habitación.

—¿Qué has tocado? ¿Qué has hecho?

—Nada, nada. —Ripley sujetaba las botellas como si fueran un salvavidas. Se dijo que más tarde, mucho más tarde sería capaz de recordar todo aquello y soltar una carcajada.

Pero, por el momento, lo único que podía hacer era mirar fijamente a Mac, que se afanaba corriendo de una máquina a otra, gritando datos, y palpándose su cuerpo desnudo, como si pudiera encontrar un bolsillo en la piel que escondiera un lápiz.

—¡Qué barbaridad! ¿Ves esto? —Tomaba las hojas de papel y se las ponía casi en la nariz, mientras examinaba la impresora—. Son acontecimientos extraordinarios. El primero, hace una hora aproximadamente. Creo. No puedo comprobarlo. No consigo leer ni una maldita letra en los gráficos. ¿Dónde demonios están mis gafas? ¡Santo cielo! Otro sensor abrasado. ¡Es impresionante!

—Mac…

—¿Sí? Humm. —Hizo un gesto con la mano, como si espantara a una mosca molesta—. Sólo quiero rebobinar el vídeo para ver si hay alguna manifestación visible.

—Yo creo que sería mejor que te pusieras algo encima, porque estás un poco... expuesto a herirte en este momento.

—¿Eh? ¿Cómo? —preguntó él distraídamente.

—¿Por qué no nos vestimos los dos y te dejo seguir con tu trabajo?

Mac pensó que sólo un idiota dejaría marchar a una mujer desnuda para ponerse a jugar con sus juguetes. Especialmente si la mujer era la ayudante Ripley Todd. El doctor MacAllister Booke no era ningún idiota.

—No. Vamos a tomarnos la pizza. —Asió la caja y su olor y el olor de ella le despertaron el apetito otra vez—. Comprobaré los datos mañana. No se van a marchar a ninguna parte. —Se acercó a Ripley y rozó su mejilla con los nudillos —. Tampoco quiero que tú te vayas.

Ripley pensó que sonaba razonable; también ella examinaría sus datos internos mañana.

—Ten cuidado. No quiero que te caigas sobre la caja y aplastes la cena.

Se ordenó a sí misma guardar calma y se dirigió con él al dormitorio.

—La cicatriz que tienes en el culo, ¿cómo te la hiciste?

—Bueno, en una especie de caída por un acantilado.

—¡Jesús! Mac... —Se sentaron en la cama con la pizza entre los dos y ella le tendió una cerveza—. Eres único.

* * *

Ripley no pretendía quedarse. Desde su punto de vista, no era lo mismo acostarse con alguien que dormir a su lado; añadía un nuevo grado de intimidad que, a menudo, desembocaba en una situación delicada.

Pero de alguna forma sin que supiera exactamente cómo se las había arreglado él para conseguirlo, se encontró a la mañana siguiente compartiendo la estrecha ducha.

Mac demostró ser muy hábil en lugares reducidos.

Cuando se fue a casa, se sintió perdida, un tanto confusa y ligeramente avergonzada. Tenía la esperanza de poder deslizarse escaleras arriba, cambiarse de ropa para ir a correr a la playa y actuar como si nada hubiera sucedido. Su deseo se vio frustrado cuando Nell la llamó desde la cocina.

—¿Eres tú, Ripley? El café está preparado.

—¡Maldita sea! —murmuró, y cambió de dirección a regañadientes. Estaba aterrorizada ante la idea de mantener una conversación de chicas y no sabía cómo manejar la situación.

Ahí estaba Nell trabajando en la cocina repleta de olores caseros a pan recién hecho, tan fresca como una rosa, mientras rellenaba otra tanda de moldes de pasteles.

La miró y Ripley se sintió desaliñada, violenta y hambrienta.

—¿Quieres desayunar? —preguntó Nell cariñosamente.

—Bueno, quizá. No —dijo tragando aire—, la verdad es que quiero correr antes. Eh… supongo que debería haber avisado anoche de que no pasaría la noche en casa.

—¡Ah! No pasa nada. Llamó Mac.

—No pensé… —Cuando se dirigía hacia la nevera para sacar una botella de agua, se paró en seco—. ¿Qué Mac llamó?

—Sí. Pensó que podríamos preocuparnos.

—Él pensó… —repitió Ripley, lo cual la dejaba a ella como una, ¿qué?, como una estúpida desconsiderada—. ¿Y qué dijo?

—Que estabais disfrutando de una sesión de sexo salvaje y que no nos preocupáramos. —Miró a Ripley por encima de los pasteles con las mejillas arreboladas, mientras reía a carcajadas al ver el rostro de su cuñada alterado por la conmoción—. Se limitó a decir que estabas con él, lo del sexo salvaje lo he deducido yo.

—A ti por las mañanas te gusta ser muy bromista, ¿no? —replicó Ripley, destapando la botella de agua—. Yo no sabía que había llamado. Tendría que haberlo hecho yo.

—No importa. ¿Lo… pasaste bien?

—Estoy despierta, veamos, desde las siete cuarenta y cinco de la mañana. Creo que puedes deducir algo de ese dato.

—Lo haré, aunque pareces un poco malhumorada.

—No lo estoy. —Ripley bebió agua con el ceño fruncido—. Está bien: es que pienso que me podía haber dicho que iba a llamarte, o sugerirme que te llamara yo, pero cualquiera de las dos opciones supondría que yo iba a quedarme a pasar la noche, lo cual no era cierto, pero es evidente que él decidió que sí, algo un tanto prepotente por su parte, si quieres saber mi opinión, porque no es exactamente lo mismo que si me hubiera pedido que me quedara desde el primer maldito momento.

Nell aguardó un momento.

—¿Cómo?

—No sé. No sé qué he dicho exactamente. ¡Dios mío! —Irritada consigo misma se pasó la botella de agua fría por las sienes—. Todo este asunto me parece muy extraño.

—¿Te lo parece él?

—Sí. No sé. Quizá. Tengo una pelota en la cabeza, con muchos sentimientos encontrados y no estoy preparada. Necesito correr.

—Yo también he tenido que correr hoy —dijo Nell suavemente.

—Me refiero a correr por la playa. —Ripley suspiró al ver el gesto de complicidad que le hizo Nell—. Está bien, lo has conseguido, pero es demasiado pronto para las metáforas.

—Entonces, déjame hacerte una pregunta directa. ¿Eres feliz con él?

—Sí. —Ripley sintió que su estómago se encogía—. Sí, sí lo soy.

—No te va a hacer daño disfrutar con eso de momento y ver qué pasa después.

—Tal vez pueda, quizá lo haga, pero me he dado cuenta de que siempre va un paso por delante de mí, el muy cabrón. —Se sintió rendida y se sentó—. Creo que me he enamorado.

—¡Ay, Ripley! —Nell se inclinó y tomó el rostro de Ripley entre sus manos—. Yo también lo creo.

—Yo no quiero.

—Lo sé.

Ripley dejó escapar un suspiro.

—¿Por qué sabes tanto?

—Yo he pasado por lo mismo que tú y no hace tanto tiempo. Da miedo y a la vez es excitante, y simplemente lo cambia todo.

—Me gustaba como era todo antes. No se lo cuentes a Zack —dijo, e inmediatamente se arrepintió—. Pero, ¿qué estoy diciendo? Por supuesto cuéntaselo a Zack. Es la costumbre. Sólo te pido que esperes unos días y quizá entonces yo consiga asumirlo.

—De acuerdo. —Nell se fue a cambiar las bandejas que estaban en el horno.

—Quizá lo que ocurre es que me pone caliente y eso es lo que me descoloca.

—Supongo.

—Si esta noche puede ser ejemplo de algo, entonces creo que podemos quemarnos en un par de semanas como máximo.

—Puede ocurrir.

Ripley tamborileó los dedos sobre la mesa.

—Si vas a quedarte ahí dándome la razón como a los locos, se acabó. Me voy a correr.

Nell puso los pasteles a enfriar sobre la rejilla, encantada consigo misma al ver que Ripley se enfurecía. «Vete y corre», dijo en voz baja, «apuesto que él te alcanzará».

Doce

Evan Remington pasaba días buenos, teniendo en cuenta que era un criminal perturbado. Dependiendo de las imágenes que le pasaran por la cabeza podía estar ligeramente lúcido e incluso encantador en algún momento.

Según refirió a Harding una de las enfermeras a las que entrevistó, había instantes en que se podía entrever la astuta mente que le había convertido en uno de los mejores y más poderosos agentes de Hollywood.

Otras veces, se limitaba a sentarse y babear.

A Harding lo fascinaba, hasta el punto de transformarse para él en una obsesión. Según se decía, Remington era un ejecutivo de primera, un miembro brillante de la maquinaria del mundo del espectáculo, un hombre que había alcanzado riqueza y privilegios. Y que se había quedado sin nada por una mujer.

También ella le fascinaba: un tranquilo y sumiso ratón, si se atenía a las opiniones de los que la conocieron durante su matrimonio. Una valerosa superviviente que había escapado de una pesadilla, según la versión feminista.

Harding estaba convencido de que era ambas cosas, pero también de que había algo más. De hecho, entraban en juego demasiados factores. La bella y la bestia destruidos por amor; el monstruo tras la máscara.

Ya tenía montones de notas, cintas grabadas, fotografías, copias de los informes médicos y policiales. Contaba con un primer borrador del libro, que estaba convencido, le haría muy rico y famoso.

Le faltaban aún las entrevistas personales con los personajes clave.

Estaba dispuesto a emplear tiempo y esfuerzo para conseguirlas. Mientras seguía el rastro de Nell a través del país, acumulando impresiones y reuniendo datos, había continuado visitando a Remington con regularidad.

Cada vez que iba a visitarlo, sentía renovados su ambición y sus propósitos, pero también notaba una rabia oculta que lo desconcertaba. Aquella rabia tenía que haberse desvanecido, sin embargo volvía cada vez con más fuerza.

Cargó la mayor parte de los gastos del viaje en la cuenta de representación de la revista, y aunque iba enviando reportajes, era consciente de que un día tendría que rendir cuentas. También empezaba a echar mano de sus reservas personales, incapaz de detenerse.

Si alguna vez Harding estuvo orgulloso de su trabajo en la revista, lo había disfrutado, se había crecido ante el ritmo y las exigencias que le imponía. Ahora le molestaba cada hora que debía dedicar a cumplir con sus obligaciones profesionales.

El asunto Remington/Todd era como una fiebre que le quemaba por dentro.

La primera vez que conectó realmente con Evan Remington fue el día de San Valentín, algo que nunca dejaría de parecerle tremendamente irónico.

—Ellos creen que estoy loco.

Era la primera vez que Remington se dirigió a él por iniciativa propia. Harding tuvo que hacer un esfuerzo enorme para no pegar un salto ante el tono tan razonable y tranquilo de su voz. Echó un vistazo a la grabadora para comprobar que estaba en funcionamiento.

—¿Quién lo piensa?

—La gente de aquí, mi hermana la traidora, mi mujer la adúltera. ¿Conoce a mi mujer, señor Harding?

Al oír que le llamaba por su nombre, algo helado se deslizó por su garganta. En cada una de las visitas se había presentado, pero nunca creyó, nunca llegó a pensar que Remington le hubiera oído o entendido.

—No, no la conozco. Esperaba que usted me hablara de ella.

—¿Qué le puedo contar de Helen? —Allí había un susurro, un eco de paciente diversión—. Me decepcionó. Es una puta, una estafadora y una mentirosa. Pero es mi puta. Yo le di todo, la hice bella; me pertenece. ¿Ha intentado seducirle?

A Harding se le secó la boca. Era ridículo, pero sintió como si Remington pudiera leer su mente.

—Yo no conozco a su... mujer, señor Remington. Espero tener la oportunidad, y poder transmitirle un mensaje de su parte.

—¡Ah! Tengo muchas cosas que contarle a Helen, pero es muy privado —dijo, susurrando la última palabra con una sonrisa en los labios—. Entre marido y mujer hay muchos asuntos privados, ¿no cree? Lo que ocurre en el santuario del hogar no interesa a nadie.

Harding le dirigió un gesto de asentimiento lleno de simpatía. —Resulta difícil, ¿verdad?..., mantener en equilibrio esa privacidad cuando se es alguien con una vida pública.

Los ojos de Remington se empañaron, como si la niebla cubriera el hielo, y empezó a moverse rápidamente por la habitación. Habían desaparecido la inteligencia y el humor ingenioso.

—Necesito un teléfono. Creo que he perdido el mío. ¿Dónde está el maldito conserje?

—Estoy seguro de que vendrá enseguida. ¿Puedo preguntarle qué fue lo primero que le atrajo de la señora Remington?

—Era pura, sencilla, como el barro esperando a que le dieran forma. Supe inmediatamente que tenía que ser mía. Yo la modelé. —Dobló las manos como si le costara dominarse—. Yo no sabía la cantidad de defectos que tenía, la cantidad de trabajo que me supondría. Me dediqué a ella en cuerpo y alma. —Se inclinó hacia delante con el cuerpo temblando por la tensión—. ¿Sabe por qué se marchó?

—¿Por qué?

—Porque es débil y estúpida. Débil y estúpida. Débil y estúpida —repitió una y otra vez, como si fuera el estribillo de una canción, mientras se golpeaba una mano con el puño—. Lo sé porque yo no lo soy. —Giró la muñeca como para buscar el Rolex que ya no llevaba—. Es hora de que me vaya, ¿no? Es hora de ir a buscar a Helen y llevarla a casa. Tiene mucho que explicar. Llame al botones para que traiga mi equipaje.

—Está... de camino. Dígame, ¿qué pasó aquella noche en Tres Hermanas?

—No recuerdo. Pero en cualquier caso, nada importante. Tengo que tomar el avión.

—Tiene tiempo de sobra. —Harding bajó la voz y le siguió hablando en un tono relajante cuando Remington comenzó a retorcerse en la silla—. Usted fue para encontrar a Helen. Ella estaba viviendo en la isla. Se quedaría encantado al encontrarla con vida.

—Vivía en un cuchitril, su casa era poco más que un cobertizo para herramientas. Pequeña puta. Había calabazas en el porche y un gato. Había algo extraño en la casa. —Se pasó la lengua por los labios—. No quería que yo estuviera allí.

—¿Era la casa la que no quería?

—Se había cortado el pelo. Yo no le di permiso. Lo había hecho ella misma. Tenía que castigarla, había que enseñarla. Debía recordar quién mandaba. Me obligó a que le hiciera daño. —Remington sacudió la cabeza—. Me lo imploró.

—¿Ella pidió que le hiciera daño? —preguntó Harding con cautela. Algo se agitó en su interior, algo feo e irreconocible. Algo que se había despertado en su interior con sólo pensarlo.

Le conmocionó y le horrorizó, casi le hizo retirarse otra vez, pero entonces Remington comenzó a hablar.

—No aprendió. ¿Se puede ser tan torpe? Claro que no. Le gusta que la castiguen. Se fue corriendo cuando maté a su amante, pero él volvió de entre los muertos —continuó Remington—, yo tenía derecho a matarle por intentar apoderarse de lo que era mío. Tenía derecho a matarles a ambos. ¿Quién es toda esa gente?

—¿Qué gente?

—La del bosque —dijo Remington con impaciencia—. Las mujeres del bosque. ¿De dónde salen? ¿Qué tiene esto que ver con ellas? ¡Y él! ¿Por qué no murió cuando le maté? ¿Qué mundo es éste?

—¿Qué ocurrió en el bosque?

—El bosque. —Se frotó los labios cuando su respiración comenzó a acelerarse—. Hay monstruos en el bosque. Bestias escondidas detrás de mi cara, arrastrándose en mi interior. Hay luz en un círculo. Fuego. Demasiadas voces. ¿Están gritando? ¿De quién son esos gritos? Ahorcad a la bruja. «¡No permitáis que viva ninguna bruja!» «¡Matadlas a todas, antes de que sea demasiado tarde!»

Gritaba, aullaba como un loco. Cuando llegaron los enfermeros y le ordenaron a Harding que se fuera, recogió la grabadora con manos temblorosas.

No vio la astuta mirada en los ojos de Remington.

* * *

Ripley trabajaba penosamente con el papeleo. Había perdido la apuesta con Zack, lo que aún le irritaba, ya que aquella falsa primavera continuaba. Por la tarde se alcanzarían unos veinte grados y ella seguiría pegada a la mesa del despacho.

Lo único bueno era que Zack no estaba allí, por lo que podía seguir de mal humor y dedicarle todo tipo de insultos entre dientes. Cuando se abrió la puerta de la comisaría se preparó para soltarle algunos a la cara. Pero era Mac, escondido detrás de lo que parecía ser toda la producción holandesa de tulipanes.

—¿Qué haces? ¿Ahora te dedicas al negocio de las flores?

—No. —Se dirigió hacia ella y le tendió el ramo multicolor—. ¡Feliz día de San Valentín!

—¡Ah! Bueno, eh… —A Ripley se le encogió el estómago, a pesar de que se le derretía el corazón—. Humm…

—Ahora, me das las gracias y un beso —dijo Mac queriendo ayudarla.

—Gracias.

Había tantas flores que tuvo que apartarlas a un lado antes de poder darle un beso. Cuando hubo cumplido esta parte del ritual, la abrazó, la atrajo hacia él y Ripley se vio transportada a un mundo suave y como de ensueño.

—Hay muchas flores —dijo Mac rozando sus labios, y ambos se estremecieron—. Dame las gracias otra vez.

—Gra… —comenzó a decir, mientras él la besaba más intensamente, hasta que se le erizó la piel y se puso de puntillas.

—Creo que con esto ya queda todo saldado —murmuró Mac, al tiempo que deslizaba las manos arriba y abajo por las caderas de Ripley.

—Eso espero. —Tuvo que aclararse la garganta—. Son preciosas. —Se sentía estúpida sujetando las flores, y peor al pensar que lo que de verdad le apetecía era enterrar el rostro de él en el ramo y olerlo como si fuera un cachorro—. No tenías que traerme flores; a mí el día de San Valentín me importa un comino.

—Ya, es un invento comercial etcétera, etcétera. ¿Y qué? —preguntó Mac.

Le hizo gracia el comentario y dejó de sentirse como una tonta.

—Son muchísimas, en la floristería han debido de arrodillarse ante ti. Voy a ver si encuentro algo donde ponerlas —comentó ella.

Se tuvo que conformar con un cubo de plástico, pero se permitió suspirar y sorber por la nariz, mientras lo llenaba de agua en el grifo del baño.

—Las colocaré mejor cuando las lleve a casa —prometió al volver con el cubo entre las manos—. No sabía que los tulipanes tenían tantos colores diferentes. Creo que nunca me había fijado.

—Mi madre es aficionada a los tulipanes. No sé cómo lo llamáis aquí, pero ella sabe acelerar el crecimiento de los tulipanes cada invierno colocándolos en botes de cristal.

Ripley puso el improvisado jarrón encima del escritorio.

—Seguro que le mandas flores a tu madre hoy.

—Por supuesto.

—Eres un cielo, doctor Booke —le dijo Ripley mirándole, a la vez que sacudía la cabeza.

—¿Tú crees? —Mac rebuscó en un bolsillo, frunció el ceño, luego en el otro. Por fin sacó un pequeño corazón de azúcar y se lo puso a Ripley en la palma de la mano.

—Que seas mía. —Leyó y sintió de nuevo los nervios encogiéndole el estómago.

—Entonces, ¿qué me dices? —Mac le tiró de la coleta—. ¿Vas a corresponderme por San Valentín?

—¡Qué barbaridad! Ya veo que te encanta todo esto. Me parece que estoy atrapada. Tendré que comprarte una postal sentimentaloide.

—Es lo menos que puedes hacer —continuó jugando con la coleta de pelo brillante—. Oye, con respecto a esta noche. Cuando quedé con Mia no caí en la cuenta de que era el día de San Valentín. Si quieres, puedo cambiarlo para otro día y salimos a cenar, a dar una vuelta o lo que tú quieras.

—¡Ah! —Recordó que era viernes. Había hecho grandes esfuerzos para bloquearlo en su mente, y ahora él le estaba dando ocasión de posponer algo que, ella lo sabía bien, era importante para su trabajo.

Efectivamente, era un encanto, pensó con un suspiro.

—No te preocupes, ya que está organizado…

—Podrías venir conmigo —rogó Mac.

Ripley comenzó a darse la vuelta, pero él, que seguía sujetándola por la coleta, hizo que permaneciera donde estaba, y así el gesto de ternura perdió su sentido.

—No sé lo que voy a hacer. No cuentes conmigo.

—Como quieras. —A Mac le espantaba ver cómo Ripley entraba en conflicto, pero no sabía cómo ayudarla—. Me gustaría comentarte algunas cosas. Si decides no acudir a la sesión de Mia, ¿podrías venir a mi casa después?

—¿De qué se trata?

—Ya hablaremos. —Le dio un tirón de pelo antes de ir hacia la puerta—. Ripley. —Se detuvo con la mano en el pomo, y la miró. Ella tenía la pistola a un lado y el cubo de tulipanes al otro—. Ya sé que en ciertos aspectos nos encontramos en diferentes lados de la barrera. Siempre que sepamos por qué y lo admitamos, siempre que nos aceptemos el uno al otro, todo irá bien.

—Eres tan malditamente equilibrado…

—Oye, mis padres se gastaron mucho dinero en procurar que lo fuera.

—Con los psiquiatras —dijo Ripley, haciéndole una mueca burlona.

—Efectivamente. Te veré luego.

—Sí —murmuró ella cuando se cerró la puerta.

El problema era que ella no tenía un carácter tan estable, desde luego. Para empezar, porque estaba loca por él.

* * *

Ripley se dio cuenta enseguida de lo complicado que iba a resultarle mantener su reputación de persona difícil paseándose por el pueblo con semejante ramo de tulipanes. Y de que sería casi imposible, cuando se veía a esa misma mujer examinando con atención el despliegue de sentimentales tarjetas de San Valentín.

—Me gusta ésta. —Gladys Macey rebuscó a su alrededor y señaló una tarjeta enorme con un gran corazón rojo. Ripley se esforzó en que no se le notara la vergüenza.

—¿Ah, sí?

—La compré para Carl hace una semana y le encantó cuando se la di esta mañana. A los hombres les gustan las tarjetas grandes. Se deben sentir más varoniles.

Sin dudar de que Gladys sabía más que ella de semejantes asuntos, Ripley sacó la tarjeta del expositor.

—Es la última —comentó—. ¡Qué suerte!

—Desde luego. —Gladys se inclinó para contemplar los tulipanes—. Deben ser unas cuatro docenas.

—Cinco —le corrigió Ripley. Sí, las había contado. No lo pudo remediar.

—Cinco docenas, humm… Y además en esta época del año, cuestan un ojo de la cara. Creo que son tan bonitos como un cuadro. ¿También te han regalado dulces?

Ripley pensó en el pequeño corazón que llevaba guardado en el bolsillo.

—Algo así.

—También dulces. —Gladys asintió con aire entendido—. Está muy enamorado.

A Ripley casi se le cae el ramo.

—¿Qué has dicho?

—He dicho que está locamente enamorado.

—Locamente enamorado. —Ripley sintió cómo le cosquilleaba la garganta, pero no sabía si por risa o por miedo—. Esa palabra está presente a menudo en estos días. ¿Por qué piensas eso?

—Bueno Ripley, por amor de Dios, un hombre no regala flores, ni dulces a una mujer en San Valentín porque esté buscando una pareja para jugar a las cartas. ¿Por qué la gente joven es tan estúpida para estas cosas?

—Pensé que era una de esas personas a las que le gustan las tradiciones.

—Los hombres no suelen ser muy detallistas a no ser que se les recuerde que lo sean, que tengan un problema, se sientan culpables o estén locamente enamorados. —Gladys enumeró todas las posibilidades con los dedos, cuyas uñas llevaba recién pintadas con el color rojo San Valentín—. No, según mi experiencia, desde luego que no. ¿Le recordaste qué día era hoy?

—No, yo no me he acordado.

—¿Habéis tenido alguna riña?

—No —reconoció Ripley.

—¿Hay algo que creas que le haga sentir culpable?

—No, no hay nada.

—Bueno, entonces, ¿qué debemos pensar?

—Según tu teoría, que está perdidamente enamorado. —Tenía que darle vueltas. Ripley se puso a estudiar la postal que tenía en la mano—. O sea, que les gustan las grandes, ¿no?

—Sin duda. Debes colocar las flores en algún jarrón bonito, son preciosas para estar en ese viejo cubo. —Le dio a Ripley una palmadita en la espalda y se alejó.

Gladys le contaría al mundo entero, en cuanto tuviera ocasión, que la ayudante estaba colada por el hombre que había llegado del continente, y viceversa.

* * *

El hombre llegado del continente se había puesto a trabajar otra vez. Estudió, organizó y anotó los datos obtenidos la noche que él y Ripley estuvieron juntos. Formuló teorías, hipótesis y extrajo conclusiones lógicas.

No había anotado a qué hora hicieron el amor; su mente había estado ocupada en cuestiones más importantes. Tampoco había consignado cuánto tiempo duró, pero sus aparatos sí lo habían grabado, si sus teorías sobre la dispersión de energía eran acertadas.

Las máquinas habían recogido los estallidos de energía, los picos, las subidas largas y continuas, las fluctuaciones. ¿Acaso no resultaba interesante pensar que no había oído nada en absoluto mientras se grababan los datos? Había estado completamente concentrado en ella.

Ahora podía ver el registro palpable de lo que se habían dado mutuamente. Resultaba extrañamente excitante.

Midió la separación entre los picos y las subidas; calculó las bajadas entre los puntos máximos de energía y la potencia de cada uno. No le quedó más remedio que levantarse y ponerse a pasear hasta que dejó de imaginarse a Ripley desnuda, y pudo concentrase de nuevo en la ciencia.

—Aquí hay un modelo de pauta larga y sostenida. Niveles de energía de bajo grado. —Mordió una manzana y se acomodó las gafas—. Momento de bienestar, de languidez, de conversación de cama; estamos tumbados simplemente. Tiene sentido.

Entonces, ¿por qué se pone aquí otra vez en marcha?

Se dio cuenta de que casi se dibujaban escalones: una elevación, una plataforma, una elevación, una plataforma... Intentó recordar. Ella se había levantado a buscar la pizza y dos cervezas a la cocina. Quizá había pensado en hacer el amor otra vez. No le pareció mal preguntárselo. Era un buen estímulo para su ego.

Pero aquello no explicaba el súbito y violento estallido de energía. No tenía nada que ver con un escalón. Era como un cohete en ascenso. No pudo encontrar nada que le indicara que provenía de una fuente externa de energía o de una subyacente.

Según recordaba, mientras esperaba, él se había quedado un poco amodorrado, con la sensación de estar flotando. Había estado pensando en la pizza y en comerla junto a ella en la cama, desnudos. La imagen le había resultado muy agradable, pero no había sido la causa de aquello.

264

Sin embargo, Ripley sí lo había sido. ¿Cómo eran y dónde estaban las piezas del puzzle?

¿Había sido una especie de réplica? Era posible. Pero, en general, en un terremoto las réplicas nunca son tan fuertes como el temblor inicial, mientras que en este caso se alcanzaba el límite máximo.

Si pudiera volver a registrarlo… Era sólo una idea. Por supuesto tendría que encontrar una forma delicada de proponérselo.

Tenían mucho de lo que hablar.

Mordió la manzana de nuevo y se sintió feliz al recordar la cara de asombro de Ripley cuando se presentó con todas aquellas flores. Le gustaba sorprenderla y luego ver cómo se debatía en medio del asombro.

Sencillamente, le gustaba mirarla.

Se preguntó cómo iba a proponerle que hiciera un viaje con él, quizá en primavera. Tenía que ser antes de que volcara todos aquellos datos, teorías y conclusiones en un libro. Podían detenerse un tiempo en Nueva York. Quería que conociese a su familia.

Después podrían irse unos días donde Ripley quisiera. A él le daba igual el lugar.

Pasar un tiempo a solas, al margen del trabajo, le podría ayudar a evaluar otra de las hipótesis que estaba desarrollando: se había enamorado de ella.

* * *

Ripley decidió permanecer al margen de lo que pudiera suceder en casa de Mia aquella noche. Como Zack había decidido acudir, tendría la casa para ella sola, para variar. Le podría sacar partido poniendo la televisión a tope, cenando comida basura y viendo en la televisión por cable alguna película de acción auténticamente mala.

Casi todo su tiempo libre lo había estado pasando con Mac, y quizá ahí se encontraba parte del problema. Lo que necesitaba era un poco de soledad en su propio entorno.

Levantaría pesas para quemar un poco de energía, se daría una larga ducha caliente y después se sentaría con unas palomitas aderezadas con sal y mantequilla y vería la televisión con sus colegas Lucy y Diego.

Puso música a un volumen ensordecedor en la habitación que utilizaba para entrenarse y se fue al dormitorio seguida por el perro y el gato para ponerse la ropa de deporte.

Allí estaban los tulipanes, una auténtica explosión de color, encima del tocador, perfumando el aire con su olor.

—El día de San Valentín es un follón —dijo en voz alta, cambiando a continuación de idea—. Pero funciona.

Cogió la postal que había comprado para Mac. No le llevaría mucho tiempo acercarse a su casa y deslizarla bajo la puerta. De hecho, sería mucho mejor no tener que darle directamente algo tan… sentimentaloide.

Además, podía añadir una nota diciendo que le vería al día siguiente. Cuanto más lo pensaba, menos le apetecía hablar con él sobre el tema que fuera, porque seguramente estaría aún inmerso en la sesión de brujería.

No le importaba si era injusto o poco realista, incluso estúpido, pero de momento quería mantener lo que sentían el uno por el otro, fuera lo que fuera, apartado de su trabajo y de sus poderes.

Nunca había estado enamorada. ¿Qué había de malo en aferrarse a ello un tiempo y apartarlo de todo lo demás?

—Bien, volveré en diez minutos —les dijo a Lucy y a Diego—. Nada de fumar, beber o poner conferencias mientras estoy fuera.

Cogió la postal y se dirigió a la puerta para salir al espigón.

Se encaminó a la playa en medio de una tormenta que iba en aumento. El viento la azotaba como si fuera un látigo helado, los relámpagos daban al aire un color azul eléctrico. Corría a gran velocidad a través de la tempestad, parecía que volaba en medio de una corriente poderosa que latía como cien corazones sobre su piel.

El círculo era una llama blanca sobre la arena; ella estaba dentro, encima y fuera de él.

Había tres figuras en corro dentro del círculo. Vio una imagen de sí misma, pero que no era ella, con las manos unidas a las de sus hermanas. Los cánticos que se elevaban le resonaban dentro.

Se vio a sí misma, y ya no era ella, de pie, sola, fuera del brillante círculo. Tenía los brazos levantados y las manos vacías, y el dolor de aquel corazón solitario estalló en su interior.

Se vio a sí misma como era, como podía ser en medio de aquella tormenta. Al otro lado del círculo la esperaban sus hermanas. La rabia y el poder daban vueltas en su interior.

A sus pies un hombre se encogía de miedo y otro corría hacia ella en la terrible oscuridad. Pero no podía alcanzarla, no llegaría hasta ella. Tenía en la mano la brillante espada de plata de la justicia. Dando un grito, la dejó caer, y los destruyó a todos.

Se despertó tumbada sobre el espigón, estremeciéndose en la cálida noche. Tenía la piel húmeda y había en el aire un olor punzante a ozono. El estómago le dio un vuelco cuando intentó incorporarse sobre manos y rodillas.

Estaba demasiado débil para levantarse, y permaneció allí balanceándose con cuidado, respirando entrecortadamente para intentar llenar sus maltrechos pulmones. Se mantenía el estruendo en su cabeza, que poco a poco se fue transformando en el sonido sin fin del mar.

Nunca le había venido de aquella manera tan repentina, tan física. Ni siquiera cuando empezó a practicar, cuando todo aún la fascinaba.

Quería arrastrarse hasta su habitación y enroscarse en la alfombra, en la oscuridad, y llorar como una niña. Los suaves y lastimosos quejidos que salían de su propia garganta le forzaron a levantarse hasta ponerse de rodillas, a respirar con normalidad y de forma continua otra vez.

Se puso de pie y echó a correr, con la visión todavía martilleando en su interior.

Trece

—¿Estás seguro de que quieres hacerlo? —Nell asió la mano de Zack, mientras ralentizaba el ritmo de sus pasos deliberadamente.

Unas nubes delgadas se movían en lo alto filtrando la luz de las estrellas. La luna mostraba una curva abultada y suave de luz blanca. Nell reconocía el camino en la oscuridad, a través del jardín de Mia, pasando los acantilados y adentrándose en el bosque. Dejó que Mia y Mac fueran delante, mientras ella y Zack, cogidos de la mano, les seguían.

Podía escuchar la voz de Mia como si se tratara de un suave reguero de música que se deslizaba entre las sombras y los árboles.

—¿Prefieres que me quede apartado? —preguntó Zack.

—No. Nunca habías venido conmigo.

—Nunca me lo habías pedido.

Entrelazando los dedos con los suyos, Nell se detuvo. Podía verle con la suficiente nitidez. Siempre le veía muy claramente.

—No es que no fueras bienvenido. —Vio cómo Zack enarcaba las cejas a la luz de las estrellas, y sonrió—. Exactamente.

De forma lenta, y con un suave gesto, Zack levantó sus manos unidas y se las acercó a los labios.

—¿Mi presencia te resulta incómoda?

—Incómoda, no, tal vez me pone un poco nerviosa. —Como Nell se sentía alterada le tocó, fue un simple roce de sus dedos en el brazo—. No estoy segura de cómo vas a reaccionar, de cómo te vas a sentir respecto a esa parte de mí.

—Nell —dijo Zack, y puso las manos sobre los hombros y le dio un pequeño apretón—, yo no soy Darren. Ya sabes, Darren, el protagonista de Embrujada. Tú mueves la nariz y yo refunfuño...

Ella dudó un momento y después le abrazó por la cintura. Los nervios, las dudas, las preocupaciones quedaron totalmente barridos por la alegría.

—Te quiero de verdad.

—Lo sé. Hay una cosa: pensaba actuar sin prejuicios y no sacar el tema, pero... —Zack miró en la dirección en que Mac y Mia habían desaparecido en la oscuridad—. He leído algo sobre rituales y magia y ese tipo de cosas, y sé que a veces es preciso estar desnudo; no me importa si suena estúpido, pero me gustaría que te quedaras con la ropa puesta si está Mac.

Nell intentó disimular su risa.

—Es un científico, como si fuera un médico.

—Me importa un bledo. En este terreno soy como Darren.

—Está bien, Darren, no hace tanto calor como para ir en cueros. Para ser totalmente sincera, me quedo vestida incluso cuando sólo estamos Mia y yo. Parece que soy una bruja muy remilgada.

—Así me gusta.

Cuando empezaron a andar de nuevo, él le dejó llevar la delantera.

—Entonces… ¿Mia se desnuda? —preguntó.

—Se queda en cueros —le corrigió Nell—. No entiendo por qué te interesa tanto.

—Desde un punto de vista estrictamente teórico.

—Sí, sí…

Seguían bromeando cuando llegaron al claro del bosque. Sombras grises como el humo delimitaban su perímetro; de las desnudas ramas de los árboles colgaban ramilletes de hierbas secas y cadenas de cristales; tres piedras se levantaban formando un altar. Mac se puso en cuclillas enfrente, mientras anotaba las lecturas de los aparatos afanosamente.

Mia le había prohibido utilizar cámara de vídeo o grabadora, y nada pudo convencerla; al menos, le había permitido llevar los sensores y su cuaderno de notas. Y su mente.

Mia ya había dejado en el suelo la bolsa que había llevado y se dirigía hacia Zack, que cargaba con la de Nell.

—Dejemos que nuestro científico juegue un rato, ¿no? —Hizo un gesto en dirección a Mac—. Es tan feliz. —Mia pasó el brazo alrededor de los hombros de Nell—. No hay que ponerse nerviosa, hermanita.

—Me siento un tanto rara. Además yo soy relativamente novata.

—Tu hombre está contigo. Vienes hoy más fuerte que la primera vez, y eres más consciente de todo. —Mia dirigió su mirada hacia Zack y estudió su rostro—. ¿No sientes lo orgulloso que está de ti, de todo lo que tú eres?

Hay quien nunca consigue esa magia vital. Sin ella, la luz nunca es lo suficientemente brillante. —Le dio un ligero apretón en los hombros para levantarle el ánimo a su amiga tanto como a sí misma, antes de reunirse con Mac.

—Está tan sola… —le confió Nell a Zack—. Ella no lo sabe; es tan completa, está tan segura de sí misma, que nadie se da cuenta. Pero hay veces que me hace daño verla tan sola.

—Eres una buena amiga, Nell.

Mia se rió de algo que Mac le dijo, y se apartó de él en una especie de pirueta. No se trataba exactamente de un baile, pensaría más tarde Mac, aunque sí había algo como de ballet. Su largo vestido gris ondeó y después cayó recto cuando Mia levantó los brazos. Su voz rica y llena era pura música. Dijo:

—Éste es nuestro lugar, el sitio de las Tres. Ha sido conjurado por necesidad y por conocimiento, por esperanza y por desesperación. Por medio del poder se han rechazado la muerte, el miedo y la ignorancia. Éste es nuestro lugar —repitió—, nos ha sido transmitido a las Tres para las Tres. Esta noche somos dos.

Mac se puso de pie lentamente. Mia se estaba transformando justo frente a él: su pelo se volvía más brillante y su piel relucía como el mármol. Su belleza, ya de por sí asombrosa se hizo más radiante, como si se hubiera quitado un fino velo.

Se preguntó si ella utilizaba la magia para realzar lo que ya tenía, o si, por el contrario, empleaba sus dones para restarle nitidez. Maldijo no tener el equipo de grabación.

Mia continuó:

—Estamos aquí para dar las gracias y honrar a los que vinieron antes; para hacer ofrendas y para recordar. Esta tierra es sagrada. Tú, MacAllister Booke serás bienvenido, cuando seas invitado. No te ofenderé pidiéndote que prometas no venir en otras circunstancias.

—De todas formas, lo prometo —contestó Mac.

Mia inclinó la cabeza en un majestuoso gesto de agradecimiento.

—Zack, tú perteneces a Nell y como este lugar es tan suyo como mío, también es tuyo. Puedes hacer preguntas si quieres —añadió mientras se inclinaba para abrir su bolsa—. Me imagino que el doctor Booke tiene la mayoría de las respuestas.

Como la pregunta quedó implícita, Mac se dirigió hacia el otro hombre y se detuvo junto a él.

—Las velas que está sacando son velas rituales. Supongo que han sido previamente consagradas y que llevan inscripciones. Utilizan plata para representar a la diosa, el poder femenino. Los símbolos que llevan... —Se acercó un poco más y echó un vistazo.

—Ah, sí, son los cuatro elementos: tierra, aire, fuego y agua. Mia no me va a decir qué ritual van a celebrar esta noche, pero viendo sus preparativos probablemente se trate de una invocación a los cuatro elementos, una ofrenda de respeto —continuó—. O quizá sea una petición para poder interpretar los sueños o para poseer clarividencia, ya que ambas cosas también se representan por medio de los candelabros de plata. Es un ritual interesante.

—Tú ya lo has visto antes —dijo Zack, que vio cómo su mujer sacaba de su bolsa un cuchillo con el mango curvo, una copa y una varita de madera con la punta de cristal.

—Sí —contestó Mac—. Si el ritual libera suficiente energía notarás un zumbido en el aire, aunque, en cualquier caso, los sensores registrarán el aumento de energía. Trazarán el círculo y encenderán las velas con cerillas de madera.

—¿Con cerillas? —preguntó Zack mientras se le dibujaba una sonrisa en el rostro—. Atento, compañero. —Se sentía divertido y fascinado por su mujer; deslizó las manos en los bolsillos y se sentó sobre los talones.

Mac garrapateó en su cuaderno de notas, mientras trazaban el círculo. Su construcción fue muy similar al habitual, con una pequeña variación en los cánticos y movimientos con respecto a otros que había observado anteriormente.

—El cielo está cubierto de nubes, qué pena —comentó al consultar las nuevas lecturas del sensor—. Habrá que utilizar más luz. —Mientras hablaba vio cómo se dibujaba sobre el suelo una delgada línea plateada, un círculo de luz perfecto—. ¡Dios mío! —Dio un paso adelante con una mezcla de asombro y fascinación, olvidando el cuaderno de notas.

Desde el centro del círculo, Mia y Nell encendieron las velas con un ligero movimiento de los brazos.

—Yo pensé que ya habías visto esto antes —dijo Zack.

—No así. Jamás de esta manera. —Se apartó un poco cuando se dio cuenta de que casi se lo estaba comiendo con los ojos, y volvió al trabajo.

—Somos dos —habló Mia—. Y hemos traído a otros dos. Uno por el amor, el otro por el saber. Uno porque es apreciado, el otro porque busca. —Tomó su varita—. Éstas son herramientas que hay que respetar —dijo en un tono casi de conversación. Abrió un pequeño frasco de cristal y sacó un puñado de pétalos—: lirios para la sabiduría.

Nell tomó un manojo de romero de otro frasco.

—Esto es para el amor. —Empuñó su cuchillo ritual y con la punta comenzó a dibujar símbolos en el suelo—. Aquí los entrelazamos, aquí los unimos, el amor y el conocimiento bendecidos por la esperanza, dentro y fuera del círculo. La búsqueda y el amor conquistan el miedo y vencen las dudas.

—Con los corazones y mentes libres y abiertos, —continuó Mia al tiempo que echaba hierbas y flores en un gran cuenco—, sólo así podremos alcanzar nuestros destinos. Permitimos que haya dos testigos de lo que hacemos aquí, de estas cosas que las dos apreciamos. Aquí y ahora abrimos el ritual ante sus ojos. Yo lo hago por propia voluntad.

—Yo también —replicó Nell.

—De acuerdo, entonces. ¿Alguna pregunta, profesor?

—Nunca había asistido a un ritual semejante.

—Una pequeña advertencia. No queremos que os sintáis como unos mirones. Pensad que esto es un ejercicio de calentamiento antes de la gran representación. Además, no intentéis entrar en el círculo, ni siquiera aproximaros, una vez que empecemos. ¿Lo habéis entendido? —preguntó Mia.

—Sí, sí.

—Entonces...

—Una pregunta más —dijo Mac levantando un dedo.

—Dime —contestó Mia con un gesto de asentimiento.

—¿Qué lugar es éste?

Mia levantó una mano con la palma hacia arriba, ahuecando los dedos, como si sostuviera algo precioso. Mac hubiera jurado que el aire latía.

—Es el corazón —aclaró ella con suavidad.

Entonces bajó la mano e hizo un gesto a Nell.

—Bendita seas, hermanita.

Nell tomó aliento y contuvo la respiración, mientras elevaba los brazos.

—Yo invoco al Aire, dulce y agitado. Mis alas batirán contra su pecho. Eleva tu dulce aliento, gira y sopla, agita los vientos, pero no hagas daño. Yo soy Aire —gritó mientras los cristales colgados comenzaron a sonar—, y ella soy yo. Hágase mi voluntad.

El viento se arremolinó agitándose en una noche hasta entonces en calma. Mac sintió el olor del mar en el aire, oyó cómo susurraba y cómo después se movía rápidamente por su rostro y su cabello.

—Asombroso. —Fue todo lo que acertó a decir, al ver que Mia repetía el gesto de Nell antes de comenzar a cantar.

—Yo invoco al Fuego, su calor y su luz. En su corazón la vida late fuerte y brillante. Sus llamas son como el sol y no hace daño a nadie. Yo soy Fuego, y ella soy yo. Hágase mi voluntad.

Los candelabros de plata parecían antorchas y el brillante círculo resplandeció como un muro en llamas.

Los sensores de Mac se dispararon como alarmas. Por primera vez en su larga carrera, no les prestó ninguna atención. El lápiz que sostenía cayó de su mano sin que se diera cuenta. Podía sentir el calor, ver a través de él. Las mujeres tras aquella abrasadora cortina relucían tan brillantes como ésta.

Y el viento cantó como una mujer enamorada.

Dentro del círculo, Mia y Nell se volvieron una hacia la otra y estrecharon sus manos.

Entonces, Ripley irrumpió en el claro del bosque atropelladamente. Mac sólo pudo verla un instante: un rostro pálido, muy pálido, los ojos negros, brillantes como ascuas, antes de que se sumergiera en el fuego.

—¡No!

Mac dio un salto hacia atrás con la imagen de ella quemándose.

—¡Apártate! —le ordenó Mia bruscamente al tiempo que se arrodillaba junto a Ripley.

—¡Maldita sea! Está herida. —Mac levantó una mano temblorosa como queriendo empujar una barrera invisible, que chisporroteaba y siseaba, pero que impedía el paso. Nada que él hubiera visto, nada que hubiera hecho antes le había preparado para permanecer impotente ante la magia, para ser incapaz de llegar hasta la mujer que amaba.

—Romped el círculo —rogó—, dejadme entrar.

—No es para ti.

—Ella sí lo es. —Dirigió los puños contra el escudo de fuego olvidando el calor que despedía.

—Nell… —dijo Zack crispado, al borde mismo del fuego. Sintió su poder abrasador y un escalofrío de miedo por primera vez.

—No pasa nada. Ripley se encuentra aquí a salvo. Lo prometo. —Nell acunó la cabeza de su hermana, mirando a su esposo—. Por favor.

—Y tú lo sabes. —La voz de Mia dirigiéndose a Ripley era firme, incluso mientras apartaba el cabello del rostro. Incluso al ver cómo los ojos de la joven se despejaban y cómo latía su corazón con un ruido sordo—. Yo no estaba preparada para ti, ni tú para esto.

—No la regañes. Está temblando. ¿Qué ocurre Ripley? —preguntó Nell—. ¿Qué ha pasado?

Agitando la cabeza, Ripley intentó ponerse de rodillas.

—No puedo controlarlo. No lo puedo detener. No sé qué hacer.

—Cuéntamelo y deprisa —insistió Mia mientras lanzaba una mirada de preocupación en dirección a los dos hombres. Ni su voluntad ni el muro conseguirían mantenerlos fuera mucho más. No existen defensas que puedan resistir al amor.

—Tuve una visión que me golpeó como un puño, por lo que era, por lo que podría llegar a ser. Es algo malo. Soy yo. —Ripley gimió y se enroscó como un ovillo—. Me hace daño.

—Sabes lo que hay que hacer.

—No.

—Lo sabes —repitió Mia y prosiguió despiadadamente—: Has venido, estás aquí y sabes lo que debes hacer aquí y ahora. El resto llegará cuando llegue.

A Ripley se le encogió el estómago.

—No quiero esto.

—Y a pesar de todo has venido. ¿A salvarnos? Bien sálvate tú primero. Hazlo. Ya —continuó Mia.

Ripley sintió que recuperaba el aliento, aunque de forma entrecortada; la mirada que lanzó a Mia no era en absoluto amigable, pero aun así levantó una mano.

—Está bien. ¡Maldita sea! Ayúdame a levantarme. No lo haré de rodillas.

Nell le agarró de una mano y Mia de la otra. Cuando Ripley estuvo de pie la soltaron.

—No recuerdo las palabras.

—Sí, sí las recuerdas. Déjate de evasivas —prosiguió Mia implacable.

Ripley exhaló un suspiro. Tenía la garganta tan seca que le picaba y notaba calambres en el estómago.

—Invoco a la Tierra, profunda y generosa, en ella sembramos lo que cosecharemos… —Sintió cómo crecían sus poderes y se tambaleó—. Mia…

—Termina.

—Danos tu conjuro y no traigas daño. Yo soy Tierra y ella soy yo. Hágase mi voluntad.

El poder la inundó expulsando el dolor. La tierra que estaba a sus pies se llenó de flores.

—Y ahora el final. —Mia asió su mano con firmeza y tomó la de Nell. Quedaron ligadas formando un círculo dentro de otro círculo—. Somos las Tres. Invocamos al Agua, a las corrientes y al mar.

—Dentro de su gran corazón la vida llegará —continuó Nell.

—Con tu lluvia suave no traigas pena, ni dolor —Ripley levantó el rostro y se unió a sus hermanas en la última parte del cántico.

—Somos el Agua y ella es nosotras. Hágase nuestra voluntad.

Cayó la lluvia, suave como la seda y brillante como la plata.

—Somos las Tres —repitió Mia de nuevo, tan bajo que sólo Nell y Ripley pudieron escucharlo.

* * *

Como no tenía elección, Mac esperó hasta que se completó el ritual y el círculo fue cerrado. En cuanto pudo se acercó y agarró a Ripley por los brazos. Una corriente eléctrica atravesó sus manos, pero resistió.

—¿Estás bien?

—Sí, tengo que estarlo…

—No te apartes de mí. —En la voz de Mac había un tono cortante.

—No tiraría si no me tuvieras agarrada.

—Perdona —dijo él soltándola.

—Oye, ¡Maldita sea! —Le dio un empujón en el brazo cuando se alejaba—. En este momento estoy un poco agitada. Me recuperaré rápido.

—Tómate el tiempo que necesites. Yo tengo mucho que hacer —repuso Mac volviéndose a buscar su cuaderno de notas y comprobar el equipo.

—Ha sido muy poco amable de tu parte —le reprochó Mia a Ripley.

—No me fastidies.

—Como quieras. Vamos a ir a casa, por supuesto eres bienvenida, pero también te puedes ir al diablo, que también es cosa tuya.

Alzando la nariz en un gesto digno, Mia se volvió hacia Mac.

—¡Oye! —Zack se acercó a Ripley, pasó una mano por su pelo y después enmarcó su rostro con las manos—. He pasado miedo.

—Yo también.

—En vista de lo que ha sucedido, quizá quieras pincharle un poco. Yo ya había visto antes lo que podéis lograr vosotras tres, pero él no, Rip. —La apretó hacia sí un momento—. Pasaste corriendo a través del fuego, es algo que puede afectar a un hombre.

—Sí, de acuerdo. —Pensó que no existía nada tan sólido y constante como su hermano—. Hablaré con él. ¿Por qué no acompañas a Mia y a Nell a la casa? Nosotros iremos enseguida.

—Eso está hecho —aseguró Zack.

Ripley se sobrepuso, tomó uno de los lápices que se le habían caído a Mac y se lo llevó.

—Siento haberte hablado así.

—No tiene importancia.

—Oye, no te enfades conmigo. Tú no sabes lo que es...

—No, no lo sé —replicó él—. Y tú no sabes lo que es estar ahí. ¡Maldita sea! Sin poder hacer nada, y sin saber si estás herida.

—De acuerdo, lo siento. Yo no podía... —Con horror se dio cuenta de que se le quebraba la voz y de que se le nublaba la vista a causa de las lágrimas— ¡Mierda! Ya te dije que estaba alterada.

—Bueno, está bien. —Mac la tomó en sus brazos y le revolvió el pelo—. ¿Por qué no esperas aquí un momento?

—Llorar me cabrea.

—Me lo imagino. Date tiempo.

Ella cedió, se entregó, y le abrazó.

—Estaré bien dentro de un instante.

—Me alegro, porque a mí también me apetece esperar un rato. Pensé que estabas... —Mac lo vio otra vez: su cara, tan blanca como el papel, cuando saltó sobre aquel muro de llamas doradas—. No sé qué pensé. Estoy preparado para muchas cosas de este tipo. He visto magia y creo en ella, pero nada de lo que he visto o imaginado se acerca a lo que habéis hecho vosotras tres esta noche.

—Yo no quería estar aquí.

—Entonces, ¿por qué has venido? ¿Qué es lo que te ha aterrorizado como para venir aquí? —preguntó Mac.

Ripley sacudió la cabeza.

—Sólo quiero contarlo una vez. Vamos a casa de Mia.

Mac cargó el equipo a la espalda de nuevo.

—Sentías dolor, eso lo vi.

—El círculo no estaba preparado para mí y yo no estaba preparada para el círculo.

—No, antes de eso. Antes de que dieras ese salto desafiando a la muerte.

—Tú ves demasiado para ser alguien que continuamente pierde las gafas, ¿no?

—Sólo las llevo para ver de cerca y para leer. —Mac quería acariciarla, cuidarla, abrazarla, pero temía que al hacerlo se desmoronaran los dos—. ¿Sientes dolor ahora?

—No —suspiró Ripley, no. Por medio del poder, invoqué mi elemento y formé el círculo de Tres. Ya no hay dolor.

—Pero no te sientes a gusto —continuó él.

Al igual que Nell, Ripley conocía el camino del bosque, en medio de la oscuridad. Enseguida vieron el resplandor de la luz de las ventanas de Mia.

—A Nell le da alegría y a Mia, no sé, una especie de base. Para Nell es como una exploración; para Mia es como respirar.

—¿Y para ti?

—Para mí es una maldita huida.

—Por eso elegiste mantener encerrados tus poderes.

—Pero no con la fuerza suficiente —terminó ella con una cierta nota de amargura y agitó la cabeza para evitar más preguntas.

* * *

Mac pensó que la comida y el vino eran otra especie de ritual, como un puente tendido entre lo fantástico y lo corriente. Estuvo realizando anotaciones en su cuaderno, mientras Mia actuaba como anfitriona, aunque dudaba que fuera a olvidar ni el más mínimo detalle de aquella noche.

—¿Se permite hacer preguntas? —inquirió Mac.

Mia le sonrió.

—Por supuesto —replicó, mientras se enroscaba cómodamente en un sillón—. Pero pueden ser contestadas o no.

—Lo que habéis hecho esta noche… la preparación, las herramientas ceremoniales y rituales, los adornos…, era todo muy sencillo, muy básico para los extraordinarios resultados que habéis alcanzado —comentó.

—Demasiados adornos y una excesiva ceremonia normalmente son signo de falta de poder, o bien se utilizan para alimentar el ego, o tal vez para impresionar a la audiencia —aclaró Mia.

—¿Necesitáis todo eso de verdad?

—Qué pregunta tan interesante, Mac. ¿Tú qué crees?

—Yo creo que no. —Antes de aquella noche, incluso él hubiera sido incapaz de creerlo—. Creo que el don de cada una de vosotras está más allá de todo esto. Creo que tú puedes encender el fuego de la chimenea sin moverte del sillón, sin formar un círculo, sin ritual alguno.

Ella se enderezó, mirándole. ¿Qué es lo que le sucedía con ese hombre?, se preguntó, era como si tirase de ella, como si quisiera compartir con él lo que no había compartido con nadie.

—Las tradiciones, las ceremonias, incluso la superstición, tienen una razón de ser. Ayudan a centrar el poder y a respetar su fuente. Pero, por supuesto… —añadió, y tras ella el fuego se avivó en la chimenea—, tienes bastante razón.

—¡Qué alarde! —murmuró Ripley.

Mia rió y el fuego se calmó hasta reducirse a un suave y agradable resplandor.

—Tú también tienes razón. —Sorbió el vino y sus ojos se encontraron con los de Ripley por encima del borde de la copa—. Aunque antes tenías más sentido del humor.

—Y tú solías largarme sermones para que fuera más responsable

—Supongo que sí. Qué pesada, ¿verdad?

—No empecéis a pelearos —ordenó Nell—. Me agotáis.

—Podíamos haber utilizado a Nell de mediadora hace años. —Mia bebió vino de nuevo—. Somos las Tres. Esto no se puede ni cambiar, ni eludir ni ignorar. Tú conoces la leyenda —dijo dirigiéndose a Mac.

—La conozco bien. La que fuera Aire abandonó el santuario de la isla. Se casó con un hombre que no podía aceptar lo que era, que no la apreciaba y que al final la destruyó.

—Se destruyó a sí misma al no creer en quien era, al no tener valor para hacerlo —le contradijo Nell.

—Tal vez —asintió Mac—. La que fuera Tierra se negó a aceptar lo ocurrido y se obsesionó hasta que pudo utilizar su poder para vengar a su hermana.

—Quería hacer justicia, necesitaba hacerla —exclamó Ripley levantándose de repente.

—Su necesidad provocó que se rompiera la confianza. —Mia separó la mano un poco del sillón y después la dejó caer. No era el momento de alargar la mano—. Provocó que todo cambiara, lo que ella había sido y lo que se le había otorgado, y utilizó el poder para hacer daño.

—No lo pudo controlar —replicó Ripley con voz temblorosa—. No lo pudo detener.

—Ni controló ni detuvo nada, y se condenó ella y aquello que amaba.

—Y la tercera —dijo Ripley a su vez—, la que fuera Fuego encontró un silkie* en forma humana durmiendo

* Personaje mitológico de las islas Orcadas. Se cubre con una piel de foca que se quita para enamorar a las mujeres y adoptar forma humana. *(N. de la T.)*

en una cueva cerca de una ensenada. Fuego le quitó la piel de foca que le cubría, la escondió y quedaron atados el uno al otro.

—Eso no va contra las leyes de la magia —comentó Mia, quien haciendo un movimiento aparentemente natural, que le costó un enorme esfuerzo, se inclinó para tomar un taco de queso de la bandeja—. Le convirtió en su amante, su marido, criaron a los hijos que tuvieron y después a los hijos de la hermana que había perdido. —La comida le sabía a tiza, pero la mordisqueó de forma despreocupada para continuar su relato—. Le entregó su corazón, pero llegó el día en que ella se distrajo y él encontró su piel. Y aunque él la amaba, cuando un silkie encuentra su piel, el mar ejerce su atracción. Él la olvidó a ella, a su vida juntos, su amor, a sus hijos, como si nunca hubieran existido, y la abandonó por el mar. —Mia levantó un hombro—. Sin hermanas, sin amante, sin marido penó y se desesperó. Maldijo la magia que le había traído el amor, para después quitárselo, y renegando de ella, se arrojó por los acantilados al mar, donde su amor se había marchado.

—La muerte no es la solución —añadió Nell—. Yo lo sé.

—Para ella en aquel momento lo era —señaló Mia—. Por tanto, trescientos años después las descendientes de las hermanas, de las Tres, deben rescatar cada una de las claves y darles un nuevo sentido. Cada una de las tres, o de lo contrario la isla que habían creado se hundirá para siempre en el mar.

—Si tú crees eso ¿por qué vives aquí? —preguntó Ripley—. ¿Por qué vives en esta casa, por qué tienes la librería? ¿Por qué todo lo demás?

—Éste es mi lugar y mi tiempo. El mismo que el tuyo y que el de Nell. Si tú no crees en ello, ¿para qué has venido esta noche? —Mia notó que empezaba a enojarse y se contuvo. También vio el sufrimiento en el rostro de Ripley. Después de tantos años, era duro tender la mano, pero se levantó y lo hizo—. Cuéntame. Déjame ayudarte.

—Lo que vi era terrible, era como si te abrieran desgarrándote en canal, y tan rápido que no había forma de reaccionar.

—Tú sabes que no tiene por qué ser así. Sabes que no se trata de causar daño ni dolor.

Una lágrima solitaria cayó por el rostro de Ripley antes de que pudiera detenerla.

—Tres veces, lo que tú provocas vuelve multiplicado por tres. Ella les destruyó.

—No fue ella sola. Cada uno tiene su responsabilidad. Cuéntame. —Mia secó la lágrima de Ripley—. ¿Qué viste?

—Vi… —Ripley rememoró la visión que había tenido y su voz se fue calmando a medida que hablaba—. No sé quién era él, o lo que representaba, pero apareció. Ninguna de vosotras pudo detenerme, yo tampoco pude. Mia, era mi espada, mi espada ritual. Con ella lo maté a él y a todos nosotros.

—No lo hiciste. No lo hiciste —repitió Mia antes de que Ripley pudiera protestar—. Eres más fuerte que todo eso.

—Yo quería hacerle daño. Pude sentir la rabia. Nunca he podido controlar el poder cuando mis emociones se apoderan de mí. ¿Por qué demonios piensas que me detuve?

—¿Porque tenías miedo? —Mia sintió que perdía la calma otra vez, que la furia de una década bullía en su interior—. ¿Tú te apartaste de mí, de lo que eres, por miedo a lo que podías haber hecho? ¡No eres más que una estúpida!

Mia se apartó rápidamente. Gritó cuando Ripley la agarró por el pelo y le dio un tirón.

—¿A quién demonios estás llamando estúpida tú, zorra, flaca, presumida, pagada de ti misma? —Los ojos de Ripley se estrecharon cuando Mia levantó el puño, y entonces soltó una carcajada—. Sí, eso me da miedo. Si me pegas un puñetazo te vas a hacer más daño a ti misma que a mí. Eres una mujer detestable, Mia.

—Es una afirmación interesante, teniendo en cuenta que eres tú la que me estás tirando del pelo.

Ripley encogiéndose de hombros la soltó.

—De acuerdo, ya estamos iguales. —Soltó un suspiro y parpadeó cuando se dio cuenta de que los demás las miraban estupefactos. Había olvidado que estaban ahí—. Lo siento.

Mia se sentó en el sillón de nuevo, después de colocarse el pelo.

—Te cabreaste cuando te llamé estúpida, ¿verdad?

—¡Maldita sea! Por supuesto, o sea que ten cuidado.

—Pero no utilizaste tu poder para golpearme cuando te di la espalda. —Mia levantó su copa otra vez—. Ni siquiera lo pensaste.

Bruja tramposa, pensó Ripley, a su pesar, con admiración. Siempre había sido una tramposa.

—No estaba tan alterada como para hacer eso —respondió Ripley.

—Sí, sí lo estabas —comentó Zack, sentándose otra vez—. No soportas que te llamen cobarde o estúpida, y ella te llamó ambas cosas. Y tu reacción fue tirarle del pelo.

—No es lo mismo —contestó Ripley.

—Es casi igual. —Zack asió la mano de su esposa mientras contemplaba a su hermana—. Hay dos cosas que tú no eres, Rip, ni cobarde ni estúpida. Todos los aquí presentes somos capaces de controlarnos. Yo de todo esto sé menos que vosotros, pero te conozco. Y ya es hora de que dejes de pensar que todo gira en torno a ti. Aquí nadie está solo.

—No puedo soportar herirte, ni ser responsable de causarte daño. No podría vivir con ello. Herir a papá, a mamá, a Nell. Contéstame a esto —preguntó dirigiéndose a Mia—. Y no quiero chorradas. ¿Qué ocurriría si me voy de la isla, hago las maletas, tomo el trasbordador y no vuelvo más? ¿Se rompería la cadena?

—Tú ya conoces la respuesta. Pero ¿por qué no se lo preguntamos a Mac? Éste es su campo como estudioso, como observador, y ha realizado numerosas investigaciones sobre el tema. ¿Cuál es tu opinión objetiva, doctor Booke?

—La isla tiene poder por sí misma, una fuerza oculta hasta que sea aplicada o hasta que se la provoque.

—Entonces, si yo me marcho, ¿me llevaría mi... conexión con ella? ¿Puedo hacerlo? —insistió Ripley.

—En cierta manera sí, pero en principio sólo disminuiría tu fuente personal de energía. No cambiaría nada. Lo siento. La cuestión sería lo que hicieras, no dónde fueras. —Él se dio cuenta de que ella no se quedaba satisfecha, por lo que extendió las manos e intentó explicar su teoría—. Está bien. Si aceptamos la leyenda como cierta, tú debes hacer una elección. Puedes hacer algo o no hacerlo. Tú estás aquí. —Utilizó una servilleta como si fuera la isla y colocó sobre ella tres aceitunas. Después quitó una de ellas y la dejó en una fuente.

—Si tú te marchas, lo único que consigues es cambiar el lugar de la elección, del acto, del control. Donde quiera que vayas, los cuatro elementos siguen existiendo. No puedes cambiar las leyes básicas de la naturaleza. No puedes cambiar lo que eres y lo que llevas contigo: tierra, fuego, aire y agua. —Clavó un dedo en la servilleta—. La vuelta a la fuente es inevitable. La decisión lógica es que te quedes. Aquí eres más fuerte, y que estéis las tres juntas supone una gran diferencia.

—Tiene razón —intervino Nell, atrayendo la atención de Ripley—. Ya hemos conseguido cambiar las pautas una vez. Somos tres, mientras que antes sólo quedaron dos. Sin ti y sin Mia, sin ti —dijo a Zack—, sólo serían dos ahora. El círculo anterior se rompió por eso, el nuestro no está roto.

—Sin embargo, te falta práctica —dijo Mia cogiendo otro taquito de queso—. Debes ponerte en forma, ayudante.

Ripley cogió una aceituna y se la metió en la boca.

—¡Por supuesto que lo haré!

Catorce

—¿Qué te parece si apagas esos cacharros esta noche?

Ripley permaneció en el umbral de la casita amarilla. No le apetecía entrar y que las máquinas comenzaran a examinarla, no después de la noche que había pasado.

—Claro. —Mac pasó por su lado, dejó en el suelo la bolsa con el equipo y comenzó a apagar las máquinas.

No esperaba que volviera a casa con él. Aunque no lo parecía, pensó que debía estar cansada, o por lo menos harta de todos en general, y quizá de él en especial.

Estaba seguro de que se había recuperado del intercambio de pullas hirientes con Mia y que había decidido actuar como si lo ocurrido en el claro del bosque no hubiera sido nada relevante.

Pensó que era increíble el muro defensivo que había levantado a su alrededor, casi tan impresionante como el que le había mantenido a él apartado del círculo en el bosque. Se preguntó cómo se sentiría si llegaba a perder dicha protección.

—¿Quieres sentarte? —le preguntó cuando entró y cerró la puerta—, ¿o vamos directamente a la cama?

—A eso lo llamo yo ir al grano.

Él se sonrojó.

—No me refería al sexo. Pensé que te apetecería dormir un poco.

Ripley se dio cuenta de que era totalmente sincero. Desde luego, era un perfecto encanto, se dijo, y se paseó por la habitación.

—Es temprano para meterse en la cama. Creo que querías hablarme de algo.

—Sí. No pensé que quisieras hacerlo esta noche.

—No estoy cansada, no funciona de esa manera —explicó Ripley.

—¿Y cómo…? Bueno, déjame que cuelgue tu abrigo.

Antes de que pudiera acercarse, Ripley se apartó y se lo quitó ella misma.

—Si yo sé que hay algo que te intriga, debes preguntar. ¿Qué cómo funciona? Pues yo siento como si hubieran volcado un bidón de cafeína en mi interior, me siento llena de energía —prosiguió, mientras se dirigía hacia él y le daba un empujón rápido y fuerte—. Me siento crispada. —Le empujó otra vez—. O sea, que sí, quiero ir a la cama. —Con el último empujón le hizo traspasar la puerta del dormitorio—: Y aquí no va a dormir nadie.

—Bueno, de acuerdo. ¿Por qué no…?

Ella le empujó de nuevo y encendió las luces de golpe.

—No quiero conversación y no quiero estar a oscuras.

—Está bien. —Mac sintió como si le hubiera abierto la puerta a una loba hambrienta. Los ojos de Ripley eran diferentes, más verdes y más penetrantes, devoradores. Se le alborotó la sangre, que corrió rápida e incontrolable por sus venas—. Yo sólo quería… cerrar las cortinas.

—Déjalas.

—Ripley… —La risa de Mac sonó un tanto ahogada—. Estamos bastante aislados, pero con las luces encendidas…

—Déjalas. —Ella se arrancó el jersey con un movimiento rápido—. Si te gusta tu camisa, mejor te la quitas ahora mismo, porque si no, la destrozaré.

—¿Sabes que me das miedo? —dijo Mac exhalando aire e intentando mostrar una sonrisa relajada.

—Me alegro de que estés asustado.

Saltó encima de él sobre la cama y se tumbó encorvada como un gato zalamero. Dejó escapar un sonido primitivo, mientras mostraba los dientes. Después le mordió el cuello.

—¡Dios mío! —Él se puso duro como una piedra.

—Quiero hacerlo rápidamente, con fuerza, y lo quiero ya —jadeó Ripley, mientras le abría la camisa de golpe.

Mac intentó cogerla pero ella, hundiendo las manos en su pelo, tiró de él, y después se apoderó de su boca. El calor absoluto que Ripley desprendía penetró en su interior, abrasando sus centros nerviosos, cortándole la respiración y haciendo que le hirviera la sangre.

Él descendió hacia la oscuridad por una espiral donde el dolor y el placer se asemejaban, eran igual de vitales, igual de irresistibles. Como respuesta, el animal que llevaba dentro arremetió golpeándole y provocándole una tensión tan límite que no podía resistir.

Su cuerpo se removió bajo el de ella. Le asió por el pelo, obligándole a echar hacia atrás la cabeza y dejar expuesta la garganta.

No le movía la desesperación, sino el ansia.

Rodaron sobre la cama buscando más calor, más carne.

Ella ardía con un deseo totalmente salvaje, una energía feroz le bullía por dentro. Le arañó, le mordisqueó, y cuando notó que sus dedos le penetraban soltó un grito feroz de triunfo.

Ripley sólo era capaz de pensar: más alto, más rápido. Quería alcanzar la cumbre una y otra vez. Le bailaban luces en la mente que eran como una cegadora lluvia plateada. La tormenta que las provocaba la arrastraba a ella también.

Se deslizó encima de Mac como una serpiente, se puso a horcajadas sobre su cuerpo y se llenó de él.

Era como si le estuvieran consumiendo, devorando entero. Ella se apretó sobre él como se cierra un puño, atrapándole con un calor intenso y húmedo, manteniéndolo sujeto por medio del poder de su propio clímax, que la arrasaba. Anonadado, Mac contempló el cuerpo de Ripley perlado de sudor, arqueado hacia atrás y vibrante...

Entonces ella comenzó a moverse, rápida como un relámpago. Le cayó el cabello por delante, como una cortina de un castaño intenso, mientras se inclinaba y le mordisqueaba el labio inferior.

Él la penetró con más fuerza, con potentes acometidas, mientras se aferraba a sus caderas.

Entonces, Ripley se echó hacia atrás apartándole despiadadamente del borde mismo de la cúspide.

—Todavía no, aún no —jadeó.

A pesar de que su visión se hizo borrosa y de que su cuerpo quería alcanzar la anhelada liberación, Ripley alzó los brazos por encima de su cabeza, como había hecho cuando invocaba el poder. Mac sintió la sacudida: fue como una flecha de punta roja lanzada a través de la bruma de un placer loco; algo bien definido, punzante, asombroso, que después de atravesarla a ella, penetraba dentro de él.

* * *

Mac permaneció tendido como un hombre muerto, pero no importaba. En aquel momento, morir a cambio de obtener una experiencia semejante no le parecía un precio demasiado alto a pagar.

Se sintió como si le hubieran despellejado. Era como si las preocupaciones, las inquietudes hubieran sido reemplazadas por sensaciones en estado puro.

Quizá ya no sería capaz de volver a andar o a hablar, pero ésos eran inconvenientes menores. Moriría como un hombre feliz.

Ripley emitió un pequeño ronroneo. ¡Ah!, pensó él vagamente: todavía podía oír. Era una buena noticia. En ese momento, ella puso su boca sobre la suya. Mac comprobó así que su cuerpo todavía podía recibir sensaciones. Mejor que mejor.

—¿Mac?

Abrió la boca y emitió sonidos inarticulados. No se trataba de palabras, pero existen muchas formas de comunicación verbal. Él utilizaba una de ellas.

—¿Mac? —repitió ella mientras recorría su cuerpo con las manos.

Definitivamente, era capaz de tener sensaciones.

—Mmm… —Se aclaró la garganta y consiguió abrir un ojo. O sea que no estaba ciego, después de todo. Una cosa más—. Eh… No estaba dormido. —Su voz sonaba oxidada, pero sonaba, aunque sintió la garganta terriblemente seca—. He tenido la experiencia de sentirme casi muerto, y no estaba mal.

—Ahora que has vuelto del más allá… —dijo Ripley estirando el cuerpo de nuevo, y le dejó sin palabras al comprobar que seguía mostrando aquel brillo en los ojos—, otra vez.

—Eh… Bueno. —Notó cierta dificultad para respirar cuando ella recorrió su pecho con los labios—. Me vas a tener que conceder algún tiempo para recuperarme, ¿sabes? Quizá un mes.

Ella rió y aquel sonido pícaro le estremeció.

—En ese caso, puedes quedarte aquí tendido y tomarte el mes.

Ripley continuó besándole. Él sintió que se disolvía en la cama.

—Está bien. Si tengo que hacerlo, lo haré.

* * *

Ripley era consciente de que tenía un problema. Nunca antes había compartido el poder con ningún hombre. Nunca había sentido la necesidad, ni el deseo de hacerlo. Con Mac había sido como una especie de fuerza absoluta, un deseo profundo y sofocante de ampliar su intimidad, de que él entrara en contacto con aquella parte suya.

Ya no tenía ninguna duda de que estaba enamorada, ni esperanza alguna de ser capaz de racionalizarlo.

Según la tradición familiar, los Todd esperaban mucho tiempo antes de enamorarse. Cuando ocurría, el amor llegaba de forma fulminante, y era para siempre. Parecía que ella confirmaba la tradición familiar.

Sin embargo, no tenía ni idea de cómo actuar.

En aquel preciso momento, la verdad era que no le importaba nada.

En cuanto a Mac se sentía como si estuviera ligeramente borracho, y no veía ningún motivo para luchar contra aquella sensación. Se había levantado el viento, su golpeteo contra las ventanas provocaba que la casa tuviera un aire más acogedor. Parecían ser los únicos habitantes de la isla. Por él, podía seguir siendo así.

—¿Qué historia querías contarme?

—Mmm. —Mac siguió jugando con su pelo y pensó que podría permanecer muy feliz entre aquellas enmarañadas sábanas con ella el resto de su vida—. Eso puede esperar.

—¿Por qué? Estamos los dos aquí. Tengo sed. —Ripley se levantó echándose el pelo para atrás—. ¿Dijiste algo de un vino?

—Probablemente. ¿Estás segura de que te apetecen el vino y la conversación?

Ella ladeó la cabeza.

—O eso, o te preparas para otra cosa.

Aunque estaba decidido a no admitirlo, sabía que si ella saltaba otra vez sobre él, no iba a sobrevivir.

—Traeré el vino.

Ripley se rió cuando salió de la cama.

—Toma. —Mac sacó un chándal de un cajón y se lo lanzó—. Ponte cómoda.

—Gracias. ¿Tienes algo de comer?

—Depende de lo que quieras.

—Pues algo para masticar. Tengo un antojo.

—Explícate. Tengo patatas fritas.

—Muy bien. —Ripley tiró del pantalón de chándal ajustando el cordón hasta asegurarse de que no se caería.

—Voy a buscarlo.

Cuando él se marchó, se puso la sudadera del chándal y se deleitó oliendo las mangas, disfrutando de la sensación de vestir algo que le pertenecía. Era algo tonto y muy femenino, admitió, pero no tenía por qué saberlo nadie más.

Cuando entró en la cocina, Mac ya había abierto el vino y preparado dos copas, y también había una bolsa de patatas fritas en la encimera. Ripley se apoderó de las patatas, se tiró sobre una silla y se dispuso a comer.

—Esto… no vamos a hablar aquí —empezó a decir Mac—. Se encontraba inmerso en una burbuja de felicidad, pero le atenazaban los nervios. No sabía cómo iba a reaccionar Ripley ante lo que tenía que decirle. Ésa era una de las cosas que le fascinaban de ella, que era imprevisible.

—¿Por qué?

Pensó que ésa era otra de las cosas que le gustaban de ella, que planteaba los porqués casi tan a menudo como él.

—Porque estaremos más a gusto en la otra habitación.

—¿En el salón? ¿Nos vamos a sentar sobre tu equipo?

—Ja, ja. No, está el sofá, todavía está. Además podemos encender la chimenea. ¿Tienes frío en los pies? ¿Quieres unos calcetines?

—No, estoy bien. —Sin embargo, notó que él no lo estaba. Había algo que le ponía nervioso, se dijo mientras le seguía al salón. Para llegar hasta el sofá tuvieron que ir abriéndose camino entre un montón de trastos, por lo que dudó que en algún momento lo hubiera utilizado para lo que servía, desde que se había instalado en la casa.

Mac puso el vino en el suelo y comenzó a remover pilas de libros y a ponerlos aparte. Ripley abrió la boca para protestar por la molestia, pero la cerró de nuevo de golpe y casi pudo escucharse el sonido.

El vino, la conversación y un fuego agradable: todo muy romántico. Imaginó que era el tipo de puesta en escena que un hombre cree necesaria para decirle a una mujer que la quiere.

Su corazón empezó a latir con rapidez.

—¿Se trata de una conversación importante? —preguntó con labios temblorosos.

—Yo creo que sí. —Mac se agachó ante la chimenea—. Por eso estoy un poco nervioso, aunque no pensaba estarlo. No sé cómo empezar.

—Sabrás hacerlo. —Como le temblaban las piernas, Ripley se sentó.

Mac arregló los troncos con cuidado y después se volvió hacia ella. Ripley tardó un momento en captar la mirada especulativa en sus ojos, que ella clasificó como su mirada científica.

—Sí, puedo encender el fuego desde aquí —dijo—, pero no lo haré.

—Simplemente me lo estaba preguntando. El saber popular sostiene que encender fuego es la forma básica de la magia, lo que normalmente se aprende primero y lo último que se pierde. ¿Es cierto?

—Supongo que estás hablando de las formas tangibles de magia, de las que requieren control, una dirección y un punto de atención —dijo Ripley moviéndose porque sentía calor y tenía picores—. Mia te explicaría mejor que yo este tipo de cosas. Yo hace mucho tiempo que ni pienso ni he pensado en ellas, y ella en cambio nunca deja de hacerlo.

—Probablemente por eso a ella el control y la filosofía de todo el asunto le llegan con mayor facilidad. —Mac prendió una larga cerilla de madera y la acercó para encender el fuego—. Tu poder es más, no sé, explosivo, y el de ella más controlado. —Como las llamas comenzaban a crecer, él se puso de pie y apoyó las manos en la cintura de sus pantalones vaqueros—. Estoy pensando en cómo plantear lo que quiero decirte.

Ripley sintió un ejército de mariposas en el estómago.

—Limítate a decirlo.

—Trabajo mejor cuando tengo un plan —respondió él inclinándose para tomar un poco de vino—. Yo lo tenía todo muy bien planteado en mi cabeza... hasta esta noche. Pero, Ripley, primero viéndote, entendiendo hasta cierto punto por lo que has pasado, lo que sentiste y después, estando contigo... —Él se sentó a su lado, le alcanzó la copa y después tocó el dorso de su mano—.

Quiero que sepas que nunca he estado con nadie como contigo, con nadie más.

Ripley notó las lágrimas agolpándose en su garganta, y por primera vez en su vida su sabor le pareció agradable.

—Para mí es diferente.

Mac asintió, pero notó una pequeña punzada en el corazón, al interpretar que para ella la experiencia íntima que habían compartido era distinta por ser lo que era.

—De acuerdo. Bien, lo que estoy intentando decir es que... —Se pasó una mano por el pelo—. Como me importas, como lo que hay entre nosotros me importa, el resto se complica un poco. Supongo que me preocupa que tú pienses que me interesas sólo por mi trabajo. Eso no es cierto, Ripley. Sencillamente, me interesas.

En el interior de Ripley todo se suavizó, como si una suave mano rozara seda.

—Yo no pienso eso. Si fuera así, no estaría aquí. No querría estar aquí y sí quiero.

Mac tomó su mano y le besó la palma, provocando que un largo escalofrío recorriera su cuerpo desde la garganta hasta la punta de los pies.

—Mac... —susurró.

—En principio, yo pensaba decírselo antes a Mia, pero quiero contártelo a ti.

—Yo, tú, Mia...

—En teoría, ella es la conexión principal, pero todo está ligado, en cualquier caso. Además, me he dado cuenta de que necesito hablarlo contigo primero. —Mac le besó la mano de nuevo, pero esta vez de forma un tanto ausente; después bebió un poco de vino, como alguien que aclara su garganta antes de una conferencia.

El buen humor de Ripley estaba empezando a tornarse en crispación.

—Creo que mejor es que lo sueltes de una vez, Mac.

—Está bien. Cada una de las hermanas tuvo hijos: unos permanecieron en la isla, otros se marcharon y nunca volvieron, y otros viajaron, se casaron, y después retornaron a la isla para criar a sus hijos. Me imagino que tú ya sabes todo esto, y que sus hijos hicieron lo mismo, generación tras generación. El resultado es que algunos descendientes siempre permanecieron en Tres Hermanas, pero hubo otros que se dispersaron por el mundo.

—No sé dónde quieres llegar.

—Probablemente sea mejor que te lo muestre. Espera un momento.

Ripley vio cómo se levantaba y se abría paso a través del equipo. Le oyó maldecir cuando se golpeó un pie, lo que le produjo una pequeña y maligna satisfacción.

Qué hijo de puta, pensó, mientras golpeaba el almohadón con el puño. No pensaba hablarle de su amor infinito, ni abrir su corazón, ni pedirle matrimonio. Había estado dando vueltas para volver a su estúpida investigación, mientras ella permanecía allí sintiéndose muy sentimental.

¿Y de quién era la culpa?, se preguntó. Era ella la que había tergiversado todo, la que se había dejado poner el bozal. Era ella la que había dejado de pensar con claridad, al dejarse llevar. Tenía que poner remedio, no en lo que se refería al amor. Era una Todd y aceptaba que le amaba y que siempre le amaría; pero lo que sí podía hacer era mantener la cabeza fría otra vez y empezar a pensar.

Era la persona que le estaba destinada, y eso era algo que él debería asimilar. El doctor MacAllister Booke no se limitaría a estudiar brujas, se iba a casar con una de ellas, quisiera o no, tan pronto como ella encontrara la forma de hacérselo ver.

—Perdona. —Mac esquivó el equipo con más cuidado esta vez—. No estaba donde yo pensaba. Nunca hay nada en su sitio. —Cambió su expresión, cuando vio la brillante mirada que le dirigió Ripley—. Eh… ¿Ocurre algo?

—No, no, nada. —Ella palmeó juguetona el almohadón que tenía al lado—. Estaba pensando que es una pena que me siente yo sola frente al fuego. —Cuando él se sentó, deslizó su pierna encima de la suya en un gesto de intimidad—. Mucho mejor así.

—Bueno. —Mac sintió que la presión de su sangre empezaba a elevarse cuando Ripley se inclinó y le rozó la mandíbula con los labios—. Pensé que te gustaría leer esto.

—Humm. ¿Por qué no me lo lees tú? —Ripley le mordisqueó ligeramente el lóbulo de la oreja—. Tienes una voz tan sexy… —Sacó las gafas de Mac de su bolsillo— … Y no te imaginas lo que me sucede cuando te pones las gafas.

Mac emitió unos sonidos ininteligibles y después agarró torpemente las gafas.

—Esto son fotocopias. El original lo tengo en una caja fuerte, ya que es muy antiguo y frágil. Fue escrito por mi tatarabuela, bueno por una retatarabuela muy lejana, por parte de mi madre. La primera anotación es del 12 de septiembre de 1758 y fue realizada aquí, en la isla de las Tres Hermanas.

Ripley pegó un brinco.

—¿Qué estás diciendo?

—Creo que debes limitarte a escuchar —dijo, y leyó—: «Hoy mi hija menor ha tenido un hijo. Le han llamado Sebastian, y es un niño sano y robusto. Estoy encantada de que Hester y su joven marido quieran quedarse en la isla; que quieran formar su hogar y criar su familia aquí. El resto de mis hijos están tan lejos ahora, y aunque de vez en cuando consulto la bola de cristal para verles, mi corazón sufre ya que no puedo tocar sus rostros, ni los de mis nietos.

»Nunca más volveré a dejar la isla.

»También eso lo he visto en la bola de cristal. Todavía me queda tiempo de estar aquí y sé que la muerte no es el final. Pero cuando contemplo la belleza del hijo de mi pequeña, me entristece pensar que no estaré aquí para verle crecer».

Mac se aventuró a echarle una rápida ojeada a Ripley, que le contemplaba fijamente, como si nunca antes le hubiera visto. Se dijo que lo mejor era terminar de leerlo todo, limitarse a sacarlo de una vez a la luz.

—«Me entristece que mi propia madre no eligiera vivir» —continuó él— «que no se permitiera la alegría que yo he sentido hoy al ver nacer un niño de los míos. El tiempo pasa rápido. Si nuestros hijos recuerdan y eligen sabiamente, lo que llega con este niño equilibrará algún día la balanza».

Ripley no era consciente de que sostenía la copa, pero tenía los nudillos blancos.

—¿De dónde has sacado el libro?

—El verano pasado estuve removiendo algunas cajas en el desván de mis padres y encontré el diario. Ya había rebuscado antes allí. Siempre ponía nerviosa a mi madre porque solía manosear las cosas viejas. No sé cómo no me tropecé antes con el diario, a no ser que pienses que no llegó allí hasta junio pasado.

—Junio. —Ripley se estremeció y se puso de pie. Nell llegó a la isla en junio, y fue entonces cuando conectaron las tres. Se dio cuenta de que Mac empezaba a hablar y levantó una mano. Necesitaba concentrarse—. Tú supones que lo escribió una antepasada tuya.

—No se trata de una suposición, he trazado la genealogía, Ripley. Su nombre era Constance y su hija menor, Hester, se casó con James MacAllister el 15 de mayo de 1757. Su primer hijo, un varón, Sebastian Edward MacAllister nació en la isla de las Tres Hermanas. Luchó en la Guerra de la Independencia. Se casó, tuvo hijos y se instaló en Nueva York. La línea de descendencia continúa directa hasta mi madre, y hasta mí.

—Me estás diciendo que eres el descendiente de…

—Tengo toda la documentación, certificados de matrimonio y de nacimiento. En realidad, podemos decir que somos primos lejanos.

Ripley le miró fijamente y después se giró a contemplar el fuego.

—¿Por qué no lo dijiste al llegar aquí?

—Pues, porque era un poco delicado. —Deseó que se sentara de nuevo y se acurrucara otra vez contra él. Sin embargo, sabía que no ocurriría en tanto no terminaran con aquello—. Pensé que podría usarlo como acicate, como una especie de moneda de cambio.

—Como un as en la manga —observó ella.

—Sí. Si Mia me hubiera puesto impedimentos, esta información sería un buen medio para derribarlos, pero no lo hizo, y empecé a sentirme incómodo al ocultarlo. Pensaba contárselo esta noche, pero necesitaba decírtelo antes a ti.

—¿Por qué?

—Porque a ti te afecta. Sé que me echarás la bronca, pero…

Ripley agitó la cabeza.

—No realmente. —Mac pensó que se encontraba disgustada, pero no enfadada—. Yo hubiera hecho lo mismo para conseguir algo que me importara —comentó Ripley.

—Yo no sabía que tú estarías ahí, ya sabes lo que quiero decir —continuó Mac—. Nunca pensé que nos encontraríamos tan involucrados como lo estamos. Yo me muevo en un campo que mucha gente considera irracional, al que lo mejor es acercarse de la forma más lógica posible. Pero aparte de eso, desde un punto de vista más personal, toda mi vida me he sentido atraído hasta esta isla sin saber de qué lugar se trataba. El verano pasado por fin lo supe.

—Sin embargo, no viniste —dijo ella.

—Tenía que recopilar datos, investigar, analizar y contrastar hechos.

—Como siempre, el loco de la informática.

Ripley se sentó en el brazo del sofá, y él pensó que ya era un paso adelante.

—Voy a hacer conjeturas. Yo he soñado con la isla, antes de saber dónde se encontraba, o si existía, ya soñaba con ella, y contigo. Y eran unas visiones muy intensas; formaban parte de mi vida de tal manera, que me pareció más seguro aproximarme a través de mi formación, como observador, como testigo.

—¿Y qué te dicen tus observaciones, doctor Booke?

—Tengo montañas de datos, pero dudo que quieras leerlos. —Ripley asintió al ver la pregunta implícita en sus ojos—. Bien. Pero también he sacado en conclusión un sentimiento muy sencillo: estoy donde debo estar. Yo juego un papel en todo esto, aunque todavía no sé cuál es —dijo él.

Ripley se volvió a levantar.

—¿Cómo un papel?

—Equilibrando la balanza.

—¿Con ese cerebro tan minucioso que tienes, crees que la isla está condenada a hundirse en el mar? ¿Cómo puedes creer en una maldición de hace cientos de años? Las islas no se hunden como los barcos que naufragan.

—Hay investigadores y estudiosos que rebatirían esa opinión poniendo como ejemplo la Atlántida.

—Tú serías uno de ellos —contestó ella agriamente.

—Sí, pero antes de empezar con esa discusión y aburrirte sin objeto, déjame decirte que siempre se pueden hacer interpretaciones algo menos literales: un huracán de fuerza cinco, un terremoto...

—¿Un terremoto? —Ripley sintió la tierra temblar bajo sus pies; ¡ella había hecho temblar la tierra! No quería ni pensarlo—. ¡Dios mío, Mac!

—No querrás que empiece a hablar de planchas, presión y palancas, ¿verdad?

Ella abrió la boca, para cerrarla a continuación y conformarse con sacudir la cabeza.

—No creo. Soy licenciado en geología y meteorología y puedo llegar a ser muy aburrido. De todas formas, piensa que la naturaleza sencillamente es una fiera y nos soporta a duras penas —comentó Mac.

Ella le estudió detenidamente. Era serio, sexy, tranquilo, y de alguna manera estaba totalmente seguro de sí mismo. No era de extrañar que se hubiera enamorado.

—¿Sabes? Apuesto que no eres tan aburrido como piensas.

—Perderías la apuesta. —Intuyó que ella ahora aceptaría, así que se acercó para tomar su mano—. El cielo y la tierra, Ripley, hacen algo más que sostenernos entre ellos dos. Esperan que merezcamos estar aquí.

—Y nosotros debemos decidir hasta dónde llegar.

—Eso lo resume todo, más o menos.

Ripley exhaló un suspiro.

—Me resulta cada vez más difícil sostener que son estupideces. Primero Nell, después tú y ahora esto —añadió mirando las fotocopias del diario—. Me siento como alguien a quien le van añadiendo barrotes en la jaula, de forma que cada vez tiene menos oportunidades de escapar. —Miró las páginas del diario con el ceño fruncido, y se le ocurrió una idea nueva—. Tú tienes lazos de sangre con las Hermanas. —Fijó su mirada en la suya—. ¿Puedes hacer magia?

—No. No se me ha concedido —contestó él—; he heredado el interés y la fascinación por la magia, pero no el uso.

Ripley se relajó y se acurrucó a su lado en el sofá.

—Bueno, algo es algo.

Quince

Mia estaba leyendo la primera anotación del diario sentada ante el escritorio de su despacho. Tras el viento caía una lluvia helada que azotaba las ventanas.

Iba vestida de un azul brillante y atrevido para disipar la tristeza, y de sus orejas colgaban las estrellas y lunas que Nell le había regalado en su último cumpleaños. Jugaba con los pendientes mientras leía, haciendo chocar la luna con las estrellas.

Cuando terminó de leer, se echó hacia atrás y estudió a Mac divertida.

—Bueno, hola, primo.

—No sabía cómo ibas a tomártelo.

—Procuro aceptar las cosas como vienen. ¿Puedo quedármelo un tiempo? Me gustaría leer el resto.

—Por supuesto.

Mia dejó el libro a un lado y tomó su café con leche.

—Es todo tan agradable y hay tales conexiones…

—Yo creo que es pura coincidencia —comenzó Mac, pero Mia le detuvo.

—A veces las coincidencias son las que conectan las cosas. Yo puedo seguir el rastro de mi familia hasta su inicio en las Hermanas. Sé que hubo quien se quedó y quien se marchó. Y ahora recuerdo que había una rama

MacAllister; un hijo y tres hermanas. El chico abandonó la isla, sobrevivió a la guerra y comenzó a amasar una gran fortuna. ¡Qué raro, que no haya pensado en esa historia hasta ahora! Que no lo haya relacionado contigo. Supongo que no debía hacerlo. Además, yo siento algo por ti, una especie de sentimiento familiar. También eso es algo agradable, cercano y reconfortante.

—Cuando até todos los cabos no me resultó nada reconfortante —replicó Mac.

—Ah, ¿no?

—No, fue excitante. Ser descendiente de una bruja y un silkie, es impresionante, ¿no? —Mac cortó un trozo del pastel de manzana que ella le había servido—. Después me sentí muy fastidiado por no haber heredado poderes.

—Estás equivocado. —El afecto y la admiración que traslucía su voz casi le hicieron sonrojar—. Tu poder está en tu mente. La fuerza y la apertura de miras de tu cerebro son una magia poderosa, porque además no bloquean tu corazón. Necesitamos los dos. —Hizo una pausa—. Ella te necesita.

Mac se sobresaltó. Mia lo había dicho de una manera tan sencilla, tan suave…

—Hazme un favor, no se lo digas a Ripley, porque se cabrearía.

—Tú la entiendes, conoces sus defectos y sus manías, pero la quieres de todas formas —observó Mia.

—Sí, yo… —Se le fue la voz y dejó el pastel a un lado—. Has hecho que me delate.

—Pido disculpas, pero no lo lamento. —La risa de Mia fue demasiado cálida y suave como para que él se

310

molestara—. Yo pensaba que estabas enamorado, pero quería oírtelo decir. ¿Crees que serías feliz en la isla?

Durante un instante, él no dijo nada.

—Tú conoces bien a Ripley, ¿verdad? No sería feliz en ningún otro lugar; por tanto, sí, puedo ser feliz aquí. De todas formas, toda mi vida he estado encaminándome hacia este lugar.

—Me gustas mucho, lo suficiente como para desear haber sido yo la elegida, y que tú estuvieras destinado para mí. Como no es el caso —añadió Mia cuando vio que Mac estaba un tanto aterrado—, me alegro de que seamos amigos. Creo que ambos podéis ayudaros a alcanzar lo mejor.

—Tú quieres a Ripley de verdad.

La calma de Mia se alteró un momento; el color de sus mejillas se desvaneció, algo extraordinario, y después se encogió de hombros.

—Sí, casi tanto como me saca de quicio. Espero que guardes esto para ti, al igual que yo haré con tus sentimientos.

—Trato hecho.

—Y para sellarlo… —Se levantó y se giró hacia la estantería que estaba a sus espaldas. Tomó una caja de madera tallada, la abrió y sacó un colgante de plata en forma de estrella con una piedra—. Ha pertenecido a mi familia, nuestra familia —corrigió Mia— desde que se instalaron aquí, en las Hermanas. Se dice que aquella que fui realizó el colgante con una estrella fugaz y la piedra con un rayo de sol. Te lo regalo.

—Mia…

Se limitó a besarle ligeramente y deslizó la cadena por su cabeza.

—Bendito seas, primo.

* * *

Harding hizo una nueva visita a Evan Remington. Había completado su plan de trabajo según el calendario previsto, pero sintió la necesidad imperiosa de ver a Remington una vez más antes de marcharse.

Experimentó una extraña afinidad ante aquel hombre. Al darse cuenta, se sintió espantado y atraído a la vez. Remington era una especie de monstruo, y sin embargo...

¿Acaso los hombres no llevan todos una bestia al acecho en su interior? Las personas sanas, civilizadas (y Harding se consideraba una de ellas) la dominan, la controlan.

Consideraba que los que no hacían ninguna de las dos cosas, los que mimaban a la fiera, la alimentaban y la adiestraban para atacar, conseguían así ejercer su fascinación.

Se dijo que sus visitas constantes a Remington se limitaban a motivos relacionados con la investigación, negocios, pero en realidad había llegado a considerar apasionantes aquellos encuentros continuos con el demonio.

Harding pensó que todos estamos a un paso del infierno. Mientras repasaba sus notas mentalmente, esperando para entrar, solamente observando, aprendiendo de los que han caído, se podía comprender lo que nos espera al otro lado de la cordura.

Harding entró en la sala de visitas y escuchó el sonido del cerrojo. ¿Sería aquél el último sonido que oiríamos cuando cayéramos, el implacable estallido penoso de un cerrojo?, se preguntó mentalmente.

Esta vez Remington no estaba atado. Le habían comunicado a Harding que, como parte de su tratamiento, le habían quitado todas las sujeciones. No se había comportado violentamente con los demás ni consigo mismo y había cooperado en las últimas sesiones.

La habitación era pequeña y estaba casi vacía. Había una mesa y dos sillas. Como le habían quitado las esposas, Harding pudo ver el brillo de la cadena colgando de la muñeca derecha de Remington. Había una tercera silla en un rincón, ocupada por un guardia de anchos hombros y cara pálida. Las cámaras de seguridad registraban cada sonido y cada movimiento.

Harding pensó que aquel infierno, o como quisiéramos llamarle, ofrecía poca privacidad y menos aún comodidad.

—Señor Remington.

—Llámame Evan. —No había el menor rastro de locura en su voz—. Después de todo esto, no tiene sentido un tratamiento tan formal. Yo te llamaré Jonathan. ¿Sabes Jonathan? Eres la única persona que viene a hablar conmigo. Me dicen que mi hermana ha venido a verme, pero yo no la recuerdo. Me acuerdo de ti.

La voz era suave, pero muy clara. Harding sintió un ligero estremecimiento al rememorar la pinta y el tono de voz de Remington el día de su primera visita.

Seguía estando delgado, demasiado pálido y tenía el pelo lacio, pero Harding pensó que si se vestía con un traje de diseño y le enviaban a Los Ángeles de vuelta, sus socios se limitarían a mirarle y pensar que había trabajado demasiado.

—Tienes buen aspecto, Evan.

—No estoy en mi mejor momento, pero hay que tener en cuenta las circunstancias. —Contrajo un músculo de la mejilla—. Este lugar no es para mí. Mis abogados lo liaron todo, pero ya me he ocupado del asunto, de esos estúpidos e incompetentes cabrones; he tomado medidas, les he despedido y espero tener nueva representación legal esta semana; me llegará la libertad dentro de poco tiempo.

—Comprendo.

—Creo que sí. —Remington se echó hacia atrás y después miró hacia las cámaras de seguridad—. Creo que te haces cargo. Yo me defendería a mí mismo y lo que era mío. —Sus ojos se posaron en Harding y algo oscuro pareció cruzarse por su rostro carente de color—. Me han traicionado y han abusado de mí. Aquellos que están en mi contra son los que pertenecen a este lugar, no yo —añadió.

Harding se sentía incapaz de mirar hacia otro lado, de romper la conexión visual con él.

—¿Te refieres a tu ex mujer?

—A mi mujer —le corrigió Remington, para decir a continuación en un susurro apenas audible—: hasta que la muerte nos separe. Dile que pienso en ella cuando la veas, ¿lo harás?

—¿Cómo?

—No podrás acabar lo que empezaste, ni obtener lo que deseas hasta que te pongas en contacto con ella, y con los demás. He estado pensando. —Remington inclinó la cabeza lentamente, mientras sus ojos claros como el agua permanecían clavados en los de Harding—. Tengo todo el tiempo del mundo para pensar. Necesito que alguien le recuerde a mi mujer que no he olvidado. Necesito que alguien les demuestre a todos que yo no puedo ser ignorado; necesito una especie de representante, por llamarlo así.

—Señor Remington... Evan. Yo soy periodista, escritor.

—Yo sé quién eres. Sé lo que persigues: fama, dinero, reconocimiento. Yo sé cómo proporcionarte todo eso. Mi trabajo consiste en conseguir esas cosas para otras personas. Tú quieres ser famoso, Jonathan. Yo creo famosos.

De nuevo algo pareció moverse tras sus ojos, como tiburones nadando en una profunda piscina. Harding se estremeció, pero no podía apartar la vista. Sentía que su piel se quedaba helada, y aun así Remington ejercía una fuerte atracción sobre él; se le entrecortó el aliento al sentir una presión terrible en el pecho.

—Voy a escribir un libro.

—Sí, sí. Un libro importante. Contarás la historia y su final como deben ser. Quiero que todos sean castigados. —Tendió la mano libre y estrechó los fláccidos dedos de Harding—. Quiero verlos muertos.

Algo restalló en el aire y chisporroteó, lo que hizo que el vigilante se incorporara:

—Nada de contactos físicos —dijo.

—No permitáis que viva una sola bruja —dijo Harding débilmente, mientras se dibujaba una sonrisa feroz en el rostro de Remington.

—Nada de contactos físicos —repitió el vigilante al tiempo que se dirigía hacia la mesa, pero ya Remington había deshecho el apretón de manos.

—Lo siento. —Remington apartó la mirada y bajó la cabeza—. Lo olvidé. Sólo quería estrecharle la mano. Viene a visitarme; viene a charlar conmigo.

—Simplemente nos estábamos despidiendo. —A Harding su propia voz le sonó un tanto débil; lejana—. Debo partir de viaje y no podré visitarle durante un tiempo. Debo marcharme. —Harding se puso de pie vacilante. Le palpitaba en las sienes un terrible dolor de cabeza.

Remington levantó la mirada por última vez.

—Volveremos a vernos.

—Sí, por supuesto.

Remington se dejó conducir tranquilamente de vuelta a la celda, manteniendo la cabeza baja y arrastrando los pies. Al descubrir que en la locura también existía poder, floreció en su corazón una alegría sombría, una flor del mal.

* * *

Cuando Harding se encontró en el trasbordador de Tres Hermanas, apenas recordaba ya su última visita a Remington. Le molestaba y le preocupaba la posibilidad de estar enfermo. Su capacidad para recordar detalles era una de sus mejores habilidades. Sin embargo, algo que había sucedido apenas ocho horas antes se le representaba como una escena desdibujada tras un cristal borroso.

No podía recordar de qué habían hablado, sólo que había sentido un repentino dolor de cabeza, tan fuerte que le había obligado a tumbarse en el asiento delantero del coche y esperar a que se le pasaran las náuseas, el dolor y los escalofríos, antes de atreverse a conducir.

Incluso en ese momento, sólo de pensarlo, tenía estremecimientos. El mar agitado y una lluvia fina como una aguja, y helada, no contribuían a mejorar su estado. Tuvo que acurrucarse en el interior del coche y tragar en seco unas cuantas píldoras más contra el mareo.

Le aterraba la idea de tener que moverse en medio de aquella lluvia brutal y vomitar en aquel mar encrespado. Para evitarlo, se tumbó de nuevo en el asiento y se esforzó en respirar de forma lenta y regular. Comenzó a contar los minutos que faltaban para llegar a tierra firme otra vez. Debió quedarse dormido y soñó con serpientes que se deslizaban bajo su piel con un tacto helado; con una mujer de ojos azules y melena dorada que gritaba de dolor y suplicaba, mientras él la golpeaba una y otra vez con un bastón.

Ahora ella se ha callado. Está en silencio. Semilla de Satán.

Soñó con el estallido de un relámpago azul que surcaba el cielo como una flecha y se clavaba en su corazón.

Tuvo sueños de horror, venganza y odio.

Se le apareció una encantadora mujer vestida de blanco que lloraba acurrucada sobre un suelo de mármol.

Soñó con un bosque sombrío a la luz de la luna nueva, el que se encontraba de pie sosteniendo un cuchillo contra una blanca garganta. Y en el momento en que el cuchillo cortó limpiamente y la sangre de ella le cubrió, el mundo estalló. El cielo se partió en dos y el mar abrió su enorme boca para tragarse a todos aquellos que se le resistían.

Se despertó con un grito que estrangulaba su garganta, y golpeándose como si quisiera matar aquello que reptaba por su interior. Se quedó horrorizado al contemplarse en el espejo retrovisor: unos ojos claros como el agua, que no eran los suyos, le miraban fijamente.

En aquel momento, en el trasbordador se oyó a todo volumen el sonido que anunciaba el atraque en Tres Hermanas. Los ojos que le miraban fijamente, mientras sacaba un pañuelo para enjugar el sudor de su rostro, estaban enrojecidos y angustiados, como los suyos propios.

Se dijo que tendría algún virus. Había estado trabajando demasiado, viajando sin parar y cambiando de zonas horarias a menudo. Se tomaría un día o dos libres para recuperarse.

Tranquilizado con este pensamiento, se abrochó el cinturón de seguridad y poniendo el coche en marcha, bajó por la pasarela del trasbordador a la isla de las Tres Hermanas.

* * *

La tormenta se había convertido en galerna. Al segundo día, Mac emergió del trabajo y echó una ojeada a su alrededor. Había recibido un nuevo cargamento de libros y recambios de parte del equipo. En aquel momento tenía las piezas de un sensor esparcidas sobre la mesa de la cocina, y un monitor destripado encima de la encimera.

La cocina todavía olía a los huevos que se le habían quemado por la mañana, ya que como no le quedaba más remedio reconocer, cuando tenía la mente ocupada no hacía nada a derechas.

También se le había roto un vaso y se había hecho un corte en el talón con un cristal.

Había convertido toda la casa en un laboratorio, lo que no le parecía mal, pero al no tener un ayudante que pusiera un poco de orden, estaba todo hecho un desastre.

No le importaba trabajar en medio de aquel caos, pero desde luego no era una buena solución para vivir de forma permanente.

Si la casa de campo resultaba demasiado pequeña para acogerle a él y su trabajo, entonces, obviamente, era demasiado pequeña para… Ripley, pensó con rapidez.

Todavía no estaba preparado para utilizar el término «esposa», ni siquiera con el pensamiento.

No se trataba de que no quisiera casarse, porque sí quería. Tampoco dudaba que ella aceptaría. Se limitaba a esperar que ella se rindiese. Había ejercitado la paciencia ante su obstinación todos los días de la semana.

Sin embargo, lo primero es lo primero.

Cuando un hombre decide establecerse definitivamente, debe encontrar un lugar adecuado. Aunque sentía un enorme cariño por la casita amarilla, ésta no cumplía todos los requisitos necesarios, y, además, dudaba seriamente de que Mia quisiera venderla.

Se levantó y consiguió pisar un tornillo exactamente en el mismo sitio en el que se había cortado. Estuvo unos instantes soltando juramentos de su invención, antes de irse cojeando a calzarse los zapatos que pensaba que ya llevaba puestos.

Encontró un par en la puerta del dormitorio, donde, evidentemente, se habían colocado solos, a la espera de que tropezara con ellos. Con los zapatos en la mano, echó una ojeada al dormitorio e hizo una mueca.

Normalmente no vivía como un dejado. De acuerdo, admitió, aunque intentaba realmente no vivir como un dejado, se le iba de las manos.

Olvidando los zapatos, se remangó. Arreglaría la habitación y el trabajo manual le serviría para despejarse la mente. Tenía que pensar en la casa.

Debería tener el tamaño suficiente para albergar todo su equipo sin que molestara. También necesitaría un despacho.

Como no estaba seguro de cuándo había cambiado las sábanas por última vez, decidió actuar prudentemente y quitarlas.

Estaría bien que hubiera espacio para un equipo de entrenamiento y pesas.

También estaría bien tener sitio para las pesas y el equipo de entrenamiento. Pensó que a Ripley también le gustaría disponer de un espacio propio, mientras recogía calcetines, camisas y ropa interior. Un lugar en el que aislarse cuando él empezara a ponerla nerviosa. Su madre llamaba al suyo «escotilla de escape» y se acordó que debía llamar a casa.

Llevó la ropa sucia hasta la pequeña habitación junto a la cocina, le faltó poco para pisar otra vez el mismo tornillo y metió todo lo que pudo en la lavadora. Puso el jabón y decidió que debía hacer una lista de la compra; se preguntó dónde habría un bloc de notas y olvidó poner en marcha la lavadora.

Necesitaban tres habitaciones como mínimo, aunque sería mejor cuatro. La casa debería estar cerca del mar. Ripley estaba acostumbrada a vivir justo encima de la playa, aunque en la isla todo estaba próximo al mar, o sea que...

—¡Pero Booke, eres un imbécil! Lo tienes delante de ti. Lo supiste desde la primera vez.

Se precipitó al teléfono y marcó el número de información:

—Necesito el número de la compañía Logan de Nueva York —pidió a la operadora.

* * *

Una hora después, para celebrar lo que consideró el primer paso para convertirse en propietario, desafió a los elementos. Thaddeus Logan no había dado saltos de alegría ante su oferta, pero no la había descartado de entrada.

Tampoco le había venido mal que Logan conociera a su padre. Contactos y más contactos. Mac pensó, cuando recobró el aliento, que sería mejor caminar hasta el café y librería, que arriesgarse a conducir el Rover por los caminos helados.

Tenía un buen presentimiento y estaba convencido de que Logan negociaría, lo que le recordó que debía llamar a su padre para ponerle al tanto. Estaba seguro de una cosa: cuando deseas algo con todas tus fuerzas y la parte contraria lo sabe, estás pidiendo que te despellejen.

Debía averiguar el valor de las propiedades en la zona, se dijo, y se palpó los bolsillos con aire ausente, esperando encontrar un trozo de papel para escribir una nota que se lo recordara.

El dinero no era un problema, pero había que respetar los principios. Además imaginaba que si le engañaban, Ripley se disgustaría, y eso sería un mal comienzo.

Mac se prometió que al día siguiente tomaría el coche y echaría un nuevo vistazo a lo que iba a ser suyo.

Encantado con la idea, continuó andando con la cabeza baja, ya que el viento le azotaba en las orejas y una mezcla de hielo y nieve se arremolinaba a su alrededor y le golpeaba.

Mírale, pensó Ripley: en medio de semejante tempestad, saliendo a la calle sin ninguna necesidad; sin mirar dónde va y paseando como si fuera un soleado día de julio.

Aquel hombre necesitaba a alguien que le cuidara. Tendría que ser quien se hiciese cargo. Se encaminó hacia él calculando el tiempo y la distancia, se detuvo, y esperó a que llegara hasta ella.

—¡Dios mío! —Como Ripley estaba preparada y él no, Mac resbaló. Instintivamente se agarró a ella y los dos patinaron—. Lo siento.

Ripley se rió y le dio un leve y amistoso puñetazo en la mandíbula. —¿Con cuántas paredes te tropiezas de media a lo largo del día?

—No llevo la cuenta, sería desmoralizador. ¡Qué guapa estás! —De nuevo la agarró por el brazo, pero esta vez con firmeza; la obligó a ponerse de puntillas y depositó un cálido y largo beso en sus labios. Ripley se tambaleó suavemente.

—Lo que siento es frío y estoy calada. Tengo la nariz colorada y los dedos de los pies helados. Zack y yo hemos estado toda una hora terrible en la carretera de la costa. Se han caído varias líneas eléctricas, se han salido coches de la carretera y en el tejado del taller de Ed Sutter se ha derrumbado un árbol.

—Tienes un buen trabajo; si consigues llevarlo a cabo, claro.

—Sí, muy divertido, pero creo que lo peor llegará mañana —contestó ella estudiando el cielo y el mar, como habían hecho los isleños a lo largo de los siglos; ambos tenían el color gris del humo—; cuando pase esto, estaremos un tiempo tranquilos. ¿Qué demonios haces tú aquí afuera? ¿Te has quedado sin luz?

—No, cuando salí funcionaba. Me apetecía un café decente. —Mac se dirigió hacia la calle por donde había llegado Ripley—. ¿Me estabas buscando?

—Forma parte de mi trabajo controlar a los residentes de nuestra pequeña roca.

—Muy considerado por tu parte, ayudante Todd. ¿Te apetece una taza de café?

—Me vendría bien, además me apetece entrar en algún lugar cálido y seco durante diez minutos.

Mac le tomó de la mano cuando llegaron al extremo de la ventosa calle principal.

—¿Qué te parece si compro un poco de sopa y algo más para llevar a casa? Podemos cenar allí más tarde.

—Las posibilidades de tener luz esta noche en la casita no son muy grandes. Nosotros tenemos un generador en casa. ¿Por qué no coges lo imprescindible y te vienes esta noche?

—¿Cocinará Nell?

—¿La hierba es verde?

—Iré. —Mac le abrió la puerta.

Lulú apareció como por arte de magia detrás de una estantería.

—Me imaginaba que se trataba de un par de locos; la gente normal está en casa, quejándose del tiempo.

—¿Y tú? —preguntó Ripley.

—En esta isla hay locos suficientes como para tener que abrir la librería. Hay unos cuantos en el café ahora mismo.

—Allí es donde nos dirigimos. ¿Se ha marchado Nell a casa?

—Todavía no. Mia le ha dicho que se vaya, pero Nell se ha plantado, no entiende por qué Peg tiene que salir con este tiempo, si ella ya está aquí. En cualquier caso, hoy vamos a cerrar antes, dentro de una hora.

—Me alegro de saberlo.

Ripley se quitó el chubasquero que estaba empapado y comenzó a ascender por las escaleras.

—¿Me haces un favor? —le preguntó a Mac.

—Por supuesto.

—¿Te importa quedarte hasta que cierren y asegurarte de que Nell llegue bien a casa?

—Encantado.

—Gracias. Me quedo más tranquila. Se lo diré a Zack para que no se preocupe.

—Le diré que me acompañe a mi casa para ayudarme a coger lo necesario.

Ripley le dedicó una sonrisa de satisfacción.

—¡Qué encantador eres!

—La gente me lo dice continuamente. —Mac la cogió de la mano, mientras se dirigían a la barra.

—Acaba de llamar Zack —les comunicó Nell—. Habéis tenido un día de locos, ¿verdad?

—El trabajo es así. ¿Me puedes preparar dos cafés largos para llevar? Uno es para Zack. Paga este chico —añadió, señalando a Mac con el dedo.

—Yo también quiero un café largo, pero lo tomaré aquí, y… ¿eso es pastel de manzana?

—Sí. ¿Quieres que caliente un trozo?

—¡Huy, sí!

Ripley se apoyó en la barra, contemplando distraída el café.

—Te advierto que he invitado a Mac a cenar y a que se quede a pasar la noche.

—Tenemos guiso de pollo.

El rostro de Mac se iluminó.

—¿Guiso de pollo casero?

Nell se rió mientras colocaba las tapas en los cafés para llevar.

—¡Qué fácil eres de contentar!

Ripley se enderezó y se apartó de la barra.

—¿Quién es ése que está ahí solo? —le preguntó a Nell—. El del jersey marrón y botas de ciudad.

—No lo sé. Es la primera vez que lo veo. Creo que se hospeda en el hotel. Llegó hace una media hora.

—¿Has hablado con él?

Nell cortó una generosa porción de pastel para Mac.

—He hablado con él un poco. Vino en el trasbordador hace dos días; no le des más vueltas, a la gente le gusta venir aquí, Ripley.

—Es una época extraña para que venga uno de la ciudad. En estas fechas, no se hospedan grupos en el hotel. Bueno… —Ripley cogió las tazas que Nell había dejado encima de la barra—. Gracias. Te veré después. —Se volvió hacia Mac; hubiera conseguido evitar el beso que le dio si no llega a ser porque tenía las manos ocupadas.

—Ten cuidado. —Mac sacó de un tirón la gorra del bolsillo de Ripley y se la colocó en la cabeza.

* * *

Harding contemplaba la escena tras el periódico que había traído del hotel. Había reconocido a Ripley Todd gracias a sus archivos, de la misma forma que había reconocido a Nell, lo cual no explicaba su reacción ante ambas.

Había esperado sentir una agradable sensación de anticipación, como si colocara los personajes en escena. Sin embargo, en ambos casos casi se había sentido enfermo: una especie de furia atroz le había recorrido el cuerpo cuando coronó las escaleras y vio a Nell detrás de la barra.

Tuvo que darse la vuelta y esconderse tras las estanterías hasta que recuperó el control. Había empezado a sudar como un cerdo e imaginó que sus manos se cerraban alrededor del cuello de Nell.

La violencia de semejante experiencia casi le hizo dar media vuelta y marcharse, pero se le pasó tan rápidamente como había llegado, y volvió a recordar sus propósitos: la historia, el libro, la fama y la fortuna.

Consiguió acercarse al mostrador y pedir la comida con su calma habitual. Pensaba concederse un par de días para observarles antes de entrevistarse con todos ellos.

Ya había perdido algo de tiempo. Sus primeras veinticuatro horas en la isla las había pasado enfermo, debido al misterioso virus que le había atacado. Tuvo que limitarse a permanecer en la cama, sudando a causa de los desagradables y tremendamente reales sueños que había tenido.

Sin embargo, ya esa tarde se sentía mejor, casi como de costumbre.

Todavía se sentía un poco débil, pero se dijo que comer y hacer algo de ejercicio le ayudarían a restablecerse.

La sopa le había reconfortado, al menos hasta que entró la morena.

Entonces le volvió el frío, el dolor de cabeza y la ira inexplicable. Tuvo una visión de ella de lo más extraña: le apuntaba con una pistola, le gritaba, y él quería levantarse y aporrearle la cara con los puños.

Después le vino otra imagen: la joven persiguiéndole después de surgir de en medio de una tormenta, con el cabello al viento y lleno de luz, sosteniendo entre las manos una espada que relucía como la plata.

Dio gracias a Dios de que se marchara y se llevara con ella aquel extraño estado de ánimo.

Todavía le temblaban las manos cuando volvió a coger la cuchara.

* * *

Ripley entregó a Zack su café y empezó a tomar el suyo, mientras él finalizaba la conversación que mantenía por teléfono. Mientras deambulaba por la oficina, le oyó tranquilizar a alguien acerca de la tormenta e informarle sobre los procedimientos de emergencia y las ayudas médicas.

Ripley pensó que debía ser un nuevo residente, probablemente los Carter, que se habían mudado a la isla en septiembre. No había nadie que llevara tan poco tiempo en la isla como para asustarse por una tormenta de invierno.

—Era Justine Carter —confirmó Zack cuando colgó—. La tormenta le está alterando.

—Deberá acostumbrarse o regresar al continente antes del próximo invierno. Oye, he invitado a Mac a pasar la noche en casa; seguramente fallará la luz.

—Buena idea.

—También le he pedido que se quedara en la librería hasta que Nell salga y le acompañe a casa.

—Una idea todavía mejor, gracias. ¿Qué ocurre?

—A lo mejor es la tormenta, que me intranquiliza. Tengo un presentimiento sobre el tipo que vi en el café, no sé por qué. Es de ciudad. Lleva botas nuevas, tiene hecha la manicura y viste ropa de marca. Tendrá unos cuarenta largos. Es de complexión fuerte, pero me parece algo enfermizo, estaba pálido y sudoroso.

—En esta época del año la gripe ronda.

—Sí, bueno. He pensado acercarme al hotel e intentar pescar alguna información sobre él.

Como creía en las intuiciones de Ripley, Zack señaló el teléfono.

—Llama y ahórrate el paseo en medio de este caos.

—No, obtendré más información si voy en persona; me ha puesto nerviosa —admitió su hermana—. El tipo se ha limitado a leer su periódico y comer, pero me ha inquietado. Quiero investigarlo.

—De acuerdo. Mantenme informado.

Dieciséis

Su trabajo consistía en tomar decisiones después de diversos cálculos e hipótesis. Estas herramientas y la ciencia a la que se dedicaba, aunque su especialidad fuera considerada no-oficial, constituían un mundo familiar para Mac. Habían sido, y continuarían siempre siéndolo, una especie de consuelo para Mac, así como una fuente de descubrimientos.

Por primera vez desde que se dedicaba a aquel campo de investigación se sentía incómodo.

Nunca le había preocupado correr riesgos, ya que nada que valiera la pena se conseguiría sin ellos. Sin embargo, cada nuevo paso le conducía hacia un camino extraño y fascinante, un camino que no estaba haciendo solo.

—¿Estás segura de que quieres?

—Sí, lo estoy —respondió Nell después de levantar la mirada hacia Mac.

—Quiero asegurarme de que no te sientes obligada. —Mac ajustó otro electrodo—. Creo que no tienes por qué ser educada con un loco como yo, así que simplemente dime que lo deje.

—Mac, no pienso que estés loco y no lo estoy haciendo por educación. Me interesa.

—¡Qué bien! —Rodeó el sofá donde Nell estaba tumbada y la miró. Como ya le dijo una vez, ella emitía chispas, y notaba que estaba muy dispuesta—. Seré muy cuidadoso. Voy a ir muy despacio. Si quieres parar, dímelo, y ya está.

—Bien, lo haré. —Se le marcaron los hoyuelos de las mejillas—. Deja de preocuparte por mí.

—No es solamente por ti. —Agitó una mano en el aire ante la mirada inquisitiva de Nell—. Todo lo que hago, e incluso lo que no hago, afecta de alguna manera a Ripley. No sé cómo lo sé, no es lógico, pero el caso es que lo sé.

—Estáis conectados —explicó Nell con suavidad—, como yo. Ninguno de nosotros haría nada que le hiciera daño. —Le tocó con suavidad el dorso de la mano—. Pero los dos, aunque no queramos, haremos cosas que le molestarán. Creo que debemos contar con ello.

—Supongo que sí. Muy bien… —Mac hizo un gesto vago sosteniendo los dos electrodos—. Tengo que colocarte esto. Necesito que tu corazón esté monitorizado, ¿sabes?, o sea que…

Nell miró primero el adhesivo blanco y después su rostro.

—¡Ah!

—Si te incomoda o te sientes rara, podemos saltarnos esta parte.

Ella estudió su expresión y decidió que el único hombre de quien se fiaba más que de aquel que tenía delante era su marido.

—Una moneda por cada uno —respondió, y se desabrochó la camisa.

Era rápido, eficiente y delicado.

—Relájate y siéntete a gusto. Vamos a registrar el resto de tus constantes.

Se alejó de ella para trabajar en las máquinas que abarrotaban la casa. No había pretendido llevárselas, ni realizar las pruebas (todavía no), pero cuando Nell le acompañó a la casita amarilla comenzó a hacer preguntas con un interés que al principio parecía ser simple educación, pensó él, pero que después se fue convirtiendo en algo más directo, más detallado. Antes de que pudieran darse cuenta, se encontraron discutiendo sobre las reacciones físicas ante la magia: modelos de ondas mentales, de lóbulos cerebrales, y frecuencias de pulsaciones; y Nell acabó aceptando que le hiciera una serie de pruebas.

—Entonces, ¿dónde aprendiste a cocinar? —preguntó Mac.

—Con mi madre, fue ella quien despertó mi interés. Después de la muerte de mi padre, montó una empresa de catering.

—¿Nunca has pensado abrir un restaurante? —le preguntó Mac, que estaba ajustando los diales y contemplando los gráficos.

—Alguna vez, pero no me gustan ni el montaje que hay que hacer ni las limitaciones que tiene. Disfruto con el servicio de comidas que tengo y con mi trabajo en el café de Mia, aunque le estoy dando vueltas a un par de ideas nuevas. Creo que nosotras —Nell se corrigió—, que ella debería ampliar un poco el negocio: colocar una terraza en verano y tal vez montar un club de cocina. Se lo comentaré cuando lo tenga más pensado.

—Estás dotada para los negocios —respondió Mac.

—Sí, totalmente —contestó Nell sin ningún tipo de orgullo—. Lo he heredado de mi madre. Me gusta organizar.

—Y crear, tu forma de cocinar es creativa.

Nell enrojeció de nuevo con sincero placer.

—¡Qué bonito lo que dices!

—Es un don, como el poder —respondió Mac.

Las constantes vitales eran firmes y estables; Mac comprobó la lectura del electrocardiograma e hizo unos apuntes rápidos en el ordenador.

—Me pregunto cuándo supiste que poseías un don. Me parece que Mia nació sabiéndolo —continuó.

—Así es.

—¿Y Ripley?

—No habla mucho del tema, pero creo que más o menos como Mia: siempre lo ha sabido —contestó Nell.

—¿Alguna vez te ha resultado una carga? —preguntó Mac.

—Fue un descubrimiento y un proceso de aprendizaje. Cuando era niña tuve sueños sobre este lugar y sobre la gente que encontraría, pero nunca los consideré..., no sé, recuerdos o presagios. Luego, después de Evan... —Sus manos se pusieron tensas, pero deliberadamente hizo que se relajaran otra vez—. Lo olvidé o lo mantuve bloqueado. Cuando me fui, la única idea clara que tenía era la de correr, escapar. Sin embargo, los sueños volvieron.

—¿Te asustaban?

—No, no. Al principio eran un consuelo, después una especie de necesidad. Un día vi en un cuadro el faro, los acantilados, la casa de Mia y sentí el deseo de encontrarme allí. Fue... el destino. ¿Sabes lo que se siente al encontrar el lugar exacto donde debes estar?

Mac pensó en la casa cercana a la ensenada.

—Sí, lo sé perfectamente.

—Entonces sabrás que produce más emoción que alivio. Yo llegué en el trasbordador un día de junio, y en cuanto vi la costa de Hermanas, pensé: es aquí, por fin. Puedo formar parte de este lugar.

—Lo reconociste —dijo Mac.

—Una parte de mí, sí; otra, sencillamente lo ansiaba. Después conocí a Mia y empezó todo.

Mac seguía atento a los monitores, con una parte del cerebro concentrada, calculando atentamente los cambios, las subidas y bajadas.

—¿Tú crees que Mia te ha enseñado?

—Sí, aunque ella dice que se ha limitado a recordarme las cosas. —Nell giró la cabeza para poder ver a Mac. ¡Qué frío se le veía!, pensó, frío y controlado; sin embargo, su voz era cálida, amistosa—. La primera vez que me ayudó a hacer magia, hice que el aire girase.

—¿Qué sentiste?

—Asombro, excitación y, de alguna manera, también algo familiar.

—¿Podrías hacerlo ahora?

—¿Ahora?

—Si te apetece. Nada especial. No quiero que pongas los muebles patas arriba, sólo unos pequeños giros para poder registrarlo.

—Eres un hombre muy interesante, Mac.

—¿Cómo?

—«Sólo unos giros para registrarlo» —repitió Nell riéndose—; no me extraña que Ripley esté loca por ti.

—¿Qué?

—Venga, vamos. Un pequeño giro en el aire, sólo de aquí hasta allí, una ligera brisa para complacer a este chico —anunció Nell.

Incluso antes de empezar, los monitores se volvieron locos. Mac vio que se aceleraban como los latidos del corazón, y fluctuaban las formas de las ondas cerebrales. Entonces saltaron otra vez mientras el aire… giraba.

—¡Es impresionante! ¡Mira este gráfico! Lo sabía, no se trata sólo de un incremento en la actividad cerebral, es una expansión casi total de la zona derecha del cerebro, la de la creatividad y la imaginación. Es genial.

Nell volvió a reír y detuvo el aire. «Ya no estás tan controlado, doctor Booke», pensó.

—¿Es eso lo que buscabas? —preguntó.

—Hay un largo camino hasta que se consigue confirmar las teorías. ¿Podrías hacer algo más? Algo más complicado, aunque no quiero decir que lo que has hecho sea una bobada —añadió rápidamente—. Algo que requiera más esfuerzo.

—Algo más que un simple golpe, ¿no?

—Eso es.

—Déjame pensar. —Mientras Mac pensaba, Nell curvó los labios. Como quería sorprenderle recreó el canto en su cabeza; fue una llamada a los sentidos dulce y al mismo tiempo impresionante.

Esta vez llegó más rápido y fue mayor. La aguja del electro barrió el gráfico con amplios y rápidos movimientos. De pronto, la habitación se llenó de música: arpas, flautas y gaitas, se inundó con los colores del arco iris y el olor de la primavera.

Él casi no podía seguir el ritmo de los cambios. Comprobó la cámara, los monitores, casi se puso a bailar alrededor del electro, desesperado por asegurarse de que lo tenía todo registrado.

—¿Te ha gustado? —preguntó Nell alegremente.

—¡Ha sido cojonudo! Perdón, lo siento. ¿Puedes mantenerlo un minuto más? —preguntó mientras revisaba el sensor de energía—. Por cierto, ha sido precioso.

—Estoy deseando que llegue la primavera.

—Yo también, sobre todo después de estos dos últimos días —comentó Mac.

El ritmo de la respiración se había incrementado, pero no mucho. El pulso era regular y firme. El esfuerzo físico parecía mínimo. Los latidos del corazón volvieron a su ritmo habitual. ¿Sería el uso del poder lo que la había calmado o los resultados? —se preguntó.

—Los resultados —contestó Nell.

Mac parpadeó y fijó de nuevo su mirada sobre ella.

—¿Cómo?

—Estabas hablando solo, pero creo que conozco la respuesta. —Nell rió suavemente cuando vio que Diego entraba en la habitación y golpeaba juguetón el arco iris—. Es como un soplo relajante, me tranquiliza.

—¿Ah, sí? —Mac se sentó en el suelo junto a ella, muy interesado, mientras las cuerdas de un arpa sonaban lastimeramente— ¿Dirías que tus reacciones físicas reflejan la naturaleza del conjuro o del encantamiento?

—Exacto.

—O sea que, por ejemplo, la otra noche en el claro del bosque fue más potente, quizá llegó a ser extremo por lo que estabais haciendo y por el hecho de estar las tres juntas.

—Siempre que estamos las tres es más fuerte. Siento como si pudiera mover montañas, y después sigo llena de energía durante horas.

Mac carraspeó al recordar cómo Ripley había canalizado su energía.

—Bien. ¿Cómo eres capaz de mantener el sortilegio si yo te estoy distrayendo con la conversación?

Nell se quedó en blanco por un momento.

—Nunca me lo he planteado. Muy inteligente por tu parte. Yo no sabía que intentabas distraerme. Déjame pensar. ¿Es posible que simplemente esté ahí? —sugirió ella—. No, no es exacto. Se parece más a cuando eres capaz de hacer dos cosas a la vez.

—Como cuando te rascas la cabeza a la vez que te frotas el estómago.

—No —respondió ella—. Es más como… cocinar un asado y poner la mesa. Puedes estar pendiente del horno y así no se quema el asado, y a la vez puedes poner la mesa.

—¿Cuánto son nueve por seis?

—Cincuenta y cuatro. ¡Ah! Ya entiendo, estás comprobando las funciones de la parte izquierda del cerebro. Soy muy buena con los números.

—Dime el alfabeto al revés.

Nell se concentró y comenzó a recitarlo. Dudó dos veces, pero ni el sonido ni el ritmo fallaron.

—¿Tienes cosquillas? —preguntó Mac.

—¿Por qué? —preguntó Nell, con la sospecha pintada en el rostro.

—Quiero probar algún tipo de distracción física. —Puso una mano en su rodilla provocando que ella chillara y saltara, justo en el momento en que Zack y Ripley entraban por la puerta.

—¿Qué demonios está pasando?

Al oír la voz de Ripley, Mac se estremeció y se maldijo por no haber prestado atención a la hora. Después se dio cuenta de que seguía teniendo la mano sobre la rodilla de Nell, cuyo marido estaba armado, así que la quitó rápidamente.

—Humm…

—Por lo que parece —dijo Zack guiñando un ojo a Nell—, este tipo está ligando con mi mujer. —Como Lucy había entrado en la casa con él, se inclinó con aire despreocupado a acariciarle la cabeza, mientras la perra olisqueaba el aire y movía la cola—. Creo que le llevaré fuera y le daré unos azotes.

—Ponte a la cola —le espetó Ripley, lo que hizo que Mac recordara que ella también iba armada.

—Yo, pues… Nell aceptó someterse a un par de pruebas —empezó a decir Mac.

—Eso no es del todo exacto —le corrigió Nell, consiguiendo que Mac se quedara mortalmente pálido. Al ver su aprensiva mirada, Nell estalló en carcajadas—. He participado de forma totalmente voluntaria.

—¿Te importaría acabar con esta parte tan entretenida de tu programa? —le sugirió Ripley con frialdad.

—Está bien. —Nell cerró el sortilegio y se hizo un momento de silencio absoluto.

—Entonces… —Zack comenzó a quitarse el abrigo—. ¿Qué hay de cena?

—Podrías ayudarme, en cuanto consiga desengancharme todo esto —habló Nell alegremente.

—¡Huy! Perdón. Déjame… —Mac empezó a quitarle los electrodos que monitorizaban su corazón, aunque inmediatamente apartó las manos como si se hubiera quemado—. ¿No me va a disparar nadie por la espalda, verdad? —le preguntó a Nell.

—Te aseguro que Zack, no. Te estaba tomando el pelo.

—No es él quien me preocupa. —Mac desenganchó los electrodos con toda la delicadeza que pudo y apartó la mirada discretamente, mientras ella se abotonaba la camisa.

—Ha sido divertido —dijo Nell mientras se incorporaba— y muy instructivo. Zack, ¿por qué no me ayudas en la cocina? ¡Ya!

—Vale, vale. Siento haberme perdido la diversión —se quejó mientras Nell le arrastraba.

—Bien, Booke, ¿me explicas por qué no debería empezar a dar puñetazos?

—¿Porque la violencia no es una solución prudente, tal vez?

Ripley respondió con un gruñido grave y peligroso. Mac dejó el equipo y se volvió hacia ella.

—Está bien. Supongo que quieres echarme la bronca por un par de razones. Empezaré con una de ellas. Entre Nell y yo no ha pasado nada raro, ha sido todo profesional.

—Mira guapo, si yo pensara otra cosa ahora mismo tendrías la cabeza partida en dos.

—De acuerdo. —Mac se quitó las gafas para verla mejor, y porque si ella decidía golpearle no quería que se rompieran. Estás enfadada porque me he traído el equipo y le he hecho unas pruebas a Nell.

—¡Bingo! Te he invitado aquí, a mi casa, que no es un puñetero laboratorio.

—También es la casa de Nell —subrayó Mac—. No hubiera traído nada si ella no hubiera aceptado.

—La has engatusado.

—Soy capaz de engatusar cuando es necesario —contestó él sosegadamente—, pero no he tenido que hacerlo. La verdad es que Nell estaba muy interesada. Se está conociendo a sí misma, y esto forma parte del proceso. Siento que te disguste, me temía que ocurriría, y si hubiera prestado más atención a la hora, habría terminado antes de que volvieras a casa.

—O sea que me lo habrías ocultado ¡Qué detalle! —replicó ella.

El humor de Mac se alteró.

—Es difícil ganarte, ayudante. No, nunca te he ocultado mi trabajo, tampoco ahora; intentaba respetar tus sentimientos, como he hecho desde el principio.

—Entonces, por qué…

Mac cortó a Ripley, levantando un dedo.

—La realidad es que éste es mi trabajo, y deberás aprender a respetarlo. Sin embargo, ésta es tu casa y que yo esté aquí en estas circunstancias te disgusta, y lo siento. En quince minutos puedo recogerlo todo y marcharme. Le diré a Nell que, de momento, paso de la cena.

—Oye, deja de comportarte como un imbécil.

—¿Sabes, Ripley? tú presionas más y más, pero nadie sale ganando.

Cuando se volvió para quitar la cámara del trípode, Ripley se acercó y se tiró del pelo hasta que el dolor le despejó la cabeza.

—Quizá sea así. Yo no te he pedido que te marches.

—¿Qué quieres entonces?

—¡No lo sé! Vuelvo a casa después de un mal día, estoy cansada, irritable y te encuentro empleando tus métodos de científico loco con Nell, quien no solamente coopera, sino que además se divierte a lo grande. Yo sólo quería una maldita cerveza y una ducha, no una pelea.

—Muy comprensible. Yo sólo puedo disculparme por la hora, lo que no cambia mi tipo de trabajo.

—No, no lo cambia. —Ripley se dio cuenta con dolor de que tampoco cambiaba el hecho de que ella se le había lanzado al cuello precisamente por su trabajo, y que él había esperado que lo hiciera.

No sólo se estaba comportando como una perra, sino que además era predecible. Iba de mal en peor.

—Se te ha olvidado la segunda de las razones —le recordó Ripley.

Mac embaló la cámara y cerró el ordenador.

—¿Y cuál es?

—Quiero saber por qué no me preguntaste primero.

—No te podía preguntar si te importaba que le hiciera unas pruebas a Nell, porque no estabas aquí —le contestó Mac.

—No. Lo que quiero saber es por qué no me pediste a mí que hiciera las pruebas. —Ripley se encogió de hombros cuando Mac dejó de desenganchar los cables para mirarla fijamente—. Creo que es muy desconsiderado por tu parte que acudieras a Nell antes que a mí.

Era increíble. En el momento en que pensaba que había conseguido bajarle los humos, ella cambiaba de tema.

—¿Lo habrías hecho? —preguntó Mac.

—No sé —Ripley resopló—. Quizá. Lo hubiera pensado en cualquier caso, pero no me lo pediste.

—¿Hablas en serio, o estás intentando dar un giro a las cosas de tal manera que yo quede como un imbécil?

No había duda de que por muy excéntrico y despistado que fuera Mac de vez en cuando, su mente era como un escalpelo que se abría paso de un solo tajo a través de todas aquellas tonterías.

—A tu parte imbécil se le puede sacar más partido. Yo no tendría que haber saltado sobre ti así, atacándote a ti y a tu trabajo de esa manera. Lo siento —contestó Ripley.

—Ahora te disculpas. Voy a tener que sentarme —respondió Mac.

—No te aproveches, Booke —repuso Ripley, pero se dirigió hacia él y puso las manos sobre sus brazos—. ¿Por qué no vas a buscar esas cervezas y mientras me doy una ducha me explicas para qué sirven todos esos chismes? Quizá te permita usarlos conmigo.

—Iré —dijo Mac alargando sus manos para tomar las de Ripley antes de que ella las apartara—, pero antes tengo que hacerte una pregunta. ¿Por qué ahora estás pensando hacerlo?

—Porque tienes razón en lo que dices: es tu trabajo, tu reto. Yo te respeto, Mac y por tanto va siendo hora de que respete lo que haces.

Ningún elogio profesional o académico que hubiera recibido hasta entonces le había proporcionado tanto placer como aquella declaración, que tanto le había costado ganar. Se acercó más a ella hasta enmarcar su rostro con las manos.

—Gracias.

—De nada. Sigues siendo un imbécil.

—Entendido. —Cuando la besó notó que sus labios se curvaban en una sonrisa.

* * *

La ciencia paranormal…

—Ves, ahí ya me pierdo; vuelve al principio, porque para mí eso es un trabalenguas —protestó Ripley.

Estaban en su dormitorio. Ella sentada en la cama con las piernas cruzadas y Mac instalando su equipo.

—Hubo un tiempo en que la astronomía quedaba fuera de la ortodoxia. Si la ciencia no lucha contra lo aceptado, no estudia nuevas posibilidades, se estanca. No aprenderemos nada si nos quedamos quietos.

—La ciencia y la educación contribuyeron a que la magia pasara de ser considerada aceptable a ser condenada y después rechazada —argumentó Ripley.

—Tienes razón, pero yo añadiría la ignorancia, la intolerancia y el miedo a todo ello. La ciencia y la educación podrán, en su momento, cambiar las cosas de nuevo.

—Nos dieron caza y nos masacraron, a nosotras y a muchísimos más.

Mac pensó que su voz dejaba entrever una rabia sorda, un miedo sofocante.

—¿No puedes perdonarlo?

—¿Tú podrías? —Movió los hombros, nerviosa—. No me obsesiona, pero es bueno recordar lo que puede suceder cuando la gente comienza a señalar con el dedo.

—Te preocupa lo que te pueda pasar si los extraños se acercan demasiado.

—Yo puedo cuidar de mí misma, al igual que las hermanas se protegen entre sí. ¿Sabes a cuántas brujas colgaron en Salem, Mac? A ninguna —contestó, antes de que él pudiera hablar—; fueron todas víctimas inocentes, sin poderes.

—Por eso eres ayudante del sheriff —dijo Mac—. Has elegido defender a los inocentes, a los que no tienen poder, ya que una vez no tuvieron quien les protegiera.

Ripley exhaló un suspiro antes de contestarle.

—No hay que ser un súper héroe para mantener el orden en Tres Hermanas.

—Yo creo que ésa no es la cuestión. Tú proteges; Mia educa a través de los libros y Nell nutre. Cada una de vosotras ha elegido hacer algo que pueda sanar viejas heridas, que restablezca el equilibrio.

—Eso es demasiado profundo para mí —explicó Ripley.

Mac le pasó suavemente la mano por el pelo, antes de inclinarse para desenchufar los cables. Aquel gesto de sencilla ternura aflojó todos los músculos de su cuerpo.

—¿Alguna vez te han hipnotizado? —quiso saber Mac.

Aquella pregunta hizo que se le tensaran de nuevo todos los músculos.

—No. ¿Por qué? —preguntó Ripley.

Mac se volvió y le echó una ojeada rápida.

—Me gustaría intentarlo. Estoy autorizado para hacerlo.

—No has usado esa extraña historia con Nell.

—No sé qué quieres decir con extraña historia. No, no he utilizado la hipnosis con Nell. No quería presionarla, pero entre tú y yo hay una relación distinta, y quiero creer que existe un punto de confianza diferente. Yo no te haría daño nunca.

—Lo sé, aunque seguramente conmigo no funcionará.

—Ésa es una de las cosas que quiero comprobar. Es un proceso sencillo, basado en técnicas de relajación, y es completamente seguro.

—No tengo miedo…

—Perfecto. ¿Por qué no te tumbas?

—Espera. —El pánico latía en su garganta—. ¿Por qué no sigues el mismo proceso que utilizaste con Nell antes de cenar?

—Puedo hacerlo, pero quiero añadir algunas pruebas, si estás dispuesta. En primer lugar, me interesa comprobar si tu don te hace más o menos sensible a la hipnosis. Y en caso de que pueda hipnotizarte, si eres capaz de emplear tus poderes en ese estado.

—¿Has pensado que en esas circunstancias puede que no conserve un control absoluto? —preguntó ella.

Mac asintió con aire ausente, mientras la tumbaba de nuevo en la cama.

—¿Podría resultar interesante, no crees?

—¡Interesante! Dios mío. Recordarás que Mia dejó frito uno de tus juguetes, y sólo estaba un poco disgustada.

—Fue estupendo, pero ella no me hizo daño —replicó Mac— y a ti tampoco. Ahora te voy a conectar y te explicaré para qué sirve cada máquina.

—Sí, sí.

—Debes quitarte el jersey.

Ripley le lanzó una ojeada a la cámara y sonrió.

—¿Entonces tú y tus estúpidos compañeros ponéis estas cintas en las fiestas de despedida de solteros?

—Siempre. No hay nada como ver el vídeo de una mujer medio desnuda para romper el aburrimiento del trabajo de laboratorio. —Él la besó en la sien antes de colocarle el primer electrodo—. Pero esta cinta la guardaré en mi colección privada.

Siguió con Ripley las mismas etapas que con Nell: preguntas casuales, y la grabación y monitorización de sus constantes vitales. Registró una ligera subida cuando le pidió que realizara un pequeño conjuro. Notó su ansiedad. Ella no se encontraba completamente a gusto cuando se abría al poder. Sin embargo se obligó a hacerlo y las luces del cuarto de baño contiguo empezaron a encenderse y apagarse rápidamente.

—Solía hacerlo de pequeña, cuando Zack estaba en la ducha —le contó Ripley—. Para cabrearle nada más.

—Enséñame algo más fuerte, más difícil. —El latido de su corazón era más fuerte que el de Nell. Mac pensó que era la ansiedad otra vez. Las ondas cerebrales, en cambio, eran muy parecidas.

Ripley ahuecó las manos y las alzó. Mac vio una bola de luz que brillaba y cómo la lanzaba al techo, después otra y otra más. Cuando vio cómo se colocaban, sonrió.

—Forman un campo de béisbol y nueve jugadores —reconoció.

—Ahora va el bateador —dijo ella, y envió otra luz al centro del campo—. Esto también lo hacía de niña, cuando no podía o no quería dormir. —Se dio cuenta de que lo echaba de menos—. Vamos a ver cómo le gusta al bateador una bola rápida.

Otra luz, pequeña y azul, partió de la posición del lanzador. Se escuchó un sonido y se vio un chorro de luz.

—¡Bien! Ha golpeado la base por el lado derecho. Vamos a conseguir un tanto triple.

Olvidando las máquinas, Mac se sentó a los pies de la cama y contempló maravillado toda una entrada.

—Sigue —le alentó—. ¿Cuántos años tenías cuando supiste que tenías poderes y cuándo comenzaste a utilizarlos?

—No sé. Parecía que siempre había estado ahí. Mira, una carrera.

—¿Has jugado alguna vez en un campo real?

—Por supuesto. De segunda base, porque tengo manos grandes. ¿Y tú?

—No, soy demasiado torpe. Divide ochenta y cuatro entre doce.

—Eliminado. Fin de la quinta entrada. ¿Qué divida qué? Matemáticas; odio las matemáticas. —Frunció el ceño—. No me dijiste que se tratara de un examen.

—Inténtalo —pidió él, levantándose para estudiar los resultados.

—El número doce es uno de los peores. Una bola baja que va fuera. Son seis, no, espera. ¡Mierda! Siete, siete por dos, catorce. Siete. Bueno, ¿Qué pasa?

A Mac le recorrió un temblor de excitación, pero su voz sólo traslucía diversión.

—O sea que has estrujado un poco tu lóbulo izquierdo, aunque el gráfico de las ondas cerebrales se mantiene.

Ripley recitó el alfabeto al revés de un tirón. Mac no estaba muy seguro de qué significaba eso de su mente o su personalidad, pero los registros continuaron siendo altos y firmes.

—Está bien. Cierra el sortilegio.

—Pero si todavía tengo un jugador eliminado y otro en las bases —protestó Ripley.

—Los recuperaremos después.

—Empiezo a sentirme como en el colegio —se quejó ella, pero abrió de nuevo las manos; bajó las luces y se apagaron.

—Necesito que te relajes otra vez. Respira por la nariz y expulsa el aire suavemente por la boca, con respiraciones lentas y profundas.

Ripley estaba a punto de protestar por haberle obligado a «apagar» el juego, pero entonces le miró y vio lo mismo que Nell: frialdad, control.

—Ya estoy suficientemente relajada.

—Respira, Ripley. Lleva el ritmo: lento, profundo, fácil. —Se sentó a su lado en la cama y le tomó el pulso—. Relaja la punta de los pies.

—¿El qué?

—Los dedos de los pies, relájalos y deja que la tensión salga a través de ellos.

—No estoy tensa.

Sin embargo, Mac notó que el pulso latía más rápido.

—Si ésta es la primera parte de la hipnosis, no va a funcionar —dijo Ripley.

—Pues no funcionará. —Sin dejar de mirar su rostro, Mac le tomó el pulso en la curva del codo y después en la muñeca. Los latidos eran suaves y firmes—. Relaja los pies. Has estado de pie la mayor parte del día. Deja que la tensión salga a través de ellos, a través de los tobillos.

La voz de Mac era tan apacible, tan relajante, y sus dedos sobre la piel le acariciaban de forma tan leve, tan agradable.

—Relaja las pantorrillas, como si agua caliente fluyera a través de tu cuerpo, llevándose toda la tensión. Tu mente se está relajando también, deja que se quede en blanco. Las rodillas, los muslos. Visualiza un campo blanco y suave, está vacío; te tranquiliza mirarlo, te ayuda a relajar todo el cuerpo.

Mac sacó el colgante que llevaba bajo la camisa y enrolló la cadena alrededor de la mano.

—Respira despacio y expulsa la tensión. Aquí estás segura. Déjate llevar.

—¿No se supone que debes decirme que me estoy durmiendo?

—¡Shh! Respira. Concéntrate en el colgante.

El pulso de Ripley volvió a acelerarse cuando puso el colgante en su campo de visión.

—Es de Mia.

—Relájate. Concéntrate. Estás a salvo. Sabes que puedes fiarte de mí.

Ripley se humedeció los labios.

—Esto no va a funcionar.

—El colgante está frente al muro blanco. Es todo lo que ves; es todo lo que necesitas ver. Deja tu mente en blanco. Mira sólo el colgante. Escucha mi voz, es todo lo que necesitas oír.

Mac hizo que se rindiera poco a poco, suavemente, hasta que sus párpados empezaron a cerrarse. Entonces la condujo hasta lo más profundo.

—El sujeto es excepcionalmente proclive a ser hipnotizado. Las constantes vitales se mantienen firmes y los registros son los habituales en el estado de trance. Ripley, ¿me oyes?

—Sí.

—Quiero que recuerdes que estás a salvo y que no estás haciendo nada que no desees; te encuentras a gusto. Si yo te pidiera algo que tú no estés dispuesta a hacer, te negarás. ¿Entendido?

—Sí.

—¿Eres capaz de mover el aire?

—Sí.

—¿Lo harás? Con suavidad.

Ripley elevó los brazos, como en un abrazo, y Mac sintió cómo se movía el aire con la suavidad de una ola.

—¿Qué sientes? —le preguntó Mac.

—No puedo explicarlo: me siento feliz, pero tengo miedo.

—¿Miedo de qué?

—De desearlo demasiado, de esperar demasiado.

—Cierra el sortilegio —le ordenó. No era jugar limpio plantearle semejantes preguntas, se recordó. Ripley no había dado su consentimiento antes de que él la hipnotizara—. ¿Recuerdas las luces? ¿Las luces del béisbol? ¿Puedes hacer que vuelvan?

—Se supone que no debo jugar después de irme a la cama pero lo haré —replicó ella y su voz cambió sutilmente, se transformó en la voz de una niña, llena de picardía.

Mac estaba más pendiente de ella que de las luces que lanzaba al techo.

—El sujeto ha sufrido una regresión sin una sugestión directa. El juego de la infancia parece haber desencadenado el suceso. —El científico que albergaba en su interior quería seguir, pero el hombre no era capaz—. Ripley, no eres una niña. Quiero que permanezcas en este tiempo y en este lugar.

—Mia y yo nos divertimos. Si yo no hubiera crecido, seguiríamos siendo amigas —lo dijo enfurruñada, haciendo un puchero, mientras jugaba con las luces.

—Necesito que regreses a este tiempo y a este lugar.

—Sí, estoy aquí —dijo Ripley, tras dejar escapar un largo suspiro.

—¿Puedo tocar una luz? —preguntó Mac.

—No te harán daño. Yo no quiero herirte. —Bajó una de las bolas hasta que quedó suspendida sobre las manos de Mac.

Mac siguió su silueta con un dedo, era un círculo perfecto.

—Es precioso, como lo que tú llevas dentro.

—Hay una parte oscura. —Al decir esas palabras, su cuerpo se arqueó y las luces se dispersaron por la habitación como brillantes estrellas.

Instintivamente, Mac agachó la cabeza. Las luces comenzaron a emitir silbidos estridentes y su pulsó se aceleró.

—Cierra el sortilegio —rogó Mac.

—Hay algo aquí. Ha venido de caza, a devorar. —A Ripley comenzó a rizársele el cabello de forma salvaje—. Ha vuelto. Una vez tres.

—Ripley. —Las luces le rozaron la cara cuando se apresuró a acercarse a ella—. Cierra el sortilegio. Quiero que lo cierres y que vuelvas. Contaré desde diez hacia atrás.

—Ella necesita que tú le muestres el camino.

—La estoy haciendo volver. —Mac sujetó unos hombros que sabía que ya no eran los de Ripley—. No tienes derecho a llevártela.

—Ella es mía y yo soy suya. Enséñale el camino. Muéstrale cuál es su verdadero camino. No debe seguir el mío, o estaremos perdidas las dos.

—Ripley, concéntrate en mi voz, sólo en mi voz. —Tuvo que hacer acopio de todas sus fuerzas para conseguir que su voz sonara tranquilizadora, firme y en calma—. Vuelve ahora. Cuando llegue hasta el uno, te despertarás.

—Él trae la muerte. Reclama muertes.

—No lo conseguirá —le espetó Mac— diez, nueve, ocho. Te vas despertando despacio. Siete, seis. Te sientes relajada, recuperada. Cinco, cuatro. Recordarás todo. Estás a salvo. Vuelve ahora. Ripley, despierta. Tres, dos, uno.

Mientras contaba la vio volver, no sólo a la conciencia, sino también físicamente. Cuando movió los párpados las luces se desvanecieron y la habitación quedó en silencio.

Ripley respiró profundamente y tragó saliva.

—¡Qué barbaridad! —consiguió decir, y entonces sintió que la arrancaban de la cama y que Mac la apretaba con fuerza entre sus brazos.

Diecisiete

No podía soltarla, ni dejar de reprocharse haber corrido semejantes riesgos. Nunca había visto, experimentado o teorizado algo que le hubiera aterrorizado tanto como presenciar el cambio que había sufrido Ripley.

—No pasa nada. —Ella le daba golpecitos en la espalda. Después, al darse cuenta de que ambos temblaban, puso las manos alrededor del cuello de Mac y le abrazó fuerte—. Estoy bien.

—Deberían matarme. —Mac sacudió la cabeza y enterró el rostro en el cabello de Ripley.

Como el método de la suavidad parecía no surtir efecto, Ripley decidió emplear una táctica más acorde con su persona.

—¡Cálmate, Booke! —ordenó y le dio un empujón—. No sé a qué viene tanto lamento si no me ha pasado nada.

—Te he hipnotizado y te he dejado al descubierto. —Se echó para atrás y Ripley vio que no era miedo sino ira lo que mostraba su rostro—. Te hirió, pude verlo. Después te fuiste.

—No, no me fui. —La reacción de Mac le había dado tiempo a Ripley. Se le encogió el estómago; algo se había introducido en su interior. No, pensó, no era así exactamente: algo había venido sobre ella—. Yo estaba aquí —dijo lentamente, mientras intentaba encontrar una explicación también para sí misma—. Tuve la sensación de estar bajo el agua. Ni me ahogaba, ni estaba hundida, sino que... flotaba. No sufría. Fue sólo como un golpe rápido, y después me dejé llevar. —Levantó las cejas mientras lo pensaba—. Yo creo que no estaba preocupada. No me gusta la idea de que me aparten para que otro exprese su opinión.

—¿Cómo te encuentras ahora? —le preguntó Mac.

—Bien, me encuentro fenomenal. Deja de tomarme el pulso, doctor.

—Deja que te quite todo esto. —Cuando empezó a desconectar los electrodos, ella puso una mano sobre su pecho.

—Espera. ¿Qué resultados has sacado?

—La advertencia de ser más cauteloso —respondió Mac, escupiendo casi las palabras.

—No, no. Piensa como un científico, como cuando empezamos. Se supone que debes ser objetivo, ¿verdad?

—Maldita objetividad.

—Venga, Mac. No podemos tirar los resultados por la borda. Cuéntame, me interesa. —Ripley suspiró, cuando él frunció el ceño—. Ya no es sólo asunto tuyo. Yo tengo verdadero interés por lo que ha sucedido.

Ripley tenía razón, y por tanto él se esforzó en calmarse.

—¿Tú qué recuerdas exactamente?

—Creo que todo. En un momento determinado yo tenía ocho años; estuvo bien.

—Empezaste la regresión tú misma.

354

Mac se apretó las sienes con los dedos. Despeja tu cerebro, se ordenó. Aparta las emociones y dale respuestas.

—Quizá el juego fue el desencadenante —comenzó Mac—; si quieres un análisis rápido, yo diría que regresaste a un tiempo en que no tenías conflictos. Inconscientemente, necesitabas volver a un momento en que las cosas eran más sencillas y no te cuestionabas a ti misma; cuando disfrutabas del don. Sí. Creo que tú dirías que volviste a un tiempo de Hermandad, de aprendizaje, de perfeccionamiento… —Se encogió de hombros, nerviosa—. Pero después te hiciste mayor y comenzaste a plantearte las consecuencias, el peso que supone. —Mac puso una mano en su mejilla—. Todo esto te preocupa.

—Bueno, ahora no hay nada sencillo, ¿verdad? Para mí no lo ha sido desde hace diez años.

Él no contestó; la contemplaba paciente. A Ripley le temblaban las palabras en la garganta, y entonces empezó a hablar como un torrente.

—Yo he visto en sueños lo que ocurriría si daba un paso de más. Si no tenía el cuidado suficiente, si no lo manejaba con firmeza. A veces en aquellos sueños me sentía bien, sorprendentemente bien al hacer lo que quería y cuando quería, cuando me saltaba las reglas.

—Sin embargo, nunca lo hiciste —dijo él suavemente—, en vez de eso, lo dejaste todo parado.

—Cuando Sam Logan abandonó a Mia, ella se hundió. Yo comencé a pensar, ¿por qué puñetas no hace nada? ¿Por qué no se lo hace pagar a ese hijo de puta? ¿Por qué no le hace sufrir como sufre ella? Me pregunté qué haría yo, qué podía hacer. Nadie me haría a mí semejante daño, porque si alguien lo intentaba…

—Se estremeció, antes de continuar—. Me lo imaginé y antes de que pudiera darme cuenta un relámpago cruzó el cielo. Era un relámpago negro con púas, como una flecha. Hundí el barco de Zack —confesó con una débil sonrisa—; estaba vacío, pero podía no haber sido así. Podía haber ido Zack a bordo y yo no habría sido capaz de detenerlo. Perdí el control, sólo sentía ira.

—¿Cuántos años tenías? —le preguntó Mac, poniendo una mano en su pierna y dándole un apretón.

—No había cumplido los veinte, pero eso no importa —replicó ella ferozmente—; tú sabes que eso no importa. «No dañaré a nadie». No estoy segura de poder cumplir esa promesa y es fundamental. ¡Dios mío! Zack había estado en aquel maldito bote unos veinte minutos antes de que ocurriera. Yo no pensé en él, no me preocupé por él ni por nadie. Sólo estaba como loca.

—Por eso renegaste del don y de tu amiga.

—Tuve que hacerlo. Las dos cosas van unidas, están demasiado conectadas. Mia nunca lo habría entendido, ni aceptado, habría estado dándome la lata continuamente, maldita sea. Además, yo estaba cabreada con ella porque… —Se secó una lágrima y dijo en voz alta lo que incluso se había negado a admitir en su fuero interno—. Yo sentí su dolor como si fuera mío, lo sentí físicamente. Su desconsuelo, su tristeza, el amor desesperado que sentía por él, y no lo pude soportar. Estábamos demasiado unidas y yo no podía respirar.

—Para ti ha sido igual de duro que para ella, o peor.

—Creo que sí. Nunca se lo había contado a nadie. Me gustaría que quedara entre nosotros.

Mac asintió y cuando sus labios se rozaron, Ripley pensó que eran cálidos.

—Tendrás que hablar con Mia antes o después.

—Prefiero que sea después. —Ripley sorbió por la nariz y se frotó la cara bruscamente—. Dejémoslo ya, ¿de acuerdo? O me parece que se repetirá. Ya tienes tus registros y tus grabaciones —dijo, señalando el equipo—. Nunca pensé que consiguieras hipnotizarme. Sigo valorándote poco. Ha sido relajante, incluso agradable. —Se echó atrás el pelo—. Pero después…

—¿Qué pasó después? —continuó Mac. No tenía que mirar las máquinas para saber que su respiración y sus latidos se aceleraban.

—Había algo esperando, algo que quería abrirse camino hasta allí. Estaba agazapado, a la espera. ¡Qué dramático suena! —Aunque se rió, levantó las rodillas en un gesto autoprotector—. No era ella. Se trataba de algo… distinto.

—Te hacía daño.

—No, aunque quería hacerlo. Entonces yo me deslicé bajo el agua y ella salió a la superficie. No puedo explicarlo de otra manera.

—Ya es suficiente.

—No veo por qué. No pude controlarlo, al igual que no controlé lo que le ocurrió a la barca de Zack. Tampoco pude controlar las luces hoy. Aunque ella se encontraba dentro de mí, parecía tampoco que podía controlar una parte de ella. Era como si el poder estuviera cautivo en algún lugar entre nosotras, e intentáramos subir para agarrarlo. —Se estremeció y sintió que tenía la piel helada—. No quiero volver a hacer esto nunca más.

—De acuerdo, vamos a parar. —Mac tomó sus manos para tranquilizarla—. Voy a guardar todo esto.

Aunque Ripley asintió, sabía que él no la comprendía. No quería volver a saber nunca más nada de todo aquello. Pero tenía miedo, mucho miedo de no tener elección.

Se dijo que había algo que se estaba acercando a ella.

* * *

Mac la arropó como si fuera una niña y ella se dejó hacer. Cuando se acercó en la oscuridad para consolarla, ella fingió dormir. Él acarició el pelo y Ripley sintió que las lágrimas empezaban a brotar.

Si ella fuera una persona normal y corriente, su vida podría ser así, el hombre que amaba podría abrazarla en la oscuridad, pensó Ripley con amargura.

Algo tan sencillo, que lo era todo.

Si no se hubieran conocido, se habría contentado con su vida tal y como era. Hubiera disfrutado de vez en cuando con algún hombre que le hubiera atraído y despertado su interés. No estaba segura de haberse reconciliado con sus poderes, pero su corazón hubiera continuado siendo sólo suyo.

Una vez que entregas el corazón arriesgas más que tu propio ser: arriesgas a la persona a quien se lo entregas.

¿Cómo podría hacerlo?

Agotada de pura preocupación, suspiró y se hundió en el sueño.

* * *

La tormenta había vuelto, fría y despiadada, lo que provocó en el mar un frenesí de sonidos y de furia. Los relámpagos estallaban en el cielo, haciendo que se quebrara como si fuera de cristal. Una lluvia negra chorreaba de los fragmentos rotos para ser arrojada como dardos helados por un viento cruel.

La tormenta era salvaje y ella la dirigía.

El poder la alimentaba, fluyendo a través de sus músculos y de sus huesos con una enorme fuerza. Había una energía superior a cuanto ella hubiera conocido antes, a cuanto hubiera podido imaginar.

Con semejante fuerza en la punta de los dedos, conseguiría la venganza. No, la justicia. No era venganza buscar el castigo de los malos, pedirlo, e imponerlo con la mente clara. Pero ella no tenía la cabeza despejada, incluso en la agonía de su voracidad, lo sabía, y lo temía.

Se estaba maldiciendo a sí misma.

Miró al hombre que se encogía de miedo a sus pies. ¿Para qué servía el poder si no podía utilizarse contra los malos, para detener al demonio, para castigar la crueldad?

—Si lo haces, caerás en la violencia, en la desesperación.

Sus hermanas, destrozadas por el dolor, permanecían dentro del círculo, y ella fuera.

—¡Tengo derecho a hacerlo! —gritó ella.

—Nadie lo tiene. Hazlo y arrancarás el corazón del don, el alma de lo que eres.

Ella ya estaba perdida.

—No puedo detenerlo.

—Sí puedes. Sólo tú puedes. Ven, quédate con nosotras; él es quien te destruirá.

Miró hacia abajo y vio cómo cambiaba el rostro del hombre una y otra vez, del terror, a la alegría, de la súplica a la avidez.

—No, él se acaba aquí.

Ella levantó una mano, estallaron relámpagos que cayeron como flechas de la punta de sus dedos y se transformaron en una espada de plata.

—Yo tomo tu vida con lo que es mío, para enderezar lo malo y acabar con los conflictos. En bien de la justicia doy rienda suelta a mi ira y sigo el curso del destino. Desde este lugar y en este momento… —Contenta, con una alegría insana levantó la espada mientras gritaba—: Probaré el fruto maduro del poder. Declaro que se derramará sangre por sangre. Hágase mi voluntad.

Dejó caer la espada con un golpe despiadado. Él sonrió mientras la punta le atravesaba la carne. Después desapareció.

La tierra tembló, sonaron gritos de terror en la noche y a través de la tormenta llegó corriendo aquel a quien ella amaba.

—¡Detente! —gritó ella—. ¡Aparta!

Sin embargo, él luchó por abrirse camino hasta ella en medio de la galerna; partieron rayos de la punta de su espada que se clavaron en su corazón.

* * *

Ripley, cariño, despierta, has tenido una pesadilla.

Ella estaba sollozando, y el profundo dolor que traslucía aquel sonido le afectó más que los temblores que la sacudían.

—No pude detenerlo. Le he matado. No pude pararlo.

—Ya pasó. —Mac tanteó buscando la lámpara de la mesilla, pero no encontró el interruptor. Se sentó a su lado y la abrazó meciéndola—. Ya pasó todo. Estás bien. Despierta. —Le besó en las mejillas húmedas y en las sienes.

Ripley le rodeó abrazándole con todas sus fuerzas.

—Mac.

—Vamos, estoy aquí. Has tenido una pesadilla. ¿Quieres que encienda la luz y te traiga un vaso de agua?

—No, sólo… no. Abrázame, ¿quieres?

—Desde luego.

Abrazada a él, pensó que no se trataba de una pesadilla, sino de una visión, la combinación de lo que había ocurrido y lo que iba a suceder. Había reconocido el rostro, los rostros, del hombre de la playa, al que ya había visto en otros sueños. Uno había muerto trescientos años antes, maldecido por la que fuera Tierra. Otro era el que había visto en el bosque cerca de la casita amarilla, cuando sostenía un cuchillo contra la garganta de Nell. Y el tercero, era al que había visto en el café leyendo el periódico y tomando sopa.

¿Era el mismo dividido en tres? ¿Eran tres etapas de un mismo destino? ¡Dios Santo! ¿Cómo podría averiguarlo?

Ella les había matado. Al final, se había visto de pie en la tormenta, con la espada en la mano. Les había quitado la vida porque podía hacerlo, porque la necesidad de hacerlo había sido enorme.

Y el precio que había pagado por ello era algo que amaba demasiado.

Era Mac a quien había visto corriendo a través de la tormenta. Mac el que había sido destruido porque ella no podía controlar lo que había en su interior.

—No permitiré que suceda —susurró—, no lo permitiré.

—Cuéntamelo. Explícame el sueño, eso te ayudará.

—No. Esto me ayudará —dijo Ripley levantando la boca para sumergirse en la suya—, tócame, ¡por Dios! Hagamos el amor. Necesito estar contigo. —Se le saltaron las lágrimas al tiempo que se apretaba contra él—. Te necesito.

Le deseaba como consuelo, como satisfacción, porque le hacía falta. Ella tomaría y daría por última vez. Todo lo que podría haber sido, todo lo que se había permitido desear quedaría reunido y fluiría a través de aquel perfecto acto de amor.

Ripley podía verle en la oscuridad: cada rasgo, cada línea, cada plano suyo los llevaba grabados en el corazón y en la mente. ¿Cómo podía estar tan profunda e irremediablemente enamorada?

Nunca había pensado que fuera capaz de sentirse así, ni lo había deseado. Pero ahí estaba, doliéndole por dentro. Él era su principio y su fin, aunque no tuviera palabras para explicárselo.

Mac no necesitaba palabras. Fue consciente de lo que le ocurría, de su rendición y de su exigencia. Había una ternura tan profunda entre ellos como ninguno de los dos había experimentado antes, que le inundó y le llevó a murmurar su nombre. Quería darle todo: su cuerpo, su mente, su alma. Quería proporcionarle calor con sus manos y con su boca, mantenerla a salvo para siempre.

Ripley se puso encima de él y ambos se unieron en un gemido. Hacer el amor fue como una fiesta que los dos disfrutaron muy despacio. Una caricia dulce, unos labios fundidos, el suave deseo que agita las almas.

Ripley se abrió y él la llenó. Un calor acogiendo otro calor. Se movieron juntos en una oscuridad sin fisuras, con un ritmo sostenido, mientras el placer florecía y maduraba como un fruto.

Mac besó las lágrimas de Ripley, que tenían un sabor agradable. En la oscuridad, buscó sus manos y ambas se fundieron.

—Eres todo para mí.

Le escuchó decirlo con gran ternura, y ambos se sumergieron en una oleada de placer que les inundó, tan suave como la seda.

Ripley durmió el resto de la noche en sus brazos, sin sueños.

* * *

Tenía que llegar la mañana. Ripley estaba preparada. Había que dar una serie de pasos y los daría sin vacilación y sin pesar, se dijo a sí misma.

Salió de casa temprano. Le echó a Mac una última mirada; dormía apaciblemente en su cama. Se permitió imaginar por un instante cómo podría haber sido. Después cerró la puerta sin mirar atrás.

Oyó cantar a Nell, que ya estaba levantada en la cocina, y se dijo que su hermano se levantaría pronto para comenzar la jornada. Tenía que apresurarse.

Salió por la puerta delantera y se encaminó hacia el pueblo y la estación de policía con paso enérgico.

El viento y la lluvia habían cesado durante la noche; el aire se había tornado gélido otra vez.

Podía escuchar el bramido del mar. Las olas seguirían siendo altas y fuertes, y el mar habría arrastrado hasta la playa todo tipo de objetos.

Sin embargo, aquella mañana no podía permitirse entretenerse con sus ejercicios al aire libre.

No se apreciaba ningún movimiento en el pueblo, que parecía un cuadro pintado bajo una capa cristalina de hielo. Se imaginó que rompía aquella fina cubierta como si fuera una cáscara de huevo.

Entró en la oficina del sheriff y cerró la puerta, decidida a que su hogar y todos los que se encontraban en él permanecieran a salvo.

Dentro hacía frío, por lo que estaban utilizando el equipo de emergencia. Al cortarse el suministro eléctrico por la noche, el generador se habría conectado. Pensó que Zack y ella tendrían que enfrentarse más tarde con los residentes que no tuvieran suministro suplementario. Pero eso vendría después.

Después de consultar la hora, encendió el ordenador. Tenía suficiente batería para averiguar lo que necesitaba.

Se encogió de hombros y empezó la búsqueda: Jonathan Q. Harding.

El trabajo básico de policía la tranquilizaba; era una rutina que hacía sin pensar. Se había detenido en el hotel, donde le habían proporcionado su dirección, o la que él había dado como tal, se advirtió.

Por fin sabría de quién demonios se trataba, y con esto empezaría a componer el puzzle y a saber qué papel jugaba Harding en aquella obra.

Examinó los datos que aparecían en la pantalla: Harding, Jonathan Quincy. Cuarenta y ocho años. Divorciado. Sin hijos. Los Ángeles.

—Los Ángeles —repitió, y sintió de nuevo el ligero estremecimiento que había experimentado cuándo leyó su ciudad de residencia en el registro del hotel.

Evan Remington era de Los Ángeles, como mucha otra gente, volvió a recordarse como ya había hecho el día anterior, pero tampoco esta vez lo pensó con mucho convencimiento.

Leyó la información sobre su trabajo: periodista en una revista, un reportero. ¡Hijo de puta!

—¿Estás buscando una historia escabrosa, Harding? Bien, pues no lo conseguirás. Intenta llegar a Nell a través de mí, y…

Se detuvo, respiró profundamente y de forma consciente, deliberada, se concentró en la súbita rabia que experimentó. Se recordó que ya habían pasado por allí otros periodistas, mirones, parásitos y curiosos y que les habían manejado sin demasiados problemas. Harían lo mismo con aquél.

Volvió sobre los datos y se dio cuenta de que no constaba que Harding hubiera hecho nada contra la ley, ni siquiera tenía pendiente una multa de aparcamiento. Aparentemente, era un tipo legal.

Ripley se recostó en la silla y empezó a pensar. Si ella fuera una periodista de Los Ángeles que buscara una buena historia, ¿por dónde comenzaría? La familia Remington era un buen inicio: su hermana, después algunos amigos, socios. Buscaría a los principales protagonistas, lo cual incluía a Nell. ¿Y a partir de aquí? Probablemente, seguiría por los informes policiales y las entrevistas a aquellos que hubieran conocido a Remington y a Nell.

Pero todo aquello no era más que el trasfondo de la historia, ¿no? No se podía llegar al meollo de una cuestión hasta tratar directamente con los principales implicados.

Tomó el teléfono para contactar con el centro donde estaba recluido Remington, pero escuchó interferencias en la línea que después se cortó. Primero la luz y ahora los teléfonos, pensó. Murmurando disgustada, sacó su teléfono móvil y lo encendió. Cuando vio la señal de que no tenía batería, rechinó los dientes.

—¡Mierda! ¡Maldita sea! —Se levantó de la silla y comenzó a pasear por la habitación. Ahora sentía auténtica urgencia por actuar. No importaba si la que presionaba era la policía, la mujer o la bruja, pero tenía que saber como fuera si Harding se había encontrado con Remington.

—Está bien. —Se quedó quieta de nuevo. Era absolutamente necesario que se calmara y se controlara.

Hacía mucho tiempo que no intentaba volar. No disponía de los medios para ayudarse a concentrar su energía. Aunque por una vez, echó de menos a Mia, sabía que estaba sola en aquel asunto.

Trazó el círculo, intentando no apresurarse, y una vez en el centro despejó su mente y se abrió.

—Invoco a todos los que tienen poder para que acudan en mi ayuda. Traed el viento para facilitar mi vuelo, abrid los ojos para mejorar mi visión. Mi cuerpo permanece aquí, pero mi espíritu vuela libremente. Hágase mi voluntad.

Sintió que un hormigueo recorría todo su cuerpo con suavidad y que se elevaba; después fue como si su ser abandonara el cascarón que le acogía. Miró hacia abajo y vio su propia forma, la de la Ripley que estaba de pie, con la cabeza levantada y los ojos cerrados dentro del círculo.

Como conocía el riesgo de recrearse en la sensación de volar y retrasar su partida, concentró su pensamiento en su objetivo y remontó el vuelo.

La corriente de aire, el mar debajo, era algo embriagador. Como conocía el peligro de aquella seducción, antes de dejarse embargar por el movimiento y aquel magnífico silencio, llenó su mente de sonidos: el zumbido de voces que eran los pensamientos y las palabras de toda una ciudad discurriendo por su interior. Las penas, las alegrías, los arrebatos, las pasiones, todo mezclado formando una maravillosa música humana.

Mientras viajaba, planeando hacia abajo, fue separando las voces hasta encontrar las que necesitaba.

—Esta noche no ha habido cambios —dijo una enfermera que le estaba mostrando un gráfico a otra compañera. Sus pensamientos enviaron una interferencia leve: quejas, cansancio, el recuerdo de una discusión con el cónyuge y el deseo creciente de un helado.

—Bueno, está mejor en coma. Qué raro —pensó la enfermera—, había tenido el ataque justo un par de horas después de que se marchara aquel periodista. Había estado despierto, estable, interesado durante unos días y de pronto aquel cambio radical.

Mientras las enfermeras recorrían el pasillo, una de ellas se estremeció ligeramente cuando Ripley pasó a su lado.

—¡Huy! ¡Qué escalofrío!

Ripley atravesó la puerta cerrada y entró en la habitación donde Remington estaba tumbado. Había monitores registrando sus constantes vitales y cámaras filmando. Ripley se cernió sobre él, estudiándole. Estaba en coma, tras una puerta cerrada a cal y canto. ¿Qué daño podía hacer ahora?

Mientras pensaba esto, Remington abrió los ojos y sonrió burlón.

Ripley sintió una puñalada en el corazón; el dolor era tremendamente agudo y completamente real. El poder de Ripley, el que la rodeaba, se tambaleó, y sintió que caía.

Los pensamientos de Remington llenaban su mente. Eran sangrientos, como puñetazos brutales que hablaban de venganza, de muerte y destrucción. Le pellizcaban como si fueran unos dedos avariciosos que de forma repugnante también la excitaban; la tentaban a rendirse, y a algo peor, la tentaban a aceptar

No. No me tendrás, ni a mí ni a los míos.

Luchó, peleó por liberarse. Sintió oleadas de miedo en la garganta, al darse cuenta de la terrible fuerza de lo que se había despertado en él.

Se soltó con un grito de ira y de miedo. Y se encontró dentro del círculo que ella misma había trazado en el suelo de madera de la comisaría. Se desgarró la camisa y con una mueca de dolor contempló horrorizada las terribles marcas rojas que tenía entre los pechos.

Luchó por mantenerse en pie y recobrar el suficiente control como para cerrar el círculo. Avanzaba dando traspiés buscando el botiquín de primeros auxilios cuando la puerta se abrió de golpe. Mia entró como un torbellino.

—¿Se puede saber qué demonios se supone que estás haciendo?

Instintivamente Ripley cerró su camisa.

—¿Qué haces tú aquí?

—¿Creías que no me iba a enterar? —Mia acortó la distancia que las separaba, temblando de ira—. ¿Creías que no lo iba a sentir? ¿Cómo te atreves a hacer algo así sin la preparación adecuada? ¿Sabes el riesgo al que te has expuesto?

—Yo he asumido ese riesgo y no tienes ningún derecho a espiarme.

—Lo has puesto todo en peligro, y lo sabes, como también sabes que no te espiaba. Me despertaste en medio de un bonito sueño.

Ripley ladeó la cabeza y la contempló detenidamente. Tenía el pelo completamente alborotado, llevaba la boca sin pintar y las mejillas pálidas.

—Ya que lo dices, veo que no te has entretenido en ponerte tus pinturas de guerra. Creo que no te veía sin maquillar desde que teníamos quince años.

—Incluso sin maquillaje tengo mejor aspecto que tú, especialmente en este momento. Estás blanca como el papel. Siéntate. Que te sientes —repitió, y resolvió el problema empujando a Ripley sobre una silla.

—Ocúpate de tus asuntos —contestó Ripley.

—Desgraciadamente, tú eres asunto mío. Si pretendías investigar a Remington, ¿por qué no te limitaste a observarle?

—No me regañes, Mia. Sabes que en ese terreno soy menos hábil que tú. Además no tenía ni cristal, ni bola, ni…

—Hubiera servido una taza con agua, como sabes perfectamente. Es muy peligroso volar en solitario, sin alguien que te ayude a volver, si fuera necesario.

—Bueno, pues no lo he necesitado. He vuelto sin problemas.

—Podías haberme pedido ayuda. —La frustración se mezclaba con la pena en la voz de Mia—. Por todos los santos, Ripley, ¿tanto me odias?

La sorpresa hizo que la joven bajara las manos boquiabierta.

—Yo no te odio. No podría…

—¿Qué te ha pasado? —El enfado de Mia desapareció al ver las marcas rojas en el cuerpo de Ripley. Rápidamente le abrió la camisa y se estremeció—. Ha sido él. ¿Cómo puede ser? Tú estabas dentro del círculo y él no es más que un hombre. ¿Cómo pudo romper tu protección y marcarte así el cuerpo?

—No es simplemente un hombre —dijo Ripley de forma inexpresiva—, ya no. Hay algo en él muy fuerte y oscuro; parte de eso está aquí. Hay un hombre en el hotel.

Le contó a Mia lo que sabía, igual que pensaba contárselo a Nell. Debían estar preparadas.

—Necesito estudiarlo y pensar —respondió Mia—. Encontraremos la respuesta. Mientras tanto, ¿aún tienes el amuleto y las piedras protectoras?

—Mia…

—No hagas el tonto, sobre todo no ahora. Ponte el amuleto, pero recárgalo antes. Tienes que apartarte de ese Harding hasta que sepamos algo más.

—Lo sé. No dejaré que esto suceda, Mia. Quiero que me prometas que no me detendrás ante lo que pueda suceder.

—Encontraremos la forma de actuar. Deja que me ocupe de tus heridas.

—Me detendrás —repitió Ripley, sujetando a Mia por la muñeca y apretándola con vehemencia—. Tú eres más fuerte que yo y sabes lo desesperada que debo estar para reconocerlo.

—Lo que haya que hacer, se hará. —Mia apartó la mano de Ripley con impaciencia—. Tus heridas son dolorosas, deja que te cuide.

—Durante un instante el dolor fue excitante. —Ripley emitió un largo suspiro—. Me atraía, lo deseaba, así como lo que me pudiera suceder.

—Eso forma parte de su maldad, y eso también lo sabes. —Un miedo, frío y pegajoso recorrió la piel de Mia.

—Sí, lo sé y además lo he sentido. Nell y tú podéis resistiros. Nell debe permanecer junto a Zack. Yo he visto lo que puede suceder y no correré riesgos. Yo no puedo marcharme, no funcionaría, o sea que Mac debe partir.

—No lo hará. —Mia alivió el dolor de las heridas de Ripley con la punta de los dedos.

—Le obligaré.

Mia puso su mano sobre el corazón de Ripley y en los latidos pudo sentir el amor y el miedo. A su vez, su propio corazón se encogió de compasión.

—Inténtalo.

* * *

Hay que tomar medidas, se recordó Ripley, mientras se aproximaba a la casita amarilla. Debía enfrentarse con aquello lo primero; no necesitaba pensarlo dos veces, ni bola, ni cristal, para saber que sería doloroso. Sería peor que sufrir el dolor de las terribles marcas que ni siquiera Mia había sido capaz de borrar de su piel completamente.

Mac la odiaría por lo que pensaba hacer, pero estaría a salvo.

Ripley no vaciló, pero llamó a la puerta antes de entrar en la casa.

Mac vestía un jersey raído y unos pantalones vaqueros desgastados. Estaba de pie en medio de la atestada habitación y repasaba el vídeo de la noche anterior. Resultaba chocante verle en la pantalla tan calmado, sereno y firme, sentado en la cama junto a ella, tomándole el pulso con cuidado, mientras su voz intentaba tranquilizarla.

También resultaba chocante cómo se volvió para mirarla: concentrado todavía en lo que estaba haciendo para un instante después no poder disimular un placer que volvía sus ojos más cálidos.

Mac continuó de pie, tapando el monitor con el cuerpo y después lo apagó.

—¡Hola! Esta mañana te has escapado de mí.

—Tenía cosas que hacer —dijo Ripley encogiéndose de hombros—. Estás trabajando, ¿no?

—Puede esperar. ¿Te apetece un café?

—Sí, es una buena idea. —No se apartó cuando la besó, pero no respondió. Era consciente de que estaba confundido y por eso le siguió a la cocina.

—Quiero hablar contigo —empezó a decir—. Ya sé que hemos pasado bastante tiempo juntos.

—¿Cómo que pasar el tiempo?

—Sí. Hemos tenido unos roces agradables, especialmente en la cama. —Se sentó, cruzando las piernas y los tobillos—. Pero la realidad es que a mí me está pareciendo un poco intenso. Anoche, por ejemplo, llegamos demasiado lejos. Creo que necesito dar marcha atrás.

—¿Dar marcha atrás? —Mac se encontró repitiendo lo que ella decía y sacudió la cabeza—. Comprendo que lo de anoche fue tremendo. —Sirvió dos tazas de café—. Necesitas un respiro.

—No me entiendes. —Tomó la taza que le ofrecía, mientras se sentía morir—. No se trata de la investigación, ya que debo admitir que lo encontré más interesante de lo que pensaba. La mente resulta bastante sexy. Nunca antes había pasado el rato con alguien tan encantador. —Sorbió el café, se quemó la lengua, pero continuó hablando—. Mira, Mac, tú eres estupendo y creo que lo hemos pasado bien juntos. Además me has ayudado a despejar dudas sobre algunos asuntos, y te lo agradezco.

—¿Ah, sí?

Ya estaba, pensó: comenzaba a mirarla como si fuera un bicho bajo el microscopio.

—Pues, sí. Pero empiezo a sentirme un poco encerrada ¿sabes? Necesito espacio.

—Ya veo. —Su voz era tranquila, quizá un poco distante—. O sea que te estás librando de mí.

—Eso es un poco duro. —Mac no reaccionaba como ella esperaba. No parecía ni enfadado, ni dolido, ni preocupado, ni tampoco impresionado. Más bien parecía interesado a medias.

—¿Por qué no quedamos como amigos y recordamos lo divertido que fue?

—De acuerdo. —Mac se apoyó en la encimera cruzando los tobillos en una postura que resultaba sorprendentemente idéntica a la suya, y después bebió café—. Ha sido divertido.

—Estupendo. —La voz de Ripley dejó entrever un destello de resentimiento, que también pellizcó su corazón—. Siempre he pensado que eras muy razonable, posiblemente por eso no eres mi tipo. Supongo que te marcharás a Nueva York muy pronto.

—No, no me iré hasta dentro de unas semanas.

—No veo qué interés puedas tener en permanecer aquí. Yo ya no quiero jugar más.

—Entonces, supongo que tendré que asegurarme que no seas el centro de mi mundo. Todavía tengo trabajo en Tres Hermanas.

—Ya no cooperaré más contigo. Mira, me preocupa cómo te puedas sentir; esto es muy pequeño y la gente se va a enterar de que yo te he dejado. Creo que va a ser un poco incómodo para ti.

—Deja que sea yo quien se preocupe.

—Bien. No es mi problema. —Ripley juntó los pies.

—No, no lo es. —Mac habló con tranquilidad, mientras apartaba su taza a un lado. Ella no le vio acercarse. En un momento la estaba estudiando con cierta curiosidad y al siguiente tiró de ella y la pegó a su cuerpo. Se apoderó de su boca con una especie de ardor febril, caliente, tormentoso y agotador—. ¿Por qué me mientes?

Ripley se quedó sin aliento y los pensamientos se esfumaron de su cabeza.

—¡No me pongas las manos encima!

—¿Por qué mientes? —repitió él y la acorraló contra la nevera.

Se preguntó cómo le había podido parecer distante.

—¿De dónde salen todas esas tonterías? —Mac le dio una ligera sacudida—. ¿Por qué intentas herirme?

Y cómo dolía. Era un dolor profundo y agudo en la boca del estómago y en el corazón.

—No intento herirte, pero lo haré si continúas empujándome. No te quiero.

—Eres una mentirosa. Te agarraste a mí mientras dormías.

—No soy responsable de lo que haga dormida.

—Me buscaste en la oscuridad. —La voz de Mac era implacable. Una parte de él sentía como si luchara por su vida—. Te entregaste a mí.

—El sexo es…

—No era sólo sexo. —Mac recordó cómo había sido para ambos. Consiguió calmarse y la rabia se tornó en desesperación—. ¿Crees que puedes engañarme apartándote de mí, o marchándote de la isla? ¿Por qué?

—No quiero que estés aquí. —Ripley le empujó, mientras empezaba a fallarle la voz—. No quiero tenerte cerca.

—¿Por qué?

—Porque estoy enamorada de ti, imbécil.

Dieciocho

Mac asió las manos de Ripley y las entrelazó con las suyas, mientras se inclinaba para besarla en la sien.

—Bien, idiota, yo también te amo. Vamos a sentarnos y a comenzar de nuevo —dijo Mac.

—¿Cómo? ¿Cómo? —le preguntó Ripley queriendo liberarse, pero él apretaba más fuerte—. ¡Déjame en paz!

—No —respondió él con calma—. No, Ripley, no te voy a soltar. No me voy a marchar y no voy a dejar de amarte. Tendrás que asimilarlo, y después hablaremos de lo que te asusta tanto como para querer que me vaya.

—Mac, si me amas, haz las maletas y vuelve a Nueva York, al menos de momento.

—No, no, no es así —repitió Mac, al mismo tiempo que ella abría la boca de nuevo.

—No seas tan sumamente…

—… Implacable; sí, es un epíteto que de vez en cuando me han dedicado; es mejor que cabezota, creo. Sin embargo, en este caso, ninguno de los dos viene al caso. —Ladeó la cabeza—. Hay algo que te asusta y alguien que te preocupa y tu reacción instintiva es apartarte, tal y como hiciste con tus poderes. —Continuó alzando la voz por encima de sus protestas—. Como hiciste

376

con Mia. Yo no te permitiré que lo hagas conmigo, con nosotros, Ripley. —Levantó sus manos unidas y le besó los nudillos—. Estoy tan enamorado de ti.

Ripley pensó que su corazón no podía soportar aquello.

—Limítate a esperar.

—No me gusta seguir diciéndote que no. Ya arreglaremos eso más tarde. —Entonces, la obligó a bajar el rostro y la besó hasta que ella sintió que sus huesos se fundían.

—No sé qué hacer, no sé cómo manejar este asunto. Nunca me había sucedido.

—A mí tampoco. Lo resolveremos. Vamos a sentarnos y empezar por el principio —dijo Mac.

—Le dije a Zack que volvería en veinte minutos, nunca pensé que iba a tardar tanto tiempo en...

—...Abandonarme —terminó por decir él, sonriendo—. ¡Qué sorpresa! ¿Quieres llamarle por teléfono?

Ripley asintió.

—No puedo pensar con claridad. ¡Mierda! Sabe dónde estoy si me necesita. —Parecía que todo en su interior se agitaba, aunque en el centro de su cuerpo su corazón brillaba como la luna—. ¿Estás enamorado de mí?

—Absolutamente.

—Bien. —Ripley tomó aire—. ¿Y por qué no lo has dicho antes? —preguntó.

—¿Por qué tú nunca me habías dicho que me querías?

—Yo he preguntado primero.

—Eso es verdad. Quizá estaba haciéndome a la idea, a lo mejor... —dijo Mac, y le dio un apretón en el brazo antes de empujarla sobre una silla— intentaba ablandarte.

—Puede que yo estuviera haciendo lo mismo —replicó ella.

—¿De verdad? Pues decirme que estabas harta de mí es una extraña forma de hacerlo.

—Mac. —Ripley se inclinó y esta vez fue ella la que asió sus manos—. Tú eres el primer hombre al que he dicho algo así. Tienes que tratar las palabras con cuidado, o de lo contrario pierden su fuerza. Tú eres el primero, porque para mí eres el primero y el único. Así funcionan las cosas con los Todd. Nos emparejamos para toda la vida, o sea que tienes que casarte conmigo.

—¿Tengo que casarme contigo? —preguntó Mac, después de pegar un respingo

—Sí. Así quedará todo arreglado.

—Espera. —Sintió que le inundaba una oleada de placer—. ¿No deberías regalarme un anillo o algo así? Después te pones de rodillas, me pides en matrimonio y yo contesto que sí o que no.

—Estás jugando con fuego —le advirtió Ripley.

—Creo que estoy de suerte. Estoy comprando una casa.

—¡Ah! —Ripley sintió una punzada de pena, de dolor, después claudicó—. En Nueva York, claro, bien, es donde tienes tu trabajo. Supongo que allí siempre se necesitan policías.

—Probablemente, pero yo la voy a comprar aquí. ¿Tú crees que te pediría que abandonaras tu corazón? ¿No sabes que también el mío está ahora en este lugar?

Ripley le miró fijamente; durante un momento fue lo único que pudo hacer: contemplarle, y vio su vida reflejada en sus ojos.

—No me hagas llorar, no me gusta.

—He hecho una oferta por la casa de los Logan.

—La casa… —Era grande y hermosa, y además estaba al borde del mar—. Pero no está en venta.

—Ya, pero lo estará. Puedo llegar a ser muy tenaz. Quiero tener hijos.

—Yo también. —Ripley apretó sus dedos—. Nos irá bien. Será una historia sólida y real, pero antes tienes que hacer algo por mí.

—No voy a marcharme.

—¿No te fías lo suficiente de mí como para hacer lo que te pida?

—No, no es eso. Cuéntame lo que te asusta; comienza por el sueño de anoche.

—Anoche te asesiné —dijo Ripley apartando la mirada.

—¿Cómo? —preguntó Mac; su tono expresaba curiosidad.

—¿Pero es que tienes hielo en las venas? Puse fin a tu vida, a tu existencia.

—Encontraremos la solución más rápido si no nos dejamos arrastrar por el pánico. Cuéntame el sueño.

Ripley se alejó de la mesa y recorrió tres veces la habitación dibujando estrechos círculos, mientras intentaba calmarse para contarle el sueño. Al hacerlo, lo revivió con tal intensidad que el miedo recorrió su cuerpo como una multitud de arañas.

—Te maté y destruí todo aquello que me importa —relató—. No puedo soportar esa carga, Mac. No puedo asumirlo, por eso me aparté de lo que soy y de Mia. Parecía lo más acertado y lo único que yo podía hacer… y una parte de mí aún lo piensa.

—Sin embargo, sabes que no funcionará y que debes afrontarlo.

—Me pides que os ponga en peligro a ti, a mi familia, a mis amigos y mi hogar.

—No, no —le contradijo Mac con suavidad— te pido que nos protejas.

Una profunda emoción embargó a Ripley.

—¡Por Dios, Mac! Eso es apuntar muy alto.

—Lo sé. Yo te ayudaré, Ripley. Creo que mi destino es ayudarte y amarte —añadió. Tomó su mano apretada en un puño y la abrió con suavidad—. Creo que formo parte de esto. Pienso que no es una coincidencia ni mi trabajo ni haber venido a la isla, ni estar sentado aquí contigo. Y además sé que somos más fuertes juntos que por separado.

Ripley miró sus manos enlazadas. Cayó en la cuenta de que todo lo que quería y que ni siquiera sabía que buscaba se encontraba allí, en aquellas manos unidas.

—Si te mato, me voy a cabrear de verdad.

—Yo también. —Mac frunció los labios.

—¿Llevas el colgante de Mia?

—Sí.

—No salgas sin él, o sin esto. —Ripley rebuscó en su bolsillo. Cuando se sintió obligada a llevarlo, tendría que haber adivinado cómo se desarrollarían los acontecimientos. El anillo era de plata, y estaba formado por tres círculos engarzados con símbolos grabados—. Era de mi abuela.

Mac se sintió tan conmovido que tuvo que aclararse la garganta.

—O sea que, al final, sí voy a tener un anillo.

—Eso parece. Es demasiado pequeño para ti, ponlo junto al colgante, en la cadena.

Mac lo tomó de sus manos e intentó descifrar los símbolos guiñando los ojos, ya que no llevaba las gafas.

—Parece escritura celta.

—Lo es. El anillo central lleva inscrito: «justicia» y los laterales: «compasión» y «amor», supongo que eso lo resume todo.

—Es precioso. —Mac se quitó la cadena, la abrió y deslizó el anillo dentro—. Gracias.

Antes de que pudiera volver a cerrarla, Ripley le agarró la muñeca.

—Hipnotízame otra vez.

—Es demasiado peligroso —dijo Mac.

—Eso es una gilipollez, todo es peligroso. Quiero que me duermas y que me des alguna indicación post-hipnótica o como se llame, algo que pueda detenerme si pierdo el control.

—En primer lugar, cuando estás en trance estás demasiado expuesta a otras energías; eres como una esponja, Ripley, absorbes lo que otros introducen en ti. Y en segundo lugar, no sé si funcionaría ninguna indicación que yo pueda darte. Cuando estás despierta y consciente, eres demasiado decidida como para que pueda influirte.

—Eso es otra forma de defenderte. Sólo sabremos si funciona si lo intentamos; se trata de algo que tú puedes hacer y yo confío en ti. Te estoy pidiendo ayuda.

—Eso también es apuntar alto. De acuerdo, lo intentaremos, pero ahora no —añadió rápidamente—. Necesito tiempo para investigar un poco más y prepararlo. Además, quiero que Mia y Nell estén presentes.

—¿Por qué no puede quedar entre nosotros?

—Porque no es sólo algo entre nosotros. Lo intentaré, pero sólo cuando tengas tu círculo. Y ahora espera aquí un momento —dijo aquello con tal tono de «sin tonterías, no discutas» que Ripley no supo si debía sentirse enfadada, divertida o impresionada. Se sentó tamborileando sobre la mesa, mientras él abandonaba la habitación.

Mientras escuchaba cómo rebuscaba en el dormitorio, a la vez que murmuraba, se bebió el café que se había enfriado.

Cuando regresó, hizo que ella se levantara.

—Compré esto en Irlanda hace doce años. Cogió su palma de la mano, le di la vuelta y puso en ella un medallón de plata, con una espiral de plata en el centro y a ambos lados, sendas piedras redondas.

—Cuarzo rosa y piedra de luna —dijo Ripley.

—Una significa amor, la otra compasión. Lo compré como una especie de talismán, como amuleto de la buena suerte. Siempre lo llevo conmigo; lo pierdo todo el tiempo, pero al final acaba apareciendo. En la parte de atrás lleva una presilla, o sea que en algún momento fue un colgante; también puedes llevarlo en el bolsillo. No lo supe en su momento, pero lo compré para ti.

—Esto me va a poner sentimental dijo Ripley, apoyando la cabeza en su hombro.

—No me importa.

—Tengo que volver al trabajo y no puedo llegar con los ojos haciendo chiribitas. Estoy muy enamorada de ti —dijo mientras levantaba su boca hacia la suya—, muy enamorada.

* * *

Mac la empujó suavemente, procurando que no pareciera que se estaba librando de ella.

Tenía mucho que hacer.

No era tan tonto como para no saber que podía resultar herido, incluso morir. No, él creía que el sueño de Ripley era un presagio de lo que podía suceder. El ciclo que se había iniciado trescientos años antes continuaba abierto.

Sin embargo, también era lo suficientemente inteligente como para ser capaz de protegerse a sí mismo, y para saber que el conocimiento es poder. Quería acumular más información y reforzar la protección para ambos.

No se arriesgaría a poner a Ripley en un estado de trance que la hiciera vulnerable, sin antes asegurarse de que se encontraría a salvo.

Sacó la fotocopia del diario de su antepasada y encontró la página que buscaba.

17 de febrero

Es muy temprano, aún no ha amanecido. Hace frío y la oscuridad es profunda. He dejado a mi marido durmiendo en la cama y he venido a la habitación de la torre a escribir esto. Estoy agitada, siento una preocupación que me molesta como un dolor de muelas.

La llovizna cubre la casa como un velo. Está golpeando los cristales, oigo cómo los araña, como si tuviera pícaros deditos huesudos. Y cómo implora que le deje entrar. He hecho un conjuro sobre puertas, ventanas y todas las grietas, como me enseñó mi madre antes de que la desesperación se apoderara de su alma.

Sucedió hace mucho tiempo, y sin embargo, en una noche como ésta, parece que fue ayer. Yo la echo de menos, su fuerza, su consuelo y su belleza. Con este escalofrío que se me mete en los huesos me gustaría contar con su consejo. Pero me está vedado, incluso a través del cristal y del espejo.

No siento miedo por mí, sino por los hijos de los hijos de mis hijos. He contemplado el mundo en mis sueños, tres veces cien años. ¡Qué maravillas! ¡Qué magia! ¡Qué dolor!

Hay un ciclo girando. No puedo verlo con claridad, pero sé que mi sangre, antes y después de mí, gira en él. La fuerza, la pureza, la sabiduría y, sobre todo, el amor lucharán contra aquello que ahora se arrastra sigilosamente fuera de mi casa.

No tiene edad, ha existido siempre. Y es algo oscuro.

Sangre de mi sangre lo liberó, y sangre de mi sangre se enfrentará con ello. Desde este lugar y este tiempo yo no puedo hacer más que proteger lo presente y rezar por lo que vendrá. Dejaré tras de mí la magia que pueda para esos niños lejanos y queridos.

El demonio no puede ser y no será vencido por el demo-
nio. Lo oscuro sólo se apodera de la oscuridad y las pro-
fundidades. La bondad y la luz son las mejores armas.
Dejemos que los que vengan después estén preparados pa-
ra emplearlas y acaben con esto.

Debajo había un encantamiento escrito en gaélico
que Mac ya había traducido. Lo estudió de nuevo, deseando que aquel mensaje del pasado pudiera ayudar en
el presente.

* * *

Harding se sintió mucho mejor que los días pasa-
dos. Aquel cansancio indefinido que le había perseguido
se había esfumado, y se había recuperado del extraño virus que le había atacado. Tenía la mente despejada y estaba seguro de que la crisis había pasado.

De hecho, se encontraba tan bien como para preocuparse porque aquella gripe había alterado su programa
y su ritmo. Pretendía remediarlo abordando inmediatamente a Nell Todd para conseguir su primera entrevista.

Para prepararse, decidió tomar un desayuno ligero
y una gran taza de café en su habitación y así poder consultar sus notas, refrescarse la memoria acerca de los detalles y planear la mejor estrategia para persuadirla de
que hablara con él para el libro.

La idea del libro, y la perspectiva del dinero y la fama que pensaba obtener, le llenaron de satisfacción por
anticipado. Al parecer, durante los últimos días, había si-

do incapaz de pensarlo con claridad, de imaginarlo o de recordar exactamente sus planes.

Mientras esperaba el desayuno, se duchó y se afeitó. Cuando se miró en el espejo, tuvo que reconocer que no tenía muy buen aspecto, estaba pálido y demacrado. No le molestaban los kilos que había perdido claramente, pero las oscuras sombras que rodeaban sus ojos ofendían su vanidad.

Se planteó utilizar una parte del imaginario adelanto por el libro para hacerse unos pequeños retoques de cirugía plástica, y pagarse una estancia de recuperación en algún balneario de lujo.

Después de finalizar su primera entrevista con la antigua Helen Remington, terminaría de dar forma al bosquejo del libro y se lo enviaría a un agente de Nueva York con quien ya había contactado.

Ya en la habitación estuvo dudando entre vestir de traje o de forma más informal con pantalones y jersey. Eligió el atuendo informal por ser más cercano, más amistoso. Ésta sería su imagen ante Nell Todd, a diferencia de cómo se había vestido para Evan Remington, como un hombre de negocios.

Al pensar en aquel hombre, le inundó una sensación de mareo que le obligó a sujetarse en la puerta del armario para recuperar el equilibrio. Todavía no estoy al cien por cien, pensó. Estaba seguro de que se sentiría mejor después de desayunar.

El siguiente sobresalto lo sufrió cuando se puso los pantalones. Le sobraban en la cintura y las caderas. Se dio cuenta de que por lo menos había perdido tres kilos con el ataque de gripe, si no eran más. Aunque le temblaron las manos al apretar el cinturón hasta el último agujero, se dijo que podía sacar ventaja de aquellas circunstancias inesperadas.

Mantendría su peso, comenzaría un programa de gimnasia y vigilaría su dieta. Estaría en forma y esbelto para las presentaciones y ruedas de prensa que se organizarían con motivo de la publicación del libro.

Cuando se sentó a desayunar en la mesa que la camarera había dispuesto cerca de la ventana, ya se había convencido de que se encontraba bien, en realidad, mejor que nunca.

Miró por la ventana mientras bebía el primer café del día. El sol brillaba casi demasiado, ya que se reflejaba en el hielo que parecía cubrirlo todo. Le resultó extraño que su fuerza no fundiera el hielo, y que la calle estuviera tan tranquila que parecía congelada, como un insecto atrapado en ámbar.

Tenía la esperanza de que la librería no estuviera cerrada por el mal tiempo. Prefería acercarse a Nell allí, la primera vez. Supuso que ella se sentiría más segura y más dispuesta a escucharle en su ambiente. Quizá fuera capaz de concertar otra entrevista con Mia Devlin. Ella podía aportar mucho al libro, ya que era la persona que había contratado a Nell y le había alquilado una casa cuando llegó a la isla.

Por otra parte, se decía que Mia era bruja, aunque él no creía en semejantes tonterías, a pesar de que algo extraño había sucedido en el bosque la noche que Remington fue detenido; el papel jugado por Mia era un buen terreno que explorar.

Relámpagos azules, un círculo brillante, serpientes bajo la piel... Harding se estremeció y se concentró en sus notas.

Podía aproximarse a Nell Todd disimulando un poco su intención de obtener información, expresándole su admiración por su valor e inteligencia... lo cual se acercaba bastante a la verdad, admitió, ya que para llegar a lo que ella había hecho se necesitaban agallas, habilidad y cerebro.

Halagaría su ego. Le describiría cómo había seguido su rastro por todo el país, cómo se había entrevistado con muchas personas para las que había trabajado o que habían sido compañeros suyos. Y, sí —reflexionó al hojear una de sus páginas de notas—, mencionaría su sentido de la compasión y entrega a aquellos que se encontraban en situaciones de malos tratos.

Escribió rápidamente:

Un faro de esperanza. Un ejemplo patente de coraje. El poder femenino. Hay gente para la que huir es una elección demasiado terrible o que no se encuentra al alcance de su alma abrumada. (Comprobar las últimas estadísticas de malos tratos conyugales, centros de acogida para mujeres y víctimas de homicidios en el matrimonio. Seleccionar personas dedicadas a terapia familiar en referencia a: causas habituales, efectos y resultados. ¿Entrevistar algún otro superviviente, a maltratadores? Posibilidad de establecer comparaciones y resultados.)

Harding empezó a desayunar, contento de ver que sus pensamientos se desarrollaban otra vez con fluidez.

Se tiende a encasillar a las víctimas de este tipo suponiendo que arrastran un historial de malos tratos. En el caso de Helen Remington —Nell Channing Todd— no existe

*tal historial en su pasado. (Continuar la investigación
sobre su infancia. Obtener estadísticas sobre la proporción
de víctimas de malos tratos que no muestren historiales
semejantes en su vida familiar.) Sin embargo, todos los
historiales tienen un principio. Según todos los indicios, el
de ella empieza y acaba en Evan Remington.*

Harding siguió escribiendo, pero su concentración
comenzó a tambalearse. Apretó los dedos sobre la pluma
y ésta se hundió en el papel.

¡PUTA! ¡PERRA! ¡QUEMAD A LA BRUJA!
MÍAMÍAMÍAMÍAMÍAMÍAMÍAMÍA
SANGRE. MUERTE. VENGANZA.
LA VENGANZA ES MÍA, ES MÍA, ES MÍA.

Llenó páginas a toda prisa, arrojando las palabras
sobre las hojas, al tiempo que su respiración se aceleraba.
La escritura, que no era la suya, quemaba el papel.

DEBEN MORIR. DEBEN MORIR TODAS. Y YO VIVIRÉ
OTRA VEZ.

Cuando volvió en sí mismo, el cuaderno de notas
estaba cerrado cuidadosamente y la pluma al lado. Tomaba café despreocupado, miraba por la ventana y plani-
ficaba el día.

Pensó que quizá le convendría dar un largo paseo y
hacer un poco de ejercicio al aire libre. Así podría completar la descripción de la isla y de paso echar una ojeada
a la casita donde había vivido Nell al llegar.

Era el momento de conocer personalmente el bosque en el que Remington la había perseguido.

Harding, que se sentía agradablemente lleno, apartó a un lado el cuaderno de notas y tomó uno nuevo por precaución, junto con una pequeña grabadora y una cámara que deslizó en sus bolsillos, dispuesto a lanzarse al trabajo.

No recordaba nada de lo que había escrito, ni tampoco el ansia de sangre que bullía en su interior mientras lo hacía.

Diecinueve

La casita amarilla se levantaba al borde del pequeño bosque. Los árboles, negros y desnudos, creaban cortas sombras sobre la tierra. El silencio era absoluto.

En las ventanas había visillos de encaje y los cristales relucían al sol.

Nada se movía, ni una brizna de hierba, ni una hoja. Parecía que el sonido no existiera, aunque el mar estaba cerca y el pueblo justo detrás de él. Mientras miraba fijamente la casa al borde del bosque, Harding pensó que era como contemplar una fotografía tomada por otro; era como si por razones que no sabría explicar se le hubiera concedido asistir a un instante congelado.

Sintió que un escalofrío le recorría la columna, su cuerpo se alteraba y el ritmo de su respiración se volvía pesado y se aceleraba. Dio un paso atrás, vacilante, pero era como si golpeara un muro. No podía darse la vuelta y echar a correr como deseaba de pronto.

Entonces, aquella sensación desapareció con la misma rapidez con la que había llegado. Sencillamente, estaba en el camino, contemplando una bonita casa de campo, al lado de un bosque invernal.

Cuando volviera al continente se haría un chequeo, decidió, mientras echaba a andar con pasos temblorosos.

Estaba claro que sufría un agotamiento mayor del que pensaba. Se tomaría unas vacaciones en cuanto finalizara de recoger datos y la investigación previa para plantear el libro. Una semana o dos le bastarían para recuperarse y estar en forma de cara al trabajo en firme de redacción del libro.

Más tranquilo con este pensamiento, continuó su camino en dirección al bosque. Podía escuchar el suave y regular sonido del mar, el canto despreocupado de los pájaros y el ligero rumor del viento a través de las ramas desnudas.

Sacudió la cabeza mientras caminaba entre los árboles mirando alrededor con la condescendencia un tanto suspicaz que suele sentir un urbanita convencido hacia la soledad en la naturaleza. Se le escapaba el porqué alguien podía elegir vivir en un lugar semejante.

Helen Remington lo había hecho.

Había abandonado riqueza, un estilo de vida privilegiado, una hermosa casa, y una posición social elevada; y, ¿a cambio de qué? Para cocinar para extraños, para vivir en un pedazo de tierra rocoso y para criar un día una pandilla de mocosos chillones, según se imaginó.

¡Perra estúpida!

Mientras caminaba entrelazaba nerviosamente los dedos y volvía a soltarlos. Bajo sus pies comenzó a agitarse una sucia niebla, que le lamía los zapatos. Aceleró el paso, casi corría, ya que la tierra estaba resbaladiza y cubierta de hielo. Al respirar, su aliento formaba pequeñas columnas de humo.

¡Puta desagradecida!

Debía ser castigada, herida. Ella y las demás debían pagar, y pagarían, por lo que habían hecho. Debían morir, y si se atrevían a desafiar su poder, a desafiar sus derechos, morirían entre terribles sufrimientos.

La niebla cubría el suelo y se derramaba por los bordes de un círculo que lanzaba un destello blanco y brillante. Abrió la boca y en su garganta resonó un gruñido salvaje y profundo.

Embistió contra el círculo, que le rechazó. El círculo emitió una luz, una fina y reluciente cortina dorada. Él, furioso, arremetió una y otra vez contra aquello que quemaba con un fuego blanco, abrasaba su piel y sacaba humo de su ropa.

La ira le devoraba, y lo que se había metido dentro del cuerpo de Jonathan Q. Harding le hizo tirarse al suelo aullando y maldiciendo la luz.

* * *

Nell preparó dos platos especiales del día. Tarareaba mientras trabajaba y realizaba unos ajustes en el menú de boda que serviría a finales de mes.

El negocio marchaba bien. El Catering Las Hermanas se había hecho un hueco, e incluso en los meses de invierno tenía encargos. Estaba contenta. El trabajo no era tan exigente como para no poder dedicar un tiempo a diseñar una propuesta que quería plantear a Mia: organizar un club de cocina en el Café & Libros y ampliar los menús, ambas cosas factibles. Cuando tuviera más perfilados los detalles, presentaría su idea a Mia de igual a igual, pues las dos eran mujeres de negocios.

Después de servir los pedidos, miró el reloj. En media hora, Peg haría el relevo. Tenía previsto hacer unos recados y concertadas dos citas para discutir otros encargos del Catering.

Tenía que darse prisa, pensó, para tener todo listo para la cena. Le gustaba que se le juntaran las tareas de la casa y las obligaciones de negocios como si fueran capas sucesivas a las que atender.

Pero no podía negar que había otros dos asuntos que afrontar. La cena de aquella noche no era un acto social. Comprendía la preocupación de Mac, y tendría que centrar sus energías en lo que estaba por llegar; sin embargo, ya se había enfrentado a lo peor y había sobrevivido.

Haría lo que fuera necesario para proteger lo que amaba y a los que amaba.

Se dirigió a limpiar una mesa del café y se guardó la propina en el bolsillo. Ese dinero se guardaba en un bote especial y ella lo reservaba para sus caprichos. Su sueldo era para los gastos, los beneficios del Catering los reinvertía en el negocio, pero las propinas eran para disfrutar. Al llevar de vuelta los platos y tazas a la cocina le gustó el tintineo de las monedas en el bolsillo.

Se paró de golpe y después se acercó rápidamente al ver a Harding junto a la barra, mirando la pizarra del menú con aire de no comprender nada.

—¿Qué ocurre, señor Harding? ¿Se encuentra bien?

Harding la traspasó con la mirada, como si no la viera.

—Debería sentarse. —Dejó con rapidez los platos sobre la barra y le cogió del brazo. Le hizo rodear el mostrador y dirigirse a la cocina. Harding se dejó caer en la silla que le había acercado Nell.

—¿Qué ha sucedido? —le preguntó, tras ir corriendo al fregadero para traerle un vaso de agua.

—No lo sé. —Harding aceptó agradecido el vaso de agua y lo bebió de golpe. Sintió como si tuviera agujas calientes clavadas en la garganta que notaba áspera y quemada.

—Voy a traerle un té y sopa de pollo —le ofreció Nell.

Harding se limitó a asentir y a contemplarse las manos. Tenía las uñas llenas de arenilla como si hubiera estado escarbando en la tierra; los nudillos despellejados y las palmas de las manos arañadas. Vio que sus pantalones estaban sucios y los zapatos mugrientos; de su jersey colgaban trozos de espino y ramitas.

Le molestó encontrarse en semejante estado, ya que era un hombre escrupuloso.

—¿Puedo… lavarme las manos?

—Sí, por supuesto. —Nell lanzó una mirada de preocupación por encima de su hombro. La mitad de su cara estaba roja, como si tuviera una quemadura de sol. Su aspecto era brutal, penoso, aterrador.

Le acompañó al cuarto de baño, esperó fuera y después le condujo de nuevo a la cocina. Le sirvió el té y la sopa mientras él permanecía en un estado como de trance.

—Señor Harding —le dijo Nell con suavidad, tocándole en el hombro—, siéntese, por favor. No se encuentra bien.

—No, yo… —Sintió náuseas—. Creo que me he caído. —Harding parpadeó varias veces. ¿Por qué no era capaz de recordar? Había salido a dar un paseo por el bosque una tarde de invierno soleada.

Pero no recordaba nada.

Dejó que Nell le atendiera como se hace con los muy pequeños o con los muy mayores. Removió la sopa caliente y suave, que le reconfortó la garganta dolorida y el estómago.

Bebió el té de hierbas endulzado con una generosa porción de miel. Disfrutó del agradable silencio que mantenía Nell.

—Me debo de haber caído —repitió él de nuevo—. Estos últimos días no me he sentido bien.

Su ansiedad disminuyó al oler los apetitosos aromas de la cocina y ver los movimientos eficientes y elegantes de Nell al apuntar y servir los pedidos.

Recordó lo que había averiguado y la admiración que había llegado a sentir por ella, siguiéndole los pasos a través del país. Pensó que podría escribir una buena historia sobre ella; una historia acerca del valor y el triunfo.

Puta desagradecida. Las palabras resonaron vagamente en su cabeza y le hicieron temblar.

Nell le examinó con preocupación.

—Debería acudir al hospital.

—Prefiero consultar a mi médico personal —contestó Harding, moviendo la cabeza en un gesto de negación— … Le agradezco su preocupación, señora Todd, su amabilidad.

—Tengo algo para esa quemadura —respondió Nell.

—¿Una quemadura? —preguntó sorprendido Harding.

—Un momento. —Nell salió otra vez de la cocina y habló con Peg, que llegaba en ese preciso instante para cumplir su turno. Cuando volvió, abrió un armario y sacó un pequeño frasco verde.

—Es básicamente aloe —dijo ella animadamente—. Le vendrá bien.

Harding se llevó la mano a la cara y la retiró de nuevo.

—Creo que… el sol es muy engañoso —consiguió decir—. Señora Todd, debo decirle que he venido a la isla con el propósito de hablar con usted.

—¿Ah, sí? —le dijo Nell destapando el frasco.

—Yo soy escritor —empezó—. He seguido su historia. En primer lugar, quiero que sepa cuánto la admiro.

—¿De verdad, señor Harding?

—Sí, sí, de verdad. —Sintió que tenía algo en el estómago que quería llegar hasta su garganta. De nuevo hizo un esfuerzo—. Al principio, sólo me interesó su historia para escribir un artículo, pero según fui conociendo mejor el caso, fui apreciando más el valor de su experiencia y de lo que hizo; es algo que puede llegar a mucha gente. Estoy convencido de que usted es consciente de cuántas mujeres están atrapadas en una historia de malos tratos —continuó, mientras ella se ponía bálsamo en los dedos—. Es usted un ejemplo, señora Todd, un símbolo de triunfo y de superación.

—No, señor Harding, no lo soy.

—Sí, sí que lo es. —Harding la miró directamente a los ojos, tan azules, tan calmados. Las punzadas que sentía en la garganta se mitigaron—. He seguido su rastro por todo el país.

—¿De verdad? —replicó Nell, y a continuación extendió el bálsamo por la mejilla quemada.

—He hablado con gente con la que trabajó, y por decirlo de alguna manera, he caminado sobre sus huellas. Sé lo que hizo, lo duro que trabajó, lo asustada que estaba, pero nunca se rindió.

—Y nunca lo haré —dijo ella muy claramente—. Usted debe comprenderlo y estar preparado para ello: nunca cederé.

—Me perteneces. ¿Por qué me provocas para que te hiera, Helen?

Era la voz de Evan, el tono tranquilo y razonable que usaba antes de castigarla. El miedo quería brotar libremente, pero era precisamente eso lo que él quería provocar, como Nell ya sabía.

—Ya no puedes herirme, y no dejaré que nunca más hagas daño a nadie a quien yo ame.

A Harding se le erizó la piel al sentir los dedos de Nell, como si algo reptara por ella, a pesar de que lo único que hacía era aplicar el bálsamo suavemente. Sintió un escalofrío y le agarró la muñeca.

—Váyase —susurró—, márchese antes de que sea demasiado tarde.

—Aquí está mi hogar —respondió Nell intentando vencer su miedo—, lo protegeré con todo aquello que soy. Venceremos.

Harding volvió a estremecerse.

—¿Qué ha dicho?

—He dicho que debería irse a descansar, señor Harding. —Nell tapó el frasco de aloe mientras le inundaba una oleada de piedad—. Espero que pronto se encuentre mejor.

—¿Le dejaste marchar? —Ripley se paseó nerviosa por la comisaría, tirándose del pelo para liberar su frustración—. ¿Te limitaste a darle un golpecito en la cabeza y decirle que se echara una siestecita?

—Ripley... —El tono de Zack traslucía una tranquila advertencia, pero ella negó con la cabeza.

—¡Por Dios, Zack! Ese hombre es peligroso —dijo; ella ya había notado algo raro en aquel hombre.

—Él no tiene la culpa —comenzó a decir Nell, pero Ripley se giró para encararse con ella.

—No es cuestión de culpas, sino de hechos —replicó Ripley—. Ya sería bastante malo que se tratara únicamente de un periodista con aires de superioridad. Ha venido aquí buscándote, ha seguido tus pasos por todo el maldito país, entrevistando gente a tus espaldas.

—Es su trabajo. —Nell levantó una mano antes de que Ripley pudiera cortarla de nuevo. Un año antes habría evitado la discusión, pero las cosas habían cambiado—. Yo no voy a enfadarme con él por hacer su trabajo, o por lo que le está sucediendo. No es consciente de lo que ocurre, está enfermo y asustado. Tú no le has visto, Ripley, yo sí.

—No, no he podido verle porque no me avisaste, no me dejaste participar.

—¿Ése es el auténtico problema, que no te pedí consejo, ni ayuda? —Nell ladeó la cabeza—. Dime, ¿tú nos hubieras llamado a Mia o a mí?

Ripley abrió la boca y la volvió a cerrar apretando los labios.

—No se trata de mí.

—A lo mejor sí. Quizá estamos hablando de un todo, al fin y al cabo se trata de un ciclo completo, que se inició por lo que llevamos dentro, y que será precisamente lo que acabe con ello. Él estaba herido, confundido y asustado —explicó Nell, dirigiéndose a Zack—. No sabe lo que ocurre.

—¿Tú sí? —le preguntó su marido.

—No estoy segura. Hay una fuerza oscura que le está utilizando. Creo que… —Era difícil pensarlo y más decirlo—. Me temo que lo esté utilizando Evan como puente, desde dondequiera que esté. Tenemos que ayudarle.

—Lo que debemos hacer es sacarle de la isla —interrumpió Ripley—. Meter su culo en el próximo trasbordador hacia el continente, y para eso no hace falta la magia.

—Rip, no ha hecho nada —le recordó Zack—. No ha quebrantado la ley, ni ha amenazado a nadie. No podemos obligarle a dejar la isla.

Ripley puso las palmas sobre el escritorio de su hermano y se inclinó hacia delante.

—Ha venido buscando a Nell. Tenía que hacerlo.

—No se acercará a ella, yo no dejaré que suceda —contestó Zack.

—Destruirá lo que amas, ésa es la razón por la que está aquí —dijo Ripley volviéndose hacia Nell, que sacudió la cabeza.

—No se lo permitiré. —Buscó la mano de Ripley—. Nosotras no le dejaremos.

—He sentido dentro de mí lo que es, lo que es capaz de hacer.

—Lo sé. —Nell le estrechó la mano—. Necesitamos a Mia.

—Tienes razón —asintió Ripley—, aunque me fastidia.

* * *

—Eres una mujer fascinante, hermanita. —Mia se apoyaba en la encimera de la cocina, contemplando cómo Nell introducía la pasta en el agua hirviendo.

—Tenemos encima una crisis, un asunto que viene forjándose desde hace tres siglos; Ripley está nerviosa y no deja de lanzar juramentos, y tú sigues cocinando y sirviendo comida como si tal cosa.

—Cada uno se dedica a lo que sabe hacer mejor. —Nell levantó la mirada, mientras removía la pasta—. ¿Y tú qué haces Mia?

—Yo espero.

—No, no es tan sencillo.

—Me preparo, entonces. —Mia levantó su copa de vino y bebió—. Por lo que pueda pasar.

—¿Tú puedes ver lo que se avecina?

—No del todo. Sólo veo algo fuerte y devastador. Algo compuesto de sangre y venganza, que reclama lo que está en su origen, que crece a medida que devora. Utiliza la debilidad —dijo Mia.

—Entonces no hay que ser débil.

—Nos subestima —prosiguió Mia—, pero nosotras debemos tener cuidado de no hacerlo. El demonio no se preocupa de las reglas, de lo correcto y lo justo. Es inteligente. Es capaz de presentarse como algo atractivo.

401

—Ahora estamos juntas las tres. Yo tengo a Zack, Ripley a Mac, me gustaría...

—No desees por mí. Tengo todo lo que necesito.

—Mia... —Nell sacó el colador, intentando encontrar las palabras apropiadas—. Incluso ahora que nos vamos a enfrentar al peligro que tenemos encima, hay un asunto más: tú.

—¿Crees que voy a salir volando por el acantilado? —Mia se relajó lo suficiente como para soltar una carcajada—. Puedo asegurarte que no voy a hacerlo. Me gusta demasiado la vida.

Existen otras formas de saltar al vacío, pensó Nell. Quiso expresarlo en voz alta, pero se contuvo. De momento, tenían demasiado a lo que enfrentarse.

* * *

¿Qué les ocurría? Ripley escuchaba la conversación que se desarrollaba en torno a la mesa, mezclada con los deliciosos olores de la comida bien preparada. Era una conversación corriente y las voces sonaban tranquilas.

Pásame la sal.

¡Por el amor de Dios!

Sintió que algo a punto de estallar bullía en su interior, algo listo para desbordarse y derramarse a la vista de todos. Mientras tanto, los demás charlaban y comían como si fuera una velada cualquiera.

Parte de ella sabía que se trataba de una pausa, de un respiro para reunir fuerzas y prepararse; pero Ripley no tenía la paciencia suficiente como para resistirlo, ni la absoluta calma de Nell, ni la frialdad de Mia. Su propio hermano se dedicaba a servirse otro plato de pasta como si todo lo que le importaba en la vida no estuviera a punto de desmoronarse y hundirse.

En cuanto a Mac… Observaba, asimilaba, valoraba, pensó con resentimiento. Era un cretino, al fin y al cabo.

Ahí afuera había algo hambriento, que no se daría por satisfecho con una comida casera bien preparada. ¿Acaso no eran capaces de sentirlo? Era algo que reclamaba sangre, sangre y huesos, muerte y agonía, dolor.

Aquello la desgarraba.

—¡Caramba! —Ripley empujó el plato y la conversación cesó—. Estamos sentados aquí tranquilamente, comiendo pasta, y esto no es una maldita fiesta.

—Hay muchas formas de prepararse para luchar —comenzó a decir Mac, mientras le ponía una mano en el brazo.

Lo que ella quería era quitar aquella mano de un golpe, y se sintió mal por ello.

—¿Para luchar, dices? Esto es una guerra.

—Hay muchas formas de estar preparado —repitió él—. Estando aquí juntos, compartiendo la comida, que es un símbolo de vida y de unión…

—Ya no es momento de símbolos. Tenemos que hacer algo concreto —respondió Ripley.

—Con la ira sólo conseguimos alimentarlo —intervino Mia.

—Entonces estará a punto de explotar —replicó Ripley, mientras se ponía de pie—, porque estoy cabreada hasta el infinito.

—El odio, la rabia, el deseo de violencia, todas esas emociones negativas le refuerzan y a ti te debilitan —dijo Mia llevándose la copa de vino a los labios.

—No me digas lo que debo sentir —contestó Ripley.

—¿Acaso he podido hacerlo alguna vez? Quieres lo que siempre has perseguido, una respuesta clara. Cuando no lo consigues, o te lías a puñetazos o te marchas —atacó Mia.

—Por favor —suplicó Nell—. Ahora no es el momento de enfrentarnos entre nosotras.

—En efecto. Hagamos las paces. —Ripley pudo escuchar el tono mordaz de su voz, y aunque le avergonzó, no pudo detenerse—. ¿Por qué no tomamos café y pasteles?

—Ya basta, Rip —intervino Zack.

—No, no basta. —Se giró hacia su hermano sintiendo un disgusto que iba más allá de los buenos modales—. Hasta que hayamos solucionado esto, hasta que no termine, nada es suficiente. Esta vez habrá algo más que un cuchillo sobre su garganta, algo más que un cuchillo teñido con tu sangre, Zack. No voy a perder lo que amo. No voy a permanecer sentada aquí a la espera de que venga a buscarnos.

—En eso estamos de acuerdo. —Mia dejó su copa—. No vamos a perder y como discutir es malo para la digestión, ¿por qué no nos ponemos manos a la obra? —Mia se levantó y comenzó a despejar la mesa, y antes de que Ripley pudiera hacer algún comentario sarcástico añadió—: Nell se sentirá mejor si tiene la casa ordenada.

—Perfecto, seamos ordenados. —Ripley agarró rápidamente su plato; se dirigió a la cocina y se felicitó por no limitarse a dejar el plato en el fregadero. ¡Qué control! ¡Qué autodominio!

¡Dios mío! Lo que quería era gritar.

Mac apareció tras ella, solo. Dejó los platos sobre la encimera y le puso las manos sobre los hombros, que estaban rígidos y agarrotados.

—Tienes miedo. —Mac agitó la cabeza antes de que ella pronunciara una palabra—. Todos lo tenemos, pero tú crees que debes soportar todo el peso de esto y de lo que suceda, y no tiene por qué ser así.

—No quieras aplacarme, Mac. Sé cuándo me comporto mal.

—Está bien, entonces no tengo por qué seguir, ¿no? Conseguiremos acabar con esto.

—No puedes sentir lo que yo siento, es imposible.

—No, no puedo, Ripley, pero te amo con todo mi corazón, y lo sé, y eso es lo más cercano a sentirlo.

Ripley se dejó llevar un momento, dejó que él la tomara y se cobijó en ese refugio.

—Habría sido más fácil que esto hubiera sucedido después.

Mac rozó su mejilla contra su cabello.

—¿Tú crees?

—Si hubieras llegado cuando todo se hubiera normalizado, habríamos mantenido una relación sentimental normal y una vida corriente: barbacoas, riñas matrimoniales, fantásticas sesiones de sexo y facturas de dentista.

—¿Eso es lo que quieres?

—En este momento, suena estupendo. Prefiero sentirme furiosa que asustada. Actúo mejor.

—Recuerda solamente que todo se reduce a esto. —Mac le echó la cabeza hacia atrás y puso sus labios sobre los de ella—. Aquí existe una magia que la mayoría de la gente no llega nunca a conocer.

—No pierdas más el tiempo conmigo, ¿vale?

—Eso es imposible.

* * *

Ripley intentó contener su impaciencia, mientras se hacían los preparativos. No quería tumbarse en el sofá, porque se sentía demasiado vulnerable, y prefirió acomodarse en una silla en el vestíbulo, con las manos sobre los reposabrazos y tratando de no pensar en las máquinas y en las cámaras.

Sabía que le hubiera reconfortado tener a Mia y a Nell, una a cada lado como dos guardianes, pero se hubiera sentido ridícula.

—Hazlo ya —le dijo a Mac.

—Tienes que relajarte. —Acercó una silla a la de Ripley, se sentó y sostuvo el colgante con aire distraído—. Respira despacio. Aspira y expira.

La hipnotizó sin esfuerzo, de una manera tan fácil que le hizo estremecer.

—Está en sintonía contigo, y tú con ella —comentó Mia, sorprendida al ver cómo Ripley se había entregado por completo—. Eso supone una especie de fuerza.

Fuerza que iban a necesitar todos ellos, pensó, sintiendo un escalofrío en la piel. Para luchar contra esa sensación, tendió la mano por encima de Ripley para tomar la de Nell.

—Somos las Tres —dijo Mia con claridad— y dos de nosotras protegeremos a la tercera. Nada podrá dañarnos si permanecemos unidas. —Hizo un gesto a Mac, mientras volvía a sentir calor.

—Ripley, aquí estás a salvo. Nada puede hacerte.

—Está cerca —anunció Ripley estremeciéndose—. Es algo frío y está cansado de esperar. —Abrió los ojos y miró a Mac sin verle—. Te conoce, te vigila y te está esperando. Compartís la sangre. Morirás por mi mano, eso es lo que quiere: acabar con el poder y que sea destruido por mi mano. —El dolor le calaba hasta el fondo de los huesos—. Detenedme. —Su cabeza rodó hacia atrás y se le pusieron los ojos en blanco—. Yo soy Tierra.

Se transformó ante los ojos de todos, súbitamente de su pelo brotaron rizos y se le redondearon los rasgos.

—Debo expiar mi pecado y se me acaba el tiempo. De hermana en hermana y de amor en amor. La tormenta se acerca y con ella la oscuridad. Yo no tengo fuerzas, estoy perdida. —Mientras hablaba, gruesas lágrimas se deslizaban por sus mejillas.

—Hermana. —Mia posó la mano que tenía libre en el hombro de Ripley y volvió a sentir el frío—. ¿Qué podemos hacer?

Los ojos que se posaron sobre Mia no eran los de Ripley; parecían ser unos ojos viejos y estaban increíblemente tristes.

—Lo que deseas, lo que sabes, lo que crees… La confianza es lo primero, la justicia es lo segundo, y el amor sin límites lo tercero. Vosotras sois Tres. Que seáis más fuertes que lo que os creó a vosotras y a todos no es suficiente. Si vivís se os romperá el corazón. ¿Podréis afrontarlo?

—Yo viviré y conservaré mi corazón —contestó Mia.

—Mi hermana pensó lo mismo. Yo la amaba, amaba a las dos demasiado, o no lo suficiente, aún no lo sé. Quizá vuestro círculo sea más fuerte y resista.

—Dinos cómo resistir.

—No puedo. Si las respuestas están dentro de vosotras, las preguntas carecen de importancia. —Se dirigió entonces a Nell—. Tú encontraste las tuyas, por lo tanto hay esperanza. Bendita seas. —Continuó hablando entre jadeos—. La tormenta —dijo en el instante en que el primer relámpago azul iluminó la habitación.

Se rompió una lámpara que cayó al suelo. Un florero se elevó en el aire antes de estrellarse contra la pared. El sofá se levantó solo y cruzó la habitación.

Cuando Zack se volvió hacia Nell, una mesa se cruzó en su camino. Saltó por encima, maldiciendo, y sujetó a su esposa poniendo su cuerpo como escudo para protegerla.

—¡Detente! —gritó Mia al viento que había inundado la habitación—. Nell, quédate conmigo. —Apretó su mano contra la de Nell y con la otra tomó la de Ripley—. Que se detenga el poder y el aire se pare. Que desafíe este círculo, aquel que se atreva. Nosotras permanecemos aquí, somos las Tres. Hágase nuestra voluntad.

Una voluntad luchando contra otra. Magia chocando contra magia. Y entonces el viento se detuvo, tan de golpe como había comenzado. Los libros que habían estado volando por el aire cayeron al suelo con un ruido sordo.

—Ripley... —La voz de Mac era absolutamente tranquila, en contraste con los latidos acelerados de su corazón—. Voy a contar desde diez hacia atrás y te despertarás cuando llegue al uno. Despacio.

Se inclinó sobre ella, rozó sus mejillas con los labios y susurró el conjuro que había leído en el diario.

—Lo recordarás —le prometió, confiando en que permaneciera en su mente para cuando le fuera más necesario—. Vas a escucharlo y sabrás cuándo utilizarlo.

Mientras Mac la iba despertando, Ripley notó que volvía. Era como si regresara de un mundo de terror. Cuanto más se acercaba al borde, más frío y más pavor sentía.

Cuando abrió los ojos y pudo ver con claridad, reparó en que Mac tenía sangre en el rostro: un reguero que fluía de la sien a la mejilla.

—¡Dios mío! —exclamó.

—No es nada. —Mac no había notado el corte hasta que Ripley retiró su mano llena de sangre—. Habrá sido algún cristal suelto. No es nada —repitió—, sólo son rasguños.

—Tu sangre. —Ripley cerró el puño sobre la mancha de sangre y sintió la culpabilidad, el poder, la avidez y el miedo.

—A veces afeitándome ha sido peor. Mírame. Relájate. Nell, ¿le puedes traer un vaso de agua? Vamos a descansar un momento, antes de comentar lo que ha sucedido.

—No —replicó Ripley, mientras se levantaba—. No es necesario, sólo necesito un momento. —Puso su mano en el rostro de Mac con suavidad—. Lo siento. No he podido controlarlo. Lo siento.

—No pasa nada —respondió Mac.

Ripley asintió como si estuviera de acuerdo con él, pero mientras se dirigía a la cocina sabía que ni era así, ni sería así, ni podría serlo nunca.

Era consciente de lo que tenía que hacer, de lo que había que hacer. La sangre de Mac ya se había enfriado en sus dedos cuando salió por la puerta trasera hacia la tormenta, que iba en aumento.

Veinte

Ripley se internó en el viento con un único propósito: conseguir que Harding se marchara de la isla y marcharse ella también. Mantenerle apartado de Mac, de Nell, de Mia y de su hermano. Después, se enfrentaría a lo que viniera. Pero el peligro inmediato para aquellos que amaba se encontraba en su interior, y estaba ligado a lo que se ocultaba en el interior de Harding.

Ella había derramado la sangre de Mac.

Curvó los dedos, cerrando el puño, con la mano todavía empapada en sangre. La sangre tenía poderes; era una de las fuentes elementales. La magia negra la utilizaba como medio, o se alimentaba con ella.

Todo aquello en lo que creía rechazaba el derramamiento de sangre, lo negaba, luchaba contra ello.

No causes daño, pensó. Intentaría no hacerlo. Pero lo primero que haría sería asegurarse de que las personas que amaba no fueran heridas.

Inocentes asesinados.

Sintió la frase susurrada en su oído tan claramente, con tanta urgencia que miró alrededor, esperando ver a alguien.

Pero no había nadie, sólo la noche, la oscuridad, y la fuerza brutal de la tormenta a su alrededor.

A medida que se alejaba de la casa, la tempestad arreciaba y su furia crecía.

Había algo que quería utilizarla a ella para herir a Mac, para atrapar a Nell y para destruir a Mia.

Moriría antes de permitirlo, y se lo llevaría con ella.

Cuando alcanzó la playa, aceleró el paso y después se dio la vuelta de repente al oír un ruido a sus espaldas.

Lucy surgió en la oscuridad con las orejas alerta. Estuvo a punto de ordenar al perro que volviera a casa, pero bajó el brazo, y suspiró.

—Muy bien, ven. Quizá sea mejor estar acompañada por una perra boba, pero conocida, que sola. —Apoyó la mano en la cabeza de Lucy—. Protege a los míos.

Mientras corrían las dos por la playa, el cabello de Ripley flotaba al viento. La marea azotaba la orilla sin cesar, formando un muro de agua negra contra la costa, cuyo sonido retumbaba en su cabeza.

Su hermana había muerto, sacrificada como un cordero por su amor, por su corazón, por su don. ¿Dónde estaba la justicia?

El aire estaba repleto de gritos y alaridos, de cientos de voces atormentadas. A sus pies, comenzó a desparramarse por el suelo una sucia niebla, que llegó a cubrirle los tobillos y después las rodillas.

La frialdad de la niebla le caló los huesos.

Sangre por sangre. Vida por vida. Poder por poder. ¿Cómo había podido pensar que hubiera otro camino?

Algo hizo que mirara por encima del hombro. Donde debía estar la casa con las luces brillando en las ventanas, sólo había una cortina de un color blanco sucio.

Había sido aislada de su hogar y también del pueblo, como pudo comprobar, al hacerse la niebla más espesa y arremolinarse a su alrededor.

¡Muy bien!, pensó, apartando el miedo para dar paso a la ira.

—¡Ven aquí, maldito! —gritó, y su voz cortó la niebla como un cuchillo—. Acepto el reto.

El primer golpe del poder le dio con fuerza en la espalda, antes de que pudiera prepararse.

La rabia bullía en su interior. Cuando elevó los brazos para abrazarlo, los relámpagos surcaron el cielo y el mar como látigos de punta enrojecida. ¡Ah!, pensó, aquí está la magia poderosa.

Se vio a sí misma, que no era ella, de pie en medio de la galerna, haciendo acopio de fuerzas. Aire, Tierra, Fuego, Agua.

Junto a ella, Lucy levantó la cabeza y emitió un largo y penetrante aullido.

Harding, o lo que le dominaba, surgió de la niebla.

* * *

—Ripley ha tenido una buena rabieta —dijo Zack para intentar aligerar el ambiente.

La habitación estaba hecha un desastre, y si se concentraba, todavía era capaz de sentir sobre la piel el zumbido de lo que había agitado aquel espacio.

—Miedo y rabia, rabia y miedo. —Mia se paseó mientras hablaba—. No he podido abrirme camino hasta Ripley y hasta aquella de la que procede. Es algo demasiado fuerte y demasiado denso.

—¿Tan duro como la cabeza de Ripley? —preguntó Mac con una débil sonrisa.

—Exacto. Me gustaría saber qué paso vamos a dar a continuación para poder hacerle frente, y ya sé que estoy simplificando demasiado —dijo Mia.

—Todo esto le está haciendo daño a Ripley —comentó Nell.

—Ya lo sé y lo siento. —Mia dio un golpecito en el brazo de Nell con aire ausente—. Lo que debemos hacer es sentarnos a pensar cómo podemos utilizar esos sentimientos, su negatividad contra lo que va a venir. Un conjuro protector, en este momento, sólo serviría para tapar un hueco. Aunque me moleste estar de acuerdo con la ayudante, tenemos que pasar a la acción. —Mia se detuvo para concentrarse—. Nell, tú no tienes mucha experiencia en este terreno y en cualquier caso, no resultará fácil.

—¿Por qué no? —preguntó Mac—. ¿Estás pensando en una expulsión?

—¡Qué suerte contar con un estudioso del tema! Sí. —Mia continuó—. Somos cinco; sería mejor que fuésemos doce, pero no hay tiempo para buscar refuerzos. Tampoco tenemos mucho tiempo para hacer los preparativos. Nos conformaremos con lo que tenemos. Una vez que... —La voz de Mia se fue apagando y se quedó blanca como el papel—. Se ha ido. Está fuera de los límites protectores. —Su miedo se hizo patente, antes de que pudiera hacer nada por esconderlo—. Ripley ha roto el círculo.

Mia sujetó a Mac por el brazo cuando se dirigía corriendo hacia la puerta.

—No, no lo hagas, piensa. Los sentimientos no bastan, ése es el problema de Ripley. Acudiremos todos juntos e iremos preparados. —Mia barrió la habitación con la mirada—. ¿Sabéis lo que hay que hacer?

—En teoría, sí —respondió Mac, que luchaba contra su miedo.

Mia vio cómo Zack tanteaba la funda de la pistola, y quiso decirle que aquél no era el camino, pero la expresión de su cara le advirtió de que era mejor no intervenir.

—Dinos qué debemos hacer —le apremió Nell—, y hagámoslo rápido.

* * *

Ripley apretó los pies contra el suelo, con las piernas abiertas y se preparó. Era un desafío y lo sabía; tenía que conseguir sacarle de sí mismo y atraerle hacia ella, para salvar al resto. Y después destruirle.

Lucy, a su lado, gruñía quedamente.

—Harding, un cuarentón de ciudad algo regordete; si me permites opinar, me parece una elección poco afortunada —dijo utilizando un tono frío de voz y claramente burlón.

—Es una tapadera útil. —La voz era más profunda y de alguna manera más húmeda de lo que debería—. Ya nos hemos conocido antes.

—¿De verdad? Yo sólo recuerdo a la gente interesante.

—Lo que hay en tu interior recuerda lo que está dentro de mí. —Dio un rodeo alrededor de Ripley con paso ligero. Ella giró con él cuidando de permanecer

415

cara a cara. Deslizó sus dedos por el collar de Lucy, para mantener quieta a la perra, que saltaba e intentaba morder—. Tú intentaste alcanzar lo que yo tuve una vez y lo introdujiste dentro de ti, como a un amante. Recuerda el éxtasis que sentiste.

Ripley se dio cuenta de que no se trataba de una pregunta, sino de una orden. Una emoción rápida y punzante la recorrió, excitando y llenando todo su cuerpo por entero. Fue una especie de orgasmo total que casi le hizo caer de rodillas ante el placer absoluto y salvaje que experimentó.

Se estremeció de tal manera que casi no pudo emitir ni un gemido.

Sí, ¡Por Dios!, sí. ¿Era posible experimentar aquello? Valía la pena pagar cualquier precio: caer en la traición, en la condenación, en la muerte…

Mientras luchaba por mantener la cabeza despejada, vio el reflejo de un movimiento. Tropezó cuando quiso girar en sentido contrario y cayó de bruces en el suelo con la cara contra la arena helada.

Se sintió como si un camión le hubiera pasado por encima.

Él se reía entre dientes con una especie de risa satisfecha, mientras ella intentaba alzarse con ayuda de manos y rodillas. Ripley vio cómo Lucy atacaba y saltaba enseñando los dientes, y golpeaba una burbuja en el aire que ardía en los bordes a consecuencia del golpe.

—¡No, Lucy, no! ¡Estate quieta! —gritó Ripley.

—Yo puedo darte lo que quieres y más, pero no gratis, ni de una manera fácil. ¿Por qué no tomas mi mano? —le preguntó.

Ripley apenas había recuperado el aliento, pero tendió una mano para tranquilizar al perro, que temblaba con cada gruñido.

—¿Por qué no me besas el culo? —contestó.

Él la golpeó de lleno otra vez, con un terrible golpe de viento.

—Puedo aplastarte, pero sería una pena; si unimos tu poder con el mío, dominaremos todo.

Mentiroso, pensó Ripley. Miente, y está jugando contigo. Compórtate de forma encantadora, se dijo; sé más astuta.

—Estoy confundida —replicó débilmente—, no soy capaz de pensar. Necesito estar segura de que la gente a la que amo estará a salvo.

—Por supuesto —canturreó Harding—. Todo lo que desees te será concedido. Entrégate a mí.

Ripley mantuvo la cabeza baja, mientras se ponía de pie, como si estuviera realizando un gran esfuerzo. Cuando la echó para atrás, lanzó su mente contra él, toda la ira que sentía. Pudo leer en su rostro que le había asustado, lo que le produjo un instante de satisfacción. Entonces, su cuerpo salió volando empujado por la rabia de Ripley.

La arena sobre la que aterrizó se volvió negra bajo la niebla como si se hubiera quemado.

—Voy a enviarte al infierno —prometió ella.

La luz era cegadora, y el frío y el calor estallaban en el aire como la metralla. Ripley continuó por puro instinto saltando a su alrededor, haciéndole frente y atacándole.

Sintió dolor, un dolor ardiente y asombroso que utilizó como arma.

—Tú y los tuyos sufriréis —exclamó él—. Vendrá la agonía, y después nada, lo que es peor que la agonía. Lo que tú amas dejará de existir.

—No puedes tocar lo que amo, a no ser que pases por encima de mí.

—¿Ah, no?

Ripley podía escuchar el aliento entrecortado y crispado de Harding. Estaba cansado, pensó con un sentimiento de amenaza. Vencería. Mientras reunía fuerzas para acabar con aquello, su contrincante juntó las manos y las elevó. Entonces del cielo agitado se desprendieron relámpagos negros que atravesaron sus manos unidas y formaron una espada centelleante. Él blandió la espada en el aire una, dos veces. Su rostro tenía un aire triunfal cuando se acercó a ella.

Ripley invocó a la Tierra, sintiéndola temblar ligeramente. Cuando notó la sacudida, Lucy saltó dispuesta a defenderla. A pesar de que Ripley gritó, la espada atacó.

—Todo lo que amas morirá esta noche —amenazó él, mientras la perra quedaba tendida en el suelo.

—Te mataré sólo por esto —dijo Ripley, al tiempo que elevaba la mano hacia el cielo y a través de ella lanzaba sus poderes.

Ripley sintió que su mano se cerraba sobre una espada que se ajustaba como un guante y cuyo peso le resultaba familiar. Al asirla, el choque entre ambos filos resonó como un mal presagio.

Entonces, fue ella quien invocó a la tormenta, y cientos de rayos arrojaron agua y arena hasta que formaron un círculo a su alrededor, atrapándoles a los dos como en una jaula. La fuerza y la violencia de los elementos la alimentaron y se convirtieron en ella misma.

Su odio creció con una voracidad que engullía todo lo demás.

—Has asesinado inocentes.

—A todos y cada uno —dijo Harding, que sonreía con los labios apretados.

—Has destruido a mis hermanas.

—Murieron llorando.

—Asesinaste al hombre que yo amaba.

—Entonces y ahora.

El ansia de sangre le quemó a Ripley en la garganta, y pareció alimentarla con una fuerza descomunal. Le golpeó empujándole hacia los barrotes ardientes.

Débilmente escuchó, en su mente, en sus oídos, cómo alguien la llamaba, pero bloqueó ese sonido, mientras continuaba golpeando y cortando; notaba cómo su espada temblaba cada vez que hería de nuevo.

Lo único que deseaba era alcanzar el momento culminante, atravesar su corazón con el filo de la espada, y sentir que el poder fluía en su interior cuando asestara el golpe mortal.

A cada momento lo sentía más profundo, más real, más cercano. Pudo saborear lo que se avecinaba, algo amargo, seductor, maligno.

Cuando su enemigo perdió la espada y cayó a sus pies, ella sintió una excitación casi sexual.

Sujetó la empuñadura con ambas manos por encima de su cabeza.

—Ripley.

La voz de Mac sonó tan apacible en medio del estruendo de su mente que apenas le oyó, pero sus manos temblaron.

—Es lo que él quiere, no se lo des.

—Yo quiero hacer justicia —gritó ella, mientras su cabello volaba a su alrededor en espirales que chocaban entre sí.

—Eres demasiado débil para matarme —la retó el hombre que se encontraba a sus pies mostrando la garganta deliberadamente—. No tienes valor suficiente.

—Ripley, quédate conmigo. Mírame —insistió Mac.

Sujetando la espada con fuerza, Ripley miró fijamente a través de los barrotes y vio a Mac muy cerca.

¿Cómo ha aparecido?, pensó confusamente. ¿Cómo ha llegado hasta aquí? Junto a Mac se encontraba su hermano, y a ambos lados, Nell y Mia.

Se escuchó jadear y resollar; sintió cómo un sudor frío le recorría la piel, pero también notó cómo aquella avidez se propagaba por sus venas.

—Te amo. Quédate conmigo —dijo Mac de nuevo—, recuerda.

—Derriba la barrera y tracemos el círculo. Somos más fuertes —intervino Mia bruscamente.

—Ellos morirán. —Aquel ser que tenía el rostro de Harding se burló—. Los mataré despacio, de forma dolorosa, para que puedas escuchar sus gritos. Mi muerte o la suya. Tú eliges.

Ripley se apartó de aquellos a los que amaba y se enfrentó con él.

—La tuya.

La noche se llenó de estruendo cuando dejó caer la espada. Cientos de imágenes acudieron a su mente, y entre ellas, pudo ver la mirada de triunfo en los ojos de su oponente, una alegría completa y total.

Un momento después, todos se sintieron desconcertados y perdidos, al igual que Harding.

Ripley detuvo el filo de la espada a un centímetro de su garganta.

—Ayúdame —susurró Harding, y ella vio cómo se le erizaba la piel.

—Lo haré. La raíz de la magia está en el corazón —comenzó a decir Ripley, repitiendo las palabras que Mac había susurrado en su subconsciente—, y desde allí debe partir el don del poder. Ahuyentamos la oscuridad con su luz, y dejamos huella con su alegría, para proteger y defender, para vivir y para ver. Hágase mi voluntad.

Harding se echó a reír, bajo el filo de la espada.

—¿Tú crees que un débil conjuro de mujer me protegerá?

Ripley inclinó la cabeza casi con simpatía.

—Sí, como lo hará este conjuro.

Tenía la cabeza despejada y fría, cuando deslizó por el filo de la espada la mano, teñida con la sangre de Mac.

El amuleto que le había regalado relucía sobre su pecho, cálido y brillante.

—Su sangre —dijo Ripley—, y ahora la mía, mezcladas ahora y de verdad. —Apretó hasta que empezaron a caer gotas sobre la piel de Harding, que comenzó a aullar. ¡Qué maravillosa rabia!, pensó, mientras continuaba—. Esta sangre brota del corazón para vencerte. Éste es el poder que yo libero. Hágase mi voluntad.

—¡Perra! ¡Puta! —bramó él.

Cuando Ripley se echó hacia atrás, él intentó agarrarla para levantarse, pero se arrastró gruñendo al no conseguirlo.

De pronto, Ripley lo vio todo absolutamente claro. La esperanza era deslumbrante. Conmovida, empezó a borrar los barrotes de la jaula luminosa.

—No podemos dejar a Harding así, pobre diablo —dijo llena de piedad hacia él.

—Nosotras nos ocuparemos —intervino Mia.

Trazaron un círculo de sal y plata. Harding, en el centro, escupía y aullaba como un animal; soltaba juramentos cada vez más grandes, y amenazas más y más insidiosas.

Muchos rostros diferentes se creaban y se destruían una y otra vez en su rostro.

Los truenos resonaron en el cielo tan salvajemente como las olas en las rompientes y el viento bramó enloquecido.

Harding puso los ojos en blanco cuando le rodearon y juntaron las manos.

—Te expulsamos fuera para que la oscuridad vuelva a la oscuridad; desde ahora y para siempre llevarás nuestra señal. —Mia se concentró y apareció un pequeño pentagrama blanco en la mejilla de Harding.

Él aulló como un lobo.

—Te arrojamos a la noche y al vacío —continuó Nell—. Sal de este alma y ve más allá de la luz.

—Helen, te amo, eres mi esposa, eres mi mundo —dijo Harding con la voz de Evan—. Ten piedad.

Nell sintió piedad, pero lo único que pudo darle fue una lágrima solitaria que se deslizó por su mejilla.

—En este lugar y en este momento —cantó Ripley—, te expulsamos fuera y despreciamos tu poder. Estamos unidas, somos las Tres. Hágase nuestra voluntad.

—Te expulsamos fuera —repitió Mia, como lo repitieron todas las que tenían las manos unidas, una por una hasta que las palabras se superpusieron formando una sola voz.

La fuerza de aquel ser se desató como un vendaval frío y fétido, y se convirtió en una especie de túnel negro para después arrojarse contra el aire y el mar.

Harding, tumbado sobre la arena, gimió. Tenía el rostro grisáceo, pero sin marca alguna.

—Necesita atención —dijo Nell.

—Entonces, acércate y ocúpate de él. —Ripley dio un paso atrás e inmediatamente le flaquearon las fuerzas y se le doblaron las piernas.

—Está bien, cariño, no pasa nada —dijo Mac sujetándola y poniéndola de rodillas con cuidado—. Respira, despeja la cabeza.

—Estoy bien, sólo me siento un poco insegura. —Consiguió levantar la cabeza y mirar a su hermano—. Supongo que no vas a encerrarme por asesinato.

—Supones bien. —Zack también se arrodilló y tomó el rostro de Ripley entre las manos—. Rip, me has asustado.

—Sí, yo también he pasado miedo —dijo apretando los labios para que cesara el temblor—. Mañana tendremos mucho trabajo con los daños de la tormenta.

—Ya nos ocuparemos de eso; los Todd cuidan de Hermanas —respondió Zack.

—¡Por supuesto! —Ripley aspiró, expiró y se sintió liberada—. Deberías ayudar a Nell con Harding. ¡Pobre tonto! Yo estoy bien.

—Siempre lo has estado. —Zack la besó en ambas mejillas y la sostuvo un minuto más. Después se puso de pie y miró a Mac—. Asegúrate de que permanece así un rato.

Ripley tomó aliento una vez más.

—Dame un minuto, por favor —le pidió a Mac.

—Puedo darte incluso dos, pero no más.

—De acuerdo —asintió, mientras él la ayudaba a levantarse.

Tenía las rodillas como gelatina, pero se obligó a sostenerse, se enderezó y se volvió hacia Mia. Entonces se olvidó de la debilidad, del susto y de los restos del poder. Mia estaba de pie, sonriendo ligeramente, con una mano apoyada en la cabeza de Lucy, que movía el rabo como si fuera un metrónomo enloquecido.

—¡Lucy! —De un salto Ripley enterró el rostro en la piel de la perra—. Pensé que había muerto. Yo vi… —Se echó para atrás de golpe y empezó a examinar a Lucy, buscando las heridas.

—No fue real —le explicó Mia en voz baja—, la espada que sostenía no era más que una ilusión, un truco para ponerte a prueba. Lo utilizó para empujarte a repetir el mismo pecado. Él no buscaba tu muerte, todavía no, sino tu alma y tu poder.

Ripley apretó a Lucy una vez más, se enderezó y se dirigió a Mia. —Entonces, él ha perdido, ¿no?

—Eso parece.

—¿Tú viste algo?

—Sólo parte. —Mia sacudió la cabeza—. No tanto como para estar segura, pero sí lo suficiente como para dudar y preocuparme. —Levantó una mano al ver que Nell se dirigía hacia ellas—. En el fondo de mi corazón, yo sabía que no podías fallar, pero en mi cabeza, no estaba tan segura. Tú siempre me has resultado un acertijo difícil de resolver.

—Yo creo que lo hice porque estaba muy alterada y asustada. Sin embargo sentí que vosotras dos estabais dentro de mí, y yo nunca pretendí eso —dijo Ripley en un furioso susurro—, sabéis que nunca lo quise.

—¡Así es la vida! —dijo Mia encogiéndose de hombros—. Hay que jugar las cartas que te tocan o fracasar.

—Yo sabía que vencerías. —Nell tomó su mano herida, y con suavidad le enderezó los dedos—. Tienes que ocuparte de esto.

—Lo haré. No es para tanto. —Ripley apretó los labios—. Quiero conservar esta cicatriz —dijo—, lo necesito.

—Entonces… —Nell cerró los dedos de Ripley otra vez, muy despacio—. Zack y yo vamos a llevar al señor Harding a casa. Necesita comida caliente. Está conmocionado, confundido, pero milagrosamente indemne. —Miró hacia Zack, que tenía a Harding a sus pies—. No recuerda casi nada.

—Dejémoslo así —pidió Ripley—. Muy bien, volvamos y zanjemos este asunto. —Elevó la vista al cielo y vio cómo las nubes se dispersaban y cómo el halo de la luna relucía blanco e inmaculado—. La tormenta se está acabando —murmuró.

—De momento —asintió Mia.

—Quizá los chicos puedan acompañar a Harding y concedernos un poco más de tiempo para nosotras —propuso Ripley.

—Muy bien. Se lo diré a Zack —replicó Nell.

El viento se había transformado en una brisa, que olía a noche y a agua. Ripley esperó hasta que los hombres y la perra se dirigieron hacia la casa.

Cerró con Mia y Nell el círculo que habían trazado. Tomó su espada ritual, que había sido lo suficientemente real, y la limpió. La marea, ahora ya de forma dócil y con suavidad, trajo espuma que humedeció sus botas.

—Cuando levanté la espada —comenzó a decir, sabiendo que tenía a sus amigas al lado—, yo quería derramar sangre; sentía ansia de sangre. Dejarla caer llevó mucho tiempo. —Movió nerviosamente los pies—. Por lo general, yo no soy muy buena en esta estupidez de las visiones, ésa es la especialidad de Mia, pero recuerdo algunas imágenes: vi a Mac, a Mac y a mí; a mis padres, a mi hermano. Nos vi a nosotras tres en el bosque este último otoño. Vi a Nell con un niño en brazos.

—Un niño —la voz de Nell se fue haciendo más suave y soñadora, al tiempo que se llevaba una mano a la tripa—, pero yo no…

—Todavía no, de todos modos —contestó Ripley.

—¡Dios mío! —Nell dejó escapar una risa desconcertada y llena de contento—. ¡Dios mío! ¡Dios mío!

—De todas formas —continuó Ripley—, vi eso y mucho más. Vi a las tres hermanas en un bosque oscuro y en un círculo de luz. Vi a aquella que fue Tierra en esta misma playa, en medio de la tormenta. Había tanta gente que llegaba tan rápido, que se superponían, aunque cada uno destacaba con nitidez.

»Y te vi a ti, Mia, de pie en el borde de los acantilados, sola, llorando. A tu alrededor todo era oscuridad, como la que salía de Harding esta noche. Te reclamaba: de alguna manera siempre te ha querido a ti, por encima de las demás.

Mia asintió, a pesar del escalofrío que la recorrió.

—¿Me estás poniendo en guardia?

—Desde luego —continuó hablando Ripley—. Vi algo más en el momento en que detuve la espada, vi un último destello: nosotras tres en un círculo y supe que aquello era como debía ser. Lo que intento decir es que es posible que todo vaya bien, si hacemos lo que se supone que debemos hacer, si elegimos adecuadamente.

—Esta noche tú has elegido —le recordó Mia—. Confía en que yo haré mi propia elección.

—Tú eres la más fuerte.

—¡Pero, bueno! ¿Eso es un cumplido?

—Pues sí. En el terreno de la magia tú eres la más fuerte, o sea que tendrás que serlo ante lo que venga para ti, que también será lo más fuerte.

—Ninguna de nosotras estará sola a partir de ahora. —Nell tomó la mano de Mia y después la de Ripley—. Somos tres.

Ripley tomó la mano de Mia para completar la unión.

—Sí. Nosotras somos las Brujas.

* * *

427

Ripley se dijo que haría lo que debía hacer, pero eso no significaba que le gustara. Vio cómo Nell cuidaba de Harding, sirviéndole una sopa que había calentado y un té. Dejó que Mia le curase la mano y se la vendara. Y procuró evitar quedarse a solas con Mac hasta que salieron para dirigirse a la casita amarilla.

—Podemos trasladar tu equipo esta noche, si quieres.

—Iré a buscarlo mañana —contestó él. No la tocó. No sabía por qué, pero notaba que ella todavía no estaba preparada.

—Supongo que Harding escribirá su libro a pesar de todo.

—Aunque no será el que tenía pensado; creo que a Nell le gusta la idea de un libro que ofrezca esperanzas a las víctimas de malos tratos. Harding no es la peor opción ahora que ha sido…

—…¿exorcizado? —Ripley finalizó la frase por él.

—Es una forma de hablar. ¿Te puedo hacer una pregunta de tipo técnico? —dijo Mac.

—Creo que sí. —Se había quedado una noche preciosa, fría y clara. No había razones para estar crispado, se dijo a sí misma.

—¿Cómo supiste que la sangre le dominaría?

—No lo sé muy bien.

—¿Tal vez por una especie de conocimiento hereditario? —sugirió Mac; ella se encogió de hombros como respuesta.

—Quizá. Esas cosas son tu especialidad. La magia se lleva en la sangre, como me pasa a mí —contestó Ripley levantando la mano—. En cuanto a ti, creo que la tienes un poco diluida. —Le miró, cuando él se echó a reír y dijo con irritación—: Creo que lo más aproximado sería pensar que la sangre es transmisora, sirve para realizar sacrificios, para cualquier cosa. Es la vida.

—No hay nada que discutir sobre eso. —Mac se detuvo y se volvió hacia el borde de los árboles, donde las sombras eran suaves y la luz de la luna se filtraba entre las ramas—. ¿Hay algo más?

—Existe un lazo emocional, al margen de lo racional y de la lógica, incluso aparte del ritual, creo.

—El amor. —Mac hizo una pausa, antes de preguntar—: ¿Por qué no eres capaz de decirlo ni siquiera ahora?

—Tú nunca me habías visto antes en semejante estado —replicó ella muy deprisa—. Todo lo que haya podido suceder antes, ha sido un juego de niños comparado con lo de esta noche.

—Estuviste magnífica. —Mac vio cómo Ripley abría los ojos de par en par, y pensó que sería divertido conseguir deslumbrarla con afirmaciones como aquélla durante los próximos cincuenta o sesenta años—. ¿Tú crees que lo que yo siento por ti puede cambiar por lo que he visto hoy?

—No. No lo sé. Mac, casi me sedujo. Cuando salí tenía la idea de que podía sacrificarme, y no me digas que es una excusa pobre. Ya lo he pensado yo.

—Entonces, me contendré.

—Bien. Sin embargo, cuanto más me alejaba de la casa, de todos vosotros, más deseos de sangre sentía. Hubo un momento, más de un momento en realidad, en que estuve a punto de cambiar, de tomar lo que me ofrecía. Era un poder inmenso, enorme, tentador y pasmoso.

—Pero no lo hiciste.

—No.

—¿Por qué?

—Porque mi amor por mí misma era mayor, y mi amor por ti también. Y yo… esto suena tonto.

—Dilo de todas formas.

—Porque mi deseo de justicia era mayor.

Mac le puso las manos sobre los hombros y le besó en la frente. Después tomó su mano vendada y también la besó.

—Dije que habías estado magnífica. Eso también es bastante aproximado. Había una luz ardiendo dentro de ti, que nada podía apagar. Y ahora… eres exactamente la chica que yo quiero.

—Tu chica. —Ripley soltó un bufido—. ¡Por favor!

—Eres mía —insistió Mac, que hizo lo que deseaba desde que la viera empuñando una espada reluciente. La levantó del suelo y la abrazó tan fuerte que casi la aplastó, mientras su boca buscaba la suya—. Cásate conmigo y vivamos juntos en la casa al borde del mar.

—¡Dios mío, Mac! Te amo, y eso es lo mejor de todo, mejor que cualquier otra cosa. ¡Demonios, Mac! Es todo —casi gritó echando la cabeza hacia atrás.

—Y es sólo el principio.

Mientras Mac le acariciaba el pelo, Ripley apoyó la cabeza en su hombro; sus labios se curvaron en una sonrisa cuando pensó que una mente brillante, un cuerpo fuerte y ese corazón generoso eran todos suyos.

—Cuando tuve el poder dentro de mí, me sentí invencible, extraordinariamente bien. Era como si corriera por mis venas oro molido. ¿Sabes cómo me siento ahora? —preguntó.

—¿Cómo?

—Todavía mejor.

Una vez más, Ripley alzó el rostro hacia él para que sus labios se encontraran de nuevo. El sonido del mar a lo lejos era como el latido regular de un corazón y la luna blanca, en lo alto, surcaba el cielo. A su alrededor la noche vibraba con los ecos de la magia.

Y eso era suficiente para ellos.

Pase a la siguiente página para leer un avance de

AFRONTAR EL FUEGO

La tercera novela de la trilogía
de la Isla de las Tres Hermanas

Uno

Hacía más de diez años que no iba por la isla. Más de diez años sin ver, salvo en sus pensamientos, los penachos de bosque, las casas dispersas, la curva de la playa y la ensenada, los imponentes acantilados donde estaba la casa de piedra y el faro blanco que se erguía junto a ella.

No debería haberle sorprendido la atracción ni la sensación de placer puro y sencillo. A Sam Logan no se le sorprendía con facilidad, pero el deleite de contemplar lo que había cambiado y lo que no le sorprendió por su intensidad.

Había vuelto a casa y hasta que estuvo allí no se había dado cuenta del todo de lo que eso significaba para él.

Aparcó el coche cerca del muelle del transbordador porque quería caminar, oler el aire salado de la primavera, oír las voces que llegaban de los barcos, ver cómo fluía la vida en ese pedazo de tierra desgajado de la costa de Massachusetts.

Quizá también lo hiciera, se reconoció, porque quería tener un poco de tiempo para prepararse antes de ver a la mujer que le había hecho volver allí.

No esperaba una acogida cálida. En realidad, no sabía qué esperar de Mia.

Hubo un tiempo en que sí lo sabía. Había llegado a conocer cada expresión de su rostro y cada matiz de su voz. Ella lo habría esperado en el muelle con la maravillosa melena roja al viento y los ojos grises como el humo, resplandecientes por el gozo y el anhelo.

Habría oído su risa y ella se habría arrojado en sus brazos.

Esos días eran parte del pasado, se dijo mientras subía la cuesta en dirección a la calle principal flanqueada por tiendas preciosas y oficinas. Él había acabado con ellos y se había alejado, voluntariamente, de la isla y de Mia.

En ese momento, voluntariamente también, volvía de aquel exilio.

Entretanto, la chica que había dejado en la isla se había convertido en una mujer; en una mujer de negocios, pensó con una sonrisa. Eso no le sorprendía. A Mia siempre se le habían dado bien los negocios y tenía buena vista para conseguir beneficios. Si fuera necesario, pensaba aprovecharse de eso para recuperar sus favores más fácilmente.

A Sam no le importaba engatusar a alguien si con eso salía victorioso.

Entró en la calle principal y se quedó un rato mirando La Posada Mágica. El edificio gótico de piedra era el único hotel de la isla y le pertenecía. Tenía algunas ideas que pensaba poner en práctica ahora que su padre ya había dejado las riendas del negocio.

Sin embargo, los negocios podían esperar por una vez hasta que resolviera los asuntos personales.

Siguió caminando y le complació comprobar que el tráfico, si bien ligero, era constante. Se dijo que la actividad en la isla era tanta como le habían comentado.

Avanzó por la acera con su zancada amplia. Era alto, medía casi dos metros, con un cuerpo ágil y en forma que durante los últimos años había estado más acostumbrado a los trajes que a los vaqueros negros que llevaba ahora. El abrigo largo y oscuro flotaba detrás de él agitado por la brisa cortante de principios de mayo.

El cabello también era negro y, despeinado por el viaje en transbordador, le barría el cuello de la camisa. Tenía un rostro delgado con pómulos anchos y muy marcados. Los ángulos se suavizaban algo por una boca carnosa y perfectamente delineada, pero la imagen era imponente con los mechones de pelo negro agitados por el viento.

Los ojos eran despiertos y escudriñaban lo que había sido y volvería a ser su hogar. Tenían un color, entre azul y verde, parecido al mar que los rodeaba y estaban enmarcados por unas pestañas y cejas completamente negras.

Cuando le convenía, aprovechaba su aspecto, como aprovechaba su encanto o su crueldad. Utilizaba cualquier arma que tuviera a mano para alcanzar su objetivo. Ya sabía que necesitaría sus mejores artes para conquistar a Mia Devlin.

Miró el café & librería de Mia desde el otro lado de la calle. Debería haberse imaginado que Mia habría comprado un edificio abandonado para convertirlo en un sitio elegante, encantador y rentable. En el escaparate había unos libros y unas macetas con flores alrededor de una tumbona. Eran dos de las cosas que Mia adoraba más, se dijo: las flores y los libros. El escaparate sugería que era el momento de descansar después de haber trabajado en el jardín y disfrutar de los frutos del trabajo con la lectura de una historia.

Mientras miraba, una pareja de turistas —todavía podía distinguir los turistas de los lugareños—, entró en la librería.

Se quedó donde estaba con las manos en los bolsillos hasta que se dio cuenta de que estaba mareando la perdiz. Había pocas cosas más abrumadoras que Mia Devlin de mal humor. Estaba seguro de que lo atacaría con una furia desatada en cuanto lo viera.

Tampoco podía reprochárselo.

Aunque, a decir verdad, se dijo con una sonrisa, había pocas cosas tan apasionantes como Mia Devlin hecha una furia. Sería… sería divertido volver a batirse en duelo con ella. Como sería gratificante aplacar ese genio.

Cruzó la calle y abrió la puerta de la librería.

Lulú estaba detrás del mostrador. La habría reconocido en cualquier parte. Aquella mujer diminuta con cara de gnomo medio oculta por unas gafas con montura plateada había sido quien había criado a Mia en la práctica. Los padres de Mia se habían interesado más por viajar y por ellos mismos que por su hija y habían contratado a Lulú, una antigua *hippy*, para que se ocupara de ella.

Lulú estaba cobrando a unos clientes y él tuvo un momento para mirar alrededor. El techo estaba salpicado de luces que parecían estrellas y que invitaban a echar una ojeada a los libros. Había un rincón muy acogedor con unas butacas delante de una chimenea sobre la que había flores de primavera. El aroma suavizaba el ambiente como lo hacían las flautas y las gaitas que sonaban suavemente por los altavoces.

Los libros estaban en unas estanterías de color azul brillante. Al pasar ante ellos pensó que la colección era impresionante y tan ecléctica como su dueña. Nadie podría acusar a Mia de tener una mente limitada.

Hizo una mueca al ver que en otros estantes había velas rituales, Tarots, runas y figuras de hadas, magos o dragones. Se dijo que era una forma atractiva de presentar otra de las cosas que le interesaban a Mia. Tampoco podía haber esperado otra cosa en ese sentido.

Tomó una piedra de cuarzo rosa de un cuenco y la frotó entre los dedos para que le diera suerte. Aunque sabía que no servía de nada. Antes de que volviera a dejarla, notó una ráfaga de aire helador. Sonrió con tranquilidad y se volvió para encontrarse con Lulú.

—Sabía que volverías. Como la falsa moneda.

Era el primer obstáculo que tenía que superar: el dragón de la puerta.

—Hola, Lu.

—No me llames Lu, Sam Logan —resopló, le echó una rápida ojeada y volvió a resoplar—. ¿Vas a comprar eso o llamo al sheriff para que te encierre por robar en las tiendas?

—¿Qué tal está Zack? —preguntó mientras dejaba la piedra.

—Pregúntaselo tú mismo. Yo no puedo perder el tiempo contigo.

Si bien Sam le sacaba más de treinta centímetros, Lulú se le acercó, le golpeó con un dedo en el pecho e hizo que se sintiera como si tuviese doce años.

—¿Qué demonios quieres?

—Ver mi casa. Ver a Mia.

—¿Por qué no nos haces un favor a todos y vuelves a donde has estado perdido todos estos años? Nueva York, París. Oh la la… Nos ha ido muy bien sin tenerte rondando por aquí.

—Eso parece. —Volvió a echar una ojeada a la tienda. No estaba ofendido. Siempre había pensado que un dragón se debía a su princesa y, que él recodara, Lulú siempre había hecho bien su trabajo—. Un sitio muy bonito. Tengo entendido que el café es especialmente bueno y que lo lleva la mujer de Zack.

—Tienes buen oído, así que escúchame y vete.

No se ofendió, pero los ojos se le crisparon y el verde se hizo más profundo.

—He venido para ver a Mia.

—Está ocupada; le diré que has pasado por aquí.

—No lo harás —replicó Sam tranquilamente—, pero lo sabrá en cualquier caso.

Mientras hablaba, oyó las pisadas de unos tacones. Podía haber sido una mujer cualquiera que bajaba la escalera de caracol, pero él la reconoció. Le dio un vuelco al corazón, rodeó la estantería y la vio terminar de bajar la escalera.

Reventó en mil pedazos sólo de verla.

La princesa se había convertido en reina.

Siempre había sido una criatura maravillosa, pero el paso de niña a mujer había pulido su belleza. El ca-

bello era como recordaba: una mata de rizos como llamas que rodeaba un rostro rosa pálido. Recordaba que
la piel era suave como el rocío. La nariz era recta y corta y la boca amplia y carnosa. Recordaba perfectamente
su textura y sabor. Los ojos, grises como el humo y de
forma almendrada, lo observaban con una frialdad pre-
meditada.

Le sonrió, con frialdad también, y se acercó a él.

El vestido, color oro viejo y ceñido al cuerpo, resal-
taba unas piernas muy, muy largas. Los zapatos de tacón
eran del mismo tono que el vestido y parecía como si toda ella desprendiera un calor resplandeciente, pero no
sintió calidez cuando lo miró con una ceja arqueada.

—Vaya, si es Sam Logan. Bienvenido.

La voz era más grave, un par de tonos más grave,
que la que tenía antes. Más sensual, más aterciopelada;
como musgo. Parecía como si se abriera camino hasta su
vientre mientras seguía perplejo por la sonrisa educada y
el recibimiento distante.

—Gracias. —Empleó el mismo tono que ella—.
Me alegro de haber vuelto. Estás impresionante.

—Se hace lo que se puede.

Mia se retiró el pelo de la cara. Llevaba unos pendientes de topacio amarillo verdoso. Tenía grabados en
su mente todos los detalles de ella, desde los anillos hasta el sutil aroma que la rodeaba. Intentó descifrar su
mente, pero le pareció que se expresaba en un idioma
desconocido y desalentador.

—Me gusta tu librería —comentó con mucho cuidado de que el tono pareciera despreocupado—. Por lo
menos, lo que he visto.

—Bueno… habrá que enseñártelo todo. Lulú, tienes clientes.

—Sé lo que tengo —farfulló Lulú—. Es un día laborable, ¿no? No tienes tiempo para ir con éste por ahí.

—Lulú. —Mia se limitó a ladear la cabeza como advertencia—. Siempre dispongo de algún minuto para los viejos amigos. Sube, Sam, te enseñaré el café. —Volvió a subir la escalera agarrada de la barandilla—. Es posible que sepas que un amigo común, Zack Todd, se casó el invierno pasado. Nell, además de ser muy amiga mía, es una cocinera excepcional.

Sam se detuvo en lo alto de la escalera. Le molestaba sentirse desorientado y sin equilibrio. El olor de Mia estaba volviéndole loco.

El segundo piso era tan acogedor como el primero. Con el atractivo añadido de tener un bullicioso café en un extremo que desprendía aromas a especias, café y chocolate.

Sobre la barra había una deslumbrante variedad de bollería y ensaladas. Un vapor fragante salía de una cazuela enorme y una rubia muy guapa servía sopa a un cliente.

Por las ventanas del extremo más alejado se podían ver trozos del mar.

—Es impresionante. —Eso podía decirlo sin reservas—. Sencillamente, impresionante, Mia. Tienes que estar muy orgullosa.

—¿Por qué no iba a estarlo?

El tono tenía cierta mordacidad que hizo que la mirara, pero ella se limitó a sonreír y a hacer un elegante gesto con la mano cargada de anillos.

—¿Tienes hambre?

—Más de la que me imaginaba.

Vio un reflejo de esa mordacidad en los ojos grises de Mia antes de que se diera la vuelta y fuera a la barra.

—Nell, estoy con un hombre hambriento.

—Entonces, ha venido al sitio adecuado. —Nell sonrió, le aparecieron unos hoyuelos y lo miró con unos ojos azules y amigables—. La sopa del día es de pollo con curry. La ensalada especial de gambas picantes y el emparedado de cerdo asado con tomate y aceitunas. Además de nuestra oferta habitual de comida vegetariana —añadió dando unos golpecitos en el menú.

Sam comprendió que era la mujer de Zack. Una cosa era saber que su amigo más antiguo había dado el paso y otra ver el motivo. Notó una sacudida.

—Una buena variedad.

—Eso creemos nosotras.

—No puedes equivocarte si lo ha preparado Nell —le aseguró Mia—. Te dejo en sus manos. Tengo trabajo. Ah, Nell, no os he presentado. Es Sam Logan, un viejo amigo de Zack. Que disfrutes con la comida.

Sam notó que la preciosa cara de Nell se llenaba de sorpresa y que acto seguido perdía todo rastro de calidez.

—¿Qué va a tomar?

—De momento, sólo café. Café solo, sin leche. ¿Qué tal está Zack?

—Está muy bien, gracias.

Sam tamborileó con los dedos sobre su muslo. Otro guardián, y no era menos imponente que el dragón, por muy delicada que pareciera.

—¿Y Ripley? Creo que se casó el mes pasado.

—Está muy bien y muy feliz. —Los labios de Nell dibujaron una línea firme de fastidio mientras servía el café en uno de los vasos para llevar—. Es gratis. Estoy segura de que Mia no quiere ni necesita su dinero. Dan muy bien de comer en La Posada Mágica, seguro que la conoce.

—Sí, la conozco. —Sam pensó que era una gatita muy hermosa y con uñas muy afiladas—. Señora Todd, ¿cree que Mia necesita su protección?

—Creo que Mia puede manejar cualquier situación. —Esbozó una sonrisa fina como una cuchilla—. Absolutamente cualquiera.

Sam cogió el café.

—Yo creo lo mismo —concedió él antes de marcharse en la misma dirección que Mia.

* * *

—Menudo cabrón. —Una vez en su despacho, Mia dio rienda suelta a la rabia que sentía.

Hizo que los libros y los objetos que había en los estantes temblaran y saltaran. Era increíble que tuviera el descaro, la insensibilidad y la estupidez de entrar en su librería como si tal cosa, se dijo; de sonreírla como si esperara que se arrojara en sus brazos y gritara de alegría y de quedarse asombrado cuando no lo hizo.

Cabrón.

Cerró los puños y el cristal de la ventana se agrietó ligeramente.

Lo había notado cuando entró. Como había notado el preciso instante en el que puso un pie en la isla. La había abrumado mientras preparaba un pedido. Había sido un dolor, una impresión, un júbilo, una ira tan intensos que se había mareado. Una emoción se había superpuesto a la otra hasta dejarla agotada y temblorosa.

Había sabido que había vuelto.

Once años. La había abandonado dejándola herida, impotente y sin esperanza. Todavía le avergonzaba recordar la masa temblorosa de pena y confusión que había sido durante semanas.

Sin embargo, había reconstruido su vida desde las cenizas de los sueños que Sam había encendido en ella. Se había centrado y había encontrado una especie de satisfacción serena.

Y ahora, él había vuelto.

Sólo podía dar gracias a los hados porque su presciencia le había dado tiempo para prepararse. Habría sido humillante encontrárselo sin estar prevenida y, en cambio, había sido muy gratificante ver la sombra de sorpresa y desconcierto en su rostro ante el recibimiento frío y displicente.

Se recordó que ahora era más fuerte. Ya no era la niña que había arrojado su corazón sangrante y destrozado a sus pies. Además, en su vida había otras cosas, otras muchas cosas, más importantes que un hombre.

El amor, se dijo, puede ser muy mentiroso y ella no admitía las mentiras. Tenía su casa, su negocio y sus amigos. Volvía a tener su círculo y ese círculo tenía un propósito.

Todo eso era suficiente.

Oyó una llamada en la puerta, anuló los sentimientos y los pensamientos, y se sentó en la butaca que había detrás de la mesa.

—Adelante.

Estaba repasando los datos en la pantalla del ordenador cuando Sam entró. Levantó la mirada distraídamente y con el ceño levemente fruncido.

—¿No te ha tentado nada del menú?

—Me he conformado con esto. —Quitó la tapa del vaso y lo dejó sobre la mesa—. Nell es muy fiel.

—En mi opinión, la fidelidad es una virtud necesaria en un amigo.

Sam hizo un sonido de conformidad y dio un sorbo.

—También hace un café excelente.

—Una virtud necesaria en la cocinera de un café. —Tamborileó con los dedos sobre la mesa en un gesto de impaciencia contenida—. Sam, lo siento. No quiero ser brusca. Eres muy bien recibido en el café o en la tienda, pero tengo trabajo.

Se quedó mirándola fijamente un instante, pero no consiguió que alterara el gesto de ligera incomodidad.

—Entonces, no te entretengo. ¿Por qué no me das las llaves y me instalo?

Mia, atónita, sacudió la cabeza.

—¿Las llaves?

—De la casa amarilla. Tu casa amarilla.

—¿Mi casa amarilla? ¿Por qué demonios iba a darte las llaves de la casita amarilla?

—Porque la he alquilado. —Encantado de haber roto la máscara de educación, sacó unos papeles del bolsillo que dejó sobre la mesa. Se apartó un poco cuando ella los agarró con furia—. Celtic Circle es una de mis empresas —explicó mientras ella fruncía el ceño— y Henry Downing uno de mis abogados. Él alquiló la casa en mi nombre.

Mia notaba que la mano quería ponerse a temblar; más aún que quería dar un puñetazo. Intencionadamente, la puso sobre la mesa con la palma hacia abajo.

—¿Por qué?

—Tengo abogados que me hacen todo tipo de cosas —le explicó Sam mientras se encogía de hombros—. Además, supuse que no me la alquilarías, pero también supuse, estoy seguro de ello más bien, que una vez cerrado el trato, lo cumplirías hasta el final.

—Me refería —aclaró Mia después de resoplar—, a por qué quieres la casa amarilla si tienes un hotel entero.

—No me gusta vivir en un hotel ni en mi lugar de trabajo. Quiero intimidad y poder descansar. Si me quedara en el hotel no tendría ninguna de las dos cosas. ¿Me la habrías alquilado si no hubiera sido a través de un abogado?

—Naturalmente —respondió con una sonrisa forzada—, pero habría subido considerablemente la renta.

Sam se rió y más equilibrado que la primera vez que la vio, bebió un poco más de café.

—Un trato es un trato y quizá estuviera destinado a que fuera así. Desde que mis padres le vendieron la casa al marido de Ripley, yo ya no tengo donde alojarme aquí. Las cosas suelen suceder como se espera que sucedan.

—Las cosas pasan —fue todo lo que dijo Mia. Abrió un cajón y sacó unas llaves—. Es pequeña y más bien rústica, pero estoy segura de que te servirá mientras te quedes en la isla.

Dejó las llaves sobre la copia del contrato.

—Estoy seguro de ello. ¿Por qué no cenas conmigo esta noche? Podemos ponernos al día.

—No, gracias.

Sam no quería habérselo propuesto tan pronto. Le fastidiaba que se le hubieran escapado las palabras.

—Otra vez será. —Se levantó y cogió las llaves y el contrato—. Me alegro de volver a verte, Mia.

Antes de que Mia pudiera evitarlo, Sam le puso la mano sobre la que tenía en la mesa. Saltó una chispa y sonó un chisporroteo.

—¡Ah! —fue todo lo que exclamó Sam mientras tomaba la mano con más fuerza.

—Aparta tu mano. —Mia lo dijo lentamente y en voz baja con la mirada clavada en él—. Nadie te ha permitido que me toques.

—Nunca se habían necesitado permisos entre nosotros, se trataba de necesidad.

A Mia estuvo a punto de temblarle la mano, pero la mantuvo firme por mera decisión.

—Ya no hay nosotros y ya no te necesito.

Le dolió. Sintió un dolor intenso y fugaz en el corazón.

—Me necesitas y yo te necesito. Hay que tener en cuenta otras cosas aparte de las viejas heridas.

—Viejas heridas. —Mia repitió las palabras como si fueran en un idioma desconocido—. Entiendo. Sea como sea, no me tocarás sin mi permiso, y no lo tienes.

—Vamos a tener que hablar.

—Eso supone que tenemos algo que decirnos. —Le brotó una rabia que disimuló con desdén—. En este preciso momento, no tengo nada que decirte. Quiero que te vayas. Tienes el alquiler, las llaves y la casa. Fuiste muy listo, Sam. Siempre has sido muy listo, desde niño, pero éste es mi despacho, mi tienda. —Estuvo a punto de decir mi isla, pero se mordió la lengua—. Y no tengo tiempo. —Sam soltó la mano y ella la apartó. El aire se aclaró—. No estropeemos tu visita con una escena. Espero que te guste la casa. Si tienes algún problema, dímelo.

—Lo haré. Me gustará y también te lo diré. —Fue hacia la puerta y la abrió—. Ah, Mia, esto no es una visita, he venido para quedarme.

Vio con un placer morboso que las mejillas de Mia palidecían antes de que volviera a cerrar la puerta.

Se maldijo por haber hecho eso y por haber estropeado el primer encuentro. Bajó de mal humor y salió de la tienda bajo la mirada gélida de Lulú.

Fue en dirección contraria al muelle donde había aparcado y a la casa donde viviría una temporada, y se dirigió hacia la comisaría.

Esperaba encontrar a Zack Todd, el sheriff Todd. Pensó que le gustaría que una persona, aunque sólo fuera una persona, le diera la bienvenida sinceramente.

Si no podía contar con Zack para eso, la situación era penosa. Se encogió de hombros para protegerse de la brisa, aunque ya no la notaba.

Mia se lo había quitado de encima como a una mosca. Como a un mosquito. No con un arrebato de genio, sino con irritación. El chispazo del contacto había significado algo. Tenía que creer en eso. Sin embargo, si había alguien que podía mantenerse firme frente al destino e imponerle su voluntad, ésa era Mia.

Bruja terca y orgullosa… se dijo con un suspiro. Aunque eso había sido algo que siempre le había atraído de ella. Era difícil resistirse al orgullo y el poder, y, salvo que se hubiera equivocado, tenía más de las dos cosas que a los diecinueve años.

Eso quería decir que la tarea que le esperaba le iba como anillo al dedo en muchos aspectos.

Resopló y abrió la puerta de la comisaría.

El hombre que apoyaba los pies sobre la mesa mientras hablaba por teléfono no había cambiado mucho. Había engordado un poco por unos lados y adelgazado por otros. El pelo seguía siendo rebelde y castaño con mechones quemados por el sol. Los ojos seguían siendo penetrantes y completamente verdes.

Los abrió como platos mientras observaba a Sam.

—Bueno... volveré a llamarte... te mandaré los documentos por fax. Sí... de acuerdo. Tengo que marcharme.

Zack colgó y bajó los pies de la mesa. Se estiró y miró a Sam con una sonrisa.

—Vaya... el hijo de perra neoyorquino.

—Mira quién habló, el guardián de la ley y el orden.

Zack cruzó el despacho de tres zancadas con sus botas gastadas y abrazó con fuerza a Sam.

Sam sintió algo más que alivio porque era bien recibido y por el cariño sencillo y arraigado que se remontaba a la infancia.

Se disiparon los años entre el niño y el hombre.

—Me alegro de verte —consiguió decir.

—Lo mismo te digo. —Zack se apartó un poco para mirarlo y sonrió de puro placer—. Bueno, no has engordado ni te has quedado calvo por estar detrás de una mesa.

Sam desvió la mirada a la repleta mesa de Zack.

—Tú tampoco, sheriff.

—Efectivamente, así que recuerda quién manda y no te metas en líos en mi isla. ¿Qué demonios haces aquí? ¿Quieres café?

—Si te refieres a eso que hay en la cafetera… creo que no, gracias. Tengo asuntos aquí. Asuntos a largo plazo.

Zack frunció los labios y se sirvió una taza de café que parecía más bien barro.

—¿El hotel?

—Por ejemplo. Se lo compré a mis padres. Ahora es mío.

—Se lo has comprado… —Zack se encogió de hombros y se apoyó en la esquina de la mesa.

—Mi familia no funciona como la tuya —explicó secamente Sam—. Es un negocio y mi padre había perdido el interés, pero yo no. ¿Qué tal están tus padres?

—De maravilla. Ya se han ido. Vinieron para la boda de Ripley y se quedaron un mes. Pensé por un momento que iban a quedarse para siempre, pero hicieron las maletas y se fueron a Nueva Escocia.

—Siento no haberlos visto. Creo que Ripley no ha sido la única en casarse.

—Ajá. —Zack levantó la mano con el anillo resplandeciente—. Esperé que vinieras para la boda.

—Ojalá hubiera podido. —Lo lamentaba sinceramente, como otras cosas—. Me alegro por ti, de verdad.

—Gracias. Te gustará conocerla.

—Ya la conozco. —La sonrisa de Sam se debilitó—. A juzgar por el olor del brebaje que estás bebiendo, ella hace mejor café que tú.

—Lo hizo Ripley.

—Quien fuera. Sólo me alegro de que tu mujer no me vaciara la cafetera en la cabeza.

—¿Por qué iba…? Ah. —Zack resopló—. Ya, Mia… —Se pasó la mano por la barbilla—. Nell, Mia y Ripley. El asunto es que…

Se calló al abrirse la puerta de golpe. Ripley Todd Booke, que temblaba desde la gorra hasta la punta de las botas, miró con furia a Sam. Sus ojos, verdes como los de su hermano, lanzaban dardos cargados de rencor.

—Más vale tarde que nunca —afirmó Ripley mientras avanzaba—. Llevo once años esperando este momento.

Zack la agarró de la cintura. Sabía que tenía un gancho de derecha demoledor.

—Espera —le ordenó—. Tranquila.

—Veo que no se ha apaciguado, ¿eh? —comentó Sam.

Se metió las manos en el bolsillo. Si ella le daba un puñetazo, él lo haría acto seguido.

—Ni lo más mínimo. —Zack la levantó en vilo mientras ella lo maldecía. Se le cayó la gorra y la melena oscura y larga se le derramó como una cascada sobre la furiosa cara—. Sam, perdona un minuto. ¡Ripley, basta! —le ordenó—. Llevas una placa, ¿lo recuerdas?

—Entonces me la quitaré antes de tumbarlo. —Se apartó la melena de un soplido y clavó los ojos en Sam—. Se lo merece.

—Quizá me lo merezca —concedió Sam—, pero no de ti.

—Mia es demasiado señora como para hacerte picadillo, pero yo no.

—Eso es algo que siempre me ha gustado de ti —dijo Sam con una sonrisa—. He alquilado la casa amarilla —le comunicó a Zack. Ripley se quedó boquiabierta—. Acércate cuando tengas tiempo y nos tomaremos una cerveza.

Sam comprendió que la impresión había sido definitiva cuando ella no intentó darle una patada al pasar a su lado camino de la puerta. Salió y se quedó mirando el pueblo.

Un amigo le había recibido con los brazos abiertos, aunque tres mujeres habían formado un círculo de resentimiento contra él.

Para bien o para mal, estaba en casa, se dijo.

Nora Roberts nació en Estados Unidos (1950) y es la menor de cinco hermanos. Después de estudiar algunos años en un colegio de monjas, se casó muy joven y fue a vivir a Keedysville, donde trabajó un tiempo como secretaria. Tras nacer sus dos hijos, decidió dedicarse a su familia. Empezó a escribir al quedarse sola con sus hijos de seis y tres años, y en 1981 la editorial Silhouette publicó su novela *Irish Thoroughbred*. En 1985 se casó con Bruce Wilder, a quien había conocido al encargarle una estantería para sus libros. Después de viajar por el mundo abrieron juntos una librería. Durante todo este tiempo Nora Roberts ha seguido escribiendo, cada vez con más éxito. En veinte años ha escrito 130 libros, de los que se han vendido ya más de 85 millones de copias. Es autora de numerosos *best sellers* con gran éxito en Estados Unidos, Inglaterra, Francia y Alemania.

www.noraroberts.com

Otros títulos de Nora Roberts en Punto de Lectura

Joyas del Sol

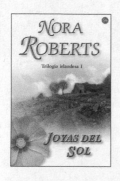

Después de varias decepciones, Jude huye de América a Irlanda, la tierra de sus antepasados, para refugiarse en Faerie Hill Cottage, una cabaña de su familia. Sumergiéndose en el estudio del folclore irlandés, descubrirá la esperanza para el futuro a través de la magia del pasado.

Aidan Gallagher vuelve a Irlanda después de haber pasado años en el extranjero para dedicarse a la administración del pub de la familia. El apasionado Aidan encontrará en Jude a la mujer que necesita a su lado y empezará a compartir con ella las leyendas de su tierra, mientras crece entre ambos su propia historia de amor.

Joyas del Sol es la primera parte de la «Trilogía irlandesa» de Nora Roberts.

Lágrimas de la Luna

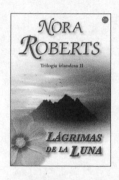

Shawn Gallagher, un escritor de canciones de gran talento, pasa los días absorto en sus sueños sin prestar atención ni a las mujeres ni a abrirse un camino en la vida. Él asegura estar satisfecho, pero su música cuenta una historia diferente, una historia de soledad y añoranza... Nadie entiende por qué Shawn no saca partido de su don, especialmente Brenna O'Toole, que lleva años enamorada de él. Sólo cuando Shawn sucumba a los misterios de la magia, conseguirá cumplir su destino como músico y como hombre.

En la segunda parte de su espléndida «Trilogía irlandesa», Nora Roberts evoca una tierra llena de magia, música y mitos, a la vez que los sueños secretos y las pasiones perdurables de tres hermanos excepcionales.

Corazón del Mar

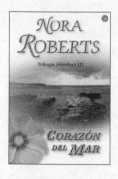

La llegada a Ardmore de Trevor, un atractivo y orgulloso hombre de negocios, altera la vida del pequeño pueblo irlandés y aviva las ansias de amor de la joven y ambiciosa Darcy, la menor de los hermanos Gallagher. Entre ambos surge un apasionado idilio en el que la atracción física se impone a sus fuertes personalidades. Pero la magia, personificada en Carrick, el príncipe de las hadas, y en el fantasma de su enamorada, terminará por convertir la pasión en amor.

Corazón del Mar es la última parte de la trilogía que la norteamericana Nora Roberts ambienta en tierras irlandesas, y en la que lujuria, pasión, leyenda y magia aúnan sus fuerzas para conseguir que los protagonistas descubran el verdadero amor.